我的20世纪

历史的危难关头和美好时光

FROM EXILE TO WASHINGTON:
A MEMOIR OF LEADERSHIP IN THE TWENTIETH CENTURY

[美] W. 迈克尔·布卢门撒尔 著
(W. Michael Blumenthal)

刘蕾 译

中国人民大学出版社
·北京·

致芭芭拉

历史才是无数自传的实质。
——托马斯·卡莱尔（Thomas Carlyle）

序言

20世纪是一个产生巨大物质进步的时期，也是一个文明倒退到恶劣的野蛮状态的时期。纵观人类历史，人类始终在与自己为敌，两种人类精神要素截然对立冲突，而人类深陷其中：一方面是认知的辉煌、创造性、文化成就、勇气、对个人和共同利益的关心；另一方面是残忍、懦弱、贪婪、对生命的漠视和对权力的欲望。

美好与野蛮、进步与倒退之间的对比从未像20世纪时那样明显。短短100年时间，这在历史中只是弹指一挥间的工夫，我们的生活和我们所居住的星球发生巨变。经常是好的变化，有时候也有坏的变化，但地球上没有人可以不受到变化的影响。对于我们这些经历过巨变的人来说，这是一段迷人的阶段，不过有时候也令人恐惧。

重大发现发生在基础科学、开创性的新技术以及广泛的新能源开发领域。人类将原子为己所用,在月球上行走,探索宇宙外层。人类知识迅速传播,影响力波及世界上几乎所有的角落。电子技术的革命给了我们即时的全球通信,喷气式发动机在不到24小时的时间内使地球上最远的角落近在咫尺。20世纪初的时候人们对许多疾病知之甚少,但是现在,很多疾病已被攻克。在三代人的时间内,医学的进步超越此前千年的进步。世界上许多地方的预期寿命快速增长。随着20世纪的结束,新的遗传科学开始揭开生命和死亡本身的神秘面纱。

深远的发展也从根本上重塑了政治关系和世界经济。殖民主义在20世纪初仍然是一支主要的世界力量。而如今,殖民主义几乎一夜之间销声匿迹,非洲和亚洲涌现出几十个新独立的国家。自法国大革命起,人们花了100多年时间,进行争取自由、平等和博爱的斗争,但是到了20世纪初,真正的民主政府在欧洲仍然不占多数,在北美以外的其他地方民主政府几乎不存在。事实上,在20世纪最初的几十年,遭受压力的正是民主制度,而极权主义占据上风;在第二次世界大战前夕,宪政在欧洲也只占少数,而并非占据统治地位。然而,50年后,在这两种政治哲学经历了长期而危险的对抗之后,民主制度已战胜极权主义。即使事后来看,苏联的突然解体也是现代历史上最令人震惊的事件之一。

很长一段时间以来,对于美国从欧美联盟中获得的经济和政治利益,欧洲十分钦佩也不乏嫉妒,但是欧洲自身的一体化仍然是一个不可能实现的梦想。然而,在20世纪接近尾声之际,这个看似遥不可及的理想更加接近现实。过去几十年,尽管还有很多工作要做,但欧洲的经济和政治团结已取得前所未有的进展。到了 2000 年，欧洲的国界已经大都失去意义。

然而，还要考虑 20 世纪侵略、战争和侵犯人权的悲惨记录。几亿人在大大小小的战争和冲突中丧生：两次世界大战，许多小型战争，地区冲突，种族、宗教冲突。殖民帝国的解体也不是一帆风顺，在一些新崛起的国家中，一旦殖民统治者被消灭，长期存在的民族和宗教分歧就会导致对抗。

在西方世界，深远的技术和政治变革导致重大的社会动荡，新的不确定性带来新的担忧。在一些人获得巨大机会的同时，这些变化使其他人丧失了地位，不管这种丧失是真实的还是想象出来的。为了迎合这种不安全感，一些人试图提供简单诱人但是缺陷严重的解决办法。

犹太人一直是偏见和指责的传统受害者，特别是在动荡时期。然而，20 世纪初，针对犹太人的仇恨似乎逐渐减弱。但第一次世界大战过后，西方世界的大部分地区对犹太人的仇恨再次加剧，最终以暴力手段达到高潮，给欧洲犹太人造成悲惨的后果。利用情绪化的反犹太口号作为他们的武器之一，反动、仇外和激进的政治领导人通过武力或欺骗夺取政权，甚至剥夺人民的权利并将世界拉入几十年的热战和冷战之中，妄图让 20 世纪屈服于他们不可告人的目的。

其结果就是发生了人类历史上最具破坏性的两次战争，战争对待士兵与平民的凶残和残忍程度前所未有；还发生了一系列似乎永无止境的后殖民时代冲突、暴力革命和地区冲突，并出现了近 40 年的紧张而危险的冷战对抗。随着 20 世纪的结束，流氓国家和跨境恐怖组织制造新的不安全感，对既定秩序构成新的威胁。

这是本书的基本前提之一，即历史由人创造，并总是受制于环境和机会的变幻莫测，这取决于谁在关键的转折点上掌握权力的杠杆，他们做出了哪些选择，他们彼此的关系如何。[1]另外，历史学家弗里茨·斯特恩（Fritz Stern）恰如其分地说："在历史上，直到事件发生的那一刻，都没有什么事情是确定的。"因此，20世纪的主要事件几乎没有什么是注定发生、不可避免的，而且在许多情况下，事件的进程可能很容易向不同方向变动。

如果相对温和的德国君主腓特烈三世（Frederick III）在1888年即位仅99天后没有死于癌症，如果他那鲁莽武断的儿子威廉二世①（Wilhelm II）没有接替他，那么第一次世界大战会发生吗？如果第一次世界大战后的《凡尔赛和约》②（Versailles Treaty）并非如此写就，如果1918年后不是由那么执意复仇的法国领导人掌权，英国少一些不负责任的领导人，或者美国在20世纪20年代没有在平庸的哈定（Harding）和柯立芝（Coolidge）总统治下选择孤立，或者，我们可能会问，如果在德国第一次失败的议会民主实验中，魏玛共和国有幸拥有更强大有力的领导人，这会阻止希特勒夺取政权并改变历史吗？如果在最后一刻，1938年对希特勒的刺杀成功，那第二次世界大战是否仍然可以避免，而此后半个世纪的世界会走一条完全不同的道路呢？

---

① 威廉二世：德意志帝国末代皇帝和普鲁士王国末代国王。他是第一次世界大战的主要策划者和闪电战计划的创始人。——译者注

② 《凡尔赛和约》，全称《协约国和参战各国对德和约》，是第一次世界大战后，战胜国（协约国）对战败国（同盟国）的和约，其主要目的是削弱德国的势力。——译者注

另外，如果美国没有从过去的错误中吸取教训，如果美国偶然上任、缺乏经验但坚定的总统哈里·杜鲁门（Harry Truman）没有勇气在第二次世界大战后大力投资重建欧洲，或未能支持欧洲经济一体化，没有团结西欧建立一个强大的西方自由国家联盟，冷战是否会以完全不同的方式结束？如果在1962年古巴导弹危机时，双方的理智没有占据上风，那事情会如何发展？

关键在于：20世纪的历史充满具有重大意义的事件，其中一些事件为和平事业服务，改善了人类的状况。然而，也有一些事件是人类决策的结果，反映了对权力的欲望、道德败坏、对生命的不尊重，当然，还有极度的愚蠢。

总而言之，我们很幸运。冷战和平结束，核灾难得以避免。发动了战争并剥夺了数百万人自由和生命的独裁者被消灭。然而，在21世纪，世界面临新的危险，必须面对新的挑战。问题是，我们是否会从过去吸取教训，能够担负起这项任务，并且有幸像20世纪那样完好无损地存活。

* * *

在许多方面，我的生活反映了20世纪的危难关头和美好时光。我出生于20世纪20年代的德国，当时大西洋两岸的未来充满希望。然而，几年之后，随着第二次世界大战的开始，希特勒的罪行激怒全世界，我身陷亚洲的一个遥远角落，如此贫穷潦倒，以至于需要把报纸塞进鞋子里来堵上破洞。

我出生的时候是德国人，成为美国人后又度过60多个年头。

在经济动荡、独裁统治和战争时期,我根本没有护照;但是几年以后,至少有四个不同国家愿意发给我护照。[2]在两年半的时间里,我一直是日本人的囚徒,后来,连级别最低的美国领事馆官员也不愿意让我占用他的时间。然而,在另一个美国从战争中崛起为西方领袖的时代,作为美国大使,我将在20世纪60年代代表美国总统出使外国;在70年代,我作为财政部部长,成了名义上在紧急情况下接替总统的第五位人选。[3]

曾经,没有人愿意雇用我,我也找不到工作。后来,当生活水平提高,经济繁荣的时候,我先后领导两家价值数十亿美元的大公司,每一家都是20世纪技术和经济进步的象征。80年代,随着电子革命加剧全球化,改变了世界,我在领导世界上一家伟大的计算机公司的同时,对这一人类事务的重大转折点有了一些内在的看法。

我有幸成为20世纪几个里程碑事件的旁观者,偶尔甚至是一名小小的参与者。这当然不是刻意为之,主要是由于命运造化和偶然情况,我被送上某些位置和职位,可以遇到一些关键决策者并看到他们的行动。因此,在20世纪的关键时刻,我作为受害者、证人或参与者,在行动的中间,出现在世界领导人和决策者的身边,这些都是偶然的。

我最早的记忆是20世纪30年代希特勒统治下的柏林。我原以为永远不会回到柏林,但是由于命运的安排,我将在90年代再次与柏林紧密联系在一起,那时一个完全不同的德国已经发展成为一个强大的民主国家。我见过垂死挣扎的旧中国,离开时无甚遗憾。然而,在70年代,我会结识中国最高领导层,发现自己在重建中美关系中扮演某种角色,并且成为20世纪末中国转变为世界主要强国的内部见证人。中东发生巨大变化,我直接目睹的一些事件定义了这些变化:我与以色列总理梅纳赫姆·贝京(Menachem Begin)交涉之时,正处在巴以和平进程可以推进但尚未推进的关键时刻,而这位总理思想僵化;我与伊朗国王交涉之时,正值一场民众起义使他失去王位的危急时刻。从50年代到70年代,在商业和政府领域,我亲身参与了欧洲经济一体化的突破性发展,并与大西洋两岸的主要决策者密切来往,他们是欧洲经济统一的架构师。最重要的是,我曾多次有幸直接为三位美国总统工作,与他们在白宫关系密切。

本书讲述我经历的这个世纪的起起伏伏,其间会近距离接触一些主要的决策者。从参与者和观察者的角度来看,本书是一段关于决定命运的重要岁月的历史。然而,本书既不是历史学家所说的20世纪的历史,也不是一本普通自传,而是某种程度上的混合体。正如埃里克·霍布斯鲍姆①(Eric Hobsbawm)曾经描述的那样,这是一本书,存在于"历史和记忆之间的一个黄昏地带,介于对过去的一种笼统记录……和作为一个人生活中被铭记的一部分"[4]。因此,这里面必然有些主观的阐释,我认识到这存在一定的风险。

读者将读到一些反复出现的主题。正如我对20世纪的事件所做的思考,这些主题给我留下深刻的印象。一个已经提到的问题是,历史的演变是不可能预测的,但取决于做出决定的人和将他

---

① 埃里克·霍布斯鲍姆:享誉国际、备受推崇的左翼近代史大师。——译者注

们置于权力地位的意外事件。此外,个人决策者在塑造历史事件方面非常重要,尤其是在高层,气质和个人领导素质的正确结合至关重要。最后,在极其罕见的情况下,外生事件的发生会超出任何人的控制,而且也会决定历史进程并决定领导人的决策。20世纪,电子革命开创全球化时代,这就是一个此类事件。

20世纪的历史教导我们,智慧不一定战胜愚蠢,对人类生命的尊重也不一定总是占据上风。然而,20世纪的历史也表明,有理由更乐观一些,只要一点运气和常识,智慧和尊重生命还是经常获胜的。

全球化时代给我们带来许多新的危险和风险,同时也带来更大的进步机会和人类状况的不断改善。事情将如何发展,这还不得而知。问题不仅在于好运是否会对我们展露笑颜,而且在于是否会有领导人利用20世纪的经验,并以积极的方式塑造新的世纪。

目录

第一章　30年代　危难中的德国：身处纳粹恐怖下的柏林 / 001

第二章　40年代　战争岁月：上海 / 071

第三章　50年代　战后美国：学徒时代 / 137

第四章　60年代　华盛顿 / 211

第五章　70年代（上）　转型中的世界 / 265

第六章　70年代（下）　卡特时代 / 295

第七章　80年代　全球化 / 367

第八章　90年代　新德国 / 411

注释 / 459

第一章
30 年代
危难中的德国：身处纳粹恐怖下的柏林

第一章　30年代　危难中的德国：身处纳粹恐怖下的柏林

布卢门撒尔家族

1926年1月3日，我出生于德国柏林附近一个名为奥拉宁堡①的小镇。我的家庭是一个富裕的犹太之家，从事地方银行家的工作，祖辈世代生活在德国。我出生的时间点颇具灾难性，这一点在不久后就显露无遗。

当新世纪拉开序幕，生活仍然井然有序、一切可期。强大的欧洲强国——英国、法国和德国——占据着国际经济和政治体系的中心，殖民帝国的版图完整无缺。这些国家之间爆发战争的可能性近乎渺茫。那时的军事技术非常发达，如果哪个国家挑起战

---

① 奥拉宁堡：德国东北部城市，南距柏林10公里。——译者注

争，简直就是自讨苦吃、自取灭亡的愚蠢之举。在大西洋彼岸，美国正在蓬勃发展，世界贸易日渐繁荣，很多地方的生活水平持续上升。大家普遍的想法是好日子还长着呢，未来一片光明。

在德国定居已久的犹太公民也持有同样的乐观想法，其中也包括身处奥拉宁堡的布卢门撒尔一家。他们曾经身陷危难，沦为二等公民，成为被剥夺了公民权的少数族群分子，饱受歧视与质疑，在反反复复的压迫浪潮中沉浮飘零。但那些发生在很久以前，都是过去的事了。在19世纪，德国的犹太人已经被赋予完整的公民权，很多犹太人成为成功的商人，或者成为职业人士。虽然反犹太主义的势力肯定还没有完全消散，但是在世纪之交，这股势力似乎日渐式微。很多犹太人坚信：不管还存在哪些针对犹太人的阻碍和壁垒，它们终将被进步和开明扫清，这只是一个时间问题。

在奥拉宁堡，我的曾祖父是当选镇议会成员的首批犹太人小团体中的一员。我的祖父一脉相承，也是镇上最受尊重的公民之一。到了世纪之交，布卢门撒尔家族家境殷实，过着舒适踏实的生活。多年以后，我的父亲于1889年出生。那时候的世道不太好，我的父亲一出生就是霍亨索伦家族[①]忠实的臣民。他总是会怀旧地回顾新世纪早期最好的那些年——他称其为"从前的美好时

[①] 霍亨索伦家族是欧洲的三大家族之一，为勃兰登堡-普鲁士及德意志帝国的主要统治家族。霍亨索伦家族起源于施瓦本公国境内的黑欣根附近，其始祖布尔夏德一世在11世纪初叶受封为索伦伯爵。领地在今上内卡河、施瓦本山和上多瑙河之间。——译者注

光",有的时候他简单地称其为"帝王时代"①。

1914年,第一次世界大战爆发,这成为一个转折点。那个时候,很多幻想被击破,前些年的乐观很显然全数落空。少数人毫无征兆地发起这场战争,一打就是4年的时间,最终证明这场战争是人类历史上最昂贵的战争之一。此后,20世纪的发展之路与此前的预期大相径庭。

欧洲的整整一代年轻男子在战场上惨遭杀戮,欧洲大陆大部分地方沦为一片废墟,法国尤为如此。俄罗斯帝国的沙皇和奥匈帝国的皇帝以及德国的皇帝退出了历史的舞台,取而代之的是政治软弱、不稳定的政府。随之而来的是多年经济上的举步维艰和政治上的不确定性。在第一次世界大战后早期的那些年,尤其是在德国,通货膨胀令人震惊,其严重程度前所未有,使得中产阶级陷入贫困,滋生了极端主义、反动情绪,使整个国家的社会与政治结构经受了非比寻常的极大压力。

战争导致的影响极具破坏力,但是20年代也经受着现实世界改变的冲击。现实的改变一直像种子一样悄然萌发,但是战前的观察家们却几乎没有意识到它的重要性。此时,许多现实世界的改变一览无余:新的发现和科学上的进步出现,在产生好处的同时也带来剧变;世界经济变得国际化,单个国家的影响力也有所不同;不合时宜的欧洲帝国纷纷解体,海外殖民主义宣告结束;欧洲作为世界的主导势力走向衰落,美国则日益崛起;最后,还有大众的政治觉醒日益增长,带来很大的影响力,各种意识形态

---

① 指德意志第二帝国时期。——译者注

之间围绕用什么方式才能最好地管理现代生活而碰撞不断。

对这个问题答案的寻找将在20世纪的大部分时间主导世界事件,也成为20世纪多数暴动和武装冲突的起因。马克思主义、怀旧情绪,夹杂着让时间倒转的激进思想、法西斯主义的抬头、民族冲突、大大小小的战争、对科学的滥用和用伪科学方法解决复杂问题的盛行、党同伐异、种族主义,还有反犹太主义等,都是在寻求答案的过程中产生的一些后果。最终,对这个答案的寻求导致了20世纪漫长的冷战和核对峙,导致了20世纪的诸多危险和挫折,也促成了20世纪惊人的智慧成就和进步。

在包括德国在内的一些国家,经济情况在1926年(也就是我出生的这一年)已经大有改善,后来一些德国人把这一时期称为"黄金时代"。在1919年,魏玛共和国经历了严峻的开端,德国初次尝试议会民主制度,那个时候大家对其能否存续深表怀疑。在这一制度短暂的14年存续期中,我出生的这个时期虽然短暂,但这是第二个阶段,也是带来更多希望的阶段。

《凡尔赛和约》中的条款非常严苛,给遭受重创的战败德国强加上毁灭性的负担,这造成了其国内巨大而且持久的压力;而通货膨胀给中产阶级带来的影响让他们无力承担,这进一步加剧了压力。政府频繁更替,左翼和右翼的极端分子不断试图推翻年轻的共和国,街上持续动荡,政治刺杀每天司空见惯。但是,几乎是奇迹般的,20世纪20年代中期的年份迎来的是比较团结和风平浪静的局面。德国经济受到外国贷款的扶持后有所增长,其中多数贷款来自美国。失业率降低,价格相对稳定,货架上再次摆满食物。但是,还没有人意识到,这个较为幸福的阶段其实非常短暂，紧随其后的就是魏玛共和国的最后几年时光。到了那个时候，在世界经济萧条的影响下，魏玛共和国的解体将开启为期 12 年的下坡路，直至陷入大灾难。

德国的战后重建在很大程度上依赖来自美国的资金。因此，世界经济体系崩溃为德国带来巨大创伤，没有别的国家遭受过如此严重的创伤。当美国资金于 1928—1929 年突然完全断绝的时候，德国的整个经济体系分崩离析。成百上千的德国银行纷纷倒闭，其中也包括奥拉宁堡的布卢门撒尔银行。整个德国被拖入比美国还严重的经济危机。1928—1932 年，德国的国民收入下降了惊人的 62%，出口额减少了一半。每三名工人里，就有一名工人失业。贫困和绝望情绪四处蔓延，比可怕的第一次世界大战后的前几年有过之而无不及。人们对魏玛共和国残存的信心被完全摧毁掉，德国民主的末日就要来临。

1929 年，也就是布卢门撒尔银行破产的这一年，我只有 3 岁。为了逃离落魄导致的羞愧和屈辱，我的父母收拾财物，从奥拉宁堡逃到柏林。而我最早的童年记忆就来自那些年。

从奥拉宁堡到柏林

我们在接近 1929 年底的时候到达柏林。德国正在加速下坠，直至坠入深深的经济危机。而我的父母不希望别人知道自己的资产状况，以此逃避家族银行倒闭的耻辱，毕竟管理不善和世界经济危机让家族银行深受连累。我的父母失去所有的积蓄，彻底破产，也没有一技之长可以赚钱养家。

时运不济，糟糕透顶。超过 200 万德国人只能靠失业救济金过活。柏林一片混乱，失业的人越来越多。从 1 月到纽约股市崩溃的 10 月，短短几个月时间，失业人口从 30 万增长到 60 万。15 万柏林金属工人冲到街上，进行旷日持久的罢工，以此抗议 15% 的薪酬削减。纳粹帮派在柏林城里游荡，打家劫舍，袭击他们的敌对者，野蛮对待犹太人，在电影院里因为不喜欢的电影而叫嚣。当埃里希·玛丽亚·雷马克（Erich Maria Remarques）的反战电影《西线无战事》（*All Quiet On The Western Front*）由于纳粹的威胁而暂停公映的时候，共产主义者则报复性地抵制《桑苏西长笛音乐会》（*The Flute Concert of San-Souci*），这是希特勒最喜欢的电影之一，是一部对腓特烈大帝①（Frederick the Great）歌功颂德的影片。

同时，柏林市政厅陷入一片混乱，几乎无法运转。在后来的选举中，处于统治地位的社会民主党人虽然掌权，但是岌岌可危，反民主政党堂而皇之地占据了多个席位。不难预料的是，反犹太主义再次兴起，这与从前危难时期的情况并无二致。作为日益壮大的纳粹党在柏林的领袖，邪恶的约瑟夫·戈培尔（Paul Joseph Goebbels）不断煽动着反犹太人的情绪。

整个城市危机四伏，混乱异常。我的父母面临着尤为令人痛苦的困难时期。首先，因为没有钱，我们没有自己的住处，只能

---

① 腓特烈大帝：又译作弗里德里希二世，是霍亨索伦王朝的普鲁士国王，著名的军事家、政治家、作家和作曲家。——译者注

挤入外祖母家的公寓,这种安排实在是对谁都没有好处。我只模糊记得那是一栋老式公寓,位于西柏林的夏洛滕堡区的康德大街134a号,天花板很高,十分昏暗。

我马上就满4岁,我们接下来在康德大街度过的两年恰好和我的早期记忆吻合。而我的早期记忆只剩下朦胧的阴郁情绪、紧张感受和对新环境的不熟悉感。但是,我记得的是,我当时几乎立马被打发到一家非常"德国化"的幼儿园。在那里,我被托付给一个和蔼的"阿姨"照料。她把我吓到半死,而我不记得是因为什么孩子气的原因。我已经忘记了她的名字,但是一张现存的照片显示,她是一位年长的女士,戴着厚厚的眼镜,外表严厉,笔直地坐在草地上,身边围绕着十几个年幼的送托的孩子。我觉得吓到我的主要是她的眼镜和她不同寻常的低沉声音。我也记得她严格执行纪律,保护欲很强,并非不够慈祥,但是一门心思地想让我们接受秩序、自律和顺从等美德的熏陶。在那个时候的德国,盛行的是"大人说话时,小孩最好别插嘴"这一广为人知的准则,大多数成年人也相应地对待自己的孩子。大约25年后,我和妻子把我们的孩子送到普林斯顿的幼儿园,而"阿姨"营造的氛围与那些幼儿园当然相去甚远。普林斯顿的幼儿园有温暖滋养的环境,看重的是让孩子们自由培养独立的个性,而我在柏林的"幼儿园"肯定不是这个样子。

对我的父母来说,在德国首都的骚乱中度过的头几个月肯定是一段备受打击的经历。毕竟,他们突然寄人篱下,仰仗外祖母的施舍生活。而我的外祖母待人冷漠,饱受抑郁症的反复折磨,她既不是一个天性欢快的人,也不热心于慷慨的好客之举。父母之前还是衣食无忧、日子安稳的合法公民，一下子变得无家可归，几乎变成叫花子一样的人。这样的变故来得太突然，让人无所适从。在奥拉宁堡，他们是社区的支柱，受人尊重，也是镇上的一流犹太人居民。他们的房子又大又显眼，位于镇上的好地段。他们不必做日常生活中的繁重杂活，因为家里有足够的用人可供使唤：一名全职的厨师、一名女仆、每周来洗一次衣服的洗衣女工、一名家庭司机，还有一名住家的保姆——负责照顾年长我5岁的姐姐斯蒂芬妮（Stefanie）和我。当命运突然彻底反转，他们的性情和经验使他们毫无准备。

我的父亲埃瓦尔德（Ewald）肯定猝不及防。他是我的祖母宠爱的长子，信心不足，个性很不积极主动，也不能果断应对突然出现的逆境。而我母亲的家境不太富有，比父亲差很多。在她出生前，她们家族的上一代人才从东部搬到柏林。毫无疑问，结婚以后，她的生活方式和社会地位得到了提高，而她也毫不费力地就适应了婚后的生活。与她的丈夫不同的是，她天生就是一个精力充沛、充满力量的人——她将在后面的岁月里充分发挥她的这些可贵的特质。但是，要接受发生的这一切，她需要时间。

危机降临的时候，我的父亲刚刚40岁。在18世纪末，他的曾祖父伊斯雷尔（Israel）还只是一位虔诚的犹太人，与祖辈和犹太教堂来往密切，与周围的德国环境相对来说较为疏离。伊斯雷尔的儿子，也就是我的曾祖父，推进了文化同化的过程，把名字从莱文（Levin）改成路易（Louis），成功成为奥拉宁堡的精英人士，地位显赫。到了19世纪中期，祖父这一代人完成了布卢门撒尔家族同化为德国人的过程。孩子们出生时取的名字都是典型的

第一章 30年代 危难中的德国：身处纳粹恐怖下的柏林

德国名字——第一个早逝的孩子叫汉斯（Hans），我的父亲叫埃瓦尔德，后面的弟弟妹妹叫赫尔穆特（Helmut）、伊迪丝（Edith）和西奥多（Theodor）。他们现在首先是德国公民——骄傲的国家主义者，也是德国皇帝的忠实拥护者。他们知道自己是犹太人——他们的邻居们不会让他们忘记这一点——但是他们与宗教与犹太文化之间的纽带变得很薄弱。我的父亲是一个彻头彻尾的无宗教信仰的犹太人，他不认识希伯来文，也不去犹太教堂；而家里的其他人除了参加少数仪式性的场合，几乎也从来不去教堂。在身份认同上，父亲首先认为自己是一名德国人，其次才认为自己是一名犹太人。

他很乐于回忆那些最好的时光，那是战前的美好岁月。那时候，他身在柏林，在一年的兵役和后来的银行实习期间，住在舒适的单身宿舍里，自由支配着家族给他的资助。他被安排在御林广场附近的比赫伦街上的一家小型私有银行里工作，而银行的所有者是他父亲的朋友。当时的想法是让他在那里学会这一行的基本技能，以后回家经营自家银行的时候能派上用场。

从现存的照片看起来，他是个好看的年轻人，中等身材，黑色的头发已经开始变得稀疏，漂亮的脸庞上闪烁着一双愉快的棕色眼睛。我的祖母伊达·埃洛伊斯（Ida Eloesser）很爱他，自从她的第一个孩子幼年夭折以后，祖母把全部的爱都倾注在我的父亲身上，以至于父亲和他的弟弟赫尔穆特相差好几岁。正如父亲喜欢津津有味地说的那样，祖母对他的付出和娇惯有一个很明显的证明，那就是母子之间秘密的财务安排。而这种安排就是为了保证他在柏林生活舒适，有充足的现金可以享受这个大城市的诸多精彩之处。当时，他的父亲每个月提供一份非常丰厚的资助，用来维持他的生活——而我的祖母会暗地里给他同样一份资助，因此他得到的是双倍的资助。那些年里，20多岁的年轻人在战前的柏林随心所欲地潇洒挥霍，这段经历给他留下了温暖的回忆。

我的父亲聪明，但算不上才华横溢，也没有受过特别良好的教育。和那个时代的普遍做法一样的是，他16岁就离开学校，仅仅接受过普通的正式教育。除了他的母语德语，他还学了一点拉丁语，只能说一丁点儿英语和法语。家里给他的智力方面的启发有限，他对精神生活也没有什么兴趣，但是从根本上来说他是一个诚实温和的人，而且本性善良平和。我不曾记得他强烈地表达过自己的情感，不管是大喜过望还是怒不可遏，或者是因为喜悦或愤怒而对妻子儿女或其他任何人说出重话，这些情况都没有发生过。我猜测他有一种深深的不自信之感，深知自己的局限和不足，这些转化成一定程度上的被动性和做事倾向。他在为人处事上尽量不和别人作对，把自己不能面对的困难决定留给别人去定夺。

基本上，当他不必操心各种烦忧、可以尽情享受生活中的小乐趣——美食、个人的安逸舒适、偶尔在外面的拈花惹草以及大把可供挥霍的钱财——的时候，他就非常幸福了。似乎他一生都深得女性的欢心，而这样的机会来临的时候，他通通来者不拒。

如果他生活在其他的时代，以上这些可能也无关紧要。但是，同其他被同化的德国犹太人一样，这种生活状态使他不具备能力去应对他后来将面对的各种危机。在逃亡生涯中，失去固定身份这一事实将对他造成尤其沉重的打击。他没有宗教信仰，所以无处寄托求助；他也无法从其他方面——职业成就或业余爱好——获得满足感。此后，他再也没有获得过他年轻时所熟悉的那种安全感。

1920年秋天，我的父母在短期恋爱后结了婚。我的母亲瓦莱丽（Valerie）当时还不到22岁，比我的父亲小9岁。她长着一头金发，眼睛湛蓝，体态窈窕，是一个漂亮明媚的年轻女子。她是家里的幼女，上面有一个姐姐，出生于柏林的一个犹太人家庭，家里的经济状况和社会地位都不怎么样。如果说布卢门撒尔家族处于小康和富裕之间的话，那么我母亲的娘家玛克特家族则牢牢地处于小资产阶级的底层。不管是玛克特夫妇俩，还是他们的两个女儿，都没有品尝过特别好的教育所带来的甜头。母亲的教育结束于16岁那年，那时候她完成了秘书的培训。当她遇到自己未来的丈夫的时候，她做的是办公室初级文员的工作。但是，从天性上来说，她是一个勤奋的人，也有事业上的抱负，也有与生俱来的高智商。

夫妻二人的个性明显不同，不算是特别适合对方，但是也不难理解她们结合的原因。父亲对漂亮女人很有眼光——这一点后来给他们带来了麻烦——他很可能被母亲漂亮的外表所吸引。有可能他对母亲身上的品质印象深刻，比如她的事业心、精力和驱动力。对母亲来说，爱上这个一表人才、比她年长几岁的友善男人也不是什么难事。我猜测母亲的动机也不排除攀上高枝以及一步登天后带给她的诸多机会。但是，换个角度来说，他们之间也没有什么区别。两个人都来自彻底世俗化的德国犹太人家庭。两个人成长的家庭都过圣诞节，也就是说，他们都不庆祝传统的光明节①。

他们的婚姻是对立面之间的结合，但是如果在更太平安稳的时期，他们的婚姻会相安无事。作为被驱逐的移民，在他们将面对的困难的生活条件下，他们的婚姻持续了22年，最终瓦解。究其原因，既有父亲偶尔婚外留情的癖好、母亲对过去的耿耿于怀，也有在远东的难民生涯中沉重的压力。在很长时间里，他们之间有一项维持婚姻和平的默契：母亲负责做决定，父亲负责执行决定。母亲天生喜欢掌舵，正如父亲乐于在母亲的操控下航行一样。这种默契造成了情感不外露的习惯和肤浅的夫妻关系，但是很少产生公开的争议，所以很多年里父母相安无事。

作为一名22岁的年轻女子，我的母亲面对着她有生以来的第一个巨大挑战：接受转变，进入她所不熟悉的、布卢门撒尔家族的中上资产阶级的生活环境。这种一步登天肯定令人心生畏惧，但是她学得很快，甚至在我1926年出生之前就发现了其丈夫的软弱和被动，并且迅速填补了这种缺失。因此，在银行倒闭的很久以前，母亲已经在家庭事务中占据了权力的核心地位。在柏林，在最窘迫艰难的日子里，母亲很快接管财务，成为家里唯一的经济支柱。

不管从什么角度看，母亲都是一位可敬的女人。在那些最黑暗无光的日子里，她把全家人凝聚在一起，而且毫不夸张地说，

---

① 光明节是一个犹太教节日。该节日是为了纪念犹太人在马加比家族的领导下，从叙利亚塞琉古王朝国王安条克四世手上夺回耶路撒冷，并重新将耶路撒冷第二圣殿献给上帝。——译者注

我们的命都是她给予的。但是对我来说,她不是一个特别热情或者爱意满满的母亲。她照顾我们,肯定也爱我,但是她的做事风格是宣布决定,然后希望我们执行她的决定。母亲不太能容忍不同观点,而她也不擅长体察别人的感受。多年以后,她在旧金山伤心地对我说:很不幸的是,在她的成长过程中,"从来不曾有过"美国人口中的"人际关系"。我和母亲之间的亲密程度比我和父亲之间好不到哪里去,她越是想控制我,我和她的冲突就越多。但是,在母亲去世后,时至今日,我都很怀念她。也许我从前没有意识到我们之间有多么相似,她对我的影响力非常大,尽管我不愿意承认这一点。

和所有德国犹太人一样,对于母亲来说,在纳粹的铁蹄之下和逃亡生涯中的那些年极度艰苦。但是,不管有什么困难,母亲都顽强地战胜它们,从来不曾胆怯退缩。为此,我深深地敬佩我的母亲。但是,我同样怀念某种温暖的家庭氛围,感觉到家庭成员坦诚分享情感和家庭凝聚力方面的缺失。在时运最不济的年代,我们在家庭内部找不到可以依赖的东西——除了她性格上的刚毅和从不妥协的意志。

* * *

当我们到达柏林的时候,母亲刚刚 30 岁。首都陷入危机,她的身边有两个年幼的孩子,再加上一个基本上不中用的丈夫,没有钱财,前途渺茫。但是,母亲分秒必争地踏上征程,花了很长时间寻找新的收入来源。当我们全家临时蜗居在外祖母的公寓时,新的收入来源可以让我们逃脱压抑至极的氛围。

母亲的第一次冒险是她迅速放弃进入电影行当的努力。有人把她介绍给朋友的朋友,后者在位于柏林城外的一个电影工作室有熟人。在那里,一大帮有才华的年轻制片人和导演已经树立起德国电影的声望,那里成为"有声电影"这一新的世界性产业中最有创意、最成功的生产中心之一。恩斯特·刘别谦①(Ernst Lubitseh)、比利·怀尔德②(Billy Wilder)、弗里兹·朗③(Fritz Lang)、艾里奇·鲍默④(Erich Pommer)、罗伯特·西奥德梅克⑤(Robert Siodmak),还有很多其他人,都在这里发迹。身为犹太人,1933年后,他们很快被纳粹分子驱逐——大部分去了好莱坞——在那里他们成为更加家喻户晓的成功人士,而经历这番损失之后,德国电影产业再也没有恢复元气。[1] 但是,母亲的成就不过就是临时演员,或是小小的有台词的角色,要获得经济上或者艺术上的回报基本无望。

之后,母亲又做了其他尝试,试图赚到足够的钱养活我们,结果都失败了。讽刺的是,在1933年纳粹接管柏林的几个月前,

---

① 恩斯特·刘别谦:德国演员、导演、编剧,1892年1月28日出生于德国柏林。——译者注

② 比利·怀尔德:犹太裔美国导演、制作人与编剧家,是美国电影史上最重要的导演之一。曾经两度夺得奥斯卡最佳导演奖。共入围奥斯卡奖21个奖项,其中有8次是最佳导演奖。——译者注

③ 弗里兹·朗:出生于维也纳,知名编剧,导演。因其贡献而常与希区柯克、卓别林等人并列于电影百人之列,被认为是电影史上影响最大的导演之一。——译者注

④ 艾里奇·鲍默:德国著名的电影制片人。——译者注

⑤ 罗伯特·西奥德梅克:1900年8月8日出生于德国萨克森德累斯顿,德国男演员、导演、编剧、制片人。——译者注

第一章　30 年代　危难中的德国：身处纳粹恐怖下的柏林

成功终于降临。那时候，母亲在蔓延的经济萧条环境中苦苦挣扎，一个朋友看在眼里，同意为她担保，这样母亲能获得她所需的一笔金额不大的资金，开一家小小的自营零售商店。母亲对这个朋友保证说她见过太多类似的商店，自己开的商店肯定好于大多数商店。有了这家零售商店，我们终于可以在 1932 年的夏天搬进自己狭小的公寓，公寓位于母亲的小商店后面。小商店出售女士时尚饰品，对面就是一个郁郁葱葱的公园，公园里到处都是游乐场和喷泉。奥利维尔广场 10 号位于一个货真价实的中产阶级社区，临近柏林最知名的主要大街选帝侯大街，通常更为人熟知的名称是库达姆大街。我将在商店对面的公园里度过心满意足的几年童年时光，飞快地骑着滑板车，磨炼为数不多的技能，以便和别人进行复杂的弹球比赛。

我的父亲被安排在收款机后面，等候顾客光临。我的母亲负责其他一切事务。后来，生意好起来以后，多了一位 20 多岁的名叫多拉·哈恩（Dora Hahn）的年轻女子，她是这里唯一的店员。我的母亲工作勤奋，对这个店寄予厚望。她把这家店叫作威利斯（Wally's），由她的名字演变而来。[2] 圣诞节时的生意出奇地好，结果她第一年就净赚 8 000 马克，令人刮目相看。未来看起来一片光明。正是这个时候，阿道夫·希特勒被任命为德国总理，对于威利斯商店的主人来说，对于所有德国犹太人来说，一切都将和从前不一样。为了马上落实之前承诺的反犹太人政策，希特勒宣布在全国范围内实施抵制犹太人的政策。所以，从 1933 年的 4 月 1 日起，纳粹冲锋队在母亲的商店门前占据地盘，不让顾客进去购物。那是我最早的记忆之一，也是最恐怖的记忆之一。他们举着牌子，上面写着"犹太人商店。德国人禁止在此购物"。

童年时代的柏林

如果想要描绘出20世纪生活方式翻天覆地的变化，只消回想一番我童年中的柏林，此外，没有更合适的方法。

柏林城里有超过400万居民，分布在大约900平方公里的广阔土地上。柏林是一个欧洲大都市，虽然分布其中的德国建筑不是最美丽的，但是科技与巴黎和伦敦一样发达，而且比多数其他城市更加出类拔萃。在纳粹占领之前，柏林是著名的大型工业、科学、文化和教育中心，拥有世界最优秀的大学、许多活跃的剧场、著名的博物馆，世界级的歌剧院和音乐厅里上演着当时顶尖表演艺术家的作品。

20世纪30年代的街道景象印刻在我的记忆中，现在的柏林人几乎很难辨认出当时的情景。首先，街上仍然有马匹。事实上，最后一批马拉公交车几年前才退出历史舞台。[3]那时候，通常用马车把诸如煤炭、啤酒和冰等日常物品运送到商店和家庭，毕竟当时私有冰箱还是罕见的奢侈品。不知何故，甚至是笨重的家具货车也几乎全部由高大有力的马匹拉动。货车所过之处，地上撒满宣传单，留给城市的环卫工人去收拾。我们这些孩子们把它们叫作"马粪蛋"。汽车是一种奢侈品，并非中产阶级所能享用。交通压力越来越大，但是除了几条主要的大道，路面不像今天一样拥堵。父母的朋友圈子里只有少数几个人拥有汽车，开车的人不外乎两种：要么就是特别有钱的人，要么就是偶尔开车出去吸引女士的单身汉。出租汽车已经相当普遍，但是在奥利维尔广场，马匹拉动的出租马车仍有一席之位。时至今日，我的耳畔仍回响着马车夫的声音，他们高坐车厢顶上，说着粗俗的柏林俚语，与路人戏谑打趣。

自行车随处可见，而且修建于19、20世纪之交的柏林地铁和高架火车网络是欧洲最先进的火车网络之一，令人印象深刻。当时，人们出行时首选的地面公共交通方式是有轨电车。[4]现在，这种车辆已经几乎绝迹，但在那个时候，电车叮当作响的声音无处不在，构成交通的背景噪音。柏林城四处点缀着绿色植物，周围环绕着美丽的湖泊。但是，柏林城里100多万的低收入人群居住的廉租公寓单调乏味，一些公寓只修建了昏暗的内院，不利于身心健康。那时的电话号码只有6位数字，多数贫困的柏林人根本负担不起电话机的费用。

很久以前，这种街头景象的传统社会习俗已经消失不见，第一次世界大战战败带来的创伤仍然随处可见。在街角某处，一条腿的老兵站在那里卖铅笔、鲜花或者各色廉价饰品。保姆们穿着像护士一样的制服，头纱垂在身后。还能见到走街串巷的工匠，身着其行当的特定装束。满脸黑色煤灰的扫烟囱的人在当时很常见，据说遇上扫烟囱的人会带来好运气。寡妇服丧需要穿一整年黑色的衣服，她们用黑色面纱半掩头部和面容，在人群中很容易认出。当有家人去世时，男子应该佩戴黑色的臂环。大学生们骄傲地显摆他们带帽舌的兄弟会帽子，而过不了多久，这些帽子就会被希特勒青年团①色彩暗淡的棕色制服代替。作为德国的传统特色，制服是柏林的景象中不可缺少的一部分。在1933年以后的纳粹柏林，有五花八门的制服：冲锋队的棕色制服、党卫军的黑色制服——犹太人尤为害怕他们的制服——各种不同的制服被用来区分纳粹党的机动化部队成员、勤务队成员、希特勒青年团成员、纳粹德国国防军士兵，还有无数其他成员。对于那些年龄太小、还不能加入纳粹党的小男孩来说，德意志帝国时代流行起来的水手服则仍是他们首选的"制服"。

直到男孩长到十七八岁的时候，他们的穿衣标准一直是短裤和过膝长袜。对于成年人，灯笼裤这种在小腿肚上收口的裤子是流行的"运动裤"（我记得在我们动身去中国之前，母亲给我选了几条灯笼裤，她甚至把我们仅有的几个马克也花在这上面。而到了中国以后我拒绝穿这些裤子，因为它们令我在我的英办学校里受到太多的嘲笑）。而20世纪晚期风靡世界的美国风格的牛仔裤在那时候还不为人所知。

普通的德国人过着相对来说孤立保守的生活。和现在相比，他们掌握的关于外国的第一手资料少得可怜。例如，我的父母经常回忆起他们去意大利度蜜月的事，觉得出国去玩很难得，也很特别。我们夏天都会去距离柏林不到150英里的波罗的海或挪威海的海滩度假。波罗的海边的黑灵斯多夫是全家人最钟爱的地方。

---

① 希特勒青年团是纳粹党于1922年成立的准军事组织，其任务是对13～18岁的男性青年进行军事训练，为德国的对外战争做准备，并为纳粹党提供后备党员。——译者注

* * *

我的父母以是德国人为荣,所以当纳粹分子把他们归类为异类、下等人的时候,他们感到很受伤。尽管他们坚称自己"就像别人一样"都是德国人,但是真相总是更加微妙、模糊不清。当然,他们奉行的是彻底的德国的价值观和行为方式,但是德国犹太人和非犹太人之间的区分——双方数个世纪的隔离和偏见的传统——从来没有被完全抹杀,我的父母也对此心知肚明。虽然自从纳粹执政以来,犹太人和非犹太人邻居和生意朋友之间的交流越来越少,但也维持着公开而友好的人情往来。街角理发店的两个店主科特勒(Kettler)先生和杰赫尔(Jehle)先生会来威利斯聊天,或者给妻子买些东西。街上的菜店和肉铺总是帮母亲预留她喜欢的"特价货"。我的父亲经常光顾位于奥利维尔广场的酒吧,和大家聊家常,在那里轻松说笑一番,偶尔也喝一杯啤酒。纳粹当权以后,一些邻居加入了纳粹党,但是只有为数不多的几个人打心眼儿里抵制犹太人。确实有些人在街上遇到犹太人邻居会故意视而不见,但那只是少数人的做法。多数其他人,即使是对"阿道夫"不吝赞美的那些人——这群人数量不容小觑,绝对不像他们后来声称的那样——也并不相信纳粹党反犹太人的那一套,而是对此深感难堪。"他们说的不是像你这样的人",那时候人们常常这样小声抱怨。

父母的社交圈里主要是其他被同化的犹太人,在希特勒上台之前的很长一段时间内是这样,在希特勒上台之后当然也是这样,这一点是事实。犹太人和非犹太人之间的亲密友谊也存在，但是却更难得一见，反正我想不起父母的社交圈子里有哪怕一份这样的友谊。

在希特勒上台前，柏林只有大约5%的犹太人口。但是，在我们居住的威尔默斯多夫和夏洛滕堡地区，犹太人口则集中得多。在这些地区的一些舒适的旧公寓里，犹太人房客的比例高达1/3。在那里，人们有充分的机会与背景相似的人进行社交往来——他们不仅排斥非犹太人，同样也排斥从波兰新移居此地的信奉犹太教的人。我的父母和他们的朋友说自己和这些"不够德国化的人"没什么共同之处，如果实话实说，就是说他们过于"犹太人化"了。从衣着和语言上可以明显地看出，这些人特别信奉犹太教，这令我的父母深感不安，让他们感到这会成为反犹太主义者借题发挥的"素材"。真实的情况是，被同化的德国犹太人渴望融入广阔的非犹太德国人的世界，所以他们有意识或无意识地接受了非犹太德国人的偏见看法。我相信后来他们都对自己当时的态度深感羞耻和后悔。直到亲身经历了纳粹分子的排挤并被驱逐到上海的难民营后，我的父母才最终意识到自己当时的偏见之深。

我的家族不算庞大，家族成员之间的关系也不是特别亲密。母亲的长姐，也就是我的姨妈格雷特·利维（Grete Levy）和她的丈夫西弗里德（Siegfried）住在我家附近。父亲的弟弟妹妹西奥多和伊迪丝住得比较远，事实上他们于1937年前就果断移民去了巴西。另一个弟弟赫尔穆特过着自己的小日子，偶尔才过来拜访。母亲的两个年长的姨妈，也就是外祖母的两个姐姐，生活在柏林东部，那里大量居住着那些被父母视为没有社会地位的人，我们几乎不去那边探望。

阿瑟·埃洛伊斯（Arthur Eloesser）是家族里最受爱戴、最有声望的成员。他是祖母的兄弟，妻子名叫玛加蕾特（Margarete）。他是知名的文学和表演评论家，著有许多学术书籍。他年少成名，在仅仅20多岁的时候就登上职业巅峰，成就包括成为德国作家联合会的主席。偶尔，我们会受邀去他家位于列茨希街宽敞的公寓里喝茶，我和我的姐姐会打扮得干干净净，穿着参加礼拜时的盛装出席。我记得自己目不转睛地看着书房里满满陈列的书籍，在那里，父母口中的著名的阿瑟舅舅接待我们，我的父母总是满怀崇敬地回想起这个特别的场景。在1933年以后，阿瑟被解除了所有的职务，只能在犹太人的报纸上发表文章。他于1938年去世。他的亡妻继续生活在柏林，后来被人谋杀。[5]

姨妈格雷特·利维和她的丈夫西弗里德生活在距离奥利维尔广场两个街区的杜伊斯堡大街，这是附近一条安静的街道。从某种程度上来说，我和他们之间的接触比和其他的家族成员更密切一些。在我年纪很小的时候，我承担了一项杂活，每周做两次工，收取5芬尼①的费用。我需要爬上姨妈家公寓后门的楼梯去拿她家的垃圾，然后把垃圾扔到地下室。这个活计让我的口袋里总是有钱花，可以买糖、弹球和铅铸兵人。母亲把我的零用钱管得很紧。为了获得看一场周日下午场电影的许可，也为了获得买电影票的钱，我通常需要发起一场漫长的眼泪攻势，苦苦乞求。因此，我落下了"神经杀手"这个不雅的名号，或者简单地说，我就是一

---

① 芬尼，德国货币单位，100芬尼＝1马克。——译者注

个烦人精。

我没怎么见过母亲的姨妈古斯特尔·塔洛（Gustel Tarlow）和乔安娜·塔洛（Johanna Tarlow），因为她们去世的时候我还很小。我们每年只去探望她们一次，走很远的路，去她们那曾经是一家证券交易所的寄宿公寓，参加每年一度的逾越节晚餐——这是那些年里我参与其中的唯一的真正的犹太场合。其实，父母并不情愿跑到一个乱糟糟的社区，去参加一个对自己没什么意义的仪式，对此他们毫不掩饰。但是不知为何，母亲觉得自己一定要年复一年地做同样的事。父母对这件事的态度也传染给了我和姐姐，当我回忆这种例行拜访的时候，第一印象就是每年一次无趣的日常任务，不必指望能得到任何愉快之感。每次聚会，他们总用一种我听不懂的语言祈祷很长的时间；最糟糕的是，食物端上桌子之前，似乎有没完没了的耽搁。

父亲的弟弟赫尔穆特受邀到我家吃饭，每年不会超过两次。叔叔的每次到访对母亲都是一种负担，她毫不掩饰自己的厌恶之情，但是也只能隐忍。因为赫尔穆特叔叔触犯了她的底线，所以母亲非常讨厌他。问题在于，他是一个公开的同性恋，并且以此为荣。我的父母认为，在那个时代，这种倾向最好是隐藏起来或者尽量谨慎处理。然而，赫尔穆特对自己的性取向毫不掩饰，他喜欢详细描述他最近俘获的感情对象，这些人都来自他那个群体，其中多是多彩多变的各种角色。他是布卢门撒尔家族中的异类，在舞蹈乐队中充当鼓手和歌者，过着完全波希米亚式的生活，有与之相应的语言风格和个人习惯。他一定知道我母亲的感受，我曾经想到他可能喜欢嘲弄她，并以让她难受为乐。

赫尔穆特的生活一点儿都不好过,恐怕母亲对他有失公道。在叔叔18岁的那年,他在第一次世界大战最后几天的战斗中严重受伤,失去了一条腿,花了一年甚至更长的时间辗转于各个军事医院,进行更多的康复治疗。他穿戴的假肢很笨重、令人痛苦,他走起路来非常困难。在长期的痛苦中,他已经习惯了大剂量的止痛剂,多年来一直在与吗啡成瘾进行斗争。我记得他在市中心的一家咖啡馆里和一群扮成墨西哥人的音乐家一起演奏,我觉得这非常令人兴奋。对母亲来说,他是家里的败家子,她简直无法忍受他的"与众不同"。具有讽刺意味的是,最后救了他的命的也是他的音乐才能。作为一名滞留在德国的负伤老兵,他由于"特殊案件"被纳粹关进了集中营,而在那里,他通过在囚犯乐队中打鼓活了下来。

总的来说,我想可以这么说:我是在一个有着轻微功能障碍的家庭环境中长大的。我坚强而坚定的母亲把我们凝聚在一起,但这个家庭没有一个特别亲密和精心育人的环境。公开表露爱意并不是母亲的风格。同样,父亲那种疏远和自我陶醉式的冷漠也没有爱的表达。在纳粹乌云笼罩的20世纪30年代,母亲把所有的精力都集中在谋生和经营商店上,她每天在店里待很长的时间。再加上家里缺乏其他智慧启发的来源,这很可能成了一种既定的模式,专门生产饱受困扰的童年。

但我还是毫发无损地度过了童年,进入从容镇定的成年期。我相信这一切归功于我有幸拥有对一位保姆的依恋。她给了我十足的爱、温暖和正面的关注,而这些我在其他人那里根本就得不到。她于1922年来到布卢门撒尔家,那一年,我的姐姐才1岁。

在我出生的时候,她已经在我家工作4年了。她和我们一起在柏林度过了起起落落的日子,直到1939年4月7日那个阴雨交加的夜晚。那时,她和利维一家在火车站目送我们踏上去中国的旅程。我再也没有见过我的姨父和姨妈——他们在波兰被杀害了。但保姆不是犹太人,后来在1953年第一次重返德国的时候,我在战后的东柏林找到了她。在她含泪送我们踏上逃离德国旅程的14年后,我和她有了一次触动感情的重逢。事情是这样的:在经历了漫长而疲劳的连夜飞行以后,我睡过了头,所以赴约迟到了。当我上气不接下气地赶到她家门口的时候,离约定时间已经过去了大约30分钟。她就站在那里,望着我,流露出严肃的嗔怪神情。"不,你知道的,沃纳……!"(她真是这样说的!)这是从她嘴里说出的第一句话。同时她看了一下自己的手表,以示责备。这之后,她才热泪盈眶地拥抱住我。我这种不守时的做法辜负了她从前对我的教导。那时,她病得相当严重,在战后初期的艰难岁月中勉强活了下来。我为她提供了一阵子的包装食品,直到她后来去世。

对我的父母来说,她是埃尔丝(Else)小姐,是一名典型的德国保姆:专业、能干、绝对可靠,对孩子们一心一意。除了关心我们的需要,她还有一个根深蒂固的意识,那就是她有责任教会我们得体的举止。一方面,她给我们温暖的爱;另一方面,她一贯教育我们干净、整洁、守时、服从和尊重长辈的重要性。她受到的培训就是把这些美德传授给受她照顾的孩子,而她一直用充满善意却坚定不移的决心履行着自己的使命。这样的保姆早就不复存在,但在20世纪30年代的德国,像她一样的人非常多。

她的贵族全名是埃尔丝·冯·威廉·埃德尔·冯·维尔登克伦。她的名字肯定给我的父母留下了深刻的印象。她的祖上是德国东部一位曾经高贵但后来破败的政府官僚。在20世纪20年代早期的清贫时期，由于战争耗尽了男丁，战后德国有大批的待嫁女子，受雇做一名保姆是一条常见的出路。像许多人一样，她终身未嫁。

我很爱她，我相信她也非常爱我。她给了我足够的爱和关注，比任何人都更了解我的需要和缺点。但她还是一名坚定的纪律主义者，有很坚定的是非观，看不惯有人违反规则。不像我的母亲偶尔给我一记狠狠的耳光，我不记得她曾使用过体罚的手段。但是，对我而言，比起不遵守别人的规则，违反我母亲的规则对我反而没有什么杀伤力。保姆只需给我一句呵斥或者给我一个不赞许的严肃表情，我就乖乖地回到了正轨。

上学的日子

我在动荡时期长大，但也不能说我在柏林的童年特别不开心。年少的孩子们在自己的轨道上活动，信任他们的长辈，不具备政治上的阅历，所以不能领会周围世界性事件的全部意义。在希特勒统治下的头几年，即使我的父母为了应付纳粹德国的疯狂环境而苦苦挣扎，我却浑然不觉。我的全部理解就是希特勒统治下的柏林是棕色的——有旗帜、制服、歌曲和标语。我知道我们犹太人不在其中，我想知道为什么，但把这当作一个生活中的事实接受了。与此同时，柏林的脉搏时刻在跳动，这是一个充满活力的大都市，这里的景色和声响令人兴奋。我只是在那里长大的一个普通孩子，以一个孩子的方式每天玩得不亦乐乎。当然，一旦犹太教堂被烧毁，商店变成一片废墟，被抓捕进入集中营的恐惧笼罩在我们的身上，即使我们这些孩子也无法摆脱压力和恐惧。但所有这些后来终究还是发生了。

我在6岁的时候被柏林的小学录取入学，那是在纳粹接管前的几个月。我的小学校舍是一栋难看的红砖建筑，在战争中幸存至今。我那个时代的德国教育制度很僵化，而且很不民主。过了第一个4年之后，也就是我10岁的那年，我面临着一项影响终身的重大决定。有些学生计划获得更好的教育，比方说进入大学，他们就会转学到8～9年制的"高等"学校，男孩加入高级中学，而女孩加入女子学校。剩下的孩子，通常是工人阶级的孩子，会在原来的学校再上4年的课，之后一般是做学徒或者参加职业培训。如果等到上完这4年的课后，再从第一种学校轨道切换到另一种学校轨道，这几乎不可能。

我班上有几个犹太孩子，除了不能加入希特勒青年团以外，我们和其他学生得到的是同等的对待。当我的父母在家中愁眉苦脸的时候，我们这些犹太孩子却和其他学生一起学习纳粹歌曲，聆听赞美德国复兴的故事。老师们的做法很老派，信奉严格纪律的教学理念，但是唯独不会对犹太儿童有所歧视。他们惩罚违规行为时可能是不够注重方法，但就犹太人和非犹太人而言，惩罚都很直接、一视同仁。对于更严重的违反纪律行为，体罚是一种广受认同的惩戒方式。体罚来得迅速、直击痛处：轻则被扇后脑勺，重则被戒尺用力地打手指，或者在极端的情况下，违反纪律的学生在全班面前被公开鞭打，被恐怖的藤条抽打背部。而藤条总是被老师放在桌上，专门用来对付极其冥顽不灵的学生。这种惩罚在让人疼痛的同时带给受罚者同样的耻辱感，我只领教过一次。晚上洗澡的时候，我发现屁股上留下了暴露实情的痕迹，我永远不会忘记那种羞辱的尴尬。

有的时候，同学会欺负我，对我推推搡搡，有一些言语上的侮辱。在很大程度上，那些背后的指指点点和反犹太的污蔑言辞反映出我的同学在收音机里、街上或家里听到的言论。然而，在那些早期的岁月里，我这方面的记忆不是很多。我们的父母强烈警告过我们要避免正面冲突，并且永远不要反击；老师们一般不赞许学生对犹太人的嘲笑行为，并且视其为违反纪律的行为，予以明令禁止。

大多数情况下，犹太孩子与他们的同学都能在操场上自由玩耍——我们乐此不疲地扮演着牛仔和印第安人。我们比赛玩弹球、踢足球，狂热地追随柏林足球队，为了自己最喜欢的赛车冠军争得面红耳赤。我特别崇拜光彩夺目的梅赛德斯赛车手鲁道夫·卡拉希奥拉（Rudolf Caracciola）。

总之，这是一个正常的柏林童年。但是到了1936年，我结束了4年的小学生活，并转学到一所高级中学，我的柏林童年生活戛然而止。此时，犹太人受到的排挤越来越严重，在很多层面被排除在正常的德国生活之外，而且每况愈下。这时候，犹太人的孩子全都要上犹太学校，只有在极少数情况下才获准进入柏林正规的高级中学。后来证明，我入读这所学校是一项非常快乐的选择，这是我人生的一个重要转折点。

柏林达雷姆区的犹太卡利斯基学校是一所与众不同的高级中学，而且很大程度上是那个时代的产物：学校是紧急成立的，实行男女同校教育，一切从简，长期缺少资金，受到周边居民的干扰；在充满敌意的环境中，面对着无数的限制和挑战，每天斗智斗勇。但我的卡利斯基学校是一个真正独特而且非常有效的机构。[6]学校成立于1932年，只存续了7年的时间，直到在1939年被纳粹永久性地关闭。在高峰时期，大约400名犹太男孩和女孩在那里学习，受到教师全身心和热诚的关爱。教师视渐进式的教育为自己的使命，要求严格，并执行最高的标准，而各项要求都是为那个时代和学生的特殊需要量身定制。

在外面的世界里，成年人的生活越来越艰难；但是在学校里，我们因为同样的命运走到了一起，融合成一个密不可分的学生群体，而老师们决心充分"利用"我们生死未卜的处境。我们的老师忠于职守，尽他们最大的努力让我们做好准备，去面对一个确定无疑的颠沛流离的难民式未来。我们将去往世界的遥远角落：少数幸运儿也许去美国，其他的人或者去欧洲的其他地方，或者去某个南美国家、巴勒斯坦、非洲或者上海。除了我们一家之外，没有人愿意去这个最后的选择地。

我在卡利斯基学校的3年是我这一生中最重要、最满意、最有意义的教育经历。"努力学习。"我母亲喜欢对我说教，"一旦你学到知识，没有任何人可以把它们从你身上夺走，即使是纳粹分子也不能。"这也是我们的老师对我们的期望，他们认真对待我们的教育，而且我们可能学习更用功，比生活在正常情况下的同龄孩子成长得更快，成熟得也更快。如果说困难时期能激发良好的表现，那么卡利斯基学校的学生和老师就证明了这一点。

　　课程由三个完全不同的要素组成。作为第一个要素，基本的学术类课程很密集，特别注重外国语言、数学，当然还有地理。我们被要求进行如饥似渴的阅读，这变成了我的毕生习惯。3年后，我学会说法语并且学会用法语写作，我的英语也足够流利，所以在我们离开柏林以后我可以使用自如——这对我在英办学校和在上海的法国租界的经历颇有帮助。第二个要素是每天下午的"实用"技能训练，这些对我们未来的难民生活有用——烹饪和一般的厨房工作、保证以后我们能自给自足的种菜技术、木工和对一般工具的熟悉，甚至是针线活。在所有这些实用课程中，老师不断强调一种团结、合作和互助的精神。我们被告知：未来的生活会很艰难，大家必须学会互相帮助。

　　还有体育、音乐和戏剧表演课。但是，卡利斯基学校最重要的无疑是第三个要素：为这些高度世俗化、成长于德国文化背景下的儿童群体注入一种崭新的犹太人意识。我这辈子第一次开始学希伯来语。虽然经过了这么多年，我掌握的希伯来语已所剩无几，但是当时学习它让我不再继续唱那些纳粹歌曲，而是学习犹太圣歌和基布兹民歌。在星期五晚上的礼拜中，我们点起蜡烛，在摆放着面包和葡萄酒的桌前背诵传统的祷告。

　　有生以来，我第一次成为一个完全的犹太团体的一部分。我当时没有完全意识到，我的德国身份被我作为犹太人的觉醒所淹没，而这种觉醒将伴随我的余生。这是一个奇妙的演变，但我的父母不以为然。我仍然记得，当我自豪地宣布自己当选为周五晚上祈祷的领唱者时，他们那种有些困惑、不太舒服的反应。而且当我催促他们在家里模仿这些宗教仪式的时候，他们就更为不解了。

我们周围的世界变得越来越有威胁性。我们受到孤立、排斥和威胁，现在成了流亡分子，顶多是二等德国人。对于成年人来说，这个新的现实情况很难让人接受。犹太人世世代代生活在德国这片土地上，他们怎么可能不完全算是德国人？但至少我们的压迫者做到了一点：越来越多的犹太人开始学习那些被他们早已忘却的传统，而且无论他们多么不情愿，他们都开始回归自己的犹太传统。正是通过他们在新建的犹太学校上学的孩子，大家才意识到这一点。

希特勒

如果说我在20世纪30年代的柏林度过的童年的核心成分是让我明白自己的犹太人身份意味着什么，那么另一个更重要的成分就是纳粹——还有元首阿道夫·希特勒，他统领我们的全部生活。许多德国人从来没有亲眼见过他，但是新闻片和收音机里整天都在报道他，他的照片贴在所有的墙上。当时，"希特勒万岁"成了一种正式的问候语，而且越来越多的人都使用这句话。

我只见过他一次，而且是转瞬即逝，那是在选帝侯大街，他的车队从我们身边飞驰而过，而他乘坐的是车队中最大的一辆敞篷豪华轿车，我也不知道车队要去哪里。有那么一瞬间，我觉得他正在看我，但毫无疑问，这只是我的想象。然后，他就不见了，我周围的人们仍然在挥手致意并高呼"希特勒万岁"。我忘不了自己和希特勒的这次偶遇。即使是今天，时间已经过去了70多年，这个场景仍然铭刻在我的脑海中。希特勒要杀死我，仅仅因为我是一个犹太人，或者因为他对我们各种变着花样的称呼："人类的破坏性形态""血统污秽的化身""吸血的蜘蛛"。当他掌权的时候，我只是一个小孩子；幸亏有偶然的好运气，如果纳粹特工照常执行了他的意愿，把我饿死、枪毙或者用毒气处死的话，我只能活到十五六岁的年纪。我在卡利斯基学校的最好的朋友赫尔穆特·斯特劳奇（Helmut Strauch）就是被毒气处死的（那年他16岁，可能是在奥斯威辛集中营），我的姨妈和姨夫也是如此（他们于同一年被害）。所以，如果我恨希特勒，应该没有人因此怪罪我。从更广泛的意义上讲，他对20世纪的影响无人能及，改变了数百万人的生活，影响的范围远远超出德国本土。希特勒掌权是20世纪最重要的政治事件之一。如果没有他，一切都会不同。因为他的存在，一切都改变了。

在20世纪，议会民主制度已经取得胜利，而这个世纪最深远的影响却并非来自那些伟大的拥护民主制度的政治家，反而是民主制度最狂热、最坚决的反对者们——尤其是阿道夫·希特勒，他是民主制度最无情、最顽固的敌人。这真是历史的巨大讽刺！在这些反对者中，只有阿道夫·希特勒——这个觉得自己比德国人更像德国人的奥地利人——给世界留下最深刻的印记，并极力改变历史的进程。正如历史学家休·特雷费-罗珀（Hugh Trevor-Roper）所说，只有希特勒一个人才是20世纪独一无二的"可怕的历史现象,他给了世界一个截然不同的面貌"[7]。

把世界推进历史上最血腥的战争深渊的人是希特勒,造成不可估量的痛苦和破坏的人是希特勒,下令屠杀数百万犹太人的人是希特勒,令五六千万人甚至更多士兵和平民丧生的也是希特勒。因为死去的人太多,我们根本就没有精确的数字。论政治的极端性、种族主义的暴力程度,以及进行军事征服的愤世嫉俗的残暴性,没有任何一个独裁者可以和希特勒相提并论。他差一点就把欧洲和世界的其他大部分国家踏在脚下,留给世人令人难以置信的满目疮痍。希特勒执政只有短短 12 年的时间,但他留下的祸害却延续数十年,而且到今天依然重重压在德国的肩头。可以说,希特勒凭一己之力改变了 20 世纪的历史。或者像历史学家伊恩·克肖(Ian Kershaw)所说的那样,是否可以把这个世纪称为"希特勒的世纪"?[8] 我觉得这样说并不为过。无论如何,就我自己的生活而言,没有别人比希特勒更深刻地影响了我的人生。

对我来说,希特勒的所作所为超出我的理解力,令我无法想象。我阅读过很多关于他的书——我们普林斯顿图书馆里有几大架子研究希特勒的书——但关于他的很多事还是让人无法解释。怎么解释他那巨大的仇恨和滔天的罪孽?这个人受教育程度不高、性格扭曲,作为一个政治新人,他如何一步登天,统治以自己的文化为荣的一众国民?等到一切都已经沦为废墟,他自己也已经一命呜呼的时候,受他蛊惑的人们直到最后一刻还在支持拥护他,这都是怎么回事?这个心理扭曲的人站在道德的对立面,不管他是精神失常还是本性疯狂,是一名没有原则的机会主义者,是一个跌跌撞撞踏上世界舞台的意外,还是一名具有恶魔般智慧的操纵者，洞察世界，有一整套计划去操纵世人和世事。

整整两代历史学家试图弄清希特勒究竟是一个什么样的人，他们的作品涉及广泛，对此的解释也形形色色。根据20世纪90年代的一项调查，当时就已经有超过1 500本书及12万篇个人文章与希特勒有关，它们的数量还在继续增长。[9]然而，我们了解得越多，希特勒这个人就越令人费解，让人难以捉摸，其所作所为无法被解释。阿道夫·希特勒统治了20世纪三四十年代的世界，如果抛开他去讨论20世纪，那么将无法触及核心。

终其一生，希特勒都沉迷于犹太人阴谋论，并认为世界上所有重大问题的责任都应由犹太人承担。不论是在公共场合还是在私人场合，直到他死亡的那一天，这都是希特勒的核心想法。在追寻希特勒对犹太人的憎恨的解释的过程中，学者们一直争论什么时候、为什么这种想法会占据他的内心。

不管希特勒的憎恨始于何时，很明显的是，从1919年开始，他反复提及的阴谋论中的"世界犹太人"的观点已经完全形成。一个重要的问题是：这仅仅是一种获得支持的手段，还是一种根深蒂固的感觉？在这个问题上，我认为证据很清晰，尽管不是所有研究希特勒的学者都同意我的观点。当然，希特勒是个完美的演员，善于隐藏自己的真实感情，他对自己的这种能力颇以为傲。可能他认识到反犹太主义作为一种获得支持的手段有很大的作用，然后他就充分地利用它。[10]在他的公开声明和行动中有许多战术细节上的转变、曲折、矛盾和前后不一。但是，对我来说，确定无疑的是，他对犹太人的仇恨不可能仅仅是表面上的，这是他的世界观的中心主题、他所有信仰的核心，以及他所有行为的关键性的激励因素。即使当他被困在总理府的地堡中，面临死亡的危险时，当他坐下来对秘书口述他的政治遗嘱时，犹太人仍然是他心目中最重要的考虑因素。他这样陈述自己最后时刻的想法："最重要的是，我作为这个国家的领袖，代表我和我的追随者发誓：我们将恪守种族法律，毫不留情地反抗全世界的犹太人，因为他们是世界上所有人的毒害者。"[11]

希特勒的确有一套清楚的世界观。正如他在《我的奋斗》（Mein Kampf）中所写的那样，他认为自己领受上天的旨意，领导德国人民在世界上占据统治地位，这样才能消除《凡尔赛和约》带给德国的耻辱，以牺牲斯拉夫人的利益为代价获得生存空间，把整个世界从共产主义、自由主义、民主制度的牢笼中解救出来，最重要的是从犹太人的阴谋中解救出来，因为他认为犹太人图谋不轨，妄图毁灭世界上一切公平和可敬的事物。

所有这一切都交织在一起。在希特勒的心目中，他对犹太人的仇恨能够合理解释他所做的一切努力。犹太人必须被彻底消灭，因为他们是"害虫"[12]，因为他们从背后对德国捅刀子，密谋把《凡尔赛和约》强加给德国。魏玛共和国是犹太人的阴谋，意在破坏雅利安民族的道德素质。犹太人知识分子的工作就是"散播犹太瘟疫"。[13]犹太人是低等人，却精于把自己伪装得聪明绝顶。他辩解说，他的征服之战是为了获取生存空间和斯拉夫土地，这样才能发起反对犹太人的一场征讨。这与犹太人煽动资本主义的西方民主国家参加战争并无二致。希特勒声称他的宿敌富兰克林·罗斯福（Franklin Roosevelt）和丘吉尔（Winston Churchill）是代表犹太资本家的头号人物。

希特勒认为他的使命是带领高贵的日耳曼帝国进行一场斗争，抵抗德国东西两面的犹太反基督者，这是不畏权力、比拼意志的天启式对抗。为了这场对抗，他可以付出一切代价——对国内的全面镇压和控制、在国际关系中玩世不恭和诡计不断、在国内外事务中表现得道德沦丧和残忍无度、牺牲士兵们以及在征服过程中表现得无情残暴。希特勒的所作所为唤起了一种乌托邦式的民族救赎观，他把自己美化成一位理想化的超级种族的领袖，领导日耳曼民族生活在一个新秩序下的世界，这是一个更接近于他所钟爱的瓦格纳歌剧中的神话的虚构世界，与现实相去甚远。

这是一种错误的、扭曲的世界观。但是，这种世界观反映了希特勒性格中的基本特征。其中最重要的是他病态的自大和对权力永不满足的贪婪。他相信自己是造物主和上帝所选择的天才，自己永远正确，根本"不（像罗斯福那样）需要专家和智囊团。对于我来说，我的头脑就足够"[14]。他的自大使他不具备任何自我批评、自我怀疑的能力。只有他相信的东西才是对的。他不能容忍任何分歧，任何敢于反对他的人很快就被赶走，或者下场更惨。即使在他失去一切的时候，希特勒都不承认自己对因其统治而造成的灾难负有任何个人责任。在他死前不久，他对助手马丁·鲍曼（Martin Bormann）说，战争的失败并不是他造成的，错在所有的其他人——西班牙的叛变、意大利的软弱、法国人的口是心非、英国人和美国人的愚蠢。他说英美两国被控制在犹太人的股掌之间，根本无法了解自己的政策的过人之处。[15]德国人民也难辞其咎，因为"当我受到召唤来领导这个比其他人更易变、更易受影响的民族的时候，我的命运就注定要毁灭"[16]。

与希特勒极端的自我主义相得益彰的是他的自恋和虚荣心。他对自己的声音非常陶醉,他有强烈的需要去支配周围的人,他不断渴望得到吹嘘和奉承。随着他越来越成功,随从们和依附于他的人们对他的阿谀奉承显得越来越平淡无奇,他恨不得听到更多的赞美。慢慢地,众人对希特勒的聪明才智和从无过失的赞美化作了一堵坚不可摧的墙。希特勒躲在墙的后面,把外部世界的现实和他对自己的判断挡在墙外,视而不见。在他位于巴伐利亚阿尔卑斯山的鹰巢疗养地的军事总部,他俘虏了一帮听众,有部长、将军、秘书、助理、参谋和各种各样的奉承者。他没完没了地进行独白布道,用无聊的语言使他们落泪,内容涉及妇女、婚姻、饮食、狗、希腊和罗马帝国的兴衰、查理曼大帝、建筑、艺术、音乐——甚至还有他对蜜蜂和蚂蚁习性的洞察。[17]

希特勒是一个政治上的浪漫主义者,是自己的幻想和寓言的囚徒。为了满足他对自我过度戏剧化的需求,他在一个虚幻的世界里捏造了自己的现实,把自己视作瓦格纳音乐剧中的伟大人物,誓为日耳曼的伟大和种族的纯洁而战,在天启式的斗争中做出英雄之举。他曾说过:"谁想理解民族社会主义,首先必须了解理查德·瓦格纳。"[18]希特勒崇尚权力,相信世界属于那些拥有最具支配性意志的最强大的人。他把"强者的永恒法则"理想化。希特勒宣称战争是"一切之父","勇敢比智慧或理智更重要。只有在战争中获胜的人才有生存的权利"[19]。他的思想和言辞都非常极端。在他弱肉强食的世界观里,适度不是美德,善良是软弱的表现。他虚张声势、孤注一掷,依靠自己钢铁般的意志和诡计,还有对手们的猝不及防、轻信于人和软弱不堪。当希特勒要入侵波兰的时候，赫尔曼·威廉·戈林（Hermann Wilhelm Göring）曾斗胆提出战术上要谨慎，但是希特勒轻描淡写地把戈林晾到一边："在我的生活中，我一直都是朝着毁灭而奋斗的。"他这样对戈林说。[20]

希特勒把自己信任的一群人牢牢留在身边。谁也无法解释的是，希特勒以一种奇怪的方式散发出一种恶魔般的能量，对这帮人造成一种走火入魔似的影响。他最亲密的两个同事，一个是他的指定继承人戈林，另一个是他的保护者，也是他最喜欢的建筑师阿尔伯特·施佩尔（Albert Speer）。两个人既聪明又有坚强的个性，后来他们承认，一旦希特勒出现，他就像是给他们施了一种不可抗拒的魔咒。德国人反复说希特勒喜欢用自己的蓝眼睛吓唬别人，当他用蓝色的眼睛四处搜寻的时候，有一种催眠的效果。但是，外国访客的印象恰恰相反。法国大使安德烈·弗朗索瓦·庞塞（André François-Poncet）第一次和希特勒进行私人会面后，根本毫无印象，只注意到希特勒那"苍白的脸，突出的眼睛，还有像梦游者般的远视"[21]。安东尼·艾登（Anthony Eden）在1934年第一次见到希特勒，同样记得希特勒用一双"无神"[22]的眼睛注视自己。庞塞认为，这种注视的眼神是故意为之，目的是让来访者放松警惕。希特勒在一次谈话中转换话题的做法也是如此：之前他一直在听人说话，气氛轻松而愉快；这个时候，他一拍大腿，马上开始进行兴奋、大胆、充满激情的独白，"脸上还带着一副疯子的表情"。

不论是从希特勒的眼神还是举动看，他都是一个与众不同、不容小觑的人物。然而，作为一个人，他同时也非常肤浅，常常举止懒散而且行为被动，情绪无法自控。他缺少很多基本的人的情感，神秘莫测，没有朋友，不能与女性维持一种正常的关系。有人推测他私底下可能是一名同性恋，尽管并没有这方面的证据。本质上，他是一个谈性色变的人，也许只是对性的问题漠不关心。在对待自己的女性职员、一些官员的妻子，还有偶然为其倾倒从而进入他的生活轨道的"贵妇"时，他可以表现得很有魅力、体贴、有礼貌，甚至轻浮挑逗。然而，除此以外，在其他时候，希特勒对女人的看法绝对不敢恭维。他是这样教导自己那群尽职尽责的谄媚听众的：蠢一点儿的妻子更可取，因为聪明的妻子会占用太多时间，毕竟男人的生活已经这么忙了。最好选择非常年轻的女人，因为男人可以更好地"塑造"她们。而希特勒自杀之前娶的伊娃·布劳恩似乎符合这些个性标准。据说伊娃是一个性格活泼而且无足轻重的人，被希特勒多年留在身边，却总是屈居于次要的背景板般的地位。

  希特勒早年博览群书，记忆力很强。但是总体来说，他的受教育水平很低。他声称自己在欣赏音乐方面的天赋无可挑剔，但是除了理查德·瓦格纳，他在音乐方面的品位其实很普通。当他在位于阿尔卑斯山的伯格霍夫疗养的时候，他最喜欢听的是莱哈尔（Franz Lehar）的轻歌剧、理查德·施特劳斯（Richard Strauss）的华尔兹、《巴登威勒进行曲》（Badenweiler March）[1]——对了，

---

[1] 《巴登威勒进行曲》：第一次世界大战时期，这首曲子是专门写给皇家巴伐利亚步兵团的，当时该步兵团在法国洛林附近的巴登威勒和法军作战取得了胜利。而希特勒恰巧在该步兵团服役。这首曲子通常被认为是希特勒最喜欢的军乐，而每当他出场或者到某处视察时，现场演奏的一定是这首曲子。——译者注

还有《驴子小夜曲》（Donkey Serenade），真是伟大的美国经典曲目！

这么一个有着扭曲世界观的变态而可怕的人，却可以大权在握，而且即使给世人造成不可估量的苦难，也得以维持地位那么久。这到底是怎么回事？这是历史上一个令人悲伤的问题，也是一出巨大的悲剧。人们不禁要问：这样一个怪异、平庸、沉闷、无友、令人迷惑、缺乏教育的行为怪异的人，却多年命令一个国家的民众接受他的奴役，对他俯首称臣，让整个世界对其充满恐惧，这怎么可能？

原因在于，希特勒是历史上的一个致命的偶然。他是特殊时期的产物，他的权力之路，是各种因素的结果，其中包括各种异常情况、他的对手的软弱和犹豫不决、机缘巧合，还有德国和世界的极大的霉运。

上台

在我成长的 20 世纪 30 年代初，德国动荡不堪，深陷经济困境。德国人受到多重创伤——第一次世界大战的战败、恶性通货膨胀和无情的《凡尔赛和约》。他们面临着大量失业的境地，感到愤怒和沮丧。魏玛共和国是他们对议会民主的第一次尝试，还没等到希特勒上台，这次尝试就已经宣告失败。没有有效的领导人来支持民主政府，中立偏左的政党内部存在深深的分歧，公众厌倦了政治混乱，渴望法律和秩序，渴望有一位强者来领导国家。

根据宪法，陆军元帅冯·兴登堡总统（von Hindenburg）拥有最高权力，但他年事已高，日渐衰弱，他那群行使实权的君主主义者和反动派顾问们正在密谋，准备颠覆他们曾宣誓维护的共和国。

关于希特勒如何设法打败他们，其中的故事细节大家已经非常熟悉。我在这里只说一点就足够：权力精英从未把他当回事，因为他的观点听起来过于骇人，简直极端得离谱。因为他们看不起希特勒这个人，所以他们严重低估了他，以为他们可以控制他并利用他的总理职位掩人耳目，以便实现他们自己的目标。但是，他们才干有限、懦弱无能，而希特勒却甘冒一切风险，在实际上自己已经开始衰落的时刻战胜了他们。一旦执政，希特勒很快就反败为胜，制服那些曾经赋予他权力的人，用浅显伪装的借口和伪法律手段"暂时性地"攫取绝对的权力，中止民权，逮捕反对派，并利用街头暴力、残暴和恐惧来建立他的专政。

人们往往低估希特勒，这对他非常有益。大多数人都没想到他会掌权。1933年1月30日，当他真的大权在握时，人们仍认为他不太可能持续执政很长时间。德国曾在13年间见证了11位总理的更替，内阁的数量则是总理数量的两倍。国内局势仍然极度不稳定，有充分的理由相信这个没有什么领袖相的极右分子不会有什么好果子吃。希特勒内阁只有两名纳粹党成员，而且来自柏林的报道推测真正的权力掌握在其他人的手中。《纽约时报》（*New York Times*）的埃米尔·伦吉尔（Emil Lengyel）强调道：强大的实业家、德国人民党的领导人和新的经济与农业部长阿尔弗雷德·胡根伯格（Alfred Hugenberg）是笼罩在希特勒头上的一个"巨大的阴影"，也是要密切关注的人。其他人认为关键人物是著名的赫尔曼·戈林。伦敦方面的报道说四个政府职位各自独立，戈林才是手握实权的主要控制者，而且人们"在柏林的私人场所窃窃私语地说希特勒只不过是装腔作势而已"[23]。

没有几个人读过《我的奋斗》，而读过这本书的人嘲笑里边的内容简直就是胡说八道。1933年2月，德国作家莱昂·福伊希特万格（Lion Feuchtwanger）面对一大群纽约读者不屑一顾地说："这本书有14万字，里面也有14万个错误。"福伊希特万格是一名犹太人，他很高兴地宣布他打算月底就返回德国。主流的观点是：要么希特勒会失败，要么他的极端观点和行动很快会被现实所缓和，而且当初在冯·兴登堡总统的支持下把他送上权力宝座的人完全能够控制住他。希特勒宣誓就职的第二天，《纽约时报》的头条新闻很自信地写道，"希特勒放弃成为独裁者的目标"，报道向读者保证真的"无须过多关注"[24]。

尽管需要相当一段时间，人们才能充分理解希特勒上台的重要性，但是人们很快就明白以上这些观点简直大错特错，而且明白阿道夫·希特勒是一个非常难以对付的人。希特勒绝对不受他那些任命者的控制，他证明自己更聪明、更强壮、更无情。几个月之内，阿尔弗雷德·胡根贝格就被推到一边，而他曾经的支持者现在则成为希特勒的拥护者。戈林则成为元首最忠诚的追随者之一。元首希特勒很快把自己变成德国复兴无可争议的独裁者。希特勒宣布共产主义者不合法，大肆镇压社会主义者和所有的反对党派，释放街头恐怖，在集中营监禁并杀害数千名对手，并开始用歧视性法律、威胁、羞辱和经济欺诈不断骚扰无助的犹太少数族群，用种种狂欢式的侵略震惊世界。

希特勒的种种暴行只用了一年时间就帮他获取了权力，而他丝毫没有放缓独裁政权快速而狂暴的步伐，所有的独裁统治越发表明这是公然的、无法无天的犯罪行径。然而，德国人民很感激自己又有了工作，并且惊讶于希特勒在国际上的成就，他们反而比以往任何时候都更支持他。

有利的经济发展给希特勒带来极大的帮助，因为德国经济并不是在他上任后才触及大萧条的最低点，而是在他接任的前一年。在经济最糟糕的时候，1932年2月的失业率高得惊人，影响面波及几乎三分之二的劳动力。但是，随着这一年的发展，世界市场的缓慢复苏终于开始，德国的出口量逐渐增加。到了1933年底，纳粹第一年执政期间，失业率已经回落。

希特勒连忙宣布这是自己的功劳，随后又进行了一系列的国内大型工程的规划，目的是实现他长期的军事和政治目标，而且他精心设计规划内容以取悦关键群体。正是这个举动在三年的时间内彻底消除了德国的失业率问题——人民将永远感激他们的元首。外国观察员一直没有密切关注，但此时他们的印象同样大为改观，点评说：意大利的独裁者墨索里尼变不可能为可能，居然能让火车准点；而希特勒成功地使德国在三年内恢复了就业，但是在民主国家，经济复苏的进展则缓慢得多。有人不禁想问：在经济管理和绩效方面，和放任的资本主义相比，独裁的法西斯政权难道天生就具有优越性吗？

事实上，在希特勒执政的头几年，德国经济迅速崛起，这与重大的结构性变化没有多大关系，与经济国有化也没有什么关联。希特勒一直谨慎行事，不想多生是非。为了迅速赢得企业和劳工的支持，他反而选择一系列对企业和劳工有利的、花费巨大的、有针对性的项目来收买人心。在工业方面，他降低营业税，补贴军工厂和加大投资支出，并启动一项大型的公共工程和高速公路建设，还解散了独立贸易工会。为了弥补工人失去工会的损失，他用各种各样的举措安抚工人：政府资助的大规模公共就业计划在短短一年的时间里创造了 100 万个新的工作岗位，国家掏钱让工人进行名为"快乐的力量"的假期旅行，政党还赞助五花八门的附加福利。戈培尔精心策划的爱国主义宣传紧锣密鼓地不断发声，鼓吹各种福利政策。1935 年 3 月，义务的全国劳动服务队体制和重启的军队征兵制度吸收了找不到工作的闲散人员。

希特勒单方面废除遭人憎恨的《凡尔赛和约》，启动一项秘密的——后来也变成公开的——激进的重整武装计划，包括先前受到禁止的德国海军和空军的重建计划。《凡尔赛和约》限制德国的军队不能超过 10 万人，最多有 7 个师的编制，但是希特勒早在 1933 年就已经秘密下令不要理会这些限制。18 个月之后，新组建了 36 个师。最终，德国在第二次世界大战前的军事开支总额达到惊人的 600 亿马克。到那时，德军已经成为欧洲最强大的军事力量，拥有超过 60 万人的武装力量，以及其他许多有组织的半军事单位。

如果不发生战争，所有这些都不可持续太久，而且这种做法充满巨大的风险，因为希特勒为此提供的资金全部来自借款和大幅增加的公共债务，而他的外汇储备很快就将耗尽。但是他很少关心这类问题，当他的经济专家对此表示担心的时候，他轻描淡写地保证等他收复德国生存空间的计划成功以后，所有这些问题都会迎刃而解。

在国际上，除了废除《凡尔赛和约》，希特勒还通过上任前三年大胆的赌博行径获得一系列令人印象深刻的成功。全世界都惊奇地看着这一切，同时也越来越担心。但是，在国内，他的人民对他深表感激，他的声望飙升，超过俾斯麦以来的任何一位德国领导人。然而，如果在希特勒的恐怖统治刚刚开始的时候，国内的敌对者就愿意采取行动反对他，如果当时世界更快地意识到他所带来的危险，并更加坚决有效地反对他违反《凡尔赛和约》中的条款，那么希特勒就不会取得所有这些成功。

正是由于这些多方面的原因，希特勒在国内外顺风顺水，轻松赢得成功，光环加身。这样一来，他更加自私自利，更加相信自己绝对正确，更加肆无忌惮地进行侵略，并得到足够时间发展德国的压倒性的军事力量。法国和英国对他违反《凡尔赛和约》和重新武装的行为反应不大。受此鼓舞，希特勒迅速在1936年3月重新占领莱茵兰，这是他最危险和最大胆的一次赌博。根据《凡尔赛和约》，莱茵兰被指定为德国的非军事区，不得派驻武装力量，也不能从事军事活动。作为1925年的《洛迦诺公约》（Locarno Treaties）的签署国，德国郑重承诺遵守这些条款，然而希特勒选择对这些条款视而不见，提前两小时发出通知后，他就派遣部队入驻莱茵兰。希特勒的将军曾警告过他，法国有足够的军事力量让他退缩，但希特勒坚持冒险一搏。当法国和英国都没有采取行动去阻止他的时候，希特勒在国内的人气猛增，他在国际上的冒险战术家的形象也更加明朗清晰。

制止莱茵兰的冒险也许是阻止他的最好机会。德国的重新武装计划仍处于早期阶段，缺乏后来几年那种压倒性的力量。事实上，执行这次行动只动用了四个营，而希特勒本人也签署了部队在受到法国的军事反击后立刻撤退的常规命令。希特勒本人后来承认，只需要调动法军几个师的兵力就足以让他退缩。

然而，进军莱茵兰成为一个分水岭事件。法国人深感震惊，伦敦和巴黎之间对此进行紧急通话，但是最后，英法两国却没有采取任何行动。英国不愿意参与强硬行动，更不用说冒着再进行一场战争的危险；而法国则不愿意单独行动。他们不断抗议，对封锁和制裁大谈特谈，但最终却什么都没有做。德军进驻莱茵兰成了既成的事实。希特勒得以获得一个巨大胜利，准备修建他的西部防御工事，并把他的注意力转向占领奥地利。随后，捷克斯洛伐克解体，随之而来的是波兰最终被入侵，第二次世界大战爆发的大势已定。

绥靖政策

世界密切关注德国的行动，曾经寄希望于纳粹在国内政策和国际政策上有所缓和的幻想破灭，取而代之的是对纳粹践踏自由与世界和平之举的深恶痛绝，尽管此时国际社会还没有采取有效的行动来阻止灾难发生的趋势。

对于派驻在德国的美国外交官来说，态度变化花费的时间很长，超出了合理范围。1933年初，他们采取观望的态度，为希特勒对犹太人的攻击做合理化的解释，认为不过是早期反常举动以及革命热情过度的结果。即使是震惊世人的4月1日的反犹太活动也没有给乔治·A. 戈登（George A. Gordon）留下太深刻的印象。这位美国驻柏林的临时代办是这样向华盛顿汇报的："这对犹太商人没有什么伤害，而对于群情激昂的普通民众来说，也不失为一种宣泄情绪的渠道。这不会让任何人有什么损失。"[25]美国驻斯图加特总领事利昂·多米尼安（Leon Dominian）则表示，过分行为"据我所知在这个领事区不存在"，而且"人们认为对犹太人的迫害不太可能（在这里）大规模进行……"[26]。5月，一份发给国务卿科德尔·赫尔（Cordell Hull）的冗长的大使馆报告强调："在德国的外国游客回国后表示他们没有看到暴行。"[27]

然而，到了秋天，即使是抱有天真想法的美国外交家也停止了幻想。9月底，美国驻柏林总领事乔治·S. 梅塞史密斯（George S. Messersmith）指出，"完全没有人道主义原则和极端残暴"是希特勒的明显标志，他引用一位英国记者对希特勒政府的评价："法国大革命的座右铭是自由、平等和博爱；而这场革命的座右铭是野蛮、虚伪和放荡，这样说毫不为过。"

"我同意。"梅塞史密斯写道，"我会再加上一条'口是心非'。"他继续说，德国人支持他们的元首，是因为他们吃饱了肚子；德国人崇拜他们的元首，是因为他们对其个性的崇拜几乎把他神化，是因为他们一直受到蒙蔽，这其中不仅有一系列的宣传，更有约瑟夫·戈培尔巧妙散播的错误信息，结果他们对外部世界知之甚少。梅塞史密斯总结说，在历史上，从来没有发生过比纳粹反犹太政策更无情和更具毁灭性的事情。至于德国新的外交政策，"他们还不想开战……但是他们正在为战争做准备，我们必须确定无疑地说，德国领导人所谓的热爱和平与渴望和平绝对并不真诚"[28]。

他的上司、美国大使威廉·E.多德（William E. Dodd）则直接给总统写信，表示同意梅塞史密斯的说法。他告诉罗斯福，希特勒和高层领导人都"或多或少与凶残的行径脱不了干系"，元首本人曾有过犯罪记录，他身边两个最重要的纳粹分子戈林和戈培尔都"被激烈的阶级仇恨和对外国的怨恨所煽动，两人都愿意诉诸最无情、最专断的手段"[29]。

美国媒体和公众对于纳粹的态度变化要快得多。最初几天，《纽约时报》仍然告诉读者不要担心，《时代周刊》（Time）把希特勒的照片印在封面上，《芝加哥论坛报》（Chicago Tribune）赞许地谈及"法西斯对共产主义的敌视"并推测希特勒掌权能让德国年轻一代"恢复过去的自由和荣誉"[30]。但是，不到两个月以后，媒体改变了它们的调子，这一点远远领先于外交官。媒体披露了一名犹太律师遭受残酷私刑的报道，以及受到骚扰的德国犹太人倍感震惊和羞辱后纷纷逃走的事件——这些事件显然没有引起美国大使馆、领事馆的注意。《芝加哥论坛报》此时对恐怖镇压自由和践踏公民自由的行为深表遗憾，而《纽约时报》呼唤全世界共同反对纳粹德国"野蛮力量的提升"[31]。

在纽约，数万名抗议者聚集在麦迪逊广场花园，表达他们对纳粹行动的愤怒，州长和各界领袖都发表了演讲。据《纽约时报》报道，犹太人在美国各地举行集会，抗议4月1日的暴行。

已经有一些孤立的声音发出明确的警告，说希特勒的真实意图是对世界和平造成明显的威胁。在3月的一次重要演讲中，普林斯顿大学的名誉校长约翰·希本（John Hibben）直言不讳地预言，希特勒的政策注定走向战争。[32]驻伦敦的《纽约时报》记者维克汉姆·斯提德（Wickham Steed）表示同意。他说，简单来说，希特勒的目标就是征服。斯提德对美国的孤立主义者和出于本能而袖手旁观的人士提出警告。他接着警告众人，全世界都曾经对1914年战争的危险一笑置之，鉴于发生在德国的这一切，重蹈覆辙将是一个严重的错误。[33]

这些人士都有先见之明，应该得到足够的重视，但是却没有人予以充分的重视。在20世纪30年代的最初几年里，在所有国家的首都，许多评论员和政治领袖都曾经提出警告，提到希特勒试图利用民族主义复兴德国的危险，并敦促拿出军事力量和明确行动来与之对抗。但是，这些声音形单影只，游荡在荒野，无人问津。

这些人中有一个是温斯顿·丘吉尔，但是他已经失去权力，无论是英国政府，还是下议院的多数议员，谁都没心情听取他的意见。1933年11月，他对下议院说："我们阅读了报道（德国）军事精神的所有新闻，我们看到一种嗜血的哲学正被灌输给他们的年轻人，即使在荒蛮时代，这种嗜血的哲学也从未出现过。"[34] 1933—1935年，丘吉尔反复强调德国政权具有侵略性，需要英国拿出重新武装的决心并做出强硬的反应，这才是保证和平的稳妥之计，而不是采用目前的绥靖政策。英国的应对举动将更有效地抑制德国的野心。[35] 另一个支持采取更加强硬手段的是英国的掌玺大臣和副外交大臣安东尼·艾登。在和希特勒两次会面以后，他证实了此前认为此人为人虚伪的观点，同时坚决抗议在侵略性的言辞和行动面前仍然寻求和平解决之道的做法。但艾登的观点也是少数人的观点，不足以说服软弱的英国政府放弃通过普遍裁军的方式追求和平的反复尝试；而这个时候的德国早已退出裁军

第一章　30年代　危难中的德国：身处纳粹恐怖下的柏林

协议，公开走上一条相反的道路。

就这样，局面一直变坏，最终变为灾难，没有人奋起反抗。希特勒到处兴风作浪，鼓动生活在捷克斯洛伐克和波兰的德裔少数人群。德国重新占领鲁尔区，引得群情激昂、众人错愕，德国受到国际联盟①的官方谴责——但是由于英国不愿意与法国共商大计，不愿意冒险招致军事对抗，行动没了下文。事实上，几天之后，英国官员已经开始与德国人接触，探讨新的和平条约和其他补救方法的可行性，想借此安抚他们。而希特勒没有遇到什么有力的抵抗就得以轻松取胜，甚至德国方面也对此颇为惊讶。[36]

希特勒在德国国内继续危害自由，对犹太群体的迫害愈演愈烈，欧洲和美国除了对其严厉谴责外没有任何作为。与美国大使馆先前的报告相反，45名犹太人在纳粹掌权的第一年被谋杀，26 000名反对者（包括犹太人和非犹太人）在最初的6个月内被"保护性拘留"，年底前估计有10万人被指控为敌人，此后在希特勒的集中营里受尽折磨。[37]犹太难民踏上逃离德国的道路，但是普遍的同情并不意味着向他们广开欢迎之门，也不意味着对希特勒施加压力，迫使他缓和政策。世界对德国国内发生的事情深表遗憾，但是尽管如此，这仍然是德国的"家事"。

在战后的回忆录中，丘吉尔恰如其分地把20世纪30年代的这段时期称为"黑暗一幕"[38]。国际联盟的裁军会议毫无进展，日本和德国退出会议。法西斯意大利的"领袖"墨索里尼反抗国

---

①　国际联盟：简称国联，是《凡尔赛和约》签订后组成的国际组织。成立于1920年1月10日，解散于1946年4月。——译者注

际联盟，并于1935年在阿比西尼亚发动了一场侵略战争。在西班牙，弗朗西斯科·佛朗哥（Francisco Franco）反对共和党政府并发起内战。在葡萄牙还有另一个独裁者安东尼奥·萨拉查（António Salaza），这位曾经的经济学教授大权在握。而在亚洲，之前侵占了中国东北地区的日本人正在向山海关内逼近。不论在哪里，议会民主都在退却，而独裁主义正在兴起。

为什么英国、法国和美国这三个最伟大的民主国家都没有采取行动，对抗这些独裁者对世界和平的威胁？令人遗憾的是，原因一目了然。1933年，在英国，牛津大学辩论会就"我们的议会拒绝为国王和国家而战"决议进行辩论，而决议居然通过了。没有任何一个国家拥有和英国一样强大的和平主义精神。两年后，有1100万英国选民涌向投票站，进行支持反战的"和平投票"。甚至当德国公开朝着与英国相反方向前进的时候，加强英国国家防御的提议也遭到强烈抵制。实际上，英国减少了国家的国防开支。有人认为，当务之急是平衡预算并渡过1931年的财政危机，武器本身可能就是战争的祸端。英国对欧洲不抱幻想，不愿意承诺支持法国对抗德国，专心经营自己的殖民地，冥顽不化地致力于通过谈判实现普遍裁军的虚幻目标。英国没有注意到来自德国的危险信号，本国防御系统弱化，武器过时，海军建设停滞不前，空军力量下降到世界第五位。正是由于失败和错觉掺杂在一起，导致英国在国际上全面示弱的姿态，也导致长期以来安抚纳粹野心的政策徒劳无功。

至于法国，没有哪个国家受到德国的威胁多过法国。但是，法国过于胆怯和分裂，无法单独行动。用欧根·韦伯（Eugen

Weber)的话说，20世纪30年代是法国"空虚的年代"，那时，法国国土刚刚经历了4年的战争，惨遭摧毁，丑闻迭出，国家瘫痪，而国家精神却被那些所谓精英人士的愤世嫉俗和颓废所削弱，国家那些碌碌无为的政治家则忙于应付一些无法解决的问题。[39]

丘吉尔写道："胜利的代价太过高昂。即使是取得胜利，也几乎无异于失败。"把这一论断放在这里形容法国人颇为贴切。在第一次世界大战中，由于140万人被杀，还有100万人在大战中中毒或受伤，法国的人口损失比德国大——损失了征兵人数的23%，损失了27%的18岁到27岁之间的年轻人。法国最富裕的地区被破坏，数千英里的公路和铁路被摧毁。

法兰西第三共和国是和魏玛共和国一样失败的民主国家，被持续不断的政治动荡所困扰——在8年中出现过19届政府和11位总理。共产党人、社会主义者与反军国主义者对立，普遍存在的和平主义力量在法国与英国一样强大，和平主义倡导者是颇具影响力的知识分子以及文学人物，如安德烈·纪德（André Gide）、路易·阿拉贡（Louis Aragon）和罗曼·罗兰（Romain Rolland）。因此，1935年初，为了表示希特勒的做法对他们不起作用，也为了不落后于他们的牛津同辈，法国巴黎高等师范学校的精英学生在德国刚刚出台征兵政策的时候，强烈反对法国重新征兵。

意识到自身的这些弱点，法国在很长一段时间里都抱着自欺欺人的幻想。一个幻想是可以促使德国兑现全部的赔偿义务，另一个幻想是可以指望战时的盟友和自己同仇敌忾。后来，两个幻想全部落空。德国不付赔偿，美国退而自保；英国盟友也不可靠，不愿抵抗德国以保证法国的安全。英国方面对法国的不支持是一个重要因素,所以法国决定不在莱茵兰调动军队并对抗德国。但这为法国敲响了警钟,尽管警钟敲响的时间有点晚,但是它导致法国在接下来的几年里第一次不遗余力地加强国家防御。那几年,法国耗费巨大的资源兴建了一条静态的防御线,即马其诺防线。不幸的是,这次的努力不仅姗姗来迟,而且缺陷明显。因为马其诺防线由军方设计,没有集思广益,它的设计思路仍停留在第一次世界大战的年代,而没有把决定下一次世界大战成败的关键性的新技术考虑进去。事实证明,当战争来临的时候,这条防线根本没有对希特勒和他的将军们造成任何障碍。当德国坦克轰隆隆地开进法国,法兰西第三共和国宣告灭亡。

希特勒认为,因为各自国内的原因,英国和法国都没有能力和意志对其进行有力的抵抗,他的猜测是正确的。但是美国呢?大西洋彼岸的美国是否足以威胁他的野心?1937年,德国驻华盛顿大使汉斯·海因里希·迪克霍夫(Hans-Heinrich Dieckhoff)向希特勒保证,他不必害怕这个奉行孤立主义的美国。"从德国的立场来看,"他告诉柏林方面,"应该欢迎孤立主义支持者的立场和活动。"[40]美国可能表达了他们的不满,尤其是纳粹针对犹太人的政策,但不太可能采取直接行动,因为可以指望的是,美国的孤立主义者能够阻止这种情况发生。在很长一段时间里,迪克霍夫的判断是正确的,几年后美国才改变了政策方向。希特勒接受了德国大使的判断,对美国的威胁不予重视。他对美国只有最粗略的了解。在当时的情况下,他疯狂的种族理论蒙蔽了他的双眼,使他无法现实地看到美国庞大的人力和物质资源。他根本不把罗斯福放在眼里,觉得后者不过是受犹太人指使的国家领导人,他觉得美国是多语言种族的乌合之众，这种国家软弱无力，根本不愿意参战。

说真的，那些要求美国对希特勒采取强硬举措的人长期处于少数派的地位。美国的孤立主义情绪在20世纪20年代就已经根深蒂固，在接下来的十年里也毫无松动的迹象。根据公共意见机构在1935年的报道，95％的美国人认为，美国在任何情况下都不应该再次参加欧洲战争。在美国国会的委员会主席等高级官员中，存在一股强大的势力，他们热切关注国际政策转变的蛛丝马迹，热衷于加设障碍来阻止美国参与国外事务。

一些最坚定的孤立主义者也是总统的极端反对者，怀疑总统在国内计划上捣鬼、对狂热的反共产主义者疑神疑鬼、对于种种反犹太的偏见也并非毫不同情。他们喜欢希特勒的反共言论，不怎么关心他对犹太人和公民自由的践踏。在反对国际主义这个问题上，他们的观点和总统那些倾向自由主义的支持者以及中西部的进步人士不谋而合，而这些支持者和进步人士早就认定，正是大企业和军火商把海外的国家搞得团团转，挑起战争，并在战争中大赚特赚。和欧洲保持距离的政策对他们有很大的吸引力，可以确保美国不会被卷入另一场战争，而罗斯福需要他们的支持才能开展他的国内计划。

迫害犹太人

希特勒执政以后，我父母的当务之急就是适应纳粹统治下的日常生活。难以想象的事情发生后，他们一下子被惊呆了：纳粹煽动者居然真的被任命为总理。现在怎么办？他们对希特勒统治下的犹太人的未来不抱有太大幻想。但是，和世界其他地方的人一样，他们也不确定后面会发生什么事情，仍然抱有一丝希望：尽管希特勒有反犹太人的言论，但是他的行动会受到执政现实的牵制，也会受到需要向联盟伙伴妥协的牵制。《中央联合会报》（*The Central-Verein Zeitung*）是德国犹太人联合会的官方喉舌，报纸建议大家信任冯·兴登堡总统，奉劝大家低调行事并保持安静的尊严，并强调不管是身处和平还是卷入战争，犹太人都要一直忠诚于国家。

然而，纳粹对这种忠诚宣言根本就充耳不闻，这一点很快就一目了然。现实情况是，在纳粹接管后的几天里，到处是一派无法无天、肆无忌惮的恐怖气氛：纳粹冲锋队攻击往昔的政治宿敌和个别犹太人，这超出了我父母最坏的预期。几十名犹太人丢掉性命，曾经认为一切会适可而止的希望破灭了，取而代之的是1933年4月1日反犹太抵制活动带来的无助的困惑和巨大的冲击。这一天的到来结束了前面几周无差别的街头暴力。总体上来说，这一天本身是和平的，但是，因为是官方发起的倡议，人们更有理由去担心未来会发生的事。当时的我只有七岁，只是一个金发碧眼的小男孩，穿着短裤，露出常年的膝盖擦伤，我更关心的是我的自行车，而不是抵制活动。但是，我清楚地记得，两个凶神恶煞的冲锋队员出现在奥利维尔广场，在我们的商店对面设岗，我的父母只能战战兢兢地蜷缩在店里。我想自己或多或少知道这是糟糕的一天，但即使是成年人也没有意识到这一天的全部意义。

事实上，这是一个不祥的预兆，预示着风雨欲来。这只是一系列措施中的第一波，而官方反犹太的措施在实施范围和严重程度上将持续升级。在接下来的6年里，我的父母会遭受冲击，强加给犹太人的歧视性法律和法令将多达140多条，让他们的生活越来越艰难。[41]这其中的大部分规定都给犹太人带来极大的伤害，但也有些法律和法令只是微不足道的报复性规定。一天，立法出台，宣布全面剥夺所有犹太专业工作人员的工作，包括律师、医生、会计师，清除军队、新闻业和政府机构中的所有犹太人，而且宣布只对犹太人征收特别税。一周以后，纳粹将专门治理让他们烦心的小事，使我们的日常生活变得无比复杂——禁止驾驶汽车、禁止养宠物，犹太节日只能列在袖珍日历中，甚至还有一条禁止犹太人饲养信鸽的特别规定。

纳粹会把压力升级的时间用策略性的放松阶段间隔开。第一年，他们实行了31条反犹太法律法规。在经济持续疲软的1934年，希特勒专心消灭他的党内竞争对手，所以只宣布了8项新措施。而在柏林奥运会期间，他只宣布了11项法律法规，因为当时的重点是向外界展示一个更亲切的形象。但是此后，又加快到一年出台37条法律的顶峰。到了1938年，也就是11月大迫害①的这一年，政府发布了最糟糕、最极端的法规。在每一轮迫害减速期间，人们的希望会短暂上升，觉得最坏的情况已经过去。但是，下一轮攻击很快袭来，大家的希望又很快破灭。

---

① 指1938年11月9日至10日凌晨，希特勒青年团、盖世太保和党卫军袭击德国和奥地利的犹太人的事件。——译者注

如果犹太人最开始就知晓纳粹的秘密计划，即使是乐观主义者应该也不会怀疑他们的最终目标。纳粹让犹太人仍然拥有自己的文化生活，暂时放过一些小商店和小企业，赦免战争退伍军人，允许犹太儿童留在正规学校。这些做法让一些人得到安慰，感觉反犹太的歧视是有限度的。但是，这些只是暂时的行动，是纳粹故意释放出来的假信号，到了合适的时候，所有的信号都会逆转。纳粹的基本目标一直就很清晰。"我们的目标是剥夺所有犹太人的生活，不断对他们施加压力，并使用一切必要手段，直到把他们赶走。"[42]这是帝国保安部（让人闻风丧胆的党卫军的保安部门）的一份秘密备忘录中的记录。当时的时间是1937年1月，奥运会刚刚结束。"我们将按自己的步调继续进行，服务于我们的需要。但是，指导方针是：犹太人这个问题，只有在德国彻底不再有犹太人以后，才能得到解决。"[43]

德国的52万犹太人中的大部分人对此的反应不够快，这其中就包括我的父母。前四年，只有不到四分之一的人离开德国，其他大部分人都留了下来，一方面的原因是他们很难在其他任何地方找到避难所，但主要的原因是因为没人相信希特勒真正的政策是强迫所有犹太人离开德国，而且也没有人相信他会使用最残忍的手段实现这一政策。所以，四年以来，我的父母和别人一样，努力适应每一次新的冲击，寄希望于这是最后一次，等待日子好起来。直到1937年，我的父母才像别人一样开始认真思考我们能去何处。但是，一年以后，当最后的幻想消失的时候，转折点到来了。

希特勒达到了权力的顶峰。1938年3月，奥地利被征服。秋天,《慕尼黑协定》(Munich Agreement)让希特勒得到一大片领土。他正在秘密进行对东线发动袭击的准备。德国已经成为世界上最强大的军事力量,而且希特勒确信现在没有人能够阻止他。对于可恨的犹太人,他不再需要谨慎行事。希特勒丝毫不为外界对他的批评所动,认定已经到了采取最后步骤的时机:把犹太人仍然拥有的商店"雅利安化",剥夺所有犹太人的剩余财产,剥夺他们现存的一切谋生手段,把他们与社会隔离,让他们生不如死。希特勒只需要一个合适的借口。1938年11月,这个借口落在他的手上。目击者后来说,9日晚上,希特勒得知,德国的外交官秘书恩斯特·冯·拉特(Ernst vom Rath)不治身亡——此前他在巴黎被年轻的犹太流亡者赫舍·格林斯潘(Herschel Grynszpan)开枪击中。这时候,希特勒和戈培尔私下商量对策,有人听到希特勒告诉戈培尔:"让冲锋队放手去行动吧。"戈培尔,这位希特勒手下最狂热的反犹太分子欣然答应。而接下来的48个小时,在德意志第三帝国的历史上,发生了纳粹统治整整12年里最无所顾忌、最野蛮、最致命的大屠杀。

戈培尔后来向将信将疑的公众宣称,这是一次愤怒公众自发的行动,针对的是犹太人的蓄意挑衅。这种说法震惊了整个世界。但是,这根本就不是自发性的。希特勒命令纳粹冲锋队不穿制服,趁晚上任意杀害、劫掠犹太人。那天晚上,许多玻璃被打碎,11月9日和10日两天的大屠杀被人们称为"水晶之夜"。但仅用这个说法,很难传达其致命性质。成千上万的商店和房屋被摧毁、抢劫,全德国的195间犹太教堂被焚毁和亵渎,36名犹太人被谋杀,而杀害他们的凶手从未被起诉。超过2万名犹太人被逮捕,在集中营里饱受虐待。而在接下来的几周里，更多的数以万计的犹太人将在集中营里丧生。[44]

整个世界都被震动，无比愤怒。对于美国驻莱比锡领事大卫·布冯（David Buffum）来说，这是"对一个无助的少数群体的公然攻击，这种攻击在文明世界的历史上绝无仅有"[45]。美国驻斯图加特领事描述说犹太人遭受着"沧桑剧变……对一个生活在开明的20世纪国家的人来说，听起来太不真实"[46]。伦敦《每日电讯报》（Daily Telegraph）的休·卡尔顿·格林（Hugh Carleton Greene）报道说："在过去的五年里，我在德国目睹过几次反犹太事件，但是从来没见过像现在这样令人作呕的事情。"[47]在英国，坎特伯雷大主教以所有英国基督教徒的名义发出一封信，信中说："对残酷和毁灭的行为……即刻表达愤慨。"[48]美国召回大使，《华盛顿邮报》评论："只能用1572年的圣巴托洛缪大屠杀①的残忍和嗜血程度，形容'水晶之夜'大屠杀的惨烈。"[49][50]

11月大迫害的野蛮暴力，再加上对犹太人随意的大规模的逮捕，彻底打击了德国犹太人的士气。没有人还指望熬过难关——现在每个人都想逃出去。

对我们来说，1938年也意味着结束。一大早，还没到6点钟，两个人就来找我的父亲。他们是当地警察局的人，相当有礼貌，但是不容分辩。他们等我父亲穿好衣服，然后把他带走。我被骚动吵醒。时至今日，我的耳边仍然回响着母亲不断质问他们

---

① 法国天主教暴徒对国内新教徒胡格诺派的恐怖暴行，开始于1572年8月24日，并持续了几个月。

这是怎么回事的声音，她的声音中带着恐慌和无助的沮丧；我的眼前仍然浮现出我的父亲被带走时那最后一次惊恐回望的眼神。他在可怕的布痕瓦尔德集中营里勉强幸存下来。6周以后，他回了家。他的头发被剃光，体重减轻了60磅，状况很糟糕。他再也没有谈论过布痕瓦尔德集中营，但是他余生从未从集中营带给他的深深的心理创伤中完全康复过来。

逃亡

父亲获释后和我们最后的逃亡之间那几个月，弥漫着恐惧和紧张的气氛，我难以用言语描述。逃跑过程中存在无数的障碍，克服障碍的艰巨任务落在母亲的身上。她的丈夫被捕，她的商店被砸并奉命"雅利安化"，她不得不和多拉·哈恩进行几个小时的紧张谈判，直到深夜。多拉·哈恩以前一直是母亲的销售助理，她现在成了一个兴高采烈的"买家"，她说我们的店廉价至极，几乎没有什么值钱的东西。

德国曾经有5万家犹太人经营的零售店，现在纳粹下令对最后的9 000家商店实行"雅利安化"。这通常是一种腐败的、半合法的财产转让程序，让犹太人把他们的财产拱手让给特别受重用的党员。其中充斥着阴谋的味道，他们在最美味的食物面前蠢蠢欲动。这就是我母亲现在面临的境况。对犹太人来说，事情非常简单：他们变得几乎一无所有，不管他们还剩余多少财产，政府机构总有办法把它们拿走。纳粹通过名目繁多的法律，确保什么都不会被遗漏。如果犹太人被工作单位解雇，法律禁止他们领取养老金或者最终的补偿金。他们手中的任何贵重物品——黄金、白银、珠宝和艺术品——一律上交；仅可以保留一枚结婚戒指和一只怀表。他们的储蓄账户需要进行"赎罪"评估，并对账户余额收取20％的"移民税"费用。对于每一项规定，必须能够出示合乎规定的证明，这就需要花费很长时间再获得一份文档，这无异于给犹太人获得许可离开德国的路上又设置了一个障碍。

截至1939年，纳粹实际上重新组织了这种对犹太人的系统性的抢劫，使其变成一种无缝输送的"流水线"——这是德国官僚机构旨在更高效地"剪羊毛"的产物。正如一位作家所描述的：

> 当预期的犹太移民进入大厅时，他面前有一张长桌，长桌旁有10或12个盖世太保官员。到达大厅的时候，他还是一名德国国民，仍然拥有一套公寓或者商店，还保有一个银行账户，也有一些储蓄。当他一路完成——或者更确切地说是被人逼着完成——一道又一道程序的时候，他就一项一项地被剥夺所有这些财产。当他走到长桌的另一端并离开大厅的时候，他变成一个无国籍的乞丐，全身上下只剩下一件物品：一本单程的离开德国的护照。[51]

在柏林，这项政策在我们离开后才开始执行。因为政策开始得比较晚，所以我的母亲无福"享受"。她和成千上万没有丈夫和儿子的其他妇女一起，把外国领事馆和大使馆围得水泄不通，申请签证；再用尽各种哄骗、贿赂和恳求等手段，从旅行社那里买到船票，登上已经超售的蒸汽轮船。同时，她们还要与德国官僚纠缠，获得离开德国所需的大量文件。人们争抢这些珍贵文件，其疯狂程度令人难以置信。能挤进门就算迈出了胜利的第一步。据《新闻周刊》（Newsweek）在柏林的报道，那里的犹太妇女一天内就向美国领事馆发出2 800个签证申请。[52]

然而，世界上大多数的大门仍然没有对犹太人敞开。没有有效的国际机构来照顾难民，没有资源可以为他们缓解困境。只有为数不多的几个国家为他们提供仅仅一小部分避难所。全世界广泛地谴责希特勒对犹太人的不人道的待遇，但是并没有采取相应的建设性的行动来提供帮助。付诸的行动微不足道，愿意为这些不幸的犹太人敞开大门并提供避难所的国家少之又少。这是那个不幸时期的悲剧之一。各个国家的借口非常多。例如，从20世纪30年代初期的经济衰退中恢复速度太慢，许多地方的失业率居高不下。这是其中的一个解释，特别是美国方面给出的托词。但其实，大量证据表明，许多潜在的移民都是孩子和老人，不会进入劳动力市场；一般来说，即使移民进入劳动市场，他们更倾向于刺激就业并创造就业机会。30年代，反犹太主义在世界上的许多地方仍然是一股强大的力量，虽然很少有人公开说明这一点，但这是各国对犹太人紧闭救助之门的一个普遍原因。

在"水晶之夜"之后，罗斯福总统怒不可遏之余，质问全世界多大程度上可以为德国犹太人成功找到安全的避难所。国会当时的备忘录上简明扼要地写道："只消说上一句'没人想要更多的犹太人！'就可以轻松地忽略整个问题。事情就是这样，无须怀疑。"[53]

1938年夏天，事实非常清楚，证明对德国犹太人提供有效帮助是不可能实现的。国际会议被召集，地点在法国度假胜地依云，意在探讨可能采取的行动。29个国家和39个民间组织响应会议呼吁。在德国，犹太人热切关注会议，对会议抱有厚望。但是，经过整整一周毫无价值的演讲和讨价还价，会议以失败告终。在俯瞰莱芒湖的豪华的皇家酒店的露台上，会议代表们一边优雅用餐，一边接连提出他们所在国家不愿意伸出援手的理由。离德国最近的国家——法国、比利时、荷兰和瑞士——说由于有非法移民，国家已经人满为患。在西方拥有广阔空间的加拿大的代表搬出高失业率的理由。其他所有英语国家则不约而同地拒绝放松对德国犹太人入境的严格限制。英国宣布禁止犹太人进入巴勒斯坦，以此安抚巴勒斯坦的阿拉伯人。在巴西、阿根廷和智利，亲纳粹的德国少数族群成功敲响反对的鼓声，委内瑞拉是少数几个干脆公开声明不欢迎犹太人的国家之一。特立尼达代表也表明了同样的观点，但是措辞更加委婉，解释说不考虑来自"比利时以南和法国以东的国家"的移民。[54]

没有任何与会国家或组织愿意帮助犹太人，他们大部分时间都在讨论一些完全不切实际的想法，如想把难民送到诸如英属圭亚那、马达加斯加、坦噶尼喀、阿拉斯加或棉兰老岛等异国他乡，这些办法也随即被摒弃。这些不着边际的讨论引得一位代表说，这类建议让他不禁想把"Évian"（依云）倒过来写成"naïve"（即"无知"的意思）。犹太人自己后来挖苦地评论说，就依云会议看来，世界上似乎只有两种国家：犹太人不能居住和生存的国家与犹太人被禁止入境的国家。

至于美国这个有着移民传统的国家，形势也乐观不到哪儿去。

在整个 20 世纪 30 年代，铁石心肠的国会和国务院的官僚用尽诡计、拖延和繁文缛节等手段，竭力阻止德国移民进入美国，即使是法律允许的有限的德国移民配额也不行。美国曾经在短短一年时间内接纳多达 100 万的新移民。然而，在大萧条时期，这一数字从 1930 年的 24.2 万持续下降到 1933 年的 2.3 万的最低点。在随后的 4 年里，从 1933 年到 1937 年，离开美国的人实际上比新来到的人还要多。

工会因为担心失业而表示强烈反对。在许多地方，由于纳粹同情分子和国会中反动势力的煽动，再加上国务院不加掩饰的反犹太态度，使得反犹太主义成为一个残酷的现实。助理国务卿布雷肯里奇·朗（Breckinridge Long）负责相关事宜，他利用一切可能的诡计减少犹太移民的数量。他的手下都是公开的反犹太分子，其中包括他的私人助理和法律顾问。除此以外，在几个欧洲城市的美国领事馆，特别是苏黎世和柏林，也有类似的看法。[55]

最终的结果就是，美国没有采取任何措施来缓解限制移民的问题。在 30 年代的整个关键时期，德国的移民配额从未用满，仅有一年是个例外。

可以用两个统计数字说明这个悲剧。一个数字是被纳粹杀害的德国犹太人，大约 15 万人，几乎恰好等于法律许可的德国移民配额中没有被用光的那一部分。另一个数字更能说明问题。1921—1930 年这十年，410 万新移民获批移民美国。在接下来的 1931—1940 年这重要的十年，只有 50.8 万人获得移民美国的许可。而 1991—2000 年，760 万人来到美国，其中仅在 1996 年就有超过 80 万移民。在 30 年代的德国和奥地利，不顾一切想要离开德国的犹太人的总人数几乎正好等于 1996 年美国接纳的移民数量。如果当时美国的移民政策更宽松一些，会有多少犹太人因此而得救？这一点，我们永远也无从知悉。

* * *

我们是最后的一批幸运儿之一。到了 1939 年 4 月，我的母亲已经成功跨越所有障碍，使我们最终得以逃脱。我们的目的地是国际大城市上海，这个当时遍布犯罪、贫穷和疾病的可怕地方位于世界的另一端。上海是我们这些无别处可逃的人的最后一根救命稻草。

1941 年，纳粹正式宣布剥夺我们的国籍，但是在我看来，从我们跨过边境进入意大利的那一刻起，我就不再是德国人——或者说我不再想当德国人。离开的时候，我没有感到一丝后悔，而且在这么小的年纪离开，我也没有抛弃任何有价值的东西。我没有感受到我的父母对上海的恐惧，而是愉快地期待这段绕世界半圈的激动人心的旅程，好奇在神秘的东方到底有什么在等待着我的到来。因为之前发生的这一切，我在柏林的那些年很快消失，化作背景，变成一个完结的章节，轻易被忘却，与未来毫无关联。可以这么说，那只是我的出生地。

直到多年以后，我才明白这次事件的现实情况要复杂得多。确实，我的德国人身份已经成为过去时。当然，在我身为美国公民的 60 多年的时间里，我也不再考虑以前的身份。然而，经过很

第一章 30年代 危难中的德国：身处纳粹恐怖下的柏林

多年，我才明白，作为一名成长于20世纪30年代的德国犹太人，我目睹过太多事件，这些事件深深地影响了我的人生观。有意识或无意识地，当时得到的经验教训永久地影响了我的态度、行为和性格。

我想起在柏林的一次经历，这次经历可以说明这种影响。我一直很怕水，在我七岁的时候，母亲送我去上游泳课，希望能治好我的恐惧。说得好听点，我记得自己对此毫无热情，而且被吓得半死。但是，一旦母亲做出决定，我就得照着她的意思做事。游泳课被安排在一个可供公众使用的警察运动场的室内游泳池中进行。我们的老师是个看重纪律的严厉的人。老师先演示蛙泳的基本要领，然后在游泳池的浅水区进行快速训练，包括命令我们把脸浸入水中（我假装照他的话做了）。他让我们在深水池前排成一列，发令让我们跳进去。一、二、三——每个人都跳了进去，只有我一个人被吓得呆若木鸡，在泳池边站着一动不动。"跳！"他严厉地命令我。"我害怕，"我号叫着。"胆小鬼！德国男孩从不害怕。"他咆哮着，粗暴地把我扔进水里。毫无疑问，他认为自己用这个办法迅速解决了我不具备德国式勇气的问题。但其实这是一种灾难性的失败。直到今天，我都无法忘记被他扔到空中并被水包围后的那种无助感。那是一种被水吞没、无法呼吸的封闭感觉，直到他把我从水里拉出来才结束。最重要的是，挥之不去的是一种失去尊严的感觉、一种在毫无防备的情况下遭受暴力的感觉，还有一种在抵抗上层势力的肆意妄为时无能为力的感觉。

20世纪30年代的柏林，尤其是"水晶之夜"之后的柏林，在最后的6个月残留给我的最强烈的感觉，是一种混合着无助感、无力感和愤怒感的记忆，这种记忆与我在失败的游泳课上体验到的感觉并无二致。我一直深恶痛绝有权势的人的武断和不公平之举，这种厌恶在我生活的各个阶段都对我产生了很大影响。我相信，这种厌恶是我从事和不断改善政府服务的最基本的动机之一，也是我日后在自己领导的上市公司里捍卫政策的基本动机之一。

这种厌恶始于我的父亲毫无缘由地突然被捕，我目睹母亲在数日内对他的疯狂寻找，以及我的那种恐惧——而我却没有勇气问父亲是否也许永远不会再回来。

"水晶之夜"之后，家里人告诉我要待在家里。尽管如此，我的好奇心占据了上风，所以我偷偷地溜到街上，想亲眼看看发生的一切——我们的商店破碎不堪，破坏的景象随处可见，几个街区外的法萨安大街犹太教堂冒着黑烟，沦为废墟。接下来是几个月漫长的辛劳和前途未卜，新的规则和诡计层出不穷，把我们的生活变得太复杂，寻找一个逃生之地的希望起起落落，在船上买到铺位的希望看起来十分渺茫，通关被无休无止地推迟，教师和学校朋友之间分崩离析，大家陷入同样的无助、困惑和恐惧状态。我记得在柏林的最后两个星期天，以及我的父母遭受的创伤。那时候，我们把家庭用品低价处理，来筹集离开德国所需的最后一笔钱，热心的买主蜂拥进入我们的公寓，寻找划算的东西。多年以后，因为希望在战后得到一些补偿，我的母亲会把它们事无巨细地列出来：镶嵌大理石的组合餐桌和酒柜、一张大圆桌子、八张软垫椅子、两张躺椅、一张大地毯、罗森塔尔十二件一套的瓷器、从她母亲那里继承下来的水晶器具和银器、亚麻布、毛巾、毯子和盘子。[56] 在最后的痛苦日子里，这些买家急急赶来，从我们的苦难中获得好处。眼睁睁看着别人就这样拿走一切，这肯定给母亲带来了极大的痛苦。终于，最后的时刻到来了。我们在火车上度过一个漫长的夜晚，然后在1939年4月8日的早上，当我们穿过国界进入意大利的那一刻，最后一丝怀疑烟消云散，我们再也不用担心还会出什么差错。那时候，我被留下来看守财物，而我的父母和姐姐被党卫军脱衣搜查，时间似乎无限漫长——然后，当火车开始移动并穿越国界，生活终于褪去恐怖和威胁的面纱。

过去几个月的情绪难以忘怀，但是同样难以忘怀的是在纳粹统治下的柏林最后几个星期里吸取的教训，这些教训将令我受用终生。我发现道德勇气非常难得，而在我们的心中根深蒂固的，是公民的懦弱和对他人不公正的容忍。我明白人的生命稍纵即逝，这是一个宝贵的教训。我也明白地位和物质财产也有短效性。

逆境可以成为很好的校平器。作为流亡的难民，从前的德国富人的日子不比他从前的仆人好过，曾经身居要职的人不比他从前办公室门口的职员更受重用，而且德国的荣誉和头衔在异国他乡一文不值。在其他的生活阶段中，当我直面自己的自大情绪时，当我自认为"大人物"时，我就会问自己："当你花10马克通过勃伦纳哨卡时，你害怕的是什么？"

我学到的最有价值的一个教训是：当事情出错时，头衔和财产不管用，最要紧的是我们必须拿出内心的力量，并且在困难中鼓起勇气，继续前进。有的时候，这些力量远远超出自己的想象。母亲教会我很多东西，但这是其中最重要的一点。

20世纪30年代的10年里，阿道夫·希特勒为20世纪的历史和数以百万、千万计的生命留下无法磨灭的印记，我也是其中一员。然而，他最终登上权力巅峰，得以巩固自己的权力，违反条约、承诺，多次侵略邻国。所有这一切并非不可阻挡，也并非不可避免。相反，这一切都是令人印象深刻的经验教训，告诫世人：偶然事件、好运或厄运、单个领袖人物的优势和劣势——在这种情况下他们的误判、无能、缺乏意志力——会塑造历史，造成长期的致命后果。如果法国和英国当时的领导人更加强大、勇敢，他们有可能成功阻止希特勒始于侵占莱茵兰的国际冒险主义行动，并有可能叫停受禁的重新武装和武装力量扩充。世界上最不幸的是，在关键时刻，并没有出现如此有远见、有力量、有意愿的领导人。

即使在德国国内，这种"一时的运气"也发挥了决定性的作用。几乎从一开始，就有人策划——不管是用法律手段还是用暴力手段——打算让希特勒下台。他们也失败了，原因是优柔寡断或者明显的坏运气。一个不起眼的木匠几近成功，差一点儿在1938年的一次暗杀行动中把希特勒从世界舞台上除名，但他还是失败了。如果那个木匠成功了的话——也就是30分钟的时机——20世纪的历史肯定大不相同。

希特勒的崛起和对历史的影响也许可以作为一个最具戏剧性的例子，证明个人领袖和偶然情况如何塑造世界事件的进程。以后我会见证这一教训的多次重现。

第二章

40 年代

战争岁月：上海

第二章　40年代　战争岁月：上海

绥靖政策的结束

柏林曾经有几个令人印象深刻的火车站，柏林人尤其引以为傲的是安哈尔特火车站。这个火车站建于19世纪的铁路繁荣时期，被认为是其设计者弗兰兹·海因里希·施韦希滕（Franz Heinrich Schwechten）文艺复兴建筑的杰作。火车站以其巨大立面的完美和谐而闻名，车站门周围有十几个分段拱门，两侧有两个大的方塔，令人印象深刻。车站门的后面是当时世界上最大的车站大厅，"其纪念价值首屈一指"[1]，内有六个大型站台和几个额外的交换轨道。整个综合设施从入口向南延伸5公里，内设货运场和修理厂。[2]

今天，安哈尔特火车站已经荡然无存。安哈尔特火车站在盟军对柏林的一次突袭中几近摧毁，之后其废墟矗立15年，直到由于民众的抗议,当局在 20 世纪 50 年代末把建筑残体清运出去,只剩下中央大门的一小部分留作阴沉的纪念,提醒人们记得战时的灾难。在中央大门的后面,一个小公园现在占据过去车站所在的位置。[3] 最近,当我经过那里的时候,人们正在观看户外照片展览。照片展现的是遭受纳粹迫害的柏林受害者,有意思的是,照片上有两三个人逃到了上海。我不知道展览组织者是否意识到,那几位逃亡者很可能就是在这个地方看了柏林最后一眼,他们当时就是在安哈尔特火车站登上火车,从此流浪天涯。

70 年后,关于这些陈年旧事,我已经忘记很多,或者记忆模糊。但是,一些特殊的时刻却铭记于心,而 1939 年 4 月 6 日晚从安哈尔特火车站离开柏林的那一幕至今记忆犹新。那是在深夜,我们静静地等待,和亲友告别。我们仅存的一点财产已经存放在船上,而我的父母紧张不安。附近还有几小群即将离开的其他犹太人在等待,每一个人都是一副相似的专注表情,希望尽可能不被别人注意到。

虽然我明白父母的焦虑心情,但是我对即将到来的旅程和未来的冒险感到更多的是兴奋。母亲和父亲置身喧闹的人群中感受如何,我也只能猜测几分。前几周,他们与纳粹设置的重重障碍和官僚主义诡计苦心纠缠,累得心力交瘁。此刻,我们即将脱离纳粹的魔爪,他们肯定感受到些许宽慰。但是,宽慰之情很快减弱,取而代之的是终究要离开的悲伤和对未知未来的恐惧。他们根本想象不出到上海以后会经历什么。他们也无从知道,他们离开以后,所有的亲人都将死去。

那天晚上,安哈尔特火车站像一个活跃的蜂巢,我们的压抑情绪与周遭的节日气氛形成鲜明的对比。再过几天就是复活节，火车站里人满为患，都是去南方度假的喧闹的人。和平日的柏林一样，到处都是身着制服的人，但是在这次的人群中，最扎眼的穿制服的人是国防军士兵，有的士兵复活节放假，还有的士兵在前往捷克斯洛伐克部队报到的途中。当时，捷克斯洛伐克的苏台德地区刚刚被希特勒不费一枪一弹地冒险占领，这明显违反几个月前他在慕尼黑对英国人和法国人曾做出的郑重承诺。

元首扬扬得意，在人民中的威望也空前高涨。他用一次又一次的大胆行动稳稳地扩大了德意志帝国的范围和势力。由于外部世界要么默许，要么仅仅做出毫无意义的抗议，所以希特勒的每一次大胆行为都能化险为夷。希特勒似乎势不可当，而戈培尔的宣传机器称赞他是有史以来最伟大的德国人。他的士兵们挤满车站，每个人都自信满满、心情大好、对自己的领袖深信不疑。

具有讽刺意味的是，在那个4月的夜晚，如果人们知道未来将会怎样，当时的情绪很可能逆转过来。快乐的度假者和年轻的士兵会意识到他们对元首的信仰和对德国未来的乐观是错误而盲目的，而且他们的艰难时期即将到来。与之相对，即将离开的悲怆的犹太人就算不是兴高采烈，也会有一种解脱的感觉。虽然他们一无所知，但是战争已经迫在眉睫，他们离开的时间刚好是德国关闭出境大门的前夕，这使他们免于遭受那些留下来的人的悲惨命运。

我们迟早会清楚地看到，虽然表面看来并非如此，但是希特勒对捷克斯洛伐克的残暴占领终究没有得逞，没有成为他一长串领土扩张行为中另外一个成功的案例，也没有成为被不负责任的西方接受的另外一个既成事实。希特勒认为自己的判断力无可挑剔，认为法国和英国不堪一击，他无视外交官和将军的警告，终于玩火自焚。占领捷克斯洛伐克是一个重要的转折点，这将直接导致五个月后希特勒与西方之间的战争，而此前他一直希望能避免和西方开战。

自从掌权以来，希特勒一直我行我素。他收回萨尔，进军莱茵兰，废除《凡尔赛和约》的限制，并开始重新武装，重建空军和海军。这一路走来，他没有遭到什么反抗。然后，1938年初，他利用武力威胁和敲诈相结合的手段成功地密谋策划，与奥地利进行政治合作。

但是，对于希特勒来说，他永远不知道满足。部队刚进入奥地利几周时间，他就开始计划吞并捷克斯洛伐克的苏台德地区，假借顺从的苏台德纳粹领袖孔拉德·亨雷（Konrad Henlein）之手，不遗余力地在当地引发麻烦和动荡。在随后的危机中，希特勒郑重地向英国和法国保证，他唯一的兴趣是让苏台德地区的德国人回家，并收回他们在不公平的《凡尔赛和约》中失去的土地。英法两国再次让步，英国首相内维尔·张伯伦（Neville Chamberlain）"胜利"回国，并宣布"当代的和平"属于感恩的国家。英国公众不想再冒交战的风险，他们对战争深恶痛绝，仍然对张伯伦调侃希特勒政策的做法表示支持。但是，《慕尼黑协定》是英国对中欧民主国家的巨大背叛，毕竟英国是中欧民主国家最后的依靠。许多人对此心知肚明。"慕尼黑协定"后来成为背叛原则和政治出卖的近义词。

无论如何，与希特勒实现和平的希望没有维持很久，最后的

第二章　40年代　战争岁月：上海

幻灭很快来临。就在希特勒在慕尼黑向张伯伦保证苏台德是他提出的最后一个领土要求的同时，希特勒命令他的将军筹划军事行动，而这恰恰就是他信誓旦旦地承诺绝对不会发起的军事行动。这次行动的代号是"绿色方案"：用武力征服捷克斯洛伐克全境。在1939年3月，德国突然无故入侵捷克斯洛伐克的国土，把它划分为波希米亚和摩拉维亚保护国与斯洛伐克共和国，从而事实上吞并了这个国家。希特勒不顾自己阵营中的疑虑，违背自己的诺言，继续得寸进尺，要求波兰把其统治下的德国人居住的小镇尼曼归还德国，在东面的邻国兴风作浪。而且，希特勒再一次秘密下令国防军准备"白色方案"，意在征服波兰。

在西方，虽然各国领导人对德国元首安抚绥靖，但是人们对纳粹在国内的暴行和在国外的敲诈感到不齿和沮丧。这一次，希特勒对刚刚做出的承诺出尔反尔，让人无比震惊，再加上恶意背叛的感觉，两种深切彻底的感觉导致翻天覆地的后果，让希特勒始料未及。即使有人此前对希特勒将信将疑，让他浑水摸鱼，现在他们也深深明白了三件事：再也不能相信希特勒的承诺；什么都不能阻止希特勒；用什么都无法收买希特勒。欧洲的和平主义情绪急剧减弱，英国和法国的公众舆论风向急转，转而反对纳粹政府。英国重新启用征兵制，参军的人数激增。

德国对捷克斯洛伐克的袭击使英国停止对希特勒的绥靖政策，转而使用威慑政策，即使冒着战争的危险也在所不惜。张伯伦召回英国驻柏林大使，在1939年3月18日发表了一次不妥协的演讲，标志着英国政策的巨大变化。正如威廉·希尔（William Shirer）所说，演讲表明"张伯伦已经看清真相"[4]。在法国，达拉第（Edouard Daladier）总理下令加速重整军备。英国签署条约，保证波兰、希腊和罗马尼亚国土完整，此举传达出的信号毋庸置疑：英国要动真格的了。希特勒感到震惊和愤怒。这完全出乎希特勒的预料，不过他仍然确信，等他亮出筹码以后，英国和法国实际上不会采取任何行动。

在美国，《中立法》（Neutrality Acts）所反映出的孤立主义的自由情绪也开始减弱。国务院官方拒绝承认德国对捷克斯洛伐克的占领，并发表严厉的谴责，称之为"对自由的践踏"。罗斯福总统毫不留情地训斥德国大使。[5]欧洲很可能正在走向战争，这种认识占据主流。德国驻伦敦大使赫伯特·冯·德克森（Herbert von Dirksen）发出严肃警告，在发给柏林的信中写道："如果坚持认为英国对德国的态度没有根本性的变化，那么这是大错特错的错觉。"[6]

事实上，占领捷克斯洛伐克之后，希特勒导致了战争几乎不可避免的状态。现在回过头来看，很明显，希特勒违背诺言并进攻捷克斯洛伐克，这一决定是他性格中存在致命缺陷的引人注目的证据。而随着时间的推移，他的致命缺陷变得越来越明显，这会导致他一次又一次地做出错误估计，直到最终被打倒。希特勒的世界观很清晰。他希望德意志帝国成为欧洲大陆的霸主，在东部夺取"生存空间"，设法将可恨的犹太人从德国生活中清除出去，并且最终在整个欧洲把他们赶尽杀绝。早年，他精明地算计战术，总是扮演大胆赌徒的角色，却能保持对时机的把握，也能理解某一时刻的做事限度。但是，在他的内心深处，每一次成功都使他变得更加不计后果，促使他采取更快的行动，并最终驱使他产生约阿希姆·费斯特（Joachim Fest）口中的"神经衰弱地只想行动的渴望"[7]。正是这一点使他犯下第二次世界大战战败之路中第一个深远的错误。

上海

多年来,经常有人问我,世界上有那么多地方,为什么我们选择去上海。答案恼人,但是非常简单:我们要寻一个逃命的去处,而且除了中国没有其他国家愿意接纳我们。就这样,我们去了上海——这个谁都不喜欢的目的地。上海位于饱受战争蹂躏的中国,这座城市的名声不好,是一座无法无天的野蛮城市,气候很差,盛行热带疾病,没有工作机会。但是,在1938—1941年,大约1.8万名德国和奥地利犹太人却为了一个铺位或一个座位苦苦争斗,不惜使用贿赂和哄抢的手段,只为登上一艘驶往上海的渡轮或者穿过西伯利亚的火车,而他们这样做的原因只有一个:他们想逃往世界上唯一对他们敞开大门的地方。

上海靠近长江河口,是一个杂乱无章、随意扩展的东亚大都市,以其阴谋、东方的神秘感、不透明的法律、非传统的生活,以及不受限制、肆意妄为的恶行而为世人所知。然而,在第二次世界大战的历史上,这座城市几乎不值一提。主要的战斗都发生在别的地方,上海没有发生什么重要的事件。1941年12月6日上午①,即珍珠港被空袭那天,日本军队入侵并占领上海租界。但

---

① 原文日期有误,应为1941年12月7日上午。——译者注

是，在对日战争胜利日之前，这里没有发生过什么大事。只有在太平洋战争的最后几个星期，盟军才予以重视，并在两三次短暂的白天突袭中在海滨附近投下一些炸弹。这些突然袭击不可避免地夺去了这座拥挤不堪的城市中一些人的生命，但这就是战争。

直到战争的最后几天，上海仍然是一个远离世界冲突的地方。然而，上海还是以它独有的方式变成一个绝佳的现场，让我见证战争对普通人的影响，让我看到人们的生活怎样受到永久性的破坏和改变，并目睹他们在毫无准备的情况下如何应对所有的压力和困难。我在希特勒统治下的德国度过童年，后来在上海长大成人，这两段经历对早年的我产生了决定性意义，塑造了我的人生观和基本价值观，使我可以以自己的角度看待后面的经历。在柏林的时候，我年龄太小，不曾体会内心的痛苦，但是也足以感受到苦难对周围人的影响。但是，上海不一样。在那里，苦难对我的影响与我息息相关，也更加直截了当，我的所见所闻给我留下深刻的印象。我永远也不会忘记，也不会试图去忘记——直到我已经长大成人，坐在公司办公桌前工作的时候，甚至在我担任美国总统顾问以后，一切仍然难以忘怀。

在上海，我经常诅咒自己残酷的命运，愤恨自己形同囚犯、无处可去、前途未卜。我刚刚成年，每天心浮气躁，总想有所作为，因为自己被驱逐的命运而恼怒。我以为生命飞速流逝，而我在上海虚度时光。但是，我现在意识到我的想法是错误的。艰难的难民经历给我的未来带来许多宝贵的经验。那些年里我的生活紧张，那些年也教会我很多有价值的东西，而如果是在正常情况下，我可能永远也学不到这些东西。现在，我对此心存感激——

第二章 40年代 战争岁月：上海

但是如果那时候的我不必品尝这些人间疾苦，我也愿意欣然接受，对此我并不否认。

在上海，我品尝到饥饿、贫穷和被遗忘的滋味，尽管我并没有犯什么过错。我明白了当人们被逼到死角的时候他们会怎么做。我明白了生活会待我们不公，而头衔、财产以及身份和地位并不持久。我明白了身外之物没那么重要，重要的是面对困难、个人挫折和各种打击时内心的才智。在上海，我遭遇到任意妄为的政府行为对普通人的影响，而此前我从未有此经历；在上海，我第一次面对粗俗的种族主义、歧视和极端的不容忍。如果想彻底了解上层人对穷人和弱者漠不关心到什么程度，上海也是一个绝佳的地方。

然而，上海也让我懂得，人生际遇总有光明的一面，即使在最糟糕的时候，光明也会闪现。正如那些承受压力的人，当身处混乱之中时，他们有能力克服巨大的困难，迸发惊人的勇气和创造力。正是在上海，我第一次感受到社区行动的好处，看到人们在困苦时期同心协力、办成好事，体会到丰富的文化生活带来的舒畅，浸润在文学、音乐和表演艺术中，受到人们相互无私帮助的事例的鼓舞，感受到重压之下的宽容和大度，明白人们即使在最糟糕的时候，通过自救和合作也能取得很大的成就。

作为一位身在上海的年轻人，我发现很多做人的道理、人类作恶的能力和为善的潜力。我在上海的发现可能超出大多数人和平年代一生的经历。20世纪30年代末的上海是最多元化的，从民族、种族、宗教、文化到语言都是如此。凡是能想象到的，上海都找得到。那时的上海汇集了形形色色不寻常的人物，种类之多令人目眩。商人、传教士、难民、冒险家、间谍或密探等人物轮番登场，有穷人、富人、圣人、罪人、势利小人、天才或愚人——在上海，这些人你都能遇到。如果你睁大眼睛、竖起耳朵，你就能从他们身上学到一些东西。这座位于黄浦江畔的城市是我口中常说的"重击学校"。当我从这所学校毕业的时候，我有点乐观，有点愤世嫉俗。这话听起来像是互相矛盾，但实际上并不矛盾。一方面，这所学校粉碎了许多年轻人的幻想：当最坏的事情有可能发生时，别以为它不会发生——这是一个持久的教训。但是，某种持续一生的乐观主义缓和了这种阴郁的观点。之所以乐观，是因为我看到爱、家庭、性格、勇气和毅力可以带来成功；即使生活非常艰难，这也是我们中的许多人身上一直存在的潜力。即使我那时还只是一个生活在上海的十几岁的孩子，我得到的结论也是：我这一生的作为主要取决于我自己，虽然一部分取决于运气，但总是取决于我的努力和向前的冲劲；而且如果我不照顾我自己的话，别人更不会照顾我。

上海的岁月也是后来我的许多政治信念和对公共事务的终生兴趣的来源。糟糕的政府使我深受其害，效率低下和漠不关心的政府令我苦不堪言，所以我想参与其中，我想做得更好，我想贡献力量，我想促成聚焦弱势群体的公众政策。对贫穷现象的广泛了解激发了我对社会科学特别是经济学的兴趣，这是我成为终身的社会自由主义者的原因。在美国，我的这个兴趣将直接导致我选择政治这个职业，引领我进入富兰克林·罗斯福的民主党，把我送到哈里·杜鲁门、约翰·肯尼迪（John Kennedy）和巴拉克·奥巴马（Barack Obama）的身边。但那是很久以后的事。

治外法权

19世纪40年代,鸦片战争之后,第一批欧洲商人在上海定居下来。很快,基督教的传教士和各种各样热爱冒险与追逐财富的人接踵而至。最初,这些外国客人不请自来,出售的主要商品是西方的宗教和邪恶之物——尤其是鸦片——这使那些从事鸦片买卖的欧洲人以及少数中国中间商变得极其富有。一个世纪以后,邪恶之物仍然是上海的主要商品。名义上鸦片是非法的,但是城市中成千上万的瘾君子很容易就能买到鸦片。我很快就能认出他们那一张张倦怠的脸,他们或仰卧在肮脏小屋粗糙的铺位上,或舒服地躺在更讲究一些的住处,看起来对周围的环境漠不关心。在近代上海,邪恶的形式有很多种:各种各样的毒品、赌博、卖淫、儿童色情制品、绑架、谋杀等。当时的"游戏规则"是由企业、企业主和肆无忌惮的资本主义制定的,一切都笼罩在冷漠、轻浮和享乐主义的氛围中。

治外法权是上海的独有特色,这是殖民时代留下来的一种神奇的传统。治外法权赋予这座城市的欧洲管理者豁免中国法律的权利,并赋予他们为所欲为的权力,而他们只在本国法庭接受本国官员执行的本国法律的约束。[8]如果法国公民在上海犯了法,他会在一个法国法官面前接受质问,美国人"就像在美国一样"出现在美国联邦地方法院法官面前受审,英国人要服从英王陛下的统治,等等。只有中国人在中国法庭受审。

1842年，英国侵略势力强行与中国签订《南京条约》（Treaty of Nanking）。该条约规定了治外法权，这是战败的中国人因为坚决拒绝开放北方港口进行对外贸易付出的代价。英国不接受中国说"不"，最终派遣一支载有4 000名士兵的小舰队，很快征服了中国人过时的军队和古老的防御工事。茶叶和丝绸是珍贵的商品，在英国的需求量很大。当中国拒不出售茶叶和丝绸时，英国拒绝接受这一回答。事实证明，中国公开宣称对西方产品没有兴趣，但这也不能构成英国赚钱生意的障碍。来自印度的鸦片很快打开了中国市场。

《南京条约》和随后的其他条约——受害的中国人在之后的100年时间里把这些条约称为不平等条约——也迫使中国把香港割让给英国，保证国外进口商品享受优惠的低关税，并将上海的域外特权扩展到其他欧洲签署国，允许他们"分享英国胜利的果实"[9]，这是一位英国历史学家的说法。两年后，法国人和美国人也来分一杯羹。后来，其他各国也被允许进入上海。

根据最初的条约，英国人监管一块占地23英亩的小片区域，可以买卖和居住。最终，英国人把这块地方和美国人的地方合并成一个地方，他们称之为"国际居留地"。法国人选择独自接管一个毗邻的地区，即"法租界"（大多数讲德语的难民会把城市的这部分称为"die French"，这是"德式英语"的早期范例）。慢慢地，各国利用后来的混乱和战争时期，管辖权外地区的规模变得越来越大。到了第一次世界大战，国际居留地已经迅速扩大到5 500英亩，而法国租界的占地面积大约是这个面积的一半大。[10]

正是在国际居留地里，外国人建立了自己的"政府体系"，独

第二章　40年代　战争岁月：上海

立于中国政府。在国际居留地里，上海公共租界工部局[①]实施统治，操纵警察、消防部门、邮局、海关和其他市政服务。即使到了20世纪30年代末，上海公共租界工部局里的大多数人仍然是非中国人。类似的体系在临近的法国租界也一样盛行。最初的条约没有专门的规定来批准这种步步为营的安排，可是这样的事情恰恰"发生了"。外国人把条约解释成允许他们在占领的城市行使治外法权，中国对这种解释只能默许。最后呈现出来的是一种独特而怪异的安排，既不完全是一个殖民地，但也接近于殖民地。一位英国军官曾经把它描述为"一个偶然的由自治的英国商人组成的体系"[11]。

到了20世纪30年代后期，这个体系历经多次演变和修改，但是其要领从未改变。在法租界，法国人仍然掌权，直接听命于驻在殖民地印度的上级。在国际居留地，一些日本人、中国人和其他国家的人也加入了上海公共租界工部局，不过英国仍保持对上海公共租界工部局的控制。然而，治外法权大限已到，这座城市成了一座朝不保夕的孤岛，被日本军队包围。日本军队刚刚打败蒋介石的国民党军队，并与叛变的前国民党成员汪精卫在南京建立傀儡政权。结果就是在一个城市里产生了一系列令人费解的不确定和互相冲突的管辖权——法租界、国际居留地、日本军队驻扎的虹口地区、汪精卫的傀儡政权控制的地区；此外，湖西是片无人居住的荒野，位于居留地西部的争议地区，被人们称为

[①] 上海公共租界工部局是外国人在上海设立的一个独立机构，它不属于中国政府管辖。该机构由外国人组成，是上海公共租界内的最高行政机构。——译者注

"歹土"，国际居留地的警察和汪精卫的手下长期在这里争夺控制权。

即使是在比 20 世纪 30 年代晚期更正常一些的时代，在政治形势错综复杂的地区维护法律和秩序也不是一件易事。上海已经成为世界第五大城市，再加上数百万寻求国际保护的战争难民，城市里人满为患。上海的大多数人极其贫困，没有住房，每天都有许多人死于饥饿和疾病。根据一份报告，仅在 1938 年一年，就有多达 10 万人陈尸街头。[12]

随着中日冲突在农村的肆虐和欧洲战争的爆发，这座城市成了间谍、通敌者和各种政治煽动者的避风港。这座城市成了国民党地下组织与中国傀儡政府交战的幽暗战场。暗杀和绑架非常常见，犯罪团伙明争暗斗，他们争相与城市官员勾结，以便掌控由敲诈手段和邪恶生意带来的丰厚收益。

上海是一个对比巨大的城市，贫富差距极其悬殊，"拥有 48 层摩天大楼的城市，大楼的下面是 24 层地狱"[13]，一位作家这样形容。尽管看似不同，但是上海其实是一个覆盖着一层西方面纱的中国化城市。但是，对于有钱人来说，这是一个在别人的苦难中纸醉金迷的地方，是资本主义的天堂，也是地狱的角落，世态万象，包罗其中。

从远处看，上海给人的第一印象是一座辉煌的欧化大都市。沿江著名的宽阔大道名字叫外滩，沿路都是高楼、豪华酒店、俱乐部和银行，夜晚的上海笼罩在皎洁的月光下，令人印象深刻。但是近看，外滩的后面是一派中国景象：狭窄的街道和脏兮兮的小巷散发着与之匹配的气味，四处都是人力车、自行车和汗流浃背的苦力，他们干着超出人类极限的活儿，苦苦挣扎。叫卖者大声兜售他们的货物，技能高超的扒手偷窃粗心大意的人的财物。成群结队的乞丐一看见外国人和衣着讲究的中国太太就上前乞讨。而裹着小脚的中国太太蹒跚经过，对这些可怜人的遭遇熟视无睹。远处，在上海郊区的高墙后面，矗立着豪宅，里面住着处于统治地位的外籍人士和有钱的中国人。他们举办奢华的聚会，过着养尊处优的生活，身边有一大堆人小心伺候——男仆、阿妈、厨师、保姆、园丁、看门人，还有人数不等的其他仆人。在上海，为数不多的一些人——外籍人士、生意人、各色赌徒、投机分子，再加上屈指可数的中国巨富——真的可以过上非常好的生活。

有人可能会说，上海是卡萨布兰卡[①]和拉斯维加斯[②]的混合体，这就是它之所以吸引居民、游客以及其他各色人等的原因。游客中，有著名人士和单纯因为好奇而来的人，还有形形色色的作家、演员和电影制片人。他们来上海是为了游玩或者寻找异国情调——其中有诺埃尔·科沃德（Noël Coward）、道格拉斯·范朋克（Douglas Fairbanks）、查理·卓别林（Charlie Chaplin）、维吉·鲍姆（Vicki Baum）、约瑟夫·冯·斯登堡（Josef von Sternberg）。还有的人到上海居住一段时间，目的是冒险或者快速致

---

① 卡萨布兰卡：位于摩洛哥西部的大西洋沿岸，是摩洛哥历史名城，全国最大的港口城市、经济中心和交通枢纽，被誉为"摩洛哥之肺""大西洋新娘"，是北非著名的旅游城市。——译者注

② 拉斯维加斯：美国内华达州最大的城市，也是座享有极高国际声誉的城市。——译者注

富,或者为了吸毒,又或者为了找女人。还有一些人是在逃犯,来上海只是为了藏身。基督教传教士无法抵挡上海对他们的吸引力,他们来了以后开设学校、孤儿院和医院,在东方的受教育者和穷人中进行传教。

达官贵人出入位于外滩的豪华的和平饭店,享受其奢华的装潢和媚俗的东西方融合之风。他们参加奢华的聚会,流连于赌场、夜总会和舞厅,领略700多个妓院的风情。如果他们想清净片刻,他们也许会去美式饭店吃午饭,或者去豪华的俄罗斯咖啡馆吃吃巧克力蛋糕、喝喝下午茶。而那些口袋空空的人会住进满是跳蚤的旅馆,或者如果被害虫和臭虫搅得心烦意乱的话,他们可以入住基督教青年会。但并不是所有人都会一直住在同一个地方。毕竟,在上海,财富来得快去得也快。

上海是赌徒的天堂,数十家赌场吸引了来自世界各地的相当数量的冒险者、骗子和赌徒。几年来,其中为人们津津乐道的名人是一个叫杰克·莱利(Jack Riley)的美国人,他开始时一无所有,很快一夜暴富,最后又一文不名。他的故事是经典的"上海故事",所以值得一提。

我记得偶尔在镇上见过他——他个子很高、仪表堂堂、擅长社交、受人欢迎。据说,有一天,他不知道从哪里冒出来,籍籍无名,也没有资本,在外滩露天摆摊,干的是掷骰子的游戏。他肯定非常走运——或者他只是一个非常熟练的骗子——因为没过多久,他就摇身一变坐拥一家酒吧,并很快控制了全上海的老虎机,最终拿下"歹土"顶级赌场里的色子赌桌,还有位于豫园路的外滩豪宅。莱利也是一名有天赋的运动员,他非常热爱打棒球。

但是,唉,成也萧何,败也萧何。头一天,他还是一位生活优越的上海名流,但是到了第二天,他就玩儿完了。这个美国名人后来被迫离开上海,比起他来时的悄无声息,他走的时候颇为引人瞩目——他戴着镣铐,登上克利夫兰总统号游船,由美国将领山姆·泰特尔鲍姆(Sam Teitelbaum)专门押送回美国,等待他的是完成此前中断的漫长刑期。尽管他离开了,但上海继续笑看风云。

据传,莱利既不是在大学里也不是在职业棒球联盟的棒球场练就的一身运动技能,而是在俄克拉荷马州国家监狱里练就的,而当时他因持械抢劫在那里服刑。据说,有一天,在与另一所监狱的罪犯的一场比赛中,他轻松逃脱。不久后,他就在上海崭露头角,开启了他璀璨而短暂的新生活。

杰克·莱利是一个典型的上海式人物。在他所处的时代里,有那么多冒险家、堕落分子和彻头彻尾的骗子看中上海的环境,把这里当作暂时的避难所、藏身之处或者长期的家园。而杰克·莱利是他们中最突出和最丰富多彩的一个。然而,最奇怪、最令人费解的人物才算是上海这座国际都市在战争的最后那些日子里的特殊氛围的真正代言人。

有这样一个人,他的真名叫伊格涅茨·特雷比奇(Ignácz Trebitsch),是一名匈牙利犹太人,可以说是20世纪在上海出现过的最臭名昭著的骗子之一,他最终在1944年死于上海。在他多姿多彩的生活经历中,他用过许多名字,不过他在历史中最为人所知的名字是伊格内修斯·特雷比奇·林肯(Ignatius Trebitsch Lincoln)。在上海,他剃着光头,身着一袭飘逸的佛教僧袍,在人群中相当引人注目。他庄严地行走于街道,同时用手指捻着念珠。[14]我偶尔会在城里看到他。有一次，在基督教青年会的咖啡店里，他坐在我的身旁，问我从哪里来。"啊，是的，是的，"我回想起他的回答，当时他马上改说德语，虽然流利但是带点口音，"柏林，我对那里很熟悉。"以前，特雷比奇曾经在名为卡普政变的运动中发挥了短暂的核心作用，支持极右分子，企图在1920年推翻魏玛共和国。

在特雷比奇非凡的一生中，他在许多地方浮浮沉沉。在不同时期，他做过圣公会教徒、牧师、基督教传教士、失败的石油公司巨头、记者、间谍，甚至曾经短暂做过英国国会议员！他曾被判犯有贪污罪和偷盗罪，令一家公司破产，由于诈骗罪在英国服刑3年。评说特雷比奇的功过，有两点：第一，他适合上海，如鱼得水；反过来，上海也适合他，如果有一个人最能代表这座城市那些离经叛道的欺诈和神秘氛围，这个人非他莫属。第二，特雷比奇热爱阴谋，即使他表面上是慈眉善目的佛教徒，但是他和上海的盖世太保保持联系，主动提出推进纳粹事业——而且盖世太保差点就相信了他的能力。柏林给党卫军在远东臭名昭著的代表约瑟夫·梅辛格（Josef Meisinger）发了一封电报，从而中止了此事。海因里希·希姆莱的助手命令梅辛格停止此事："关于特雷比奇所说事情，你不能继续进行。你肯定也知道他是一个犹太人。"[15]

难民生活

丹尼尔·里柏斯金（Daniel Libeskind）设计了当今的柏林犹

第二章 40年代 战争岁月：上海

太博物馆。非凡的设计为他赢得声誉，使他成为世界上最著名的当代建筑师之一。设计把"流亡的轴心"作为中心元素，旨在让游客记住德国犹太人曾经的命运，当时的他们被驱逐到天涯海角，被迫在异国他乡从头开始，改写人生。一条长长的坡道向上延伸，把游客带入独特的花园，花园矗立在凹凸不平的表面上，由石柱构成，而石柱带给许多参观者的是一种怪诞的身体失去平衡和情绪混乱的感觉。建筑师用这种方法象征难民迷失在遥远的异国环境中的经历——他成功地做到了。大多数游客感受到迷失方向，一些游客的身体甚至会出现不适反应。

我不知道里柏斯金在构思这个石头花园的时候有没有想到上海，他也许想到了。1.8万名来自纳粹德国的难民，惊慌失措、身无分文，在上海最糟糕的十年里突然被扔进"女巫的汤锅"，而锅里面煮的是异国他乡的困惑，这需要艰难而痛苦的重新适应。有些人根本无法真正适应，有些人则被摧毁。实际上，从各方面来说，与难民以前在欧洲的经历相比，他们在上海的遭遇截然相反。

上海没有柏林或维也纳的温带气候，这个城市位于亚热带，纬度的位置类似开罗或新奥尔良，夏天又热又湿，冬天阴冷潮湿。卫生条件很差，下水道严重不足，自来水很不安全、几近不可饮用，电力不能保障，住房标准恶劣。没有冲水马桶，常用的是"夜香桶"。疾病的威胁持续存在——霍乱、天花、伤寒、阿米巴痢疾和随处可见的肠道寄生虫感染。

同健康威胁一样令人不安的是上海无法无天的治安环境——腐败横行，没有可靠的法令，到处是一片自由放任的环境。我们这些中欧人此前理所当然地认为,基于法律的高度规范化环境能带给我们确定性,现在的治安环境与我们之前的想法形成了鲜明的对比。享有治外法权的上海往日风光不再,但仍然是一座罪恶之城,在那里可以歪曲法律、无视规则。在上海,什么事情都可能发生,没有其他城市像上海一样。当困惑的难民登岸的时候,上海对他们的到来毫无准备,而难民对即将开始的上海生活毫无头绪。

我们乘坐日本的轮船来到中国,船上有两本书被我们反复传阅。我们这群流亡者感到焦虑,觉得这些书非读不可。我记得,我的父母专心致志地读着这两本书。小小一本的是为德国学习者编写的书名为《英语1 000词》(*A Thousand Words of English*)的英语入门书;另一本是一个故事集,讲的是与中国人做生意的故事,书名叫《四万万中国顾客》(*Four Hundred Million Customers*)。[16]第二本书的作者是美国广告公司的总经理卡尔·克劳(Carl Crow),他长期住在上海。他的主题是:中国人多得惊人,他们都是潜在顾客;中华民族是一个很有魅力的民族,但是他们世世代代遵循的是西方人不易理解的特殊习俗。

学英语的重要性自不必说,毕竟这门语言是上海大约50个相互独立的居民群体的通用语。然而,任何人确实都没有想到学习汉语——这是99%的上海居民所说的语言。实际上,汉语本应是他们为新生活做的一项极其有用的准备。事实证明,他们中的大多数人从来没有学过汉语,尽管在这方面,新来的人持有所有欧洲人的普遍观点:如果有人喜欢并愿意不遗余力地学习和了解当地语言和文化,对其有适当的了解,这算是一个迷人的癖好,但

第二章 40年代 战争岁月：上海

是如果作为实际问题的话，学语言就成了一种负担。

至于克劳写的那些外国人与中国人生意往来的逸事，船上所有的人都没有想过。克劳是一名成功的美国侨民，我们则是身无分文的战时难民，我们之间的地位和商业机会有着天壤之别，因此他书里说的话大部分与我们此行的目的毫无关联。在上海，几乎没有严格执行的官方限制，但是这座城市的外国社区非常势利，等级制度森严，排外性非常强。人们在各自的轨道中活动，社会和商业活动鲜有交集。英国人和美国人占据主要的有权势的职位，享有最大的特权和威望。几乎可以肯定的是，克劳是上海滩的精英俱乐部中的一员。在那里，他和外国同行悠闲地吃着"简易"午餐，或者在酒吧里微醺，谈笑之间，生意就谈妥了。一个无国籍的难民不要指望得到允许进入这种场所。克劳的主要客户是美国和英国的大型烟草公司和进口公司，他帮助这些公司把他们的产品推销给中国的"买办"[17]或者其他接受过西方教育的本地商人。他做的交易肯定使用美元结算，所以他住得起城市西部豪华的大房子，家里还有一群仆人侍奉他。难民们要去适应的是一个完全不同的世界，他们每天与中国人之间的交往和卡尔·克劳的日常生活几乎没有什么相似之处。不会有任何一家俱乐部向他们敞开大门，让他们结识对他们有帮助的人。美国或英国公司雇用他们的概率也不大，即使会录用少数人，其可能性和结识上海主要的中国大亨的可能性也相差无几。

现实就是如此：难民们必须准备面对的实际困难和情感上的挑战与克劳书中的描写完全不同。用丹尼尔·里柏斯金设计的向上倾斜、坎坷不平的逃亡者之园来代表这些困难和挑战则更为合适。难民身在驶往中国的轮船上，感受到那种深深的生存危机。

除了恶劣的气候[18]，他们不得不在亚洲背景下，立即大幅降低最低的生活水平。这个现实情况将会给这些曾经的中产阶级德国人和奥地利人带来意想不到的突然打击。有些人能拿到"真正"的货币——美元、英镑或瑞士法郎——而且不必支付个人所得税和消费税。对他们来说，上海实际上是一个廉价的地下室，在这里只需花上国内市场三分之二的价格，就能买到一包进口的好彩牌或骆驼牌香烟，大多数其他的进口商品也是如此。即使只有微薄的月薪，只要使用硬通货支付，这些钱在上海的购买力也比在国内大得多，所以拥有最低工资的外籍人士也生活得十分惬意。但是，对于没有钱的难民来说，他们主要依靠别人的施舍，没指望获得硬通货的收入，他们的当务之急就是怎么用最少的预算艰难度日。从离开轮船这个保护茧的那一刻起，难民将面临的是最基本层面上的痛苦现实——在落后的收容所里艰难度日并挣到足够的钱填饱肚子。

最开始，有一些海外慈善机构和两个知名的上海犹太社区承担照顾难民的责任，他们做出最大的努力，接受了这项艰巨任务。这些社区中较小的社团由一些最初来自伊拉克的西班牙犹太人组成，很多人的收入很低，但也包括上海的一些超级富豪——沙宣家族、嘉道理家族、哈同家族、以斯拉家族等。还有一个更大的俄罗斯犹太人社团，住在那里的是最近从哈尔滨和俄罗斯远东地区来的人，他们自己就是难民，跑到上海来逃避俄罗斯国内泛滥的反犹太主义。

开始的时候，这些社区为新来的同胞提供食宿的任务进行得有条不紊。1938年底，只来了大约1 400名难民。但难民规模从最初的涓涓细流很快汇成一条川流不息的河，后来变成一股真正的洪水，几乎要冲垮接收难民的群体所做出的手忙脚乱的努力。到了1939年5月，又来了7 000多人；最终，难民的数量将增长到将近1.8万人。

1939年春，2 000名穷困潦倒的难民已经被安置在紧急营地里，营地由当地富裕的犹太人捐赠。最终将有总共4 800名难民从社区获得食物，只需要花费每天33美分的成本，而那些不在营地的人只能靠每个月50块钱（中国货币，相当于大约5美元）的补助过活。"谁能用这么一点钱活下去？"戴维·沙宣（David Sassoon）爵士曾经在《华北日报》（*North China Daily News*）的一次采访中这样问过。[19] 他是一位主要的犹太裔捐助者，也是上海最富有的居民之一。

这些营地在虹口的废弃地段建造起来。虹口被日本人占领，靠近码头，是上海最糟糕的地区之一，在中日战争中遭受到严重破坏。很少有西方人冒险进入这个被炸毁的、毫无生机的地区。在这里居住的主要是最穷的中国人，日本军队在那里呼风唤雨，治外法权在这里没有效力。但是，日本军队同意难民住在那里，所以难民被安置在那里。从当时的照片上可以看到，刚刚到来的难民仍然穿着非常不适合上海气候的衣服（他们后来很快就丢弃了这些衣服），他们踩着一块木板从船上走下来，登上一辆原始的敞篷卡车，然后被载往新家。在那里，有人给他们分配宿舍，分发床上用品、毯子、锡制盘子、餐具，还有一个杯子，然后给他们科普一些在上海生存的有用建议："不要喝水、不要喝牛奶或者吃生食，离日本军队远远的，不要相信警察。"[20]卡尔·克劳，再见。欢迎来到难民的上海！

* * *

我们自己的处境不那么绝望，尽管我们属于不必住在营地的那批人，但要面对我们新生活中那么多令人不安的现实情况，也够我们受的。巴西的亲戚给我们勉强凑来的一点钱——我想大约有100英镑——使我们跻身少数有"经济实力"的难民之列。在途经意大利那不勒斯的时候，我的父母匆忙冲进一家银行，把现金取了出来。我记得他们一路上紧张兮兮地守护着我们珍贵的储备金，反反复复地清点这些钱，清点完后把钱换到另一个秘密的地方藏好。这笔钱是一道墙，把我们和彻底的灾难隔开。在我们一个月的旅途中，一分钱也花不出去。所以，当我们在1939年5月10日到达上海的时候，我们是少数的幸运儿之一，可以不必登上开往虹口的卡车，而是直接去了不那么令人沮丧的国际居留地，在一家满是跳蚤的酒店找到一个单人间并住了下来。

几天后，我17岁的姐姐被送到上海的一个英国家庭当保姆，这样我们就省下一个人的口粮——我们在法租界边上租下第一个固定住所。我们现在的家是一栋小房子里的一个单人房间，房子位于一个窄窄的胡同里，胡同两边是非常简陋的低矮房子。可这个地方倒有个富丽堂皇的名字，叫艾琳别墅，位于格罗希路① 51

---

① 即现在的延庆路。——译者注

第二章 40年代 战争岁月：上海

号。我们家的房东住在8号房间，是一家破落的白俄罗斯人。一家之主基奇金"上校"长相帅气，严重沉迷于伏特加，我们看不出他有任何职业。他声称自己是一名白俄罗斯的高级军官，曾参加过与红军的战斗。很快，通过他的普鲁士军事背景和对发生在加利西亚的战争的记忆，我的父亲就轻蔑地断定基奇金只不过是名中士。父亲说难民对过去生活状况的回忆往往夸大其词。他在同船的难民身上注意到了这一点：许多人侃侃而谈，说自己生活条件优渥，在柏林或维也纳身居要职，收入可观，银行存款颇丰。他确信这位白俄罗斯人也存在同样的"错觉"。因为这种"错觉"可以使一个人更容易接受自己现实的卑微状态，不会感到十分羞耻。

房东女主人基奇金夫人养活一家人，她是外籍人士的按摩师，家里还有两个年幼的女儿。我无意中听到我的父母含糊其词地暗示，说两个人都上"夜班"——一个直接以妓女的身份从事交易，而另一个女儿白天做理发师，晚上在一家小小的俄罗斯酒吧赚钱补贴家用。从第二个女儿那些接连不断的"来访绅士"来看，两个女儿干的营生似乎并无区别。

房子又小又拥挤又简陋，基奇金一家说话声音很大、冲劲十足，总是吵个不停，一直贫困潦倒。不过，除此以外，他们一家人生性善良、慷慨大方。在复活节和圣诞节的宴会上，他们开怀畅饮伏特加，喝起来没完没了，摆出各式俄罗斯美食，把楼下的桌子压得咯吱作响。制作这些美食的人是一个名叫格里沙的厨师，他用支离破碎的俄语像哥萨克人一样骂街，晚上就睡在厨房的地板上。有的时候他一个人睡，有的时候和他过夜的是洗衣女工或者保姆，毕竟在艾琳别墅有很多这样的人。直到今天，我有限的俄语词汇主要来源于格里沙的花式骂街，内容涉及被骂者的母亲、他们低俗的道德、亲密的身体接触以及阴险的性行为。对于一个刚进入青春期、易受影响的小男孩来说，在基奇金家需要学习的东西太多了。毫无疑问，最迷人的部分是他们家的两个女儿，特别是当她们衣衫不整地在房子里走来走去，喊格里沙拿吃的和喝的过来的时候。

基奇金家简陋的生活条件——这里和我们在德国位于选帝侯大街的公寓无法相提并论——比起被安置在虹口的营地，也让人舒服不到哪里去。我母亲曾经把我赶到一张摇摇欲坠的折叠床上，床就放在我们的单人间中一个很大的蒸汽船行李箱的后面。然而，更糟糕的事情还在后面，我们难以适应上海的恶劣气候和艾琳别墅的虫害，这是上海常见的困扰，主要有臭虫、巨大的蟑螂和偶尔出没的老鼠，没有办法解决。

单是气候已经足够糟糕。"如果一个人远离了自己出生地的气候，他永远都不会感到快乐。"维吉·鲍姆借中国男主角之口说了这样一句话，而男主角目睹自己的外国朋友在上海的夏日热浪中煎熬。[21]最后，我们学会了接受上海的天气，但是天气带给我们的痛苦从未停止。即使在5月，气温也会上升到32度，湿度很大，人们只需要外出步行几分钟，就会热得汗流满面，欧洲人的皮肤因为不习惯令人讨厌的热疹而饱受折磨。在7月，有时候气温高达40度，夜间也几乎没有任何缓解。季风暴雨偶尔来临，人们暂时不必忍受闷热，结果因为没有足够的排水设施，足以致命的污水深达60厘米，淹没街道。

然而，所有难民的主要问题是如何赚到足够活命的钱。工作很难找，报酬也很低。对西方人来说，他们不会选择体力劳动，因为干体力活的中国人只能得到微薄至极的酬劳。只有那些少数有独特技能的人——有专业经验的化学家，前柏林或维也纳爱乐乐团的音乐家，或者著名医生——才有机会。对于其他大多数人，找到任何有回报的工作都是一件碰运气的稀罕事，找到工作的人令大家羡慕不已。

余下的选择就是犹太人此前几个世纪被迫从事的事——销售、贸易、沿街兜售和打零工。在上海，这也牵涉试图将奇怪的技能和爱好转化为赚钱的营生。娱乐乐手们在夜总会或酒吧寻找演出机会，家庭主妇烤制并出售维也纳或者柏林特产，手巧的人则敲开办公室的门并提供修理打字机服务，不一而论。难民的创造力令人震惊，尽管许多人失败，但至少有些人取得成功，令人刮目相看。埃斯菲尔德（Eisfelder）一家开了一家小小的咖啡馆。说是咖啡馆，其实就是街头小店。这家店很快就以高质量的德国蛋糕和烤肉出名，为上海带来新体验。一个难民开了一家"移民二手货商店"，出售新移民带来的个人物品，供外籍人士购买。而赫尔·特拉施（Herr Tarrasch）很快凭着他对德国香肠和火腿的熟悉，成为城里特权社区的外籍家庭的最佳供应商。他的巨大成功在德国居民社区反响很大，以至于当地的纳粹头目很快不得不发出官方警告，声称即使在中国，也要禁止从犹太人手中购买物品。

一些难民的计划和冒险获得成功，但是很多其他的难民并没有成功。但不久后，上海的西方社区开始注意他们。不得不说，难民产生了影响力。他们的工作很辛苦，失败也成了家常便饭，再加上这个人心不古、道德沦陷、腐败成性的世道，新来的难民面临着难以适应的新困难，生活举步维艰。上海曾经盛产骗子，是许多合谋行骗者的天堂，这让许多难民付出代价。客户不付钱，就不履行承诺，总是要"打点"，也就是做任何事情都需要支付的无处不在的贿赂。

我的母亲带着不屈不挠的决心和精力投入其中，但是也没有免于修习这堂免费的上海课程。在基奇金家住了几天以后，她去位于法租界主要干道乔弗雷大街（现在的淮海路）上的一家杂货店，说服这家店的俄罗斯老板让她试着把他的商品直接卖给时髦的小时装店和服装店。这些小时装店和服装店散落在位于麦茜尔红衣主教街的法国俱乐部附近，主要的顾客是外籍女士。[22]她有一个问题，就是她从一个地方带到另一个地方的货物过于笨重，无法搬运，但是公共人力车很不可靠，而且她既不会说也听不懂中文。

经过非常痛苦的争论，她做出一个重大投资决定：改造一辆自己的私人人力车，这台车需要有光滑闪亮的黑色外饰，要比那些通常又脏又不舒服的公共人力车上一个档次。她的想法是让她带着布料库存出门乘车的时候能够轻松一些，同时给客户留下一个交通方式奢华的深刻印象。带着豪华人力车的幻想，她和一个车夫正式订约。车夫是一个名叫福（音译）的人，年龄比较大，穿着干净的裤子、中式上衣、草鞋，预计将"用车拉着"她每天外出办事。福了解一些基本指令的英语——当然是"洋泾浜英语"①——这种上海式英语很好掌握，而我的母亲此前刻苦学习的

---

① "洋泾浜英语"：因旧上海滩一处靠近租界的地方"洋泾浜"而得名，以前特指华人、葡萄牙人和英国人在中国从事贸易的联系语言。——译者注

第二章 40年代 战争岁月：上海

《英语1 000词》却派不上用场。[23]

不久后，她终究还是被打回原形，只能乘坐公共人力车。不到两个星期，福——连同人力车和所有的东西——就被中国上海的人潮吞没，他再也没有出现，为了高雅而进行的投资遭受到无可挽回的损失。而我的父亲，即使在太平时代，也算不上一个精明的商人，他也很快学到了类似的教训。我们拿出100英镑资金中的小部分钱，和一个中国合作伙伴以及另一个难民给一家合资企业投资。这是一次失败的制造业风险投资。这家企业很快就垮了，投资也没了，中国合作伙伴带着剩余的现金，消失在上海的街道里。

难民们领教到这些早期在上海经商的经验教训，而这些经验教训植根于这座城市的悠久传统。在上海，每个人都在"搜刮"，或者正如克劳略带钦佩地描述的那样，"敲诈勒索的行为俯首皆是，像天鹅绒般技艺高超，让芝加哥黑帮看起来就像是吵闹的花花公子。"[24]在最高层，上海的中西方领袖和大的犯罪团伙有长期的非官方联盟关系，令这些黑帮能够保护自己的领地，并通过毒品、赌博、卖淫和其他各种各样的敲诈勒索等手段积累大量财富；而黑帮帮助外国和中国的大亨们摆平事情，使一切尽在掌控，维护"天下太平"的局面。

20世纪20年代，这个勾结的体系产生了很多具有传奇色彩的人物，比如"杜大耳朵"①和"黄麻子"②，这两个人是青帮和

---

① 指杜月笙：男，江苏川沙人，近代上海青帮中的一员。——译者注
② 指黄金荣：旧上海赫赫有名的青帮头目，与张啸林、杜月笙并称"上海三大亨"。——译者注

相应犯罪团伙的领导人。杜月笙曾出资扶持蒋介石的政治机器，因此他成为国民党军队的名誉少将。黄金荣是法租界黑社会无可争议的老大，同时身兼法租界的警察局局长一职。第三个黑社会老板名叫张啸林，是法国鸦片管制局局长，这使他控制非法贸易并在他的帮派和政府伙伴之间分割收益更为方便。在居留地，另有一个叫盛新龙的青帮首领也享受到类似的安排，兼任警察队的队长。他的前任姓罗，在1938年被暗杀，原因是勾结可恨的日本人进行政治犯罪。蒋介石政府高层存在利益冲突和极端的腐败，在很大程度上使国民党政权淹没在民众唾弃的汪洋大海之中，最终走向衰落和崩溃。腐败这个把柄也为毛泽东领导的共产党人提供了宣传材料。蒋介石的姐夫孔祥熙和大舅哥宋子文都极其富有，但是仍然贪财无度，多年来轮流担任国民政府的财政部部长，即使对国家的财政事务管理不善，也从未停止中饱私囊。

大量的腐败、贪污和犯罪行为的侵蚀影响不可避免地从高层渗透到底层。侵蚀影响在街上随处可见。一目了然的是，巡逻的警察收取倒霉的人力车苦力、劳工和普通大众的"打点"。农户在夏季炎热的天气里把他们饲养的牲畜的肉运到市场上，会被人半路拦下。在炎炎烈日下，眼看肉就会变臭，除非农户把钱交给警察。所有警察把每天搜刮的民脂民膏上交一份给他们的上级，然后上级再交给他们的老板，他们的老板再交给老板的老板，层层盘剥。特别是在20世纪30年代末的战争和苦难环境中，那么多人失业、贫困、被剥削、挨饿，这种做法很快就被认为是每个人的生存之道。

剥削和贫困是道德困境的解决者——我很快也会意识到这一

第二章 40年代 战争岁月：上海

点。在我16岁的时候，我的学业因为战争而结束。随后，我在一家化工厂找到一份跑腿的工作，这家化工厂是瑞士的企业家开的，他们希望利用瑞士独特的中立立场大赚一笔。那是在1942年，太平洋战争刚刚开始，日本人控制了局面，时局艰难。如果把我们的处境说成被大发战争财的雇主大肆剥削，收入严重不足，这都算是轻描淡写。我的工作内容之一是偶尔骑自行车出去买零碎的东西——特制的钉子和螺丝、润滑油棒，还有类似的其他东西。在城里的中国商店里，店主把收据递给我——同时恭敬地向我鞠上一躬——收据上的金额超出我实际支付价格的20%左右，我记得我最初十分困惑。这就是经商之道，店主想当然地认为我希望收据上写的金额多一些，让我把差额留给自己，这样就可以确保我今后更愿意光顾他的商店，这样就敲定一种"共赢"的模式。我承认，即使我受到道德的谴责而觉得内疚，这种内疚感也很快消失。过不了多久，我就像上海的其他人一样，四处收取我的那一份"打点"，用来贴补我那份微薄的工资，并且积极争取差事，去和我交好的供应商店里买东西。

所以，这是由上至下的。基奇金家的厨师格里沙从街角的蔬菜店拿回扣，消防队"被打点"以后才会出现，医院护士只有拿到实在的油水之后才好好护理病人。而在我们的化工厂里，负责买办的叶先生在没有得到他应有的报酬之前，不允许任何货物进入工厂的大门。我像其他人一样玩着把戏，却学到一个终生受用的教训：如果社会中缺乏基本的诚实、守法和秩序文化，生活就会腐蚀一切，变得让人无法忍受。在这种情况下，无论是在独裁国家还是在民主国家，任何政府权威都很难正常运转，甚至很难存续下去。

诱惑

尽管我没有在上海正儿八经地上过学,但是我可以宣称自己在中国受过良好的教育。我所受的教育并不特别令人印象深刻,最宝贵的学习是在街头巷尾完成的。

在街上,到处都是人,各种景象、声音和气味交织在一起,如同万花筒——混乱、危险,充满诱惑,却总是令人兴奋。

上海生活就是在街上讨生活,那里什么都可以买卖:卖各种各样的食物,有人算命,有人扒窃,有人刮脸,有人治病,有人拔牙,有人清洗耳朵。在街上,无家可归的人和穷人照顾自己最基本的需要,有孩子出生,有人死去。在街上,和你擦肩而过的有小贩、穿着方格呢短裙的苏格兰士兵、意人利水手、美国海军陆战队队员、安南人和戴头巾的锡克警察、男妓和妓女、说书人、乞丐、皮条客、可供出售或出租的孩子、黑衣修女、和尚。在街上可以找到许多纯真的乐趣。至于那些不太纯真的乐趣,自己心里明白就好了。

几乎从我们到达的第一天起,我就开始经常逃到街上,在上海弯曲、拥挤的小巷里寻找刺激。我什么都想见识一下,很快我就找到了最令我兴奋的地方。没过多久,我就能老练地用街头汉语和别人讨价还价,不时还能骂上几句土话。我从同住在格罗希路的邻居那儿偷学了一些俄语,像其他人一样用可笑的"洋泾浜

第二章　40年代　战争岁月：上海

英语"胡言乱语，而且因为住在法租界而学到了流利的法语。很多人都会多种语言，这种技能在上海年轻人中也算不上什么了不起的本事。

最棒的一点是：这是我生命中第一次独立生活，而且几乎脱离父母的有效控制。在纳粹柏林，我的生活受到严格的限制：在家里有人保护我，对我进行密切的关注，还制定了不计其数的规则和限制要我遵守。上海不一样。我已经是个十几岁的孩子，迅速地成长起来。环顾周遭，生活充满活力，几乎没有什么固定规则；狂野的生活中什么都有，就是没有秩序。没过多久，我发现当前的我有可能体验身边的人和事，这种可能性在以前做梦都想不到，再没有人可以控制我。

我的父母对上海的各种诱惑忧心忡忡，也担心我在无人监督的环境中野蛮成长。我的母亲经常叹息："你就像一个霍屯督人①。"她每天被各种问题弄得焦头烂额，很少在家，但是她仍然努力控制我。但是，即使对像她这样意志坚定的人来说，这也注定是一场失败的战斗。不管夏天多么炎热潮湿，不管冬天多么寒冷刺骨，她从早到晚拖着成捆的布匹走街串巷，每天晚上回来都累得精疲力竭，一点儿力气都没有，只能严厉地说教一番，警告几句，让我小心上海红灯区的风险，并注意防备放荡和危险的风气，别的她再也无暇顾及。

我恐怕一句都听不进去。我把自己的生活整齐地划分成表面和私下两个部分，变得十分擅长用模糊和伪装编织一个必要的隔

---

① 霍屯督人：非洲南部的种族集团，属于游牧民族。——译者注

离网,把我母亲允许和禁止的两个部分分开。对于第一部分——学校、童子军,以及任何我母亲设计的"健康无害"的杂务活动——我会在每一天结束的时候高兴地向她汇报。其余的,我都严格保密,尽管我的母亲可能有很多怀疑,她和其他人都不知道我在禁忌之地里走了多远。

我常常无目的地四处游荡。我喜欢观察文士——他们是一些留着小胡子、学识渊博的老年绅士。他们把毛笔和墨盒摆放整齐,旁边的栖木上拴着一只警觉站立的公鸡。农村来的难民和穷人中有很多不识字的人,文士给他们读信,并帮他们写回信,有时还给他们算上一卦。为了算卦,公鸡训练有素,它从装着很多小小卷轴的碗里叼出一个纸卷,算卦的人会用一整套仪式解释卦文,以一种唱歌般的声音揭示未来的神秘之处。旁边可能是一个"流动图书馆",展示的是画本,路人花一两个铜板就可以蹲下来读书,沉醉于中国历史之中,品味那些关于龙、勇士和阴谋的故事。在别的地方,有玩蟋蟀的孩子、笼子里的鸟、被绳子拴着的小猫,还有不诚实的老千诱人来上一局。到处都是人:有的用扁担挑着篓子,有的叫卖,有的讨价还价,人们挤来挤去,大声喊叫,穿梭在散发出独特气味的成千上万的食摊之间。卖的食物有黏稠的杂粮粥、热芝麻卷、豆饼、栗子、山药、鱼、肉、荔枝、甜瓜。夏天里有便宜的冰,冬天冷的时候有烤红薯。在摊子的周围,总有中国人或坐或蹲吃着东西。

更大的诱惑——也有更高的风险——是冒险进入我本不应该涉足的地方,而且通常来说,那里很少有外国人,这其实有一定的道理。在西藏路和爱多亚路的交口,我偶尔会闯入庞大的上海

第二章 40年代 战争岁月：上海

大世界①。这是一个奇妙的娱乐中心，能满足广大中国民众的各种感官和欲望的享受。电影制作人约瑟夫·冯·斯登堡早在30年代就见识过上海大世界，说这里和地球上的任何其他地方都不一样，这里一层楼上有"赌桌、歌女、魔术师、扒手、老虎机、烟花、鸟笼、扇子、熏香、杂技演员和歌手"，另一层楼上有"餐馆、演员、蟋蟀笼、理发师和接生婆"[25]。由于在1937年的战争中严重损坏，我看到的上海大世界已经不复往日风光；然而，虽然提供的娱乐大量减少，但精髓与从前大同小异：楼上有中国戏院，铜钹声与鼓声不绝于耳，有几个佛教祭坛、无数饭馆，还有各种各样的骗子。还有女人，很多很多的女人，什么年纪和类型的女人都有。

但是，上海也有不那么单纯的追求：人们在舞厅和夜总会里吸食鸦片，在赌场和任何可以下赌注的地方玩各种想象得到的赌运气的游戏。赌场的设置形形色色，可以满足任何愿望和奇想。很多赌场为了吸引顾客而提供豪华奖品。这些赌场吸引了我，不过我很快对赌博本身产生了本能的厌恶。吸引我的是免费礼物、赌徒的脸孔、被赌徒赢来赢去的一堆钱，还有那种危险、神秘、颓废又放荡的紧张气氛。一旦我学会了如何骗过门口的警卫混进去，赌场就成了我最喜欢的秘密目的地之一。

市中心的赛马场有赛马活动，光顾那里的是一群上层的外国人和富有的中国人，我很难混进去。[26] 赛狗在逸园跑狗场进行。

---

① 上海大世界：始建于1917年，创办人是黄楚九。以游艺杂耍和南北戏曲、曲艺为其特色。——译者注

回力球比赛在一堵巨大的山墙上进行，这个地方位于法租界的中心位置，这里也是大多数中国人赌博的地方。我觉得这些地方更有趣，我尽可能多地在那里待着。我高兴地接过观众传来的免费香烟和软饮料，观看敏捷的巴斯克球手爬上墙去追逐回力球，似乎在做着近乎不可能的高难度杂技表演。传言说他们的游戏都是编好的，但是赌徒似乎不介意。对我来说，这太有意思了。

然而，最令人兴奋的是湖西大大小小的赌场，这片区域被大家叫作"歹土"。这是一个无法无天的地方，各个政治派别施加影响，控制与黑社会之间不断变化的联盟。在"歹土"，汪精卫的傀儡与居留地的警察争斗，日本人在幕后操纵，蒋介石的特工伏击敌人，绑架和政治暗杀是当时的常态。

"歹土"里那些邪恶巢穴的诱惑令我无法抗拒。人们在那里吸食鸦片，聚精会神地赌博，而这种"宁静"偶尔会被枪击事件和警方突袭短暂地扰乱，所以在那里闲逛并不是一件明智的事。谁也不太清楚谁能掌控赌局、谁会得到回报，但是对于这些顾客来说，赌博是很严肃的事，他们中的大多数人真的不是很在乎，而且我也不在乎，虽然我明白这样有失谨慎。

战争

我们的人已经尽可能在基奇金家楼上的房间里安顿下来，但是我们的心仍然被欧洲牵动。自从我们离开以后，欧洲燃起战火，而我们只能焦虑地远远观望。在我们离开后的几个月里，希特勒

第二章 40年代 战争岁月：上海

的一系列侵略行径最终引发战争。尽管我的父母和他们的朋友非常想念家乡，在流放生涯中痛苦不堪，但是他们意识到我们能够逃走是一件多么幸运的事。然而当时，欧洲的战争只是遥远的轰隆声，我们面临的更迫切的问题是如何在上海生存。

但欧洲爆发战争的某些负面影响仍然不可避免。上海本来只是我们暂时的避难所，我们在这里等待前往更好国家的机会，但是现在战争爆发，想要尽早离开上海并不那么容易。犹太难民们对滞留在欧洲的亲友们越来越担心，因为他们的来信越来越少，而且信中充满负面的暗示。这种情况让我们很担心，但除此以外，我们仍然热切盼望欧洲的局势可以转变，并且对此保持乐观的态度。一些异想天开的人甚至开始猜测某一天回德国的可能性。现在，德国正在与英国和法国对抗，这是两个曾经打败过德国的强国，大家盼着希特勒的六年暴政现在可能被终结。难民争论道：既然从前德国人没有通过国内的力量推翻希特勒的统治，那么现在的英国和法国将从外部施压，完成这项未完成的使命。与此同时，我们为上海少量的盟军驻军欢呼呐喊——有来自英国的士兵，也有法国士兵——而且十分敬重那些友好矫健的美国海军陆战队队员，希望罗斯福总统能尽快带领美国加入这场抵抗德国的事业。坚定的亲盟军英语出版社的出版物成了我们的必读书。

* * *

1939年的整个春夏，希特勒持续不断地增加对波兰的压力，各方面都警告他如果再有一次侵略行为，就可能导致德国与西方的武装冲突，但是他不听劝告，一意孤行。真正令人目瞪口呆的事情还在后面，希特勒彻底转变了与宿敌苏联的关系，更是在8月中旬与苏联签订了《苏德互不侵犯条约》（Molotov-Ribbentrop Pact）。在纳粹的观念中，共产党人是主要敌人，他们和可恨的犹太人有着千丝万缕的联系，是一丘之貉。现在一切都突然改变，即使是油嘴滑舌的戈培尔都费尽口舌，不知道如何向感到震惊的德国公众解释这一惊人的逆转。他们把这次转变描述成元首用来打击波兰在西方的盟国的英明的外交手段。

波兰由于其地理位置在历史上遭受了诸多不幸，因为波兰正好位于苏德两个大国之间，这两个国家在争夺波兰领土的同时，也为了利益使尽手段。当苏联人和德国人突然握手言欢时，波兰的命运已被决定，绝望的波兰人在最后时刻无论如何疯狂地进行努力，也没能避免国家走向分裂。纳粹德国和苏联的条约墨迹未干，元首就迫不及待地在9月1日的凌晨发动侵略行动，借口波兰入侵德国领土，而所谓的波兰入侵，只不过是希特勒下令由党卫军和秘密警察组织的一个骗局。两天后，尽管还没有做好打一场硬仗的充分准备，英国和法国对强大的德国人宣战。这场世界级的战争是20世纪中的第二场、持续时间最长、最致命的战争。

希特勒的最终目标在东面，无意在西方恋战。然而，继希特勒在捷克斯洛伐克问题上看走眼之后，攻击波兰将被证明是他的第二项致命性的错误决策。尽管他对法国几乎没有什么感情，也看不起法国人，但是他一直都很崇拜英国及其殖民帝国，只不过他一直不愿意承认。在希特勒看来，英国人是盎格鲁-撒克逊人，在种族上还说得过去。直到最后一刻，他都一直坚信，当他掷出

第二章 40年代 战争岁月：上海

筹码的时候，英国和法国都不会坚持履行他们对波兰的承诺。"现在怎么办，里宾特洛甫（Ribbentrop）？"据说元首震惊不已，向他的外交部部长发难，因为外交部部长此前一再向他保证，西方国家无意被卷入战争。两个人惊讶之余，默默枯坐许久。但是，在这场赌局中，大局已定，德国的装甲车已经发动，无法回头。

《苏德互不侵犯条约》和波兰崩溃的速度让身在上海的我们十分震惊。在接下来的几个月里没有什么动静，但是我们深信真正的战斗为时不远，而且我们相信当战斗打响的时候，战争肯定会有不同的转机。但是，我们错了。像世界上的多数人一样，我们沮丧地看到在接下来的1940年5月，德国军队不费吹灰之力就绕过法国的防御工事，打败中立的比利时和荷兰，在一个多月内就迫使法国投降。一切似乎都按照希特勒的计划发展。1940年夏天，意大利宣布和德国联盟，德意日签署三方协议，而希特勒希望这项协议可以把美国逼入绝境。南斯拉夫于1941年4月被德军占领，希腊的克里特岛在5月落入德国人的手中，挪威和丹麦被希特勒牢牢地控制。在北非，希特勒最好的将军埃尔温·隆美尔（Erwin Rommel）把英国人赶到沙漠之外，连开罗也朝不保夕。

在上海，笼罩着诸多令人难以接受的坏消息，连乐观主义者也很难看到一线曙光。但奇怪的是，我记得任何人都不相信希特勒真能赢得战争。如果是那样，结果太可怕了，不堪设想。也许我们热切的愿望促成了我们的想法，但是当英国腹背受敌的时候，如果说在某个地方，有人真正坚定不移地相信英国，那肯定就是我们这些身在上海的难民。英国奇迹般的敦刻尔克大撤退广受称颂，是至关重要的一次成功。当大胆抵抗的丘吉尔接任首相，英国皇家空军在空中拦截德国人的时候，乐观主义者重新坚信一切都会好起来的。

1941年6月，德国入侵苏联，这让大家欣喜若狂，期望的重大变化终于发生。但是，当苏联的失败演变成东线的溃不成军时，我们再一次陷入失望和近乎绝望的深渊。与苏联的联盟被揭露只不过是"临时战术"，希特勒终于开始他觊觎已久的征程，拓展东面的生存空间。希特勒麾下的部队有350万之众，他对他的苏联盟友发动了闪电战，意图用闪电式的进攻和压倒性的力量击败苏联。

因此，1941年秋天，希特勒一直向前推进，越来越深入地进入广袤的苏联内部。德军对冰雪毫无准备，希特勒的补给线被拉得又长又弱，但在与苏联的作战中仍然取得一场接一场的胜利。苏联军队虽然作战英勇，但是对德军的强大的攻击力完全没有准备。

这些事件极具戏剧性，令人害怕，它们最终将会给世界带来重大影响，连我们这个遥远的角落也不能幸免，这些影响无一例外都糟糕透顶。这也带来一种不祥的可能，即太平洋战争也许会爆发。

在美国，日本从来不是特别受欢迎，倒是中国对日本侵略者的防御引起美国方面的巨大同情。当日本占领法国的印度支那殖民地时，美日两国的态度明显强硬起来，紧张局势逐步升级。日本依赖进口获得近90%的石油和其他许多重要的原材料，但是美国对石油和原材料的出口实施了限制，并试图利用劝说和施压的双重手段，迫使日本人撤出中国。然而，日本拒绝屈服，因为真

第二章　40年代　战争岁月：上海

正的问题在于，两国的态度和世界观之间存在根本区别。美国仍然坚持威尔逊总统[①]（Thomas Woodrow Wilson）主张的领土完整、开放市场、商业机会和国际法的制约等概念。而对于秉承侵略主义、军国主义和扩张主义并意图在远东地区占据主导地位的日本来说，这意味着日本的基本目标将会受挫，而且这种状态的维持只对西方国家有利。双方都还没有做好开战的准备，但是对峙持续了1941年全年。到了秋天，我们再也无法忽略关于武装冲突在所难免的各种传言。我们焦急地关注西方领事馆，这是我们最后的保护伞，但也只能眼睁睁看着领事馆削减工作人员，敦促外派人员回国。到了10月，即使是盟军军队的小型驻地也开始被放弃，只留下英国和美国的各一艘小炮艇，充当象征性的武装。

在我们到达后不久，我那遵纪守法的父母尽忠职守地去德国驻上海领事馆办理报到手续。他们呈上自己的护照，上面印着鲜红的 J 字样（即 Jew 的首字母，代表犹太人）。他们相信自己仍然是德国公民，而且认为这是他们需要做的正确的事。谢天谢地，领事馆把我们这个良民的举动报告给德国，通知盖世太保柏林总部"犹太人布卢门撒尔一家已经到达上海"。

两年之后，我们还保留着早已过期的护照，但只是作为一个人生篇章结束的纪念物。在那个时候，纳粹已经正式宣布我们不再是德国人。如今，我们成了没有国籍的人，而随着我们的保护者即将回国，我们更加孤立无援、惊恐不已。如果战争降临我们所在的角落，我们这些被抛弃、身处德国的远东盟友日本的控制

[①] 威尔逊总统：博士、文学家、政治家，美国第28任总统。——译者注

之下的可怜人将如何生存？

虹口贫民区

"《上海贫民区》（Shanghai Ghetto）：应大众需求重新上映。"大约65年以后，位于加利福尼亚州的棕榈泉沙漠太阳度假小镇打出广告，宣传下一周的"一部关于你所不知道的生活的伟大电影"。在过去的一两年里，这部一个半小时的纪录片曾经在美国各地的电影院里上演。现在，这部电影将第二次或者是第三次回归这个度假小镇。而令我再一次感到困惑和惊讶的是，即使在这个工作日的下午，仍然有这么多人来到电影院观看这部影片。

我常常想问，为什么上海虹口贫民区——只不过是纳粹罪行和大屠杀历史中一个小小的脚注——居然让没有在那里生活过的人们深深着迷。当然，彼时身在其中的我们做梦也想不到，有朝一日外界会对我们如此感兴趣，更没有想到我们的生活会带来大量文章、书籍、展览、学术会议，甚至还被拍摄为一部完整的纪录片电影。是因为我们的故事发生在一个特别有异国情调的地方，而且是一个不可思议的生存故事吗？或者，还有其他的解释吗？

屏幕上出现的是老上海那熟悉的画面，还有一些70多岁的老人的脸庞。我见过他们年轻时的样子，那是多年以前的事了。他们在屏幕上讲述自己的故事，座位席上的美国观众们听得全神贯注。其中一个人名叫贝蒂·格雷本希科夫（Betty Grebenschikoff），她是我在舟山路的邻居，当时的舟山路被称为贫民区的"百老汇"，

第二章 40年代 战争岁月：上海

有些人把这个地区的中心地带称为小维也纳。贝蒂已经年龄很大了，她带领我们和她一起开始一次私人旅行，她找到了旧时那所破旧的老房子，房子隐身于21世纪的上海光鲜亮丽的摩天大楼的后面。这房子仍然存在，在腐朽中提醒着人们记得它往日的荣耀。然后，贝蒂带领观众进入那间狭小而肮脏的房间，在那里，她和父母一起度过战争的岁月。贝蒂和屏幕上的其他讲述者已经相处多年，但是当他们回忆起当时的生活时，每个人都异常活跃，侃侃而谈。他们谈及贫穷、劣质食物、饥饿、害虫、疾病、无国无家、日本人的善变，还有长期受苦的中国邻居偶尔流露出来的善意。突然之间，我意识到他们的故事发生在一个陌生、不健康、不适宜居住的地方，传达出来的不是贫穷，而是更强大的东西，这种东西有一种令人惊讶的正能量。这是一种怀旧，是一种温暖和骄傲的低声诉说，感念学校和体育、宗教生活、医院、施食处、咖啡厅、剧院、歌舞厅、以及临时自救机构，所有这些在这个位于远东的贫民区里本不太可能出现。我也问我自己，观众是否感觉到了这一切。如果他们可以感觉到的话，这也许是我们的故事具有持续吸引力的真正解释。

* * *

1943年，当日本军方命令所有的犹太难民移居虹口时，我们流亡上海的至暗时刻开始了。虹口一点儿也不像旧时欧洲的犹太人聚居区，也不像波兰那些致命的纳粹设立的聚居区。相反，这是一个更加温和但独特的日本人的创造物。照他们的温和说法，这里叫作"指定区域"。对我们来说,它只是"那个区域"。"指定区域"只存在了 27 个月,没有墙,没有铁丝网,周围也没有其他障碍物,人们必须仔细看地图,才能找到它的确切界限(尽管我们这些"囚犯"对此了如指掌)。

我们没有与世隔绝,还是可以接触到上海的其他地方。一个原因是,这里几乎没有日本卫兵,负责看守我们的辅助队伍不怎么忠于职守,躲开他们并不难。而且,虹口的中国人比犹太人还多。他们可以随心所欲地来来去去,我们和中国人混在一起也能进出自由。而且,至少从理论上来说,有可能获得离开这个地区的许可,然后出去工作或者去做其他日本长官认为"合法的"的事情。只不过,到后来,要想把这样的事情付诸实践,变数很大,而且极其浪费时间,结果很多人都懒得尝试,而且试过的人迟早也会认输。至于非法溜出去,令人惊讶的是,很少有人会这样做。毕竟,难民是中欧人,即使在遭受不公正和屈辱的情况下,他们仍然遵守法律,这真是荒谬可笑。"法律就是法律",我那忠于普鲁士传统的父亲耸耸肩,这样说道。父亲的做法反映出人们一种普遍的观点。此外,惩罚意味着被关进肮脏的牢房,而在牢房里极有可能感染上危及生命的病菌,很少有人愿意冒这个风险。说到底,这里是一个悲惨的犹太人贫民区,这一点从来没有改变过。

事情突然发生,让我们遭受打击。起初,太平洋战争爆发后,除了经济状况恶化,而且生活变得越来越困难以外,没有什么其他的变化。国际生意倒闭,工作没有了,大米和基本食品短缺,价格逐步上涨。1942 年,英国人、美国人和其他的与日本为敌的国家的一些人被遣返,其余的人被拘留。战争新闻一点儿也不令

第二章 40年代 战争岁月：上海

人鼓舞。在欧洲，德国人已经继续前进，沿着整个苏联战线长驱直入，深入高加索地区。在亚洲，珍珠港突袭之后，日本迅速占领香港和新加坡，把美国人赶出菲律宾，占领马来西亚和荷兰属东印度群岛的部分地区。而且在第一次的大海战中，日本似乎正在爪哇海击败美国海军。我们实在没有什么可以为之振作的事情，但至少可以庆幸自己在日军占领下的处境相对稳定，同时也庆幸敌人无暇顾及中立国的国民和我们这些没有国籍的西方人。

然而，最后证明这只是一种令人痛苦的幻觉。接近1942年底，第一批令人不安的流言开始传播，大家都说事态发展不妙。但是，流言在战时的上海很常见，大家也没怎么把这些说法当回事。正因为如此，所以在1943年2月18日，当我们突然从报纸上和收音机里获悉关于无国籍难民的简短公告的时候，这无异于晴天霹雳。日军在上海的陆军和海军司令官签署了这个公告，命令所有的难民——那些在1937年之后来到上海的难民——在90天内将其生意和住宅迁至虹口的"指定区域"，在此之后，要离开这个区域必须事先得到当局的明确许可。

这份《无国籍难民公告》（the Stateless Refugee Proclamation）是毁灭性的：简而言之，公告的语言冷酷无情，连"犹太人"这个词都没有提及。他们给出的理由是"军事必要性"，没有进一步的解释，违者将"严惩不贷"。谁都不相信整件事没有其他的隐情。到底有什么军事方面的必要性，才出现只需要隔离犹太难民的可能性？人们满怀焦虑地猜测着日本人真正的计划和动机，但是没人能够想出合理的答案。[27]那一刻，我们没有别的办法，只能服从。尽管没有人怀疑这件事对我们影响深重，一些难民惊慌失措，但是大多数人听天由命，冷静地接受了这个消息。

　　大约一半的难民已经生活在指定区域的界限之内，但是对于像我们这样的另一半难民，会产生严重的实际生活和财务方面的影响。除了损失生意、丢掉工作，最大的问题是重新安置这件事本身。我们被命令进入很小的区域——不超过一两英里的跨度。在这个城市最破落的区域，有几十个老旧不堪的街区，样子都差不多，本来已经挤满中国居民和犹太难民。我们只能依靠我们自己，才能在指定区域里找到落脚的地方，所以我们所有人都争先恐后地乖乖顺从。在大多数情况下，"重新安置"意味着交出城镇好地段的一套不错的公寓，"得到"指定区域里某所拥挤不堪而且设施落后的房子里的一个差劲的单人房间。就是为了这么一个狭小而破烂的房间，有时甚至还需要向代理人或中间人支付贿赂或者巨额佣金。但是，对于我们这些无路可退的人来说，我们没得选。虹口人满为患，那里现有的难民基础设施从1938年以来本来就脆弱得不堪一击，现在即将被巨大的压力压垮。

* * *

　　对我们来说，强行搬家发生得特别不是时候。母亲的纺织品销售已经逐渐演变成一个说得过去的小买卖。在基奇金家的公寓里将就了两年以后，我们才大着胆子租了一套自己的小公寓。然后，战争爆发，摧毁了母亲的生意。一个后果就是我的教育由此告终，这样我就能找份跑腿的差事，挣到每周20块钱（中国货币，大约相当于2美元）的"巨额"收入。这是一笔微薄的钱，

第二章　40年代　战争岁月：上海

但是能帮我们解决很多购买日常用品的问题。

然后，1942年春天，我父母本来就陷入困境的婚姻到了崩溃边缘。有一天，在没有任何预兆的情况下，我的母亲直接宣布自己要搬去和另一个男人同住——而这个男人竟然是我们家的一个朋友。此前，我的父亲总是四处闲逛，只要受到附近别的难民女性的欢迎，他就出入她们的卧室。这种情况在不稳定的难民环境中也很常见。听到母亲宣布的消息，父亲惊呆了，十分沮丧。对我来说，这让我灰心丧气，感情受到重创。我才刚刚16岁，从今以后，我将不得不依靠自己的力量，独自踏上人生之路。

正是在这种极度不稳定的情况下，我们被迫面对迁入贫民区的现实。经过多次的讨价还价，经历过很多焦虑的时刻，我们的公寓换成了一个小得可怜的房间，供我的父亲、姐姐和我三个人居住。与其说是房间，不如说是一个"木头箱子"，建在一座样子丑陋的房子的后面——房子里现在挤进来大约10个家庭。我们没有私人浴室，只有一个室外的冷水水龙头，这是真正的盥洗室厕所，堪称极尽奢侈，尽管由好几户人家共用；另外还有一个小小的黑暗的厨房，供我们轮流做饭。那是一种悲惨的生活——我们的生活水平已经降到最低点——但我们的生活还是比一些人稍好一些。我们并没有遭受住进宿舍和使用虹口的公共厨房那种羞辱。

舟山路59号将是我今后四年的家。当我离开贫民窟，出发去往旧金山的时候，我希望永远也不要再见到它。那时，我做梦都没有想到那房子有一天会成为一个不大的旅游景点（它仍然戳在那里，昭示着它肮脏的荣耀），作为我们昔日的贫民区，供许多慕名前来的游客参观：今天，这所房子的前面挂起牌匾，自豪地告诉所有游客，此处是美国前财政部长沃纳·迈克尔·布卢门撒尔在战争期间"居住"过的地方。

1942年5月，我申请到第一张通行证，有一段时间我继续去外面的瑞士化工厂实验室做跑腿的工作。那时候，我每天跋涉漫长的一个小时去上班，主要依靠步行。

* * *

日本的公告让犹太社区的领袖震惊不已，很多重大的问题被摆在他们的面前，而他们根本没有做好准备。1942年，太平洋战争爆发以后，难民领袖召开紧急会议，会议记录让人读起来心情沉重。[28]直到12月之前，多达8 000名难民完全或者部分依赖救济生活，位于纽约的犹太人联合分配委员会每个月把3万美元转账到上海。[29]据会议记录的记载，救济金无法再汇过来，截至1月10日，剩余的资金只够维持四天的运营。每天的口粮减少到一碗汤和九盎司的面包，只保证供应给最贫困的4 000人，其余的人被完全切断救济。医生警告称这种饮食会把人饿死，如果不加以改善，一年之内预计会有大量人死去。500名当地的工作人员没有了报酬，并被要求继续无偿工作。

营地里严重缺乏肥皂和可穿的衣物，有几个居民干脆不再洗衣服，也不换内衣，弄得到处都是虱子。一些人的衣服上不幸传播上虱子，只能烧掉。人们可以看到那些没穿衣服的人在虹口的街道四处游荡，丢脸地穿着用旧的黄麻袋做的衣服。他们失去自尊，甚至有几个人在街上乞讨，伴随着出现严重心理问题的风险。一些孩子不再上学，原因是没有合适的鞋子和衣服。

最终，日本批准了紧急的临时救济计划，此时，危机有所缓解。这项计划从当地的私人渠道借款，而纽约方面担保战后还款。这项救济计划再加上其他自救措施和节衣缩食式的储蓄，让虹口挨过一个月又一个月。严重缺乏资源的根本性问题一直存在，除此以外，生活水平下降到谷底的状况也一直没有得到改观。

一年后，新难民不断涌入，虹口又增加了几千人。本来很严峻的情况现在可能会令人绝望。人们希望难民管好自己的事务，但是难民住在这么一个过度拥挤又不健康的地方，没有钱，又没有赖以生存的资源，在日本人的控制下仰人鼻息，他们面对着巨大的困难。1.8万难民挤在这么狭窄的地区，整个群体绝对不具有同质性，他们的社会、文化、教育和宗教背景存在广泛的差异。一些人虔诚而正统，很多人并非如此：其他一些人已经远离他们名义上的宗教，还有一些甚至都不是犹太人。他们来自不同国家——德国、奥地利、波兰、匈牙利和捷克斯洛伐克——其中有训练有素的专业人员，还有受教育程度有限的、有着工人阶级背景的人。这么一个鱼龙混杂的混合体如何能够顺利地自治，这成了一项巨大的挑战。少数几个难民有个人储蓄，也有办法享受更好的食物和基本的便利设施，这无异于奢侈消费。社区内部的紧张气氛像无处不在的幽灵，在羡慕、嫉妒或仇恨的滋养下，这个幽灵越长越大。甚至早在另外几千人涌入虹口之前，内斗就已成了家常便饭，政治纠纷不断。此时，情况可能会变得更加糟糕。

生存

回首之后两年半的贫民区生活,再想想这帮在战乱中被命运的浪涛冲刷到中国的欧洲犹太人,他们形形色色、贫困潦倒、衣衫褴褛,却成功地建立起一个可行的、自给自足的、运转良好的社区,社区里既有机构也有设施,不逊于欧洲和美国的那些大城镇,这真是一件了不起的事情。当战争结束的时候,难民在虹口运营着不错的学校,学校里面有运动设施可供学生使用,宗教机构建立了起来,医生在一家功能完备的医院照料病人,即使是最贫穷的人也有足够的食物维持生活。这里有音乐和戏剧、歌舞表演,图书馆、成百上千的小商店、餐馆和咖啡馆让我们的生活还过得去,同时把整个社区凝聚在一起。

当然,并非一切都进展顺利,也并非所有人都能应对自如。社区里有奉献、付出和建设性的行动,也有自私、背叛、报复和失败行径。虹口激发出人的最好一面,同时也有最差一面,但是最终还是好的一面胜出。那里没有出现大规模的自杀事件,也没有出现大规模的饥饿局面,没有出现重大的犯罪行为,也没有出现礼仪和道德的全面崩溃。社区的尊严得以保全。我们显得又瘦又营养不良,但除此以外,我们有良好的精神状态,保全了身体和情感的健康。[30]

在充满敌意的环境中,在紧急的情况下,我们成功地应对重大困难。人们反复讲述(和研究)其中的细节。[31]这是由各种各

第二章 40年代 战争岁月：上海

样的个人反应和策略集合而成的产物，而大家的目的都是生存。在很多方面，这些是我们犹太群体坚持不懈的关键所在。每一个人都逃脱不了日常生活中同样的问题——填补肚子、鞋子和生活中的空洞；应对边缘化的贫民区生存中许多小事带来的耻辱；在对未来挥之不去的担忧和不确定性中苦苦挣扎。我们必须做一些我们从未料想过的事情，许多人对此毫无准备。大多数人只能独自面对这些困难，但有的时候，只有社区的支持和团队合作才是正解。一切都来之不易，而且必须要借助内心的丰盈，必须永远不要失去坚持的意志。

一个经济和社会社区基础设施的可行性和可运作性，需要依靠那些有想象力、有才能、有优势和有社区担当的人——他们可以带动其他较弱的人。虹口很幸运，因为一直以来，有足够多的人来到虹口，这一点很幸运——有才干的人总是应运而生。即使是最基本的贫民区经济，也需要足够多的人贡献一些附加值，还需要一些企业家、甘冒风险的人和商人让钱"流转起来"，并且吸引外面的钱。虽然外界为最贫困的人提供了战争时期的资助，但是如果没有群体内部补充性的自助措施，这些钱根本不够用。如果没有大家的共同努力，没有必要的宗教和文化机构发挥情感支撑作用，社区也不可能正常运转。

在虹口，我们有过软弱无助的时刻，也见识过其他人的自私和不肯付出。但是，特殊情况也可以让普通人呈现出他们出人意表的最好的一面。在我今后生活中的很多时刻，不论是经商还是从政，我一次又一次地发现同样的事情。犹太人社区的生活经历是第一个此类例子，也是最值得注意的一个例子。

我在那里遇到许多值得纪念的人，其中一个人给我留下了尤其深刻的印象。埃利（Eli）比我大几岁，我们在一起的大部分时间都逗留在他称其为家的宿舍里。房间又小又拥挤，只有足够容纳36个双层铺位的空间，中间是一张大木桌。住在那里的人形形色色。在他们以前的生活中，有些人是有学位的专业人士，有些人是商人或低层雇员，还有一些是有工人阶级背景的人，比如埃利，他是一个15岁就离开学校的服务员，那时候他住在柏林。

把住在这条肮脏的汇山路的贫民区里的人团结起来的，是他们身上的一个共同点：所有的人都是单身，没有家庭，在上海身无分文，混得最惨。他们在此前的生活中的教育和地位各异。同样，他们现在对困境的反应也很不同。有些人把自己照顾好，每天出去工作；另一些人变得懒惰散漫，放任自流，把时间主要花在弄钱、香烟和食物等事情上面。有几个人几乎从来不下床，他们肮脏、蓬头垢面、待人冷漠，主要靠吃室友的剩饭剩菜苟活。

我的朋友埃利是那个房间里年纪最小的一个，但是他当之无愧地成为真正的领导者，带动大家一起生活。他来到上海的时候只有十几岁，那时候他毫无经验，一贫如洗，连一个英语单词都不会说，只会说独特的东柏林白话，话语中有大量粗犷的意第绪语俚语。他的父母本来想随后赶来，但最终没有成功。他将再也见不到父母，但是他当时对此并不知情。

他缺乏社区中一些人所拥有的有形资源，但是他有的资源更加宝贵——他的足智多谋，身体和精神上的坚忍不拔、自律，还有生存和成功的旺盛意志。他傲慢、愤世嫉俗，有时候冷酷无情，但大部分时候和蔼、开朗，偶尔也很有趣。我一直没弄清楚他到底能同时玩转几件事情。有机会的时候,他就当服务员;没机会的时候,他就找其他的方法赚钱。他在整个社区里游荡,能轻松找到最便宜的香烟、化妆品和紧缺食品,然后再把这些东西"零售"——香烟以支为单位出售,香肠以半盎司为单位出售。

我和埃利是两个世界的人,但是我十分钦佩他的精神、内在的坚韧、力量,还有他为别人树立的榜样。见过和埃利住在同一个房间的那些自暴自弃的人以后,埃利的形象在我的头脑中更加高大。对他们来说,在世道艰难的时候,教育、地位、头衔和以前的荣誉毫无意义——这是令我铭记终生的另一个宝贵的经验。

有很多像埃利这样的人,正是他们成功地把我们的小社区打造成一个正常运作的群体。他们维护着自己的尊严和精神,不断尝试,帮助他人,永不放弃。有了他们,我们的经济才能保持活力。重读当年的《上海犹太纪事报》(*Shanghai Jewish Chronicle*),我惊叹于社区里各种各样、颇具独创性的行当。一个人在报上登广告——"本人收购并修理旧拉链"。其他人发的广告语是"修复坏的打火机,'翻新'领带,买卖旧鞋,教授英语课,跟随我学习世界语,奔向光明未来"[32]。

有点资本的人开商店和咖啡馆,人们可以在那里消磨下午的时间,躲避冬天的寒冷,喝喝茶,聊聊战事。社区出品了60部独立的轻歌剧和戏剧,在不同时段里出版了至少八份独立的报纸,或许更多。在"厨房基金会"帮助穷人的人可以享受福利。还有的人在医院工作,只获得微薄的报酬,甚至不获得报酬。另外,还有一些人为年轻人举办体育赛事。

1.8万名难民以这种方式生活,并且最终活了下来。两年半的时间不算太长，但是我们总感觉像一辈子那么长。如果没有我们这些日常英雄的存在，虹口的状况可能糟糕得多。

营救

我们被孤立起来，得不到可靠的信息。但是，到了1945年春天，我们知道，盟军在欧洲取得胜利之后，日本的战败只是个时间问题。然而，这才是问题的关键所在：日本的投降不可避免，但是这需要多长时间，还要进行多少战斗，才能最终实现？日本在中国的军队仍然毫发无损，如果他们拒绝执行命令并放下武器，我们会被卷入最后的斗争吗？如果上海在最后时刻沦为战场，或者如果占领军撤退后发生暴乱的话，到时候怎么办？

我们只能得到一些零星而且模棱两可的信息。到了1945年初夏的那几个月，贫民区的紧张局势不断加剧。到了7月，上海周边的军事活动明显增加。在美国对虹口的一次空袭中，有31名难民身亡，一同遇难的还有许多日本人和不计其数的中国人。这让我们的心情更加沉重。

谁也没有完全意识到日本已经走上绝境，也不知道终点已经离我们不远。日本控制的媒体提供不了任何帮助。美国飞机几乎每天对日本进行随机轰炸。仅在8月2日一天，就有800架"超级堡垒"轰炸机在执行任务。对于这些消息，日本媒体只字不提。他们在这一天报告的是什么呢？他们称日本坚持的立场是，在战争结束之前所有东亚国家必须"免受英美的殖民剥削"。媒体引用日本首相的声明,"日本不会理会盟军的投降条件"。连美军8月6日和9日在广岛和长崎的上空投下原子弹的袭击也被媒体轻描淡写地描述成一场炮击,没有人意识到其中的重大意义。8月8日,终于有了重磅新闻,那就是苏联也加入对日战争中,从东、北、西三个方向钳制日军的伪满洲国军队。这为我们提供了第一个明显迹象,预示战争将有新动向,尽管这件事当时也让我们感到更加前途未卜。

所以,当结局来临的时候,一切都十分突然。8月15日,第一批关于日本投降的传言在贫民区里以野火之势蔓延。但是,对许多人来说,这样天大的好消息从天而降,谁都不相信这是真的,大家觉得这只是又一个虹口的"无稽之谈"。不过,一天之后,所有的日本士兵和平民突然从街上消失,媒体不再发声,我们被一种诡异的安静包围。然后,消息得到确认,真正的狂欢庆祝才开始。

这是真的:日本投降了,战争结束了,我们自由了!两天后,第一架盟军救援飞机降落在城市附近的军用机场,强壮、健康的美国士兵从飞机上走下来,接受人们的欢迎。大家迎接我们梦想中另一个世界的使者,其中的敬畏之情难以表达。

很快,我们想到那些留在欧洲的犹太人的命运,也想到我们离开上海的可能性。当然,所有的大门都会向我们打开,我们这样劝慰自己。但是,现实很阴沉。欧洲犹太人死亡的消息迅速传来;而找到愿意接受我们的国家则需要花费更长的时间。

不足为奇的是,上海的生还者(以及后来的历史学家)一直在问:日本对于来自德国的犹太难民另眼相看,其中真正的原因是什么？直到现在，没人能给出一个完全令人满意的解释。日本控制上海的时候，城里有来自多个非敌国的国民，他们为什么只监禁这1.8万名来自欧洲的手无寸铁的难民？他们为什么要让我们自己谋生，也没有进一步加害我们，对我们一副漠不关心的态度？东京方面表示无可奉告，拒绝提供日方的档案，并声称日本的文件中没有任何相关的信息。但是，我不确定是否另有隐情。日本不愿意坦白的一个原因可能是尴尬，这情有可原，毕竟事后看来，在混乱的战争思维和战争命运转变的背景下，当时的做法可能不是什么明智之举。

很多事情只能揣测，但是战后的回忆录和个人亲历者的证词可以提供足够的证据，为所发生的一切提供相当可信的间接见解。总而言之，由于多种力量的相互作用，日本军队的所作所为——和有所不为——似乎至少是三个主要因素的结果：第一，日本人对犹太人独特的或者说扭曲的总体看法；第二，日本人既承受又试图抵抗纳粹压力的尝试；第三，战争本身不断变化的形势。

从日本对待犹太人的独特态度可以一探究竟。大多数日本人从来都不是犹太人的反对者；在20世纪初之前，日本人几乎没有见过犹太人，也很少有犹太人住在他们的国家。在日本人看来，犹太人和非犹太人一样，都是欧洲人，他们不太明白两者之间的区别。如果说他们第一次真正意义上接触到的"犹太人话题"有什么影响的话，应该说情况对犹太人非常有利。在1904—1905年的日俄战争中，当时纽约的库恩洛布犹太投资银行公司的高级合伙人雅各布·希夫（Jacob Schiff）和另外一位犹太人伸出援手，单凭二人之力，发放大量战争贷款，资助日本。东京一直对此心

第二章　40年代　战争岁月：上海

存感激，也从未对此忘怀，而且得出一个夸张的结论，说犹太人的经济力量强大，日本宜亲近犹太人，而不要冒犯他们。即使在第二次世界大战期间，东京仍有一些人对犹太力量的传言深信不疑。最终，可能是他们的这种传言拯救了我们。

但这只是故事的一个方面。在20世纪二三十年代的伪满洲国，有大量犹太人受到日本军方的控制。在伪满洲国，一小撮民族主义年轻军官自封"犹太专家"，接触到当地白俄罗斯人毒液般的反犹太主义，深受其害。他们研究反犹太主义的书籍，并把书籍翻译成日语，尤其是《锡安长老议定书》（the Elders of Zion），这是沙皇的秘密警察制造的欺骗性的宗教传单，宣称犹太人阴谋统治世界。尽管自称"反犹太主义者"，但这些大权在握的军官得出的结论是：不必压迫危险的犹太人，应该监视、控制、利用犹太人，这样有利于日本在伪"满洲国"的发展中获得利益；并且把他们作为人质，对全世界犹太人施加影响，这也将有利于日本。

虽然这些军官得出的结论和东京的观点不同，但是二者没有本质区别。在中国，他们见识到香港和上海的西班牙犹太大金融家的财富与权力，这让日本人更加看重犹太人的金融势力。至少在一段时间内，这造成一种令人费解的矛盾立场：一方面，在中国的日军中的一部分人表现出越来越强烈的反犹太情绪；另一方面，他们同时发布有利于我们进入上海的政策，也做出让我们定居于日军控制下的虹口地区的决定。

太平洋战争的爆发改变了一切。这时候，犹太人失去价值——无论是作为人质，还是作为日本和有权势的犹太金融家的中间人——甚至时任美国财政部长的亨利·摩根索（Henry Morgenthau）本人也这样认为。此外，当日本在1942年春夏重新审视犹太人政策时，日本已达到在亚洲军事胜利的最高水平。当时，德国人似乎势不可当，而且东京和上海的许多日本人认为轴心国将最终赢得战争。对于在中国的日本军队而言，问题不再是如何利用犹太人，而是如何最好地控制他们。他们以前对待犹太人颇为苛刻，现在则懒得追究。最后，随着德国这位轴心国伙伴的威望与日俱增，日本人对他们的权力和成功的崇拜也水涨船高，所谓的"犹太专家"现在更愿意接受希姆莱派往上海的盖世太保特派员对此事的特别建议。战后证词毫无疑问地表明，1942年发生的这种情况是影响我们命运的日本国内辩论的另一个重要因素。[33]

德国的影响很重要。从19世纪中叶开始，上海一直保持着相当数量的德国人，在战争期间达到大约2 500人。大多数德国人都是商人，他们没有觉得自己和其他的外国人团体有什么不同。上海纳粹党组织甚至在希特勒上台之前就已经成立，但是党派真正的信徒和积极的支持者一直不是很多。

纳粹党领袖千方百计制止党内人士与犹太人接触，勒令不许接近虹口，而且禁止从虹口的犹太人手里购买商品。然而，大家对这些命令的遵守总是时紧时松。即使是纳粹党员也经常光顾犹太商店，购买需要的东西，一些在贫民区外贩卖货物的难民把德国人视为他们的最佳顾客。一个纳粹领导人的太太被人看见在虹口的商店购物，因此受到指责。这时候，她干脆问道："你打算让我列出名单，看看还有哪些党员的太太也在那里买东西吗？"她的回答很能说明当时的情况。[34]

然而，尽管上海的德国人与难民之间的关系错综复杂，纳粹最高领导人和盖世太保战时派往上海的官员、特工、间谍和宣传人员与犹太人之间的关系显然并不复杂。希姆莱和他的盖世太保在欧洲忙于生死存亡的斗争，却还觉得有必要投入大量资源，继续迫害我们这些被驱赶到世界遥远角落的人，这足以证明希姆莱坚定不移的法西斯狂热和盖世太保的无所不能。战后的证词显示，联系和监视日本人以及鼓吹德国只是他们的一部分使命，另一部分重要的使命是传播反犹太主义、密切监视难民，并试图影响日本对犹太人的政策。

关键人物是三名直接向身在柏林的希姆莱汇报的党卫军军官——先是格哈德·卡纳（Gerhard Kahner），后来是弗里茨·胡伯（Fritz Huber），再后来是另一位高级纳粹党员杰斯科·冯·普特卡默（Jesco von Puttkammer）男爵（他在的时候情况稍微好些）。尤其不祥的角色似乎非党卫军上校约瑟夫·梅辛格莫属，他欲置犹太人于死地，臭名远扬，是在东京大使馆长期挂职的纳粹分子。他在1941—1942年多次访问上海，显然是为了迫使当地日本人把我们"区别对待"。[35]

梅辛格在上海到底从事了什么样的活动，这一点至今也不清楚，而且无法证实，但是他好像对难民的命运特别感兴趣。在发布《无国籍难民公告》几个月前，上海的犹太领袖曾得到秘密警告，说上面正在考虑大开杀戒。一位当时出席会议的富有同情心的日本官员后来证实，梅辛格的建议包括在犹太人新年那一天包围虹口的犹太人区，把犹太人集体清除：或者用船装载沉入海中，或者遗弃在废弃盐矿中饿死，或者安置在长江崇明岛上的集中营。

据说梅辛格向日本人保证,德国人很乐意处理具体的细节。[36]日本官员是否认真考虑过采取这种过激的行动不得而知;他们礼貌地听取了这些建议,这一点也不是没有可能。

真实的情况是这一切都没有发生(幸运的是,我们当时对此毫不知情)。日本人不是狂热的反犹太分子,在这一点上他们与德国合作伙伴不一样,他们同意用如此冷血的方式谋杀我们的可能性也许一直不太大。他们仅仅做出无关痛痒的决定,把欧洲难民隔离在虹口,不理会上海其他的俄罗斯犹太人和西班牙犹太社区,这种做法毫无疑问令纳粹狂热分子十分失望。一切只是日本人的应对之策。

那时,战争的运势已经转变,对德国和日本非常不利。在斯大林格勒,德国人遭受惨败。他们既没有占领莫斯科,也没有占领列宁格勒。在整个苏联战线,德国人转入防御状态。隆美尔在阿拉曼的进攻被逆转,随着盟军登陆法属西北非,德国在北非的最终失败也只是时间的问题。德国的形势全面恶化崩溃。1943年2月18日,也就是《无国籍难民公告》发布的那一天,戈培尔发表"全面战争"演说,就承认了德国命运的逆转。

在亚洲也出现逆转。日本在中途岛和珊瑚海输了两场重要海战。美国开始进攻瓜达尔卡纳尔、新几内亚和所罗门群岛。轴心国胜利的希望越来越渺茫,日本人也明白了这一点。再一次,在战后世界不要冒险去冒犯犹太人,这成了相对的明智之举。在东京方面,部分原因是他们仍然迷信犹太人的权力。日本对驻中国官员下的命令是谨慎采取措施,不要过于针对犹太人:"你们应该小心,"东京指示,"采取措施的时候不应带有不必要的挑衅态度……"[37]

有一段时间,上海的"犹太专家"行事肆无忌惮。东京下达的加以约束的命令来得正是时候。最后,他们决定只将难民隔离。我们随后得到的小心对待无疑也是相关的后果。

无国籍

日本人离开上海给人们全新开始的希望。城里到处都是美国士兵和水手,上海再一次繁盛起来。美元在流通,货架上重新摆满食物,来自联合国和犹太救援组织的代表乘坐飞机到上海来照顾我们,很多难民在美国的武装部队找到工作。

生活变得好多了,但是当可怕的消息传来——我们得知只有少数的亲朋好友在欧洲的纳粹大屠杀中幸存下来——我们的悲伤无以复加。谁都没有料到毒气室的灾难有这么大的规模。日复一日,随着希特勒的死亡机器被陆续披露,犹太贫民区的人们得知整个惨剧,这对我们造成毁灭性的打击。日复一日,焦急的人群围着查看联合国的幸存者名单,名单上的幸存者人数非常少,他们焦急地寻找着父母、兄弟姐妹和其他亲人的名字。几乎所有人都死了,仇恨、愤怒和绝望的情绪四处蔓延,久久无法释怀。连德国和德国人都成了诅咒的字眼。回到欧洲的念头让人不堪承受。现在,无论老少,每个人都想找个新的地方重新开始——巴勒斯坦、美国、澳大利亚或南美,但不是在欧洲。战争前,大部分国家让我们吃了闭门羹,但是现在我们抱的希望越来越高,觉得这些国家已经吸取从前的教训,而且触目惊心的受害者的数字会促使自由世界向幸存者伸出援手。

然而，虽然我们希望迅速采取行动，但是最后证明我们过于乐观。对一些人来说，还需要四年的时间才能结束他们在中国的流亡生涯。即使是出于好意，别的国家还是不情愿修改法律，官僚的惯性行为也表现为反对更自由的移民政策，这种情况持续多年，即使到了战后时期，情况和战争前的几年里也大致相似。

1945年底，我想是在12月，这个问题以一种非常私人的方式出现在我的脑海中。我当时为美国空军工作——做仓库管理员，一个月75美元的收入——但是我满心想着离开中国，到某个地方定居，开始新的生活。有一天，报纸上刊登了一则对一位加拿大外交官的采访稿。他最近刚刚来到上海，准备开设领事馆。他说："加拿大是一个幅员辽阔、资源富饶的国家。"他说："略大于美国，总人口大致相当于大纽约地区的人口。"他还说，加拿大有宏伟的战后发展计划，欢迎有志于此的年轻、健康的移民到他们的国家去。

这迅速引起我的注意，我的想象力开始熊熊燃烧。我想，我的机会终于来了。就在第二天，我穿上一件干净的衬衫和一双好皮鞋，来到加拿大领事馆做自我介绍。我事先仔细排练了演讲内容，现在我告诉领事我对加拿大——国土面积、广袤而人烟稀少的空间以及未来的前景——印象深刻，并陈述我自己的雄心壮志，表达了成为一名加拿大人并大干一场的意愿。我向他保证，我身体健康，没有任何后顾之忧，正是加拿大想要的那种移民。

谈话进行得很顺利，领事似乎对我很感兴趣。他问我想什么时候离开，我向他保证，就我而言，越早越好。他问了下一个问

第二章 40年代 战争岁月：上海

题，在我的余生，这个问题的每一个字一直萦绕在我的耳边："请问您打算用什么护照旅行？""我是一个无国籍的难民，来自纳粹德国。我是一个流离失所的人，我没有护照。"我解释说。我满怀希望地补充道，联合国会给我发放一份旅行证件，加上加拿大签证，去加拿大应该不成问题。

当时我说的英语几乎完美无缺，还略微带着在学校学到的英国口音。我的口音似乎让他有些困惑。尽管仍然不失友好，但是他的态度明显变了。他告诉我，因为我是无国籍的难民，事情变得有点复杂，但是他劝我不要放弃希望。这类事情必须移交给驻重庆使馆处理。"给他们写封信，然后告诉他们你的故事，就像你刚才给我讲的一样。我敢肯定，"他满怀希望地补充，"对于像你这样的年轻人来说，你的事将得到认真对待。"

几天之内，在打了几次草稿之后，我写好并寄出一封情深意切的请愿书，向使馆请求进入加拿大。我列出我认为加拿大和自己完美契合的所有原因。不到一周，使馆给了我一个简短的答复。回信写在漂亮的蓝色纸上，还盖着加拿大的印章。回信上写道，我的信给他们留下了深刻的印象，我一字不差地记得回信上的这些话——"您的来信——已经通过外交信袋转发给渥太华。一个月之内应该可以得到答案。"居然是通过外交信袋！我告诉我的朋友们，这事儿没问题了。对于我来说，上海即将成为历史。我要出发去加拿大了。

一个月后，那封我期待已久的信从重庆寄来，信的内容同样令人印象深刻。"我们很遗憾地通知您，"简短的回信上写道，"根据现行法律，您不能合法进入加拿大。"假如我持有英国护照，答案会有所不同。即使在 1945 年底,接纳一位无国籍难民也需另当别论。[38]

我继续感受了 20 个月的失望、沮丧和焦急等待,才有最后一扇门向我敞开:美国准许我入境。

1945 年 12 月 22 日,杜鲁门总统签署难民入境令,旨在"方便(符合资格的难民)在现行法律下移民美国"。入境令清除了官僚主义的各种陈旧壁垒,"加速并简化了签证的发放程序"。即使在最好的时机下,官僚主义的车轮依旧缓慢地转动。一年半以后,一名年轻的美国副检察官在我的联合国旅行证件上盖上了他的印章,这一刻令人激动,我永生难忘。1947 年 9 月,我的姐姐斯蒂芬妮和我离开上海,前往旧金山,我们乘坐的是一艘经过改装的美国部队运输船。

第三章

50 年代

战后美国：学徒时代

旧金山

在30年代，改变历史的大事件是希特勒的崛起。40年代被第二次世界大战所主导。到了50年代，冷战和东西方之间的核对峙将在未来的几年为20世纪的进程设定方向。

50年代是过渡的时代：此前的世界处于战争状态，这时候主导世界的是两个相互竞争的大国集团和意识形态之间的对抗，从一个殖民地的世界过渡到后殖民地的世界，考验新成立的联合国及其附属机构。在这个时代，西方的强国组织安排的网络成形，用来管理盟友关系，重建欧洲，向欧洲经济一体化迈出第一步。

这是重建、进步和重大变革的十年,产生了马歇尔计划①这样的重大举措,但是也带来多重挑战和危机。冷战愈演愈烈,随着捷克斯洛伐克和匈牙利发生混乱,以及东西德的建立,欧洲彻底分裂。在朝鲜半岛、东南亚和中东的武装冲突中,许多人失去生命。其他的大事件还有共产主义中国的崛起、各国发射人造卫星、太空竞赛、苏联挑战和西方反击、间谍行动,以及东西方在非洲、亚洲和拉丁美洲的竞争。

50年代也是美国主要的转型时期。二战极大地改变了美国的生活,国内和国外事件快速变化。受其影响,战后美国的转变不但没有停止,反而高速进行。那是一个生活水平空前提高的时代,那是一个发生深刻变化的时代,变化的不仅有美国人的生活和娱乐方式、人与人之间的关系,还有人们对自己的人生和政府的期望值。

产生根本性变化的时期无论多么积极向上,总会导致不确定性,甚至经常导致激烈的政治争论,因为经济的繁荣必然会分出赢家和输家。美国在50年代也是如此,不论是在自由派和保守派之间,还是在北方和南方之间,党派斗争爆发,激烈而持久。此外,两个主要政党的内斗和外争也是斩不断理还乱。党派争论的焦点集中在经济社会政策和公民权利方面。一方面,与国内外的共产主义的对抗燃起了党派精神,激发了防止内部颠覆方面的斗争;另一方面,这种对抗也引发维护公民自由的情感诉求。

---

① 马歇尔计划官方名称为欧洲复兴计划,是第二次世界大战结束后,美国对被战争破坏的西欧各国进行经济援助、协助重建的计划,对欧洲国家的发展和世界政治格局产生了深远的影响。——译者注

第三章 50年代 战后美国：学徒时代

50年代，我成为一名美国人。1947年9月24日，在旧金山登岸以后，我马上全身心地投入美国生活，并开始脱胎换骨。我到来的时候，口袋里只有65美元，但是我年轻、自信、乐观。我不会受到畏惧和怀疑的羁绊，我的思想状态与这个国家的思想状态是一致的。我来到美国的时候，美国正处于特别充满活力和激动人心的时代，很多事情都在不断变化，到处一派繁荣进步的景象。许多退伍军人和我年龄相仿，他们和我一样重启新生。

对我来说，这是一段难忘的时光：我经历教育学习，发现自我价值，收获个人成长；我成为一名公民，然后结婚生子。因为渴望了解美国，所以我抓住一切机会在这个接纳我的国家里四处旅行探索。50年代，我曾在东海岸和西海岸生活，几次横穿北美大陆，读过三所迥然不同的大学，进入政坛，并且第一次真正地经历美国的公司生活。

我来到美国的时候，正好赶上美国的成长和变化时期。很多事情都没有定数，有足够的机会使我获得个人发展。我对时代议题有深刻的个人感触，并积极参与政治辩论。就这样，我投身学术和商业世界，很快融入其中，并积极参与当地的政治活动——没有料到的是，不久之后，我就会有机会在更广阔的舞台上发挥更大的作用。

在这段时间里，我也曾返回德国，这也是战后我第一次来到德国，之后我来访多次。棕色制服和纳粹旗帜已经消失无踪，这个国家和我离开时的样子大不相同，但我现在感到与它有所隔阂、颇为疏远。德国已经成了我的"异国他乡"。许多事情即使在某个层面给我一种奇特的熟悉感，但是在另一个层面又令我倍感疏远。

从德国返回美国的时候,我更加明确自己对美国的坚定信心。

战后的繁荣时期

40年代后期标志着美国进入为期十年的活跃成长期。战后经济发展势头强劲,最初让工业从业者、决策者和很多其他人感到惊讶不已。在战争临近尾声的时候,向和平时期状况转变的困难显露出来,两个争论得最激烈的问题——一是退伍军人的就业问题,二是如何让战时经济向和平时期经济转型——让所有人忧心忡忡。战时充分就业的良好局面能否在恢复和平后维持下去?

战争结束后,在1 200多万的军人中,只有150万人留在军中,其他人都要复员,这时主要的关注点就在于为所有人找到足够的就业机会。许多人认为有可能出现失业率上升和经济衰退的情况。在战争时期,政府在商品和服务方面的支出达890亿美元,占国民生产总值的42%,但是在日本战败后的短短一天时间里,政府一口气取消了价值230亿美元的战时合同。到了1947年,国防开支在国民生产总值中所占的份额下降到不足10%。很难看出能有什么办法,可以又快又顺利地弥补这么大幅的削减。而传统观点认为可能会经历一个痛苦和漫长的过渡期。少数反对者不同意这种观点——前副总统亨利·华莱士(Henry Wallace)预计,到1950年,将有6 000万个工作岗位出现——但这与主流观点不相符,而且被认为过于乐观。

即使当今的世界上有了复杂的数学建模和超级计算机,预测

第三章 50年代 战后美国：学徒时代

经济趋势仍然兼具艺术性和科学性，两方面平分秋色，这一点和预测天气非常相似。40年代后期的情况将是最好的证明。在旧金山，"招工"栏刊登着海量的广告，让我目不暇接。专家们犯了错误，而且他们的担心毫无根据。传统观点说要缓慢调整，也是大错特错。华莱士凭借直觉做出的乐观预测在1948年就实现了——提前了两年。私人投资很容易就填补了政府支出削减的缺口。如果说消费需求出现什么问题的话，那么就是需求过于旺盛。问题不在于工作岗位的缺少，而在于工资和物价的上涨。即使数百万退伍军人重返就业队伍，除了短暂的经济衰退的1958年，失业率一直保持在4%以下。在50年代的整个十年时间里，失业率将不会超过5.5%。[1]

预测者没有预见到以下几个因素，而这些因素的合力造就了战后的经济繁荣。这些因素包括：庞大的战时储蓄，人口快速增长，信贷政策宽松，政府为退伍军人提供的复员费，公路建设，教育投入以及马歇尔计划和欧洲重建的推动效应。退伍的士兵和水手重新安家，打算认真享受美好生活。在战争期间，国民储蓄积累到高达370亿美元，现在这些钱被大量投入房屋、汽车、冰箱、衣服和各式各样的新玩意儿上，包括新颖的电视机、美食、旅游和度假。当现金用完的时候，美国人就赊账购买，这正是银行求之不得的好事。

一夜之间，新的工业悄然兴起，旧的工业也更加繁荣。郊区大面积的新房子——莱维顿①城镇——如雨后春笋般兴建起来。建

---

① 莱维顿（Levittown）在美国是一个著名的词，指的是莱维特父子建造的郊区城镇。这种城镇的发展，引起了美国城市化格局的重大转变，大大促进了美国城市的郊区化。——译者注

筑商开始发大财，但是仍然无法满足需求，原因是政府为退伍军人大开贷款担保之门，大大刺激了购房需求。新住房的数量曾在1939年达到51.5万套，但是在50年代的大部分时间，新住房的数量很少低于200万套。

一战期间，底特律已不再生产轿车，转为生产卡车、吉普车和坦克。但是，美国人爱车由来已久，现在这股热爱卷土重来，公路在发出召唤，大家都想买辆新汽车。在繁荣的1929年，即大萧条之前，新车销售达到创纪录的440万辆，这个纪录在整个30年代都没有被追平，有人说永远也不会再有这么高的销售额。然而到了1950年，美国人在短短一年之内就购买了660万辆汽车，轻松超越此前的纪录。反过来，这也造就了修建更新、更好的道路的需求。经过几年的规划，政府在50年代中期开始兴建规模和范围空前的国家级的州际公路网络。[2]这时候，建筑行业兴盛起来。假以时日，这项为期10年、耗资1 000亿美元的计划将开发出绵延数万英里的新公路和高速公路，创造许多新的商业和工作岗位，为战后的经济增长做出有力贡献。

战后的繁荣正在改变整个国家的面貌。此前的人口增长一直呈下降趋势，但是现在产生大幅的逆转。当我于1947年到达美国的时候，人口为1.44亿；到了50年代末，人口达到了1.8亿。增长的部分，一方面来自战后史无前例的"婴儿潮"，另一方面来自放宽的移民政策为国家带来大量"新美国人"（截至1960年，总共有350多万新移民）。城市化是另一个巨大变化，到了50年代末，几乎70%的美国人居住在城市。相比之下，这个数字在二战前只有56%。

第三章　50年代　战后美国：学徒时代

经济增长和高薪工作正以前所未有的方式改善美国人的生活水平。1950—1960年，工业生产总值增长近50%，但物价上涨速度只有产量增长的一半，每周实际工资是二战前的两倍。美国的服务业就业人数首次超过工业就业人数，而工厂的自动化生产逐步取代不熟练的工人，生产力得到巨大提升。

教育领域也发生了彻底的革命。二战前，许多美国人仍然只有小学文化水平。现在，大多数人至少都是高中毕业生。在《退伍军人权利法案》(GI Bill of Rights)的推动下，各种大学和学院的入学人数比战前增加了两倍多，在1965年几乎达到500万。

这些显著的发展对美国人的生活产生深刻的影响。现在的主要问题不再是如何找到一份工作，而是如何维持生活水平的高标准并享受高标准的成果。30年代的失业和贫困给人们带来的威胁现在一去不复返。人们现在一心想着怎么消费。美国人对迅速发展的郊区生活趋之若鹜，到闪亮夺目的新购物中心去购物消费，经常光顾连锁餐厅和汽车影院，用周末的时间去买新式的电器，修剪草坪，擦洗新买的家用汽车，在电视上观看他们最喜欢的节目。

他们在很多方面的价值观和习惯都在发生变化。宗教仍然很重要，教会成员人数也很高，但是离婚率也高得破了纪录。《金赛报告》(Kinsey Report)是一份研究50年代问题的报告，具有开创性，受到人们的热烈讨论。报告探讨了一个大胆的主题，它表明，美国人的性观念——虽然从来没有人们认为的那样保守——在战后的消费型社会的冲击下正在变化。妇女在美国社会中的作用正在不断变化。到20世纪末，避孕药的普及将成为改变性观念的另一个强有力的因素。在二战期间，数以百万计的妇女第一次加入劳动大军，现在她们不再满足于回到战前的传统角色——充当受到诸多限制的家庭主妇。正如一位观察者所说："铆钉工罗西不会再回去倒泔水。"[3]

在50年代，美国是世界上最富有的国家，比别的国家富有得多。美国人口仅占世界总人口的6%，却生产全世界三分之一的商品和服务，其生活水平令全世界人民羡慕。然而，繁荣背后，这个国家未必是一片幸福乐土。繁荣、乐观与焦虑、政治纷争和种族冲突掺杂在一起。战争使美国的生活变得更美好，同时也造成许多新问题。快速的变化加上国际上的各种挑战，导致很多方面的巨大分歧：国家应该走什么样的道路，什么是正确的政策，什么是应该优先处理的事情。

富人和穷人之间仍然存在巨大的差距，不是所有人都成了新式富足的受益者。城市仍然有大量贫民窟和不合格的住房。在阿巴拉契亚山里和中西部的沙漠地区，仍存在严重贫困和发展不足的情况。此外，虽然罗斯福总统的新政弥补了最严重的缺陷，并提供针对失业、疾病和养老方面的最低保障，社会保障体系仍然不完善。随着物价上涨，工会要求提高工资，而工业界对此断然拒绝。对于为衣食无着的人提供救济的大多数提议，强大的保守派势力依然坚决反对。

然而，美国生活中最刺眼的污点是挥之不去的种族主义歧视的普遍存在。战争期间，很多黑人[4]搬到北方，在匹兹堡、底特律、芝加哥和西海岸的国防工厂工作，还有一些人在军队表现出色。现在，他们更加坚定地要求得到更平等的待遇。虽然有更多的白人开始倾听他们的呼声，但仍然有强大的种族分子对黑人进

第三章 50年代 战后美国：学徒时代

行顽固的排斥。

当我到达旧金山时，战后的美国仍然是一个白人国家。黑人基本上仍没有选举权，只有少数黑人可以投票或者参与政治活动。而那些主要的权力机构以及举足轻重的机构都严格地把黑人排除在外，其中也包括名牌大学。许多知识分子对美国战后的社会大为不满。令他们忧心忡忡的正是这个国家的异常富足和由此带来的副作用。他们谴责盲目的消费主义，认为整个社会大肆追求物质满足，浮华虚无，自我满足，对种族歧视漠不关心，无视美国底层阶级。许多美国人在50年代的富裕中狂欢，但也有自由主义者和社会批评者看到这个时代的平庸和不公正，称其为"令人沮丧的十年"。

因此，美国的国内情绪远远算不上皆大欢喜。繁荣和自满的情绪与不满和焦虑的情绪交织在一起。如果说国内形势很复杂，那么国际环境也有自身的风险和问题，并且美国未来的发展方向也引起人们更多的担忧。

* * *

美国人以空前的决心加入战争，战胜欧洲和亚洲的侵略者。他们希望胜利会缔造和平，与战时的盟国和睦相处。早在1941年的《大西洋宪章》[①]（the Atlantic Charter）中，以及在此后的各种场合下，罗斯福总统都提出美国对一个开放的战后世界持有美

[①]《大西洋宪章》签署于1941年8月14日，是美国总统罗斯福与英国首相丘吉尔签署的联合宣言。——译者注

好愿景，战后世界将没有权力集团，两个半球不会为了影响力而相互竞争，一切都建立在国际合作、自决权、殖民主义的终结和新成立的联合国法律体制的基础上。

然而，大部分细节仍有待敲定。由于受到战时形势的压力，英国不情愿地默许罗斯福的想法，还没来得及询问其他殖民大国的意见。而苏联的斯大林很早就表示他对这个问题有自己的想法。先前的美国总统曾经希望在第一次世界大战后建立一个更加公正和有序的世界，结果希望落空。罗斯福重蹈覆辙，他对第二次世界大战后的规划很快也被证明只是空中楼阁。到了1947年，他留给继任者的，不是战后世界的团结一致，而是截然不同的另一个画面：冲突和对抗大量存在，苏联和西方之间的冷战也非常危险。在一个开放的世界里追求国际平等、合作、自决、民主和自由选择，这些并不是斯大林的首要任务。他追求的是扩大苏联的势力范围，在苏联周边建立一个庞大的共产主义国家集团，这些国家像卫星一样围绕在苏联的周围，形成缓冲带。

在欧洲战争结束后的一年里，整个世界的面貌与罗斯福最初的设想大相径庭。在那次具有历史意义的演讲中，温斯顿·丘吉尔雄辩地承认了这一点。那是在1946年，在密苏里州的富尔顿，杜鲁门总统就坐在丘吉尔的身边。演讲中，丘吉尔谴责苏联的扩张倾向：在欧洲东部建立不民主的国家，遮挡在他演讲中所提到的"横跨欧洲大陆的铁幕"之后。到了1947年，苏联对波兰和东欧的控制已成定局。苏联和美国几乎在一切问题上存在分歧。"遏制"成为美国外交政策的中心要素，而"遏制"是西方对苏联的野心做出的反应，目的是把西欧、中国、日本和中东排除在苏联的势力范围之外。为了对抗苏联对希腊、土耳其造成的压力，美国启动一项紧急的援助计划。之后，为了重新振兴西欧经济，美国宣布实施雄心勃勃的马歇尔计划。这些事发生的时机正是我到达加利福尼亚的前夕。

在印度和亚洲及非洲的其他地方，反殖民的民族主义成为冷战中的一个因素。美国仍然保持核垄断的地位，令人不安，但是大多数人意识到这只不过是一项暂时的优势。随着苏联引爆自己的氢弹，冷战对抗的风险已成为现实。

在1953年斯大林去世前后，危机层出不穷。随着北约的建立，欧洲已经分裂为两个对立的阵营。北约军队在联邦德国长期驻扎已经成为不可避免的现实。随后，美国积极支持西欧经济一体化，成为对抗苏联压力的另一种手段。东西方的分歧演变成频繁的危险性对抗，有时会发生代理人战争；而在朝鲜半岛，美国则是直接参与血腥的战争。1948年的柏林空运①之后，苏联试图把西方势力从过去的德国首都驱逐出去，但并未成功。在分裂的越南，虽然法国殖民者被驱逐，但是对立依然存在，越南仍然陷于不安的对抗。纵观世界，东西方阵营之间的直接竞争和代理人竞争从未停止，军备竞赛分出胜负，但是竞争的代价却越来越高。

对美国来说，50年代是一个分水岭，标志着美国将再也无法在世界事务中置身事外。从前关于国际主义与孤立主义的辩论——这个往往导致国内政治争论的根源——不再是一个问题。

---

① 柏林空运是美、英空军为打破苏联对柏林西部的地面封锁而进行的空运活动。空运动用美、英军用运输机460架，历时15个月。——译者注

遏制苏联的行动一旦开始，就立即将多种对抗和挑战卷入其中，美国几乎与世界上的每一个角落都息息相关。

然而，美国的新国际主义——开展马歇尔计划、支持欧洲统一、援助亚非拉发展中国家经济发展、建立军事联盟以及冷战对峙——对美国 50 年代的政治风貌产生的深远影响，绝不亚于从前的孤立主义和其他观点之间的对抗带来的影响。原来只需要在国内的社会经济政策问题上争个你死我活，现在又多了在如何对待国外的敌友关系上的显著意见分歧。此外，右翼激进分子向真正或可疑的颠覆分子、间谍发难，狂热的国内反共产主义运动带来巨大压力。各方互相指责，喋喋不休，争论哪一方警惕性不足，哪一方对共产主义者"不够强硬"，而哪一方才是爱国者。在无休止的争论中，公平和公民自由等基本观念面临严峻的挑战。

杜鲁门和艾森豪威尔

纵观四五十年代，三次根本性的冲突一直主导美国政治。两任总统的两届政府的态度大相径庭：他们对政府在处理经济和社会问题中的作用持有不同的观点，在公民权利问题上进行激烈的斗争，在防止内部颠覆方面进行激烈的争论。

在这一时期，民主党人哈里·杜鲁门和共和党人德怀特·艾森豪威尔（Dwight Eisenhower）先后入主白宫，在任的时间长度大致相同，两人都有效引导上述辩论。如果看其家庭背景和基本价值观，两位总统有惊人的相似之处。然而，从他们的性格、观点和所奉行的政策来看，两人又有天壤之别。

第三章 50年代 战后美国：学徒时代

之前的罗斯福总统来自东部上流社会，拥有家庭财富，家族显赫。与他不同的是，杜鲁门和艾森豪威尔都是中西部人，两人的家乡离得不远，前者在密苏里州，后者在堪萨斯州。两人的家庭都是拓荒家庭，家境贫寒，都经历过不少苦日子。[5]两人在公职岗位上都工作多年，都一直默默无闻。

他们都不是知识分子，知识于他们没有太大的用处。艾森豪威尔曾经说自己是"一个奉行言多必失准则的人"[6]。而对于杜鲁门——这位20世纪最后一位没有大学学位的总统——来说，与罗斯福那些出身于常春藤联盟的人相处，还不如与他的亲信玩牌来得舒服。两个人都在战争期间出人意料地走上人生巅峰。杜鲁门在1944年成为副总统的人选，艾森豪威尔则是越过数十位高级军官被直接任命为美军在欧洲的指挥官。他们不曾不择手段地往上爬，但是他们都很聪明，雄心勃勃，当机会来到的时候毫不犹豫地抓住了机会。

然而，两人之间的差异更为重要。虽然杜鲁门只接受过高中教育，但是他如饥似渴地读书，自学成才，狂热地学习美国历史，相信总统的职责在于积极决策并为国家和公民谋求福利。他是一名忠诚的民主党人，终其一生，他都本能地同情际遇不佳的人，"同情那些一辈子被别人踢来踢去的人"，他曾经这样说过。艾森豪威尔毕业于西点军校，他读过的书不多，仅限于阅读军事手册、牛仔小说和杂志等消遣读物。与杜鲁门强烈的党派归属感不同的是，他没有类似的信仰。因为不知道他属于哪一个政党，民主党人实际上曾试图劝艾森豪威尔代表民主党参选总统，不过后来他选择了共和党。虽然他也并非完全不理会社会底层的疾苦，但是几乎没有证据表明他和杜鲁门一样深切地关心如何改善社会底层人群的命运。在选择朋友这一方面，艾森豪威尔与富有的商业大亨更亲近，有一位批评家苛责地评论道：他组建的内阁成员包括"八个百万富翁和一个水管工"[7]。

杜鲁门是一个实干家，他是中西部的进步分子，行事的风格是扰乱别人的情绪并激怒敌人。他知道自己想要的是什么，只要是自己有信心的计划，即使饱受争议，他也有勇气持续推进。他不回避艰难的选择，喜欢与对手战斗。他做决定的时候很果断，有时候冲动且不太明智，但是一旦做了决定，他就会坚持下去，绝不回头。他桌上的牌子上写着一句话："责任止于此！"

对于艾森豪威尔来说，与其说总统职位是领导和行动的位置，不如说其是政府中三个平等部门中的一个部门的代表。他不太倾向于与国会对抗，而是更愿意与国会分享权力。他是一个本能的保守派，气质更类似于"调解人"和"董事长"。他相信美国人应该得到承诺，可以过上自己想要的生活，而不必受外界的过多干扰，而且在大多数情况下，政府的作用应该仅限于提供必要的框架，让民众实现自己的生活方式。

两者相比，杜鲁门的执政环境非常差，在那个生死存亡的时刻，面临更艰难的决策。前任是广受爱戴的伟大人物和领袖罗斯福，罗斯福也是许多美国年轻人认识的唯一总统。"杜鲁门是谁？"五星上将威廉·莱希（William Leahy）在1944年这样问——那时候这位相对默默无闻的密苏里州参议员第一次被提名为副总统。莱希的疑问反映出当时许多美国人的共同疑惑。几个月后，罗斯福去世，杜鲁门被推上最高权位。另一位总统助理说道，杜鲁门

第三章 50年代 战后美国：学徒时代

坐在罗斯福的座位上显得如此"渺小"。

尽管杜鲁门在上任初期对很多领域都没有充分的准备和了解，但是他在接下来的几年里做出一项又一项重大决定——投下原子弹来结束太平洋战争，在冷战期间建立西方联盟制度，还有对希腊和土耳其的援助、马歇尔计划、柏林空运、朝鲜战争、德国和日本重建。在国内，他在国会提出有争议的、对和平过渡期进行管理的21点内政计划，面对国会方面的强烈对抗。他成功地赢得连任，虽然是险胜，这也让所有人始料未及，因为毕竟当时美国正面临着南方的种族隔离主义危机。

当杜鲁门卸任的时候，许多美国人终于松了一口气。美国正处于空前繁荣的时期，人们想要过清静的日子。人们渴望稳定，需要一位他们可以爱戴的总统——德怀特·艾森豪威尔将军可以给他们这一切。1952年，他以决定性的优势当选——四年以后，他的选票优势甚至更大。在50年代余下的时间里，这位与杜鲁门完全不同的总统将完全主宰美国的生活。

杜鲁门因"任人唯亲"而受到攻击，艾森豪威尔则因他的德行受人钦佩。杜鲁门用新的举措挑战以前的规矩。艾森豪威尔不太愿意启动经济改革或打击社会弊病，满足于听从国会和法院。艾森豪威尔不是特别具有领袖魅力，也不擅长鼓舞人心，但他流露出和蔼、温和的风度，具备常识。他那沉默寡言、坚定不移、狂妄自大的行事风格令人钦佩，非常契合全国的主流情绪。

艾森豪威尔的执政缺乏新的举措，自由主义者和许多知识分子对此深感不满。他们希望政府在福利状况和公民权利方面更有所作为，叹息总统固执己见、止步不前，并且总是更喜欢保持现状。他们对他把总统权力下放到国会和法院表示遗憾，但是他们的观点不是主流观点。在担任总统的这几年里，艾森豪威尔的声望和受欢迎程度一直很高，公众乐于享受国家的繁荣，也满足于一切基本上保持原样。

总的来说，两个人可能都是时代的正确选择，美国免于遭受社会动荡。经过50年代以后，美国国力更加强盛，长治久安。美国没有重蹈20年代的覆辙，这有利于一切暂停并有所克制的时代。核威胁得到控制，美国进入下一个十年时，蓄势待发，将领导西方国家追求共同的目标。

从我抵达美国的第一天起，我就被罗斯福和杜鲁门代表的政党吸引，所以我不存在政治归属感上的摇摆。民主党人是传统政党，维护移民、弱势群体和少数族群的利益。另外还有一个简单的事实：这个政党是罗斯福的政党，也是战时抵抗纳粹斗争中罗斯福领导的政党。对我来说，这就足够了。从哈利·杜鲁门身上以及他倡导的政策中，我看到罗斯福后继有人。从一开始，我就很清楚我会成为一名民主党人。

成为美国人

在火奴鲁鲁——我乘坐的美国军舰停靠的第一个美国港口，夏威夷皇家酒店的饮料机免费发放菠萝汁。在旧金山，我可以喝整桶的鲜奶（如果我在旧上海这么做，那意味着要冒着大病一场甚至更糟糕的风险）。我甚至可以从户外小贩那里购买水果后当场吃掉，不必害怕闹肚子。这些都是小小的乐趣，但在经历过上海的不幸之后，它们给我带来令人难以置信的快乐。

到达旧金山后，九月份的日子多么令人兴奋。当我在街上漫步时，我一直像是在梦境中。看到警察没有盘剥百姓，我很高兴；看到人们大都友善待人而且营养不错，我也很高兴。生活从来没有像现在这样美好，我甚至热切地看待每天遇到的每一件小事：干净的街道，新的口音和各种声音掺杂在一起的令人兴奋的声音，还有微笑着说"谢谢你""请"和"祝你愉快"的店主。电车在诺布山上下颠簸；音乐声不绝于耳；"无痛"帕克医生的笑脸——这位牙医自己给自己选了这么个绰号——出现在大大的广告牌上，对着他位于市场街的办公室示意。在范内思大道有抗议的人群。这些都是典型的美国风格。在联合广场上觅食的鸽子似乎都非人间俗物，因为旧金山众所周知的雾，一切看上去如此神奇。

最重要的是，没有什么能超越我那种获得力量的感觉。我在一个国家拥有永久居留权，在我还没有踏上它的土地之前，我就已经决定喜欢这个国家了。差不多70年过去了，回想起到美国的最初几天，我的精神仍然为之振奋。也许只有那些在类似情况下抵达美国的难民移民，才能够完全理解我当时的心情。

几天来，我和姐姐沉浸其中，这里无疑是美国最美丽的城市之一。第一个周六的晚上，我们焦急地等待着周日的报纸。周日一整天，我们仔细研究招聘广告，为周一做好计划，那将是我们加入劳动大军的日子，是我们征服美国的诺曼底登陆。我兴高采烈，热情非凡，毫不怀疑成功近在咫尺，在这一点上旧金山并没有令我失望。找工作的第一天，我的姐姐找到一份周薪50美元的秘书工作，我的运气也一样好——在国家饼干公司找到一份记账员的工作。这家公司又叫纳比斯科，是美国家喻户晓的品牌，是全国的企业巨头之一。虽然我对我的职责只有模糊的概念，而且区区40美元的周工资几乎不比法定最低工资高出多少，但是我仍然对加入如此有声望的企业深感自豪。就我而言，此刻的我正沿着成功阶梯的第一个台阶向上出发。

作为一名心怀感激、毫不挑剔的移民，我最初透过"玫瑰色的眼镜"看待我的新环境。但是，不久之后，我就发现现实并非那么迷人：我每天早上都要按照纳比斯科的规定打卡上班，开启8小时的工作时间，工作非常无聊，令人麻木，所有这一切都让我迅速认清现实。一路走来，我的很多幻想破灭，幻灭的不仅有我工作最初时的兴高采烈，还有我对美国商业效率不假思索的钦佩之情。

作为一名纳比斯科的记账员，我给自己找的这份工作无异于登上一艘异常繁忙的船，但这不是一艘特别令人欢乐的船。整个工作环境像狄更斯描写的时代，让人联想到19世纪的血汗工厂。职员们形形色色，但都一样无聊、沉闷，而我已经成为其中的一员。大家围坐在几张长木桌边，任务是重复而没完没了的数字运算的工作，然后把计算结果手写在发票上，这样第二天才可以把动物饼干、奥利奥饼干和其他品种的纳比斯科畅销饼干发货出去。每天早上等待我们的是一堆发票，发票看起来越来越多，工厂经常会迫切寻找愿意加班的人。因此，我们日复一日地从事着乏味的日常工作，每天有30分钟的午餐时间，并受到老板达夫先生的看管。他是个沉闷的老头，端坐在房间中央，透过老式的无框眼镜严肃地注视着我们的一举一动。据我所知，他有两项主要职责：第一项职责是执行严格的纪律，当他看到有人偷懒或者——更糟糕的是——居然敢和旁边的人窃窃私语的时候，他就大声地清清喉咙，然后把责备的目光投向他们；第二项职责就是不间断地招募新人，来取代那些甩手不干、另谋高就的人——在这种工作环境下，这种情况时有发生。受雇登上这么一架功能失调的旋转木马倒不难，难的是有足够的耐力能在赛场上坚持一程。由于员工的流动率很高，达夫先生忙得不可开交。

像战后美国的许多地方一样，纳比斯科的生意日渐兴旺，但是因为似乎没人料到生意居然能够好成这样，结果就是一团糟。对于数以百万计回归家庭并渴望享受和平的退伍军人来说，美好的生活显然包括消费足够的纳比斯科饼干和纸杯蛋糕，这对公司的应对能力提出更高的要求。即使仅对办公室日常工作做出一些简单变动，也会产生奇迹般的效果，但显然没有人有这个工夫停下来想一想可以改变什么。在当今世界，一台台式计算机肯定能让我们所有人一夜之间全部失业，但是即使在那些前电子时代，只要有足够的机电加法器——这是我未来的雇主巴勒斯生产的——就可以替代我们许多的工作，并为纳比斯科省下很多钱。

我在纳比斯科工作了两个月，这大约是平均水平。我离开的时间正是圣诞节前，此时巨大的圣诞节订单即将汹涌而至，把可怜的达夫和他那群不愉快的手下员工淹没于发票的纸海。不过，虽然在纳比斯科卖饼干的这份工作不是那么鼓舞人心，但是一直以来，这段经历依然令人难忘，不仅因为它是我在美国的第一份有报酬的工作，而且因为它有助于让我重新接触现实，并迫使我好好思考我的未来。据说，"绞刑架使人头脑清醒"，这就是在纳比斯科的经历对我的影响。

经历了单调的加减乘除，我相信肯定存在一条更加充满希望的途径，可以实现我的美国梦。我 22 岁，接受过十年级的教育，在中国待了 8 年，我经历了长时间不寻常的生活，但是我缺乏实质性的知识，这令人遗憾。毕竟，在美国，想要重返学校，可能性还是很大的，而如果缺钱的话，答案是"自力更生"。在纳比斯科进行麻木的算术练习的经历令我得出一个结论：是时候放高我的眼光，再次尝试，另寻道路，出人头地。

* * *

那时候，圣诞节的忙碌已经开始，而我来到达夫先生的办公桌前，告诉他我要换个职业，然后我递交辞呈，之后开始在当地一家医院上小夜班（下午 4 点到深夜）的工作。虽然时薪减少了 10 美分，我的经济状况有所退步，但是我的想法是这样可以腾出上午的时间去当地的城市学院上课。这意味着生活过得极其辛苦，还要忍饥挨饿，但是早在上海的时候，我就已经熟悉了这种感觉，我安慰自己说这一次的辛苦是对自己未来的投资。现在，我的日常活动包括花费整个上午的时间上课，然后火速奔向市中心，运行医院电梯，直到晚上 10 点下班，然后熬夜为第二天上课做准备，同时为了保持清醒喝掉很多杯咖啡。

旧金山城市学院是一家独特的机构，我在那里度过了前三个繁忙的本科学期。这所学院成立于30年代中期，不收学费，为2 000多名学生提供服务，不限制学生年龄，也不限制学生的学习基础和资历。这里提供半专业的课程和大学水平的课程，任何人都可以被录取，而且学习成绩优异的学生有可能转入海湾对面的加州大学伯克利分校——这是美国最好的公立大学之一，这所学校是我最初就定下的目标。在充分证明了自己以后，我在加州大学伯克利分校完成了剩下的本科学业。

那时候，我已经是22岁的大龄学生，之前接受的教育不足，没有其他的大学会录取我，我一直由衷地感谢旧金山城市学院——一所真正的平民学院——给了我这个学习机会。将近40年之后，我作为校友被邀请回来，被称为"事业有成"的我很乐于向大家直接表达我对这所学校的感激之情。内阁成员受到诸多大学的青睐而被授予一堆的荣誉学位，这已经司空见惯。但是，不同于我接受的十多个其他的荣誉学位，旧金山城市学院对我意义重大。"这所学院给了我一张通往未来的船票。"我对学生这样说，而且我说这话是认真的。

重回母校的经历之所以令人难忘，还有另外一个不同的原因。我与另一位知名的旧金山城市学院校友分享了当天的荣誉，他是美国橄榄球历史上的最佳跑卫之一。我不得不承认的是，对于那天来参加颁奖典礼的学生来说，比起美国第64任财政部部长，大家对他肯定更感兴趣、更为爱戴。他的名字是O. J. 辛普森（O. J. Simpson），那时候他颇为受人尊敬，但是今天他却在内华达州的一所监狱里服刑。

继旧金山城市学院之后，进入加州大学是我一个很大的进步。

伯克利分校像是加州大学诸多分校里的王冠之珠,校园里熙熙攘攘,有 3 万多名不同年龄和种族背景的学生,其中有不少外国人,还有许多退伍军人。在那里求学是一件令人兴奋的事情,也很划算:除了每学期收取的象征性的 35 美元费用以外——即使是我也支付得起——其他一切都免费![8]学业标准很高而且富有挑战性。

我对国际经济、政治和公共事务的兴趣萌发于伯克利,我当时受到几位杰出学者和老师的召唤与极大的鼓舞。其中最重要的是两位优秀的经济理论家:罗伯特·艾伦·戈登(Robert Aaron Gordon)和霍华德·埃利斯(Howard Ellis)——后来两者都担任美国经济协会的会长;还有约翰·莱蒂齐(John Letiche),他是一位年轻学者,给我带来生动的国际经济政策方面的话题。汉斯·凯尔森(Hans Kelson)是一位批判实证主义的法律学者,教授国际法,有过诸多成就,作为 1920 年奥地利宪法的起草者而享誉世界。肯尼斯·斯坦普(Kennth Stampp)是一位获得普利策奖的历史学家,他点燃了我对美国内战历史的毕生兴趣。安德鲁·贾西(Andrew Jaszi)是一位年轻的匈牙利籍德语教授,他让我领略到海涅(Heinrich Heine)、里尔克(Rilke)、霍夫曼斯塔尔(Hofmannsthal)的诗歌以及德国的古典文学的魅力。

旧金山城市学院是一个"有轨电车校园",但在伯克利,我搬到国际宿舍,这里专门满足大龄的美国学生以及国际学生的需求。钱仍然是一个大问题:我常年身无分文,只能选择薪水很低的最底层的工作——在圣诞节搬运邮袋,在工厂劳作,充当看门人和送货员。不过,我逐渐在学校里学会一些选择工作的技巧,懂得用最短的工作时间获得最多的报酬。最后,我得到一份工作,工

第三章 50年代 战后美国：学徒时代

作地点就在我居住的国际宿舍，我负责在清早清洗碗碟，这真像中了头奖一样。这份工作的安排棒极了——我每天工作三个小时，换取免费的食宿，剩下的一天我就自由了。在厨房工作的学生杂七杂八，在他们之中我毫不起眼。我们打发时间的方式是辩论重大的学业问题或者争论战后的国际关系问题，同时，把一摞一摞的盘子放进大型洗碗机。我最喜欢的同事是一个快乐的巴基斯坦年轻人，我们轮流唱歌自娱自乐，他用乌尔都语，我用德语，偶尔也用中文。我们谁也不理解对方的最爱是什么，但是这似乎并不重要。阿里·布托（Zulfikar Ali Bhutto）后来成为巴基斯坦的总理，却在绞刑架上过早地结束一生，这一切都是因为军事政变。那时候，我们在每天三个小时的工作中打打闹闹，我从来没有想到他今后会如此位高权重，也没有想到他最后会惨淡收场。

* * *

在校园内外，我的美国化进程迅速推进。不久之后，我就对我的未来有了野心勃勃的梦想，而且我也开始盘算实现这些梦想的详细战略。

在课堂上，我专注于历史、经济和国际事务——与之并驾齐驱的还有管理与行政。我曾在纳粹德国亲历过可怕的政府，也见识过旧中国腐败而无能的统治。中国失败的经济政策令人触目惊心，令数百万人遭受恶性通货膨胀，而少数人从中获利后变得极其富有。我对这些仍然记忆犹新。一次又一次，我撞上难以穿透的高墙，而这高墙由愚蠢的规则和官僚主义的混乱砌成。所有的这些现在正塑造着我的学习兴趣。我想知道经济怎样运作，而且如果可以的话，我从过去的经历中能学到些什么。我对政策的制定过程非常着迷，而且因为我亲身经历过最糟糕的官僚主义，我本能地知道重要的不仅是"制定什么样的政策"，更是"如何制定政策"——怎样才能组织、领导政策举措并将其转化为有效的行动方案。

半个多世纪以后，我的记忆已经有些模糊，不能完全回忆起当时的我到底是着了什么魔，立志成为美国政府的高级行政人员——这真是个异想天开的志向。在当时的情况下，立志在华盛顿谋到一份政治工作真是野心勃勃、几近疯狂。我甚至还没有收到我的公民身份文件。朋友们对我说，一个移民想要涉足华盛顿的权力核心，这种事情希望渺茫；而我关注的财政部又是其中的精英部门。然而，我固执地坚持我的决定。驱动我这样决定的，既有年轻人的傲慢，也有个人的野心。

毫无疑问，我的难民和移民经历肯定一直是这些光荣梦想的根源。作为一个无名小卒，我希望从事一份有机会引人关注的工作。我对别人制定的规则和反复无常失望至极，我想拥有控制自己命运的权力，尤其因为我在过去曾经饱受轻视，只能拥有二等公民的地位，由于这些记忆，我想获得有公认声望的职位，而且这个想法对我的吸引力非常大。本质上，我是个很好强的人——也许这一点来自我母亲的基因——而且可以做别人不敢做的事情，还有机会证明我有能力获得成功。这些想法深得我心。因此，我酝酿的计划包括努力攻读研究生学位，因为这有可能提高我的成功概率。普林斯顿大学、哈佛大学和约翰·霍普金斯大学有最好的公共事务研究项目，并且可以为我在华盛顿从政敲开大门，尽管我是否能被录取以及如何支付学费仍然是一个关键问题。当时的奖学金比现在更难申请，被选中成为奖学金候选人无异于彩票中奖。但是，如果美国是一片机会无限的土地，我觉得不妨一试。

种族关系与公民权利

同时，令人兴奋的事情很多：杜鲁门在1948年奇迹般地获得连任，他与国会在经济政策上的紧张对抗，还有公民权利问题。对这些事件的密切关注伴随着我在美国的同化过程，我一直尽力了解事情的来龙去脉，分析政治上有哪些互相让步，并且全力支持那些"好人"。

战争创造了新的现实，美国的态度逐步重塑政治格局。南方正在实现工业化，变得越来越像北方。许多南方农村的黑人搬到北部和西部的大城市，有了更多的自我主张。在其他地方，上一代少数族群移民的子女——波兰人、爱尔兰人、意大利人和欧洲犹太人——现在占到郊区人口中的多数，他们不太倾向于为某一个阵营投票，更趋保守，更加中产阶级化。

二战和冷战终结了美国的孤立主义情结。人们的视野变得更宽广，再加上欧洲发生的大屠杀，所以许多美国人变得更加宽容，对社会变革更开放，更愿意结束针对国内少数族群的歧视。事实上，虽然还没有人完全预见到今后的情况，但是在美国这个大熔炉，所有不同种族、不同民族之间的相互关系都将发生持久的变化,而现在变化正在悄然发生。随着时间的推移,这些变化将完全改变这个国家的社会政治面貌,此前对非裔美国人、非白人移民和其他少数族群紧闭的大门将徐徐开启。这一时期的核心是五六十年代的民权运动和为非裔美国人争取种族正义和平等的斗争,后者持续了十几年,被称为第二次美国革命,这绝不为过。

一开始,我一心想期待一个完美的美国,没有马上意识到针对少数族群的种族主义和各种偏见仍然是美国社会生活中的一个不争的事实。南部的种族隔离是美国的民主中最刺眼的污点,虽然我已经在某种程度上意识到这一点,但是我最初觉得这很遥远、很不真实,所以我都忽略了。在旧金山,很容易看到事情的另一面。这里没有法律允许的种族隔离,没有分开的饮水龙头,也没有将黑人排除在餐馆、剧院和公共设施之外的正式声明,也没人禁止黑人坐在公共汽车的后排。然而,由于长期的传统,民间对非裔美国人的歧视真实存在。

我必须接受种族歧视的现实,这是我融入美国生活的一条必经之路。此外,尽管反犹太主义在大屠杀之后迅速低头,但是其仍然负隅顽抗。事实上,正如我的犹太朋友提醒我的那样,在30年代,一股原始形式的美国反犹太主义力量崛起。1939年,至少有800个明目张胆的反犹太教组织仍然在美国公开活动,会员加起来有300万人。即使在战争结束后,尽管《财富》(Fortune)于1946年的一项民意调查表明,只有8％的美国人承认"强烈地反犹太",但是在另一项调查中,64％的人说他们对反对犹太人的言论"有所耳闻"。[9]在其他方面,歧视的形式虽然更温和一些,但是同样伤人。直到战争前,精英大学和专业学校一直设置配额

第三章 50年代 战后美国：学徒时代

限制犹太人，这是一个公开的秘密。谁都不能确定到了50年代，所有歧视就不复存在。事实上，大多数犹太人都对此表示怀疑。"限制"住房和在度假社区与俱乐部中的歧视仍然司空见惯，大的银行和公司很少将犹太人提升为高层管理人员。在国务院、国会和军方，反犹主义情绪仍然大行其道。没有犹太人当选过总统，就这点而言，也不会有天主教徒被选为总统。传统的观点认为以后也不会有。

然而，这些都不能和黑人面临的情况相提并论。虽然名义上是公民，但是黑人的公民权利遭到准法律的剥夺。在南方，他们受到恐吓，从而丧失公民权利；而在其他的地方，即使没有法律规定，按照惯例他们也享受不到公民权利。在南部各州，实行严格的种族隔离的场所非常多，包括火车、船只、酒店、餐厅。黑人的孩子上的学校和白人不同，白人的学院和大学拒绝接纳他们，他们参加选举投票的机会也很小。这一暴行的法律依据是普莱西诉弗格森案，这是最高法院在1896年的一项判决，确定了"隔离但平等"原则的合法化。虽然长久以来，大家都清楚在当下的情况下不可能实现真正的平等，但是这项判决仍然有效。

哈里·杜鲁门已经结束军队中的种族隔离，21点内政计划包括一些适度的步骤，旨在打击对少数族群的就业歧视，特别是对黑人的就业歧视。但是，即使整个国家都愿意对杜鲁门的计划洗耳恭听，国会中的关键人物到目前为止也一点都不想照办。南方种族隔离主义者和北方保守主义者组成强大的联盟，仍然控制着主要的委员会，他们下定决心拿出国会一切可能的花招，达到保持现状的目的。这些人都是一大把年纪，许多人已经在国会工作了几十年。其中的一些人有些怪异，许多人都非常保守，对变革持谨慎态度。一些人公开地偏执于种族主义。其中有来自路易斯安那州的参议员约翰·埃弗顿（John Overton），他非常讨厌夏令时，坚持要和"上帝时间"同在。另一位来自北卡罗来纳州的参议员克莱德·霍依（Clyde Hoey）出席国会的时候总是穿一件灰色燕尾服，还在翻领上插上一朵玫瑰，让人不禁想起19世纪的穿衣时尚。来自密西西比州的参议员詹姆斯·伊斯特兰（James Eastland）是一位公开的种族主义者，他决心不惜一切代价维护对黑人的种族隔离。在国会，约翰·兰金（John Rankin）也来自密西西比州，他是一个彻头彻尾的迫害者、反犹太主义者和煽动者，他认为犹太人是颠覆分子，而黑人是低等种族。

* * *

争取公民权利是 50 年代的主要问题，而不可思议的是，我是在内华达州塔霍湖的赌场完成这个问题的速成课程的。这个场所本身已经非常特别，但当时的情况同样不同寻常，这让我下定决心加入这场对抗邪恶的斗争。

塔霍湖横跨加利福尼亚与内华达的边界，海拔高度超过 6 000 英尺，无疑是世界上最令人惊叹的高海拔湖泊之一。塔霍湖位于内华达山脉，周围有壮观秀丽的景色，方圆大约 200 平方英里，一年四季阳光充足，湛蓝色的湖水波光粼粼，令游客目眩神怡。今天，这个湖是西部最受欢迎的度假胜地之一，令人心旷神怡的

第三章 50年代 战后美国：学徒时代

大部分美景保存至今，这是我们的幸运。我于1950年和1951年在那里打工，度过两个不同寻常的暑假，这种"美国专享"的经历来得不早不晚，书写了我在美国化过程中的一个人生篇章。一次经历是与一位年轻的肖松尼印第安女子的动人的浪漫往事，她是塔霍湖的暑期工人。这个恋爱故事发生在我与一个"真正的美国土著"之间，富有异国情调，光是这个记忆本身就足以使第一个夏天足够难忘。但这不是唯一的原因。毕竟，我来到塔霍湖，既不是为了追求爱情，也不是作为一个度假者来欣赏塔霍湖的原始魅力。真正吸引我来到这里的是钱，这虽然不是那么鼓舞人心，但是同样令人难以拒绝。学校的聪明人都知道，塔霍湖是暑期赚大钱的地方，原因很简单：在一个赌场那种脱离现实的环境中，金钱往往自由流动。在这两个夏天，我每次都同时做几份工作，并努力存下接近1 000美元的积蓄。这在当时可是一笔真正的巨额储备金！1950年的夏天，为了追求财富和探险，我和以赛亚·齐默尔曼（Isaiah Zimmerman）一起出发，踏上寻金之旅。他是我的一位同学，也是我的朋友，和我一样来自上海。我们一路来到塔霍湖，然后在那里费尽口舌，终于找到餐厅的工作，先是在卡尔内华俱乐部，后来是在卡瓦达俱乐部。

先不说爱情和金钱，塔霍湖的夏天成了一个疯狂时期：无休止的工作、不足的睡眠、不间断的兴奋。晚上，我们俩把桌子拼起来，然后一起为夜总会的压轴节目充当舞台助理；早上，我们开卡车运送衣物；下午，我们轮流给赌场当托儿。在这里，我要告诉外行人的是，"职业托儿"曾经——而且现在可能仍然——是内华达州赌场的一个固有职业，要做这份工作必须要按指纹并且获得执照。(我的职业执照由瓦肖县治安官办公室签发,时至今日仍然是我非常珍视的一个纪念品。)简单地说,托儿的作用就是用赌场的钱下赌注,假装在赌桌上赌钱,从而诱使"真正的"赌博者过来下注。

赌场俱乐部的运作方式经历过时间的考验,一直保持着同样的模式,这种模式必然成功。顶级艺人早早就被预订,在俱乐部位于加利福尼亚的这一面登台演出。赌场里满是兴奋的人群,他们的情绪已经被调动起来,后边就是把钱留在内华达州那一面的赌桌上,而赌场才是真正获利的地方。在这些王牌艺人中,两个著名的脱衣舞女——或者委婉地称其为"异域舞者"。其中一位是全国知名的莎莉·兰德(Sally Rand),擅长扇子舞;另一位是莉莉·圣赛尔(Lili St. Cyr),她是一位年轻的"艺术家",她的专长是在泡泡浴中尽情放松,而观众看得不亦乐乎。相比于后者,莎莉·兰德因为善于取悦观众而更加出名,毕竟那个时候的人们比较保守,那种行业仍然是美国社会的禁忌。那时候,莎莉已经年过五十,青春不再,为了弥补这些,她依赖服装和舞台灯光效果。为了达到这些效果,以赛亚和我——合作控制聚光灯——事前要经过认真的培训。最后,她的舞台经理给了我们颇为丰厚的小费。

我对兰德女士最深的印象就是:对我们这些"内部人士"来说,很快就没有什么秘密可言了。她的表演一结束,她就要在雷鸣般的掌声中离开舞台,只穿着高跟鞋,走回她位于厨房旁边的更衣间。在明亮的光线下,在侍者、厨师、洗瓶工和侍应生的注视下,她看起来只是一个体弱、不怎么迷人的老女人。这是一堂

第三章　50 年代　战后美国：学徒时代

"外表与现实"课程，以后当我听到华盛顿政客的言辞时，我经常会想起这个画面。[10]

*　*　*

俱乐部里最有名的艺人是广受欢迎的黑人爵士歌手和钢琴家耐特·金·科尔（Nat King Cole），另外还有同样著名的黑人民谣歌手米尔斯兄弟，他们擅长演唱流行、甜美而低音的经典歌曲。科尔是那个时代最著名、最引人注目的黑人表演者，他的嗓音独特，因为擅长把爵士乐和布鲁斯融入民谣中而声名鹊起。他坐在钢琴前，只需要一个聚光灯照在他的身上，舞台余处一片黑暗，然后他就开始表演自己的金曲《蒙娜丽莎》（Mona Lisa），或者另外两首同样流行的《66 号公路》（Route 66）和《自然男孩》（Nature Boy）。而约翰·米尔斯（John Mills）和他的三个儿子，和着吉他手的伴奏，每次都能用他们的标志性歌曲博得满堂喝彩。《纸娃娃》（Paper Doll）这首歌最后狂卖 600 万张唱片，《萤火虫》（Glow Worm）是 1952 年全国最流行的单曲，还有《懒河》（Lazy River）、《直到那时》（Till Then）和其他十几首歌，每次演唱都引起雷鸣般的欢呼。每个人都知道米尔斯兄弟的歌。他们打破先例，以黑人艺术家的身份，跨过死板的肤色界线，登上专属于白人的表演舞台。他们不仅为英国皇室做过御前表演，而且主演过自己的全国性电视节目和很多电影。

我和科尔以及米尔斯兄弟之间的交谈比较多，这是我第一次和美国黑人说这么多话，此前我只是和别的黑人说过几句话。

科尔待人友好，而且总是彬彬有礼，但是比较内向。以赛亚和我会把他的钢琴推上舞台再推下舞台，偶尔也为他跑跑腿，他会对我们回以微笑，给我们小费作为回报。不过，对我们特别友好的是米尔斯兄弟，在中场休息期间和第二场演出结束后，在后门的门廊上，和我们长谈的也是他们。最终，正是他们让我第一次真正了解到在那个时代，在美国当一名黑人到底要经历什么。

他们来自俄亥俄州的一个小镇，他们说那里的种族关系不像南方其他地方那么紧张，但是隔离的状态是一样的。他们非常擅长讲故事，我感觉他们喜欢把自己的故事讲给我们这两个并无恶意的白人助手，特别是他们经历过的比较极端的歧视经历，他们也很乐于眼睁睁地看着我们的幻想破灭。我们对黑人的无知并不会让他们感到恼怒，反而让他们觉得很好笑。不管他们不得不忍着多大的怨恨，他们通常都掩饰起来，好脾气地说着绞刑架上的玩笑话，嘲弄着命运弄人。他们强烈赞成杜鲁门的民权倡议，并密切关注悬而未决的法院诉讼，但是他们对于真正意义上的变革的前景并不乐观，而是持有怀疑态度。

吉他手——我记得他的名字叫克里夫·怀特（Cliff White）——是一个不一样的人。他是我见过的第一个真正的愤怒的美国黑人。他更年轻一些，第二次世界大战期间曾在军队服役。他是来自北部的非裔美国人，但是被派遣驻扎在南方的军事基地，这段经历显然在他身上留下了难以磨灭的印记。他对自己的这些经历感到愤怒和沮丧，十分愤慨，而且对白人和白人社会显然十分反感。我认为他身上具有真正的革命者气质，而如果他身在别处，他很

第三章 50年代 战后美国：学徒时代

可能就是一位革命者。他给我留下了持久的印象。

在我们的周围，政治氛围非常浓。1948年，民主党的施政纲领在自由民权的纲领问题上苦战，产生了隔离主义的第三政党——州权民主党。尽管如此，由于获得了北方日益增加的城市黑人中70%的支持率，杜鲁门得以在选举中险胜。1948年，杜鲁门颁布行政命令，宣布结束武装部队中对黑人的歧视，法院承认黑人有权接受高等教育。这些都是时代变化的迹象，但是米尔斯一家不这么认为。在他们看来，这些举措虽然受人欢迎，但是只要"隔离却平等"准则仍然存在，这些举措就仍然非常不充分，而且不太可能导致根本性的变化。可是，没人认为这项准则会变。

我以前认为美国的种族歧视主要是南方的问题。有一次，当我这么说的时候，我记得哈利·米尔斯问了一个简单的问题：有多少黑人和我住在旧金山的同一条街上，有多少黑人在纳比斯科工作过，或者有多少黑人在加州大学伯克利分校的班里上课？我回头一想，直到那一刻，我才真正注意到，我从未见过黑人出现在我居住的中产阶级街区，我也从来没有想过位于镇上最糟糕的地方之一的菲尔莫尔区的黑人区究竟是什么样子。我在觉得怪异的同时也为自己先前的无知感到尴尬难堪。我也不得不承认，在纳比斯科，从来没有黑人记账员，在我上课的地方也很少看到黑人学生。

米尔斯兄弟迫使我看到我的移居国家的本来面目。他们说自己是享受特权的黑人表演者，可以在舞台上备受白人观众的赞誉，然而他们深知黑人很少在他们表演的地方获得一席之地。

他们还说自己在俱乐部的住宿总是处在边缘的位置，这样就不会有白人投诉与他们为邻。他们还讲述了酒店和餐馆拒绝他们进门的故事，而且即使是他们，也不确定能得到一个像样的卧铺车厢。

我慢慢了解到，种族隔离和种族歧视仍然是一个大问题，对于南方如此，对于北方也一样。没错，南方有着极其令人震惊的压制黑人的模式：初选仅限白人、投票税和操控性的识字测试等仍然在剥夺黑人的政治权利，而严格的种族隔离、劣等的教育和住房实际上把他们标记为贱民阶层。在南方以外，情况更为复杂，但实际上住房、教育和就业方面的种族隔离和歧视带来的危害同样严重。

* * *

1950年和1951年，当我在塔霍湖打工的时候，民权运动还处于起步阶段。主要的战役在后头，在接下来的15年里持续不断，而且往往遭到激烈的抵抗。米尔斯已经一把年纪，他和他的儿子们在1950年对此表示怀疑，他们的吉他手因此感到痛苦愤怒，这一切情有可原。但是，真正的改变确实发生了，而且一旦堤坝决堤，这种变化就以意想不到的速度出现。

然而，值得注意的是，当变革在50年代后期和60年代终于来临时，几乎没有发生流血事件或暴力的动乱；而此前，当类似的根深蒂固的风俗习惯发生变化的时候，流血和动乱事件时有发生。总体上来说，美国人不断改变的态度使这一切成为可能。但是，很大程度上，这要归功于马丁·路德·金（Martin Luther King Jr.）和其他颇有见识的领导者，以及他们颇有成效的非暴力推动变革的策略。

关键的里程碑式事件发生在 1964 年 6 月 10 日，民权运动取得真正的成功。在那一天，参议院迈出历史性的一步，击败南部和西部保守派的联盟，打破他们 75 天的冗长演说，投票决定"讨论结束"，以此为辩论画上句号，为《民权法》（the Civil Rights Act）的顺利通过扫清道路，这项法案彻底改变了美国的种族关系。这是一个具有历史意义的时刻，100 名参议员全部出席。即使是处于脑部手术恢复期的代表——加利福尼亚州的克莱尔·恩格尔（Clair Engle）议员也亲临现场，他坐着轮椅进入房间，尽管他还不能说话，但是他用手指着自己的眼睛，投下自己的赞成票。

1964 年的《民权法》仅仅是 100 多年以来的第三部公民权利立法。9 天以后，当这项法案于 6 月 19 日晚上 7：49，也就是开始辩论后的第 83 天在参议院通过的时候，参议院历史上最长的立法辩论宣告结束，也标志着战后前 20 年坚持不懈的卓绝努力终于掀起高潮。立法变成白纸黑字，承认美国黑人在美国生活的所有领域享有明确的平等权利，这在美国历史上尚属首次。

这项立法能在 1964 年通过简直是个奇迹。这个目标的实现结合了几件大事的发生：总统被刺杀，令全国震惊；出身于南方的林登·约翰逊（Lyndon Johnson）有着无与伦比的政治技巧；同样重要的还有小休伯特·霍拉蒂奥·汉弗莱（Hubert Horatio Humphrey Jr.）的不懈努力，他来自美国的核心地区，是自由主义者，也是该法案的监察人。汉弗莱是民主党的党鞭，在1948年有争议的民主党大会上，他以种族正义斗士的身份崭露头角。当时，他在该党的选举平台上领导一场看似毫无希望的运动，争取更加强有力的、不妥协的民主权利的政纲核心，他最终赢得了这场运动。

在1948年的大会上，我在远处，对汉弗莱的激情演讲钦佩不已；16年后，我们成了私人好友。我当时是负责日内瓦贸易谈判的美国代表，这是他非常感兴趣的另一个话题。在那个难忘的日子，我恰巧在华盛顿，所以打电话向他表示祝贺。休伯特正兴高采烈。"我们成功了！我们成功了！"他欢呼着，"来我这边。今晚，我们好好庆祝！"就这样，我亲眼见证了这个值得纪念的事件。我和汉弗莱在华盛顿市的中心城区碰面，然后叫了辆出租车，去英国大使馆参加招待会。出租车司机是个上了年纪的黑人，当他认出汉弗莱时，他伸手与汉弗莱握手，握了很长时间后才不情愿地放开。"谢谢你，参议员，"他含着泪哽咽地说，"谢谢你为我们带来了讨论终结。"汉弗莱露齿一笑——这令我想起了米尔斯兄弟，我很想知道那天他们在想什么。

1964年的那个晚上令我难以忘怀，我记得整晚都在庆祝，庆祝的方式极其热情洋溢，是典型的汉弗莱方式的庆祝，直到凌晨时分才宣告结束。他一直是个快乐的战士，也是一个心胸宽广的人，他全心全意地把政治看作高尚的使命。休伯特也有他的缺点。他性格外向，外向到几乎令人无法忍受，他更善于谈话，却不怎么会倾听。但是，他非常聪明、十分热心、心地纯良，骨子里诚实可靠，很少耍弄诡计，所有这一切在华盛顿非常罕见。作为领导者，他永不放弃，他创造奇迹：很少有人在推进民权事业方面可以超过他的贡献。

普林斯顿

1951年秋天，我到普林斯顿攻读研究生。普林斯顿大学的公共事务研究项目名声在外，是这所学校最好的专业之一。当大学录取我的时候，我激动极了。尽管一些悲观的朋友曾经对此怀疑，但是我已经达成我的第一个目标。没有奖学金，但是我下定决心一定要去。而且我决定，如果一切顺利的话，毕业后我会回到西部，最终从事公共事务事业。

所有这些都没有按照计划完成。我的姐姐斯蒂芬妮在加利福尼亚定居，结婚生子，拥有一个美好的家庭。我的父母各自找到新的配偶，安度余生。但是，我的生活却发生了转变。首先，我再也没有回到加州生活。其次，原定的两年硕士学习最后发展成在普林斯顿大学攻读好几个学位，而且我与这所大学从此紧密相连。最后一点也很重要，我的第一份职业工作不是在政府，而是在学术界和商界，普林斯顿成了我的长期居住地，此后也一直如此。我之前的打算只好作罢。

然而，最大的变化是我并不是独自前往。就在离开伯克利之前，艾琳·波莉（Eileen Polley）和我举行了一个简单的学生式婚礼。我们在国际经济学的课堂上认识，很快就相互吸引，而且从第一次约会开始，我们的关系就进展顺利。我们发现彼此都对国内政治和世界事务感兴趣，友情升华为爱情。当移居普林斯顿被正式提上日程的时候，我们确定无疑的是，有必要让我们之间的关系固定下来。

我们两个都很年轻。我才25岁，可能阅历尚浅，但是我觉得自己非常成熟、老练。艾琳还不到22岁，她是一个迷人的姑娘，来自南加州，聪明伶俐、性情平和，对周遭的一切都感兴趣。虽然她属于典型的中产阶级，衣食无忧，而且，老实说，成长的环境充满乡土气息，但是她个性独立，对世界充满好奇，敢于冒险，这些都给我留下了深刻的印象。我喜欢的是她有自己独特的目标，而且不惜采取非常规的步骤来实现这些目标，这其中就包括她自费进行海外旅行，并且决定放弃在小院校就读带来的安逸，选择在伯克利更苛刻的环境下获得更广阔的视野、接受更大的个人挑战。

在我看来，所有这些特质构成一个完美的组合，足以解释她为什么做出大胆的决定，决定和一个有着野心的、瘦高又没钱的移民结婚。她后来承认这是由于自己对非传统的、有趣的外国人毫无抵抗力，正是这个弱点最初点燃爱火。我早期曾在遥远的国度生活，那些丰富多彩的生活引起了她的兴趣，而她对我剩下的则全是浪漫之情。艾琳不是犹太人，她的父亲是来自英国的移民，母亲是俄亥俄州自耕农的后裔，祖上世代在美国定居。

我们在一起度过许多美好的时光。最终，她获得博士学位，并且开始自己的职业生涯。我们一同养育了三个无忧无虑的女儿，现在我们有八个孙辈，他们都是我们的骄傲。她对政治、旅行和冒险也表现出十足的品位。我们一起周游世界，在三个国家生活过，有很多共同的学术、国际贸易经历，并在华盛顿进行过两次

第三章 50年代 战后美国：学徒时代

公务旅行，这些经历丰富多彩、令人兴奋。

在30年的时光中，我们大部分时间都在一起度过，生活舒适，彼此相安无事。随着年龄的增长，当一直存在的性格和个性上的差异变得愈加明显时，我们的关系渐行渐远，最后只能离婚。当我们之间的爱火熄灭，只有熟悉感和共同经历带来的舒适感是不够的。我承认大部分都是我的错，而且我对此深表遗憾。最近几年，离开我以后，艾琳已经为自己创造了全新的生活，她在和平队①中的工作十分出色，在罗马尼亚、洪都拉斯、尼泊尔和肯尼亚做志愿工作，虽然环境充满挑战，但是她在工作上表现得很优秀。我们仍然是朋友，我对此很高兴。我们之间剩下许多美好的回忆，当然也有不可避免的遗憾。

* * *

在美国各地，至少有20多个城镇被命名为普林斯顿，但是其中最古老和最著名的一个普林斯顿位于新泽西州，这里也是一所同名大学的所在地。

1746年，在这所大学成立之初，学校的名字是新泽西大学。它是全国最古老的高等学府之一，是英属北美成立的第四所高校。约翰·威瑟斯彭（John Witherspoon）是大学的第六任校长，也是《独立宣言》的签署人；大陆会议于1783年在拿骚大厅

---

① 和平队是美国政府为在发展中国家推行其外交政策而组建的组织，由具有专业技能的志愿者组成。——译者注

（至今仍然是学校主要的行政楼）举行会议。曾在这里接受教育的有两位美国总统，几十位内阁成员、州长，还有数千名未来的立法者以及文化界和商界的领袖。普林斯顿大学在美国历史上具有重要地位，普林斯顿人从未掩饰自己的自豪之情，他们深信这所大学从前是——现在也是——全国最好的高校之一。

在其大部分的历史中，普林斯顿大学奉行的是毫不掩饰的精英主义的教育方法。直到第二次世界大战的时候，这里仍然是一所小小的学校，只录取白人男性，仅有几千名本科生和一个研究生院。学校散发着特权、排他性、财富和高标准的气息。学术气氛和社会政治方面也有势利的"贵族义务"氛围，只不过一切都很低调。直到二战，学校都不录取黑人学生，非正式的配额限制犹太学生的数量，在1969年之后才接受女性学生。今天，学校登记在册的学生超过7000人，其2008年的捐赠额达到160亿美元——人均超过200万美元——使其成为最富有的美国重点大学。[11]

当大陆会议在那里召开时，秘书长查尔斯·汤姆森（Charles Thomson）说："我不认为美国有比这里更招人喜欢的地方。"100年后，马克·吐温（Mark Twain）表示认同："普林斯顿就像天堂一样适合我。"在阿尔伯特·爱因斯坦（Alber Einstein）于20世纪30年代逃离纳粹德国并定居在普林斯顿之后，他承认"生活在这样一个地方，我几乎感到自惭形秽"[12]。今天，大部分居民和这些前人深有同感。普林斯顿仍然是一个特别令人愉快的大学城，约有3万居民，其独特魅力之一就在于它历经变化却始终怡人的特质。

我们在9月的最后几天到达普林斯顿，那时正值闷热的"泽

第三章　50年代　战后美国：学徒时代

西天气"期间，天气恼人，令人生畏。我们驾驶一辆1940年产的普利茅斯轿车，在美国进行悠闲的旅行，这就是我们的蜜月。买车的钱是我在塔霍湖打工时存下的，这辆11年车龄的车保养得不错，就是稍微有一点难以捉摸。普林斯顿成为我们在东部的第一个家；后来，我们多次回到那里，我们的三个女儿都出生在那里，至今我依然住在那里。

然而，我们也不是一下子就爱上了这里，有很多的东西需要去习惯，最初的一切也并非全都令人轻松愉快。我们之前习惯于加利福尼亚明媚的阳光，现在不得不适应潮湿的天气。紧接着，我们发现很难找到自己负担得起的住房。大学专为单身男士而设计，没有什么现成的住房可以提供给已婚的研究生。我们最初只能找到两间狭小的带装修的房间，房间属于一个钢琴调音师，他的简陋住宅距校园有几英里，"不巧"位于铁路地段。

除了这些小小的不适，还有很多其他的东西需要我们慢慢消化。50年代初的普林斯顿大学马上就带给我智力上的挑战和兴奋感，大学的方方面面都令人费解、充满矛盾。在伯克利，无人住校，校园像一个大熔炉，遍布着好几万拥有不同背景、种族身份和政治倾向的学生。来到这里，突然之间，我们被推进了截然相反的环境——这是一家小小的机构，全是男性。身处几千人之中，我们觉得自己有点格格不入。

然而，和全国大部分地区一样，普林斯顿大学在战争期间也经历了重大变化，许多更深远的重要变化也在不断发生。最终，这些变化会改变这所学校的性格，使其面貌一新。但是，在50年代初，这种趋势还不太明显，传统的学校经营方式仍然显而易见。

尽管普林斯顿早就摆脱与长老会的正式联系，哈罗德·多德（Harold Dodds）校长仍然是传统模式中的长老会成员（此前的校长也没有来自其他教会的）。从本质上讲，本科学院还是清一色的白人，按社会等级划分的"吃喝"俱乐部——普林斯顿兄弟会——主宰大学生活。此外，尽管入学标准正在改变，但强大的董事会仍然是一个老式的男性俱乐部，像一面完美的镜子体现出学生组成方面的传统同质性和歧视性。

在伯克利，所有想象得到的政治观点都有一席之地，而且各种观点通常都敢于发声，其喧嚣程度与追随者的数量成反比。你来我往的是各种政见的持有者——马克思主义者与右翼分子、自由主义者与无政府主义者、传统民主党人与世袭的共和党人。在普林斯顿，大学生中可能也有马克思主义者，但是，即使真的有，他们也极其低调，充其量被当作古怪的持不同政见者而被允许存在，而大家都认为这是种政治错误。除了秘书或图书馆的工作人员以外，女性——尤其是年轻的女性——不存在，这里仍旧是一个男性构成的堡垒。艾琳说，每每穿过校园，都是一次令人不适的冒险，校园里总有人频频回头看她，流露出饿狼般的凝视。

* * *

到了最后关头，大学终于让步，为我提供了一笔小额奖学金；艾琳找了份办公室工作来供养我们，我则开始埋头读书。伍德罗·威尔逊公共事务与国际事务学院仅招收 15 名研究生，而我是其中一员。我们受到高强度的训练，并且时刻被提醒我们有责任继承

第三章 50年代 战后美国：学徒时代

普林斯顿"为国家服务，并为所有国家服务"的悠久传统，这是普林斯顿大学非官方的座右铭。

许多普林斯顿大学的校友担任政府高级职位，学校的几个教员在第二次世界大战期间在华盛顿有过工作经历。对我们来说，他们体现出我们的使命就是为政府工作。我们以小型研讨会的形式上课，通常由经济、政治和社会学系的教员授课。我们不断地学习、阅读、辩论，写下无数的"政策论文"，练习口头阐述，内容涵盖大量材料。所需要做的准备似乎永无止境，最令人兴奋的是那些为我们授课的不同凡响的人，还有可供我们使用的丰富的图书馆资料和研究设施。总的来说，我的同学们是颇有才华的一群人，其中的一些同学成了我一生的好友。很多人最终进入外交部和华盛顿的主要部门，担任大使和其他决策职务。

伍德罗·威尔逊学院的公共事务项目带给我希望得到的一切，甚至更多。受到知名学者的启发，我越来越被经济政策问题吸引：其中有博学的雅各布·维纳（Jacob Viner），他教授国际经济学和经济思想史；才华横溢的年轻理论家威尔·鲍莫尔（Will Baumol）；理查德·莱斯特（Richard Lester），他是一位劳工经济学家，懂得如何把理论和实际劳动问题结合在一起；莱斯特·钱德勒（Lester Chandler），他是银行和货币理论方面的权威；还有法律学者阿尔菲斯·梅森（Alphens Mason）。我想不起来具体是什么时候，我生出这样一个念头：仅有公共事务专业的硕士学位还不够，只有获得经济学博士学位，才算让我的学业有一个圆满结束。

关于我的论文，我选择的题目需要对德国的钢铁工业进行为期一年的研究，而我很幸运地获得了出差奖学金。那时候，我刚刚成为美国公民，当年那个13岁的德国男孩已经离开柏林14年。现在，我将作为一个美国成年人来到这个国家，可我与它已经十分疏远，甚至心生厌恶。当时，大多数犹太人都发誓再也不会踏上德国的土地。得知我自愿回到那里住上将近一年时间，有些人对此难以置信。我回答说，我的论文主题足以说明我决定这样做的原因——主题是战后鲁尔地区的煤炭和钢铁工业中劳动管理领域的政治学和经济学问题。盟军此前分拆了大型采矿企业康拜因，而此前它控制了欧洲总产量的40%，是希特勒的战争机器中至关重要的一部分。盟军批准成立的几十个小公司里执行新的劳动制度，这些制度本来应该对战后联邦德国的工业民主化起到促进作用，却带来很多问题。美国文献中虽然有对这些问题的大量讨论，但其实并不透彻。

至少这是我的理论基础。不过，其实我也很想亲眼看一看战败的德国，并试图弄清楚德国人民到底受了何种蛊惑才如此支持并容忍希特勒的专政，直到灾难把他们吞没。然而，也许我对自己并不完全诚实，因为我选择回去的真实原因其实更深层次、更复杂，而当时的我并不愿意承认。

战后德国

就这样，我开始了第一次回归出生国的旅程。我于1953年8月初从巴黎乘火车抵达科隆，艾琳和我们年初出生的女儿安·玛

第三章 50年代 战后美国：学徒时代

格丽特（Ann Margaret）在一个月后也赶到。我走出中央车站，看到辉煌的科隆大教堂局部受损，形容萧索，急需修缮，提醒着人们忆起曾经美好的岁月。在教堂的四周，可以看到毁灭性破坏的证据。科隆市中心90%～95%的建筑物在战争中被摧毁，这意味着整座城市几乎有80%的部分被毁；据估计，碎石堆成的大大小小的小山总计达到3 000万立方米。甚至到了4年之后的1957年，这些战争的"碎片"才被移走一半，而剩下的一半将耗费至少10年的时间才被清理完毕。

我的实地工作将把我带到附近的鲁尔工业区。德国工会联合会在科隆设有一家研究所，研究所的主任埃里希·波特霍夫（Erich Potthoff）表示支持我的工作。所以，我的计划是把科隆作为我们的大本营，找到住处，然后开始工作。我在普林斯顿构思的这个计划足够简单，但是我很快发现，这个计划在德国战后生活的现实背景下很难落实。德国城市受到的实体破坏程度远远超出我的想象，科隆就是一个很好的例子。尽管按照当地标准来看，我的美元津贴是一笔可观的钱，但即使是按照最低标准，过得去的住房也很难找，要么就是房子太差，要么就是价格太高。

我完全没有料到这里被破坏得这么严重。为了找到一个落脚的地方，我花了整整一个月的时间，彻底搜寻整个城市，其间碰到一群又一群的当地居民进行着类似的搜寻。两年以后，据市政府官方统计，6万多科隆居民仍然处于同样的困境，有些人根本没有容身之所。[13]我的挫败感越来越强烈，家人的抵达日期越来越近，我只能不情愿地放弃科隆，转而在鲁尔区的另一端，也就是威斯特伐利亚的首府明斯特碰碰运气。在那里，命运终于对我露出微笑：通过转租，我得到两个简陋的阁楼房间，房间在沃加斯街一个破旧的前贵族别墅里，靠近市中心。

明斯特比科隆稍微好一点，但也好不了太多。1945年3月，在二战结束前，这里遭受过超过100次的盟军空袭，这些是最后的空袭，也是最惨重的空袭，城市的61%——略低于科隆的78%——化为一片瓦砾。战前共有3.3万套住房，战后可以居住的房屋只剩下三分之一左右；直到50年代初，仅有一半破旧房屋得到修缮。许多人仍然在紧急避难所和战时掩体里度日，尽管情况有所改善，但是来自东部的难民占到人口的四分之一，住房短缺的问题更是雪上加霜。[14]

我们发现，在德国生活，需要做出一些重大调整。位于沃加斯街的宿舍很小，我们只能在一张小桌子上给孩子换尿布，用房间角落里的一个火炉做饭，和其他租户共用厕所。房子的主人是一位老太太和她寡居的女儿，女儿带着两个年幼的儿子住在较低的楼层，在那里，成年男性只存在于墙上挂着的国防军照片里。我永远不会知道她们对我们有何看法，尤其是她们对我和我的德国犹太背景的看法。显而易见，她们的经济非常紧张，而我们的存在让她们极度不适。在我们居住期间，她们一直以礼相待，但是颇为疏远，极易受到小小琐事的刺激，和她们维持关系实属不易。

慢慢地，我开始明白，因为纳粹的存在而付出代价的，不仅仅是受害者，还有德国人自己。联邦德国已经缩小到德意志帝国战前一半的规模。人口老龄化，女性人数远远超过男性，尤其是20～45岁的女性。几乎每个家庭都失去了父亲、兄弟或儿子。[15]尽管

第三章 50年代 战后美国：学徒时代

条件有所改善，但工资仍然很低，税收很高，生活水平还没有回到战前的水平。许多人仍然依赖社会扶助，而且有三分之一的联邦预算不得不花费在占领军身上。

然而，也有证据表明国家有很强的决心，力图扭转局面，证明德国人努力工作的名声名不虚传。至少在50年代初是这样的。如今，德国人实际上认为每周38小时的五天工作制是他们与生俱来的权利，但是那个时候德国人平均的工作时间是每周逾40个小时，每周工作五天半。周六休息在今天被视为理所当然，但是当时只是一个遥远的梦想，工厂里实际的每周工作时间接近50个小时。[16]

经济像从灰烬中升起的凤凰，准备振翅高飞，正要开始长时间的快速增长。有了来自马歇尔计划的资金的实质性帮助，经历过1948年的货币改革，德国取得重大进展，这受益于被低估的货币以及被朝鲜战争刺激的强劲的出口需求。自1950年以来，工业产量已经增长三分之一；1951年首次实现贸易顺差；1955—1960年，外贸占国民生产总值的份额将达到德国历史上的最高水平。[17]我刚到科隆的时候，报纸上正在庆祝第50万辆大众"甲壳虫"从装配线下线。最终，这将被作为"德国的经济奇迹"而为世界所熟知。但是，全国上下争论不休。有的人支持经济部长路德维希·埃哈德（Ludwig Erhard），因为他的以市场为导向的方法非常成功；但是，社会民主党主张一定程度上的计划和控制以及在关键行业实行公有制。

我到达后不久，第二次联邦议院的选举活动进行到高潮阶段。共和国刚刚成立4年时间，总理康拉德·阿登纳（Konrad Adenauer）确立了坚定的领导人形象，致力于德法和解以及促进德国融入欧洲、北约和西方联盟的战略。然而，在这个背景下，德国重新武装的问题迫在眉睫，他的那些社会民主党对手认为应该采取不偏不倚的方法，让德国保持中立，这样才有更大希望与民主德国实现最终统一。

此外，事实上的国家主权尚未完全恢复，军事占领仍然大量存在。1953 年 7 月，《明镜周刊》（Der Spiegel）报道了英国当局的军装禁令，言辞中颇多恼怒和反对。英国当局的理由是，即使是"仪式性的军装"，本质上也过于"军事化"。[18] 在别的报纸上——很大程度上是为了配合公众逆来顺受式的嘲讽——刊登着，柏林盟军军事指挥官最近认为，应该把当地警察的 100 多副双筒望远镜作为受禁的"战争材料"予以没收。[19] 嘲笑盟军占领军成了大多数德国人最喜欢的消遣方式。

这个时候，德国虽动荡不安，但也别有引人入胜之处。冷战正在升温，艾森豪威尔政府开始在美国执政，联邦德国与民主德国的对峙决绝亦彻底，欧洲经济一体化已经迈出第一步，许多尚未解决的问题仍然困扰着联邦德国羽翼未丰的生活。民主德国有数百万难民流离失所，每个月都有数万人逃往联邦德国（八年后，柏林墙修建完成）。许多以前的德国士兵仍被关押在苏联，但是每过几个星期，几火车的战俘就会被送回来，他们归来时情绪激动，同时也惶恐不安。

同盟国的反纳粹计划在早年执行得热火朝天，但是结果却喜忧参半：除了少数罪大恶极的纳粹分子以外，以前的大多数纳粹支持者和党员依然——或者说再次——在商业和公共生活领域身

第三章 50年代 战后美国：学徒时代

居要职。在我的行程中，我很快开始和他们打交道。我不得不时常提醒自己，作为社会科学研究员，我必须保持客观，避免掺杂主观感受。我必须承认，做到这一点很难。

* * *

在明斯特安定下来以后，我给艾琳配备了一本德英短语手册，又跟她说了一些有用的注意事项，便于她应对日常的德国生活中的各种困难。然后，我就开始探索鲁尔地区实行共同决策制的公司。作为科研保障的一部分，我从英国军队处得到一辆闲置的大众汽车，上一任车主按照自己的风格给车喷过漆，车身是难看的军绿色。这辆老旧的"甲壳虫"会在错误的时间喜怒无常。但是，这车很便宜，而且坚不可摧，尤其是当我们在鲁尔的鹅卵石小路上颠簸时（大部分路面现在早已被德国令人印象深刻的战后高速公路网所取代）。偶尔，我一走就是好几天，在德国长途跋涉。我的主要"辖区"是煤炭和钢铁城镇——多特蒙德、杜伊斯堡、埃森、盖尔森基兴、波鸿、伍珀塔尔，还有六个比较小的城镇。在那些日子里，我做档案研究，并在办公室或车间里采访高管、劳工领袖和工人。晚上，我在当地的酒吧喝些常见品牌的啤酒，在这里能够更好地了解当地人的情绪。

在明斯特，我们很快就成为一个大圈子的一分子，圈子里有专业人士、大学老师以及驻扎在这个地区的军人。我们得以知晓犹如万花筒般的各种事实、故事、对德国人的印象以及当时的热点问题。很多新朋友思想开放，渴望一个民主的德国。在他们当中，德国工会联合会的埃里希·波特霍夫十分突出。他是一名坚定的民主党人，不心存任何幻想，他和我花费很多小时的时间讨论希特勒统治下的德国和联邦德国面临的重建任务。联邦宪法已经确立法治和保障个人权利的原则，毫无疑问，在阿登纳总理的领导下，政府在巩固民主国家的基础方面成果斐然。然而，一些政党中仍有传统的专制情绪，在部分人群中也有同样的情绪，这个现实也不容忽视。在我走访工厂时，有大量的证据证明这一点。对此，我很担忧。

然而，通过波特霍夫和其他一些新朋友，我逐渐意识到一些我早就应该了解的事情——我之前预想会遭遇一些"典型日耳曼"的态度和信念，并对此有种本能的厌恶，但是许多德国人的表现和我的预想迥然不同，而他们从未加入纳粹。的确，战后八年，许多人现在坚定地致力于让民主的德国融入欧洲和西方。他们不是用从前的敌人的眼光看待美国，而是对这个国家的民主传统表示钦佩，而且钦佩美国作为西方联盟领袖的身份，而他们希望自己的国家也能成为联盟的一分子。我发现美国在这些人中有非常高的威望，一部分原因出于他们对"马歇尔计划"援助的感激之情。尤其是在新一代年轻人中，美国人颇受欢迎，美国新闻署设立的"美国之屋"阅读室里总是人满为患，挤满醉心于美国书籍、杂志、音乐和电影的人。以美国事务为主题的讲座总是座无虚席，而参加这个课外讲座使我有机会可以到更多的德国城镇看看。

位于汉堡的美国新闻署"美国之屋"是最活跃的地方之一，正是在那里参加讲座的时候，我第一次见到埃里克·沃伯格

第三章 50年代 战后美国：学徒时代　　189

(Eric Warbury)。埃里克是一个罕见的例外：他是美国公民，但是作为曾经的德国犹太人重返德国生活。不过，他的情况有点特殊。沃伯格家族是汉堡最著名的家族之一，从事银行业，是当地精英中受人尊敬的成员。当纳粹占领了他们的沃伯格银行时，他们逃往美国。埃里克在战后以美国人身份回到德国，他是美国空军的中校。他和其他人一起奉命审问臭名昭著的赫尔曼·戈林（Hermann Göring）（据埃里克所说，戈林从未知道他的真实身份）。他回到家乡汉堡——在这里，他们家族的名字依然极有分量——来收回自家银行的剩余资金。后来，他加入一个反纳粹的返乡人员群体，其中包括市长麦克斯·布劳尔（Max Brauer）。市长是希特勒上台前的社会民主党政治家，他的目标是恢复一个像样的政府，重建德国最重要的港口城市。埃里克很有魅力，有一种悦人的幽默感，而且是一个天生的乐观主义者，但却不会抱有过多幻想。我们相谈甚欢，他从美国人的角度看待德国局势，总是有一些有趣见解。我在他的晚年失去了他的音讯——他于1990年去世——但是命运注定的是，他的美国籍女儿玛丽和她的丈夫迈克尔·纳曼（Michael Naumann）将在很久以后成为我最亲密的德国朋友。

50年代初的德国使我吃惊。这个国家仍然处在重建状态，对本国在世界上的地位感到不安，渴望赢得西方的认可，但是国内却有很多残留物，提醒着人们记得那段不光彩的过去，也夹杂着人们对美好未来的无限希望。我遇到许多德国人，无论老少，他们都恪守西方的民主与法治，这反映出当时大多数人的主流情绪。但是，我也倾听到许多人的心声，他们对德国的落败自怨自艾、心生怨恨，他们对当时的主要问题和其他问题有很多极其矛盾的看法；还有一些人则完全退缩，在与外国人相处的过程中，自大和奴性的情结交替作祟。这让我大为恼火。

虽然极右翼有一小撮稍加掩饰的新纳粹党在地方选举中取得有限的胜利，但是康拉德·阿登纳总理正在把国家引向正确的方向，这一点毋庸置疑。在1953年的选举中，他领导的中右翼联盟共赢得四分之三的联邦议席。议会中有几个纳粹分子死灰复燃，他们的背景让我十分反感。所谓的"全德国党"则由来自民主德国的难民组成，他们并不是传统的民主党人，却也赢得大约6%的联邦议席。

民意调查显示，在1953年，57%的德国人对阿登纳政府表示满意。尽管如此，三分之一的人仍然希望维持以前的君主制，四分之一的人仍然对希特勒颇为认可。[20]大多数人认为希特勒及其党羽对战争暴行和针对犹太人的罪行难辞其咎，但同时也认为战争审判是不对的，不应该继续监禁在战争中被定罪的人，尽管很多囚犯已经得到刑期减免。

大屠杀显然仍然是最敏感的问题之一，但往往是谈话的禁忌。虽然政府已经向以色列提供补偿，而且正在——小心翼翼地、步履缓慢地——向从前的德国犹太人个人支付赔偿金，以弥补他们的财产和生命损失，但是很少有德国人愿意公开面对这个话题。到了1953年，大屠杀幸存者都搬离难民营，大多数人都离开了德国。只有少数犹太人选择留下来继续生活，最多有两三万人。

今天，不管是在德国国内还是在国外，只要是涉及犹太人

第三章 50年代 战后美国：学徒时代

和与犹太相关的事务，都会得到媒体的过度报道，民众对大屠杀的辩论无休无止。50年代初，情况则正好相反，那时候很少有德国人愿意谈论这些事情。事实上，纳粹对犹太人犯下的罪行过于触目惊心，而犹太人群和非犹太人群受到的创伤则过于鲜血淋漓，一时难以痊愈。双方似乎心照不宣地觉得，公众对大屠杀的谈论越是少一些，他们就越会好受一些。当这个话题的出现不可避免的时候——在我和别人的交谈中，这种情况的发生不在少数——人们总是面露尴尬之色，难掩悲伤痛苦，再辅以对以前犹太朋友和邻居的温暖记忆，不过略显仪式化（"你在纽约见过我的好朋友列维吗？"）。据我回忆，到目前为止，没有人承认他们知道纳粹统治下的犹太人将会遭遇这样的命运，大多数德国人坚持说可怕的罪行是秘密犯下的。

我很少听到反犹太教的言论（当然，我在场的情况下这是不可能的）。然而，随着反纳粹化的结束，许多人都回归工作岗位，没有人愿意公开地直面过去。事实证明，这个任务留给了几十年后的德国下一代人。

1954年夏天，我的工作完成了，离别的时候到了。我学到很多东西，我对德国的看法在很多方面都有改变。我看到了令人鼓舞的证据，表明这个国家正在稳步演变成一个民主的德国，而这种发展给人带来希望。然而，当时的联邦德国充满矛盾，我在那里从未真正感觉自在。我见到很多人全心全意地致力于建设一个不同的、更宽容开放的社会，但我在另一些人身上感受到奴性和缺乏公民勇气的一面，我对此深为厌恶，我一直感觉这与德国的民族性格有关。当时的德国是一个繁忙而努力工作的国家，但不是一个幸福或者特别吸引人的国度。那种曾经笼罩这个国家的沉闷气氛仍然没有完全消散，不断提醒着人们这里曾经发生过的一切，这令我非常难受。尽管我很高兴自己能够来到德国，但是除了把这里看作我出生的国度而心生亲密以外，我对这个国家没有更好的理解。如果说我有归属感的话，我感觉那也是对美国。我离开的时候祝德国人一切顺利，但在很多方面，德国对我来说仍然是一个陌生的国度。

近东旅行

回到普林斯顿，我的另外两个女儿吉尔和简在50年代降生，我们逐渐扎根于这个社区。得到博士学位以后，我接受了普林斯顿大学的一份初级教员的工作。倒不是出于我对学术事业的强烈渴望，主要是因为我需要一笔钱，而且很乐于接受教授们对我不言自明的信任。但幸运的是，除了在校园里的日常教学任务，我几乎立刻就应邀协助一群杰出的学者，完成一个雄心勃勃而且备受瞩目的研究项目，项目的标题非常醒目——"工业发展中的劳动问题的大学间研究"，从而使我在任教期间有机会到外国从事不寻常的"非学术"探险活动。

项目指导的核心人物是弗雷德·哈比森（Fred Harbison），他是著名的劳动经济学家，也是受人尊敬的学者。他是"学术企业家"这种特殊类型人物的绝佳例子，这在校园里难得一见。比起从事学术工作，他更热衷于组织并经营雄心勃勃的研究项目。

第三章 50年代 战后美国：学徒时代

他才能突出，善于筹集资金，然后把实际的工作分包给他一手创立的年轻教师网络。哈比森特别喜欢国际项目——我的这一猜想主要是因为他是一个对旅行上瘾的人，喜欢在平淡的校园工作之余乘坐飞机到异国他乡进行旋风式的旅行。这项大学间的项目是他最雄心勃勃的成就，这是一项伟大的事业，和他一样参与其中的学者有克拉克·克尔（Clark Kerr）（后来担任加州大学伯克利分校的校长）、来自哈佛大学的约翰·邓洛普（John Dunlop）（后来担任福特总统的劳工部长）和麻省理工的劳工经济学家查尔斯·迈尔斯（Charles Myers）。

这项为他们铸就梦想的研究遍布全球，涉及不同国家的一系列案例，研究在工业发展过程中培养熟练劳动力的机制。如果用一些外部观察家的狭隘观点来看，这个项目是一个巨大的费时费力却没有意义的事情，但是哈比森等人成功地说服福特基金会为这项昂贵的事业担保，基金会慷慨地赠予100万美元，从而使他们的一小队研究人员能够前往遥远的地方，做有关的实地工作。事实上，其中更有趣的是后来在伊拉克启动的一个项目，正是因为这个项目，我才被招致麾下。我的任务是花费几个月的时间——事后证明那是忙得不可开交的几个月——离开普林斯顿进行三次实地考察，研究内容是培训伊拉克人为国家蓬勃发展的石油工业输送人才。而在那时，伊拉克的石油工业依然被牢牢地掌握在英国人的手里。

这项工作是在世界上一个对我而言全新的、陌生的国家开展，非常令人兴奋。我原本的打算是为普林斯顿大学的一年级本科生上经济学课程，而现在我却连续数周身在遥远的中东，过着探险家一样的生活。我采访贝鲁特、大马士革和巴格达的学者、政客和商人,足迹遍布巴士拉、摩苏尔和苏莱曼尼亚的石油设施,会见英国石油公司的高管、来自得克萨斯州的码头工人和伊拉克员工。偶尔,我会冒着夏天的酷热去遥远的钻井平台,钻研尘封已久的记录,而到达那些平台只能依靠吉普车或者不安全的单引擎飞机。

50年代初是伊拉克历史上的分水岭,这里表面风平浪静,其实山雨欲来。伊拉克仍然是一个落后的不发达的国家,整个国家昏昏沉沉,仍然沉浸在部落的传统之中,由哈希姆王朝的一个分支统治——这种统治形式是英国人在20世纪的创举。伊拉克在世界事务中的意义重大,唯一的原因是因为其巨大的地下石油储备。虽然不同种族、不同宗教信仰和不同部族的人被人为地混合在一起,但这里表面上呈现出相对的稳定局面。尽管如此,我不记得曾经出现过任何明显预兆,表明即将发生巨大变化。伊拉克当然是以色列的敌人,但其他所有的阿拉伯国家也都以以色列为敌。国王和他的政府对西方基本上算是客客气气——这是彼时西方最看重的一点。没有人认为伊拉克除了作为"石油供应商"以外还会有其他重要的地缘政治意义,大家做梦都想不到有一天这个国家会成为世界上的大麻烦,美国总统会宣布这片沙漠地带是美国安全和世界和平的主要威胁,而且15万美军将在其城镇和沙漠地区陷入险境,这些事情谁都没有想到。

外表是可以骗人的。这个国家表面的平静于1958年被打破,当年国王和首相在军事叛乱中被谋杀,随后是10年的国内动乱,再接着是萨达姆·侯赛因统治下的复兴党人长达30年的血腥统

第三章　50年代　战后美国：学徒时代

治。这也许可以说明，在预测政治动态可能带来的风险方面，西方情报机构的表现一直不尽人意，现在如此，50年代的时候更差劲。然而，各国很难从过去吸取教训。当时，我们可能不了解伊拉克国内的事态发展。而过了40年，我们应该更加谨慎，抱着怀疑态度去看待一些想法，比如认为我们作为外来者可以控制当地的事件，或者认为在部落文化下建立民主政府是一项大有可为的事业。

事实上，麻烦的迹象已经出现。在我所研究的石油工业领域，就可以很好地探测到未来动荡的隆隆声响，只要你愿意用心去听。然而，虽然我的研究表明，巨大的变化即将发生，但仍然控制着油田的那些人似乎并没有意识到这一点，真是无知。

伊拉克的石油工业始于20世纪20年代，30年后，以英国为首的外国公司仍然把控全局。顶尖的技术和管理工作几乎都被外国人垄断，伊拉克人只能做次要的文书工作和体力工作，很少有"当地人"在做到较低的管理层职位以后继续更上一层楼。外国人在这里过着受庇护的美好生活，拿着可观的津贴，返乡享受长假，这可以让他们从艰苦岗位的工作中恢复元气。到处弥漫着一种明显的时代错位和殖民主义的气氛。外国人对地方员工的态度唤起了我对战前上海的记忆，这实在很怪异。在英国石油公司在基尔库克的俱乐部，他们在周六晚上盛装赴宴，畅饮杜松子酒和威士忌。而仅仅一墙之外，气氛变得焦躁不安，人们开始在墙上默默写下：有特权的外国人的好日子不会永远延续下去。不难看到，伊拉克人已经迫不及待地想要控制自己的工业。这几乎立刻打动了我，让我想起二战时中国的景象。真奇怪，英国石油公司高层中似乎没有人注意到这些变化。外国人尽管自私自利，家长式作风十足，但是对伊拉克工人的普遍看法并非完全不友好。他们的想法是：石油行业的要求高，技术含量也高，伊拉克人需要几十年的时间才能胜任这些任务。我不止一次地听人说起，阿拉伯人并不适合遵守工业纪律，他们的部落式态度与理性管理格格不入。

从访谈和人事档案中得到的证据反映出的现实多少有所不同。的确，第一代本地人由于受教育和经验的限制，只能做到不高的职位。然而，他们中一些人的儿子甚至当时就在欧美学习工程和管理，这也是实情。民族主义正在兴起，而且一目了然的是，这些儿辈迟早会得到控制权，并显示出他们有能力处理好自己的事情。

事实上，接下来发生的就是这样，西方总是低估外国文化对现代经济需求的适应能力，他们一贯如此，令我十分惊讶。在当今全球化的世界里，很少有人会怀疑这种适应能力。几十年后，在中国、印度和巴西等地，人们迅速适应了现代经济的需求，其速度令许多人惊讶。但是，对我来说，早在伊拉克期间，我就学到这样一个经验：如果仔细观察证据，并对既定思维和陈词滥调提出疑问，就会得到回报；无论这些既定思维和陈词滥调此前重演过多少次，人们多么深信不疑，都不例外。

结束学术生涯

返回普林斯顿后，我还是很喜欢我的校园朋友，喜欢知识分

第三章 50年代 战后美国：学徒时代

子那种彬彬有礼的氛围，但是只从事学术已经不能令我满足了。我想参与实际的活动，最好是在公共生活领域（大学里象牙塔似的环境对我来说有点脱离现实）。我的目标仍然是为政府工作，但问题是共和党人掌权的华盛顿政府不是令我向往的地方，在艾森豪威尔于1956年以压倒性优势获胜后，同样的局面至少又持续了四年时间。然而，就在那时，命运之手的关照——这样的事情在我的一生中屡屡出现——让事情发生了完全出乎意料的转折。这使我离开学院，去"象牙塔外"寻找刺激，也许冥冥之中一切自有安排。我只是料不到，我去闯荡的是国际商业领域，而不是公众服务领域。

一切开始得不同寻常。一次，我正在伊丽莎白女王号[21]邮轮上和别人下棋。我结束了欧洲的研究工作，正在回家的路上。当时，飞机出行并未普及，而且坐船横渡大西洋的方式颇为舒适，仍然是常见的选择。我当时在研究美国跨国公司在国外的机构如何最大限度地发挥其竞争优势，这涉及采访一些美国首席执行官。其中有一个人非比寻常，持有的观点也与正统观点迥然不同。他自学成才，但是非常聪明，而且非常成功。他经营一家制造公司，产品涉及很广，其中包括"皇冠瓶盖"，工厂设在世界上的十几个国家。我们在伦敦乘坐港口联运列车的时候再次相遇（纯粹是偶遇——我错过了要换乘的车次，结果上错了车）。在出海的第一天，身在头等船舱的他邀我和他一起喝茶，接下来又约我下棋，结果，在后来的几天，我们俩没完没了地下起棋来。

赫尔曼·金伯格（Herman Ginsburg）是皇冠瓶盖国际公司的总裁，棋艺技高一筹，他能轻而易举地赢我。我注意到，他一边在棋盘上把我杀得片甲不留，一边熟练地探查我过去的经历，而我还没来得及问出他的商业哲学。他是精明的谈判者，可以用第六感探知对话者的动机。就像下棋一样，在生意上他也总是谨慎地计划下一步的动作，很少给别人留下可乘之机。他喜欢赢——但是会避免正面攻击，更喜欢寻找对方的弱点并间接实现自己的目标——他就像一只戴着天鹅绒手套的铁手。他把我从普林斯顿吸引到他的公司时所用的方法就符合他的这种行为模式。

"告诉我，为什么像你这样雄心勃勃的年轻人更喜欢坐在大学校园里研究别人做什么，而不是通过自己行动来检验自己的勇气？"有一天，他若无其事地问我，就好像突然有了这个想法一样。考虑到我当时的心境，他的问题正中下怀。他说，一家生产瓶盖的公司听起来太普通，想要学习现实世界怎么运转的人可能看不上。他看透了我心里的想法，接着再下一招，说产品本身不重要，重要的是建立一个可盈利的全球化组织。然后，他顺便问我是否知道公司的报酬，以及普林斯顿大学一名初级教授的薪水是多少。

后来，他欣然承认，他觉得我对那时候的学术生活赞不绝口，而他觉得这番说辞流于空洞。一旦他决定要雇用我，他的进攻策略就变得非常明显。因而，事情顺理成章。就这样，短短几周时间过后，我短暂的大学生涯就此结束。我开始从事自己第一份国际商务工作。

* * *

当我决定离开普林斯顿加入皇冠瓶盖国际公司的时候，我在

第三章　50年代　战后美国：学徒时代

学校的朋友感到诧异而困惑。我放弃了获得终身教职的机会，却在那么多的选择之中选择了一家制造瓶盖的公司，这让他们觉得很奇怪。而我认为这是一次全新的冒险机会，去尝试一些完全不同的东西。家里有三个幼小的孩子，我现在的报酬几乎是在普林斯顿时的三倍，这似乎是个皆大欢喜的变化。

我在皇冠瓶盖国际公司度过了四个紧张而又疯狂的年头，做的工作绝对不算是普通的公司入门级别。金伯格几乎没有向我透露我会面对什么样的工作，但是有一些话他说得很对。没错，尽管制造瓶盖看起来很平常，但是管理一家大公司与产品本身的关系并不大。对我来说，新的挑战是学会在这个极不寻常的环境中成为一名有效的管理者。公司的经营反映出的最重要的一点，就是这位主宰公司的老暴君的风格和个性。成为这个组织的一分子，并在这里获得成功，其重要性超越了我们生产和销售的产品本身的意义。

我的新老板是个自力更生的人。他14岁辍学，从一个工厂工人起步，上夜校获得法律和会计学位，再通过坚持不懈、智慧过人和辛勤工作，一步步走上巅峰。他身材矮小，外表不讨喜，作为一个犹太人，在一家非犹太人的公司里工作，而那时美国公司里的反犹太偏见还很普遍。他在公司里的级别越做越高，不是因为公司对他青睐有加，而是因为公司需要他。他成就非凡，受人尊重，不过也因为头脑聪明而遭人嫉恨。金伯格知道别人对他的嫉恨，这在很大程度上塑造了他的性格和观点。他变得愤世嫉俗，不信任任何人，总是怀疑竞争者的动机，对朋友的动机也是疑神疑鬼。学会和他相处成为我最艰难和最苛刻的挑战之一。

尽管金伯格才华横溢，但他却是一个十分矛盾的人。一方面，他聪明过人，是我遇到过的人里分析头脑最敏锐的人之一，关注细节，对商业机会有敏锐的眼光，是一个天才企业家。另一方面，他的怀疑使他成为一名糟糕的管理者——总是过分地警惕别人的动机，时而过分谨慎保守，对别人很容易情绪激动，冲动的火气一点就着。因为他不信任任何人，甚至连最细枝末节的工作，他都无法分配给别人。这么多年以来，他几乎一直单打独斗，才把皇冠瓶盖国际公司打造成一家大型控股公司，利润丰厚的制造子公司网络遍及十几个国家。他手下只有几个书记员和文员，甚至都没有设置一个可以分担重任的下级主管。直到最近，他才意识到自己在帝国里高高在上，但是它的组织却乱得不可开交。

在很长一段时间里，他拒绝招聘额外的管理人员，即使把此举理解成谨慎行事，那他等待的时间也太过漫长了。最后，他莫名其妙地选定了我这个没有管理经验的31岁学者，以此作为应对之策，实现他所谓的"组织变革"。接下来，我们之间的关系变得很特殊、激烈，而且极其个性化。我们两个人更像父子，而不太像正常公司环境中的上下级关系。对他来说，他对这个过程既不习惯，也不能在情感上适应。而对我来说，在他手下的四年时间里，工作极其苛刻，常常令人沮丧，却总是充满挑战性，但这是一段不寻常的紧张的学习经历。

没有商学院或者为期十年的"正常"经验可以让我为金伯格的要求做好准备。我从他那里学会像律师一样做事，懂得要"了解自己的辩护状"——在谈判中做比谈判桌另一端的人更充分准备的重要性。如果说他有首要规则的话，那就是这一条。有朝一日，当我身处华盛顿时，我会感激从他这里学会的经验。他很强硬、不好沟通、经常惹人恼火，但是说到底，他教会我很多东西。他把很多他应该自己做的任务交给我去做，并且无情地、经常是非理性地追踪进程。但是，这些最终给我打下一个全面的基础，内容涉及国际贸易和金融方面的实践，还有发展中国家的经济和商业实践的现实情况。通过与他共事，我学会如何组织和设定目标以及如何招聘、激励和评估员工。总的来说，皇冠瓶盖国际公司的差事是一项艰巨的任务，但是这项工作教会我很多关于国际事务的知识，正是在那里，我第一次学会如何成为一名出色的经理、国际谈判代表和领袖。

艾森豪威尔的50年代

与此同时，在50年代的大部分时间里，艾森豪威尔掌权时的美国非常富裕。而重要的变化正在悄然发生，改变着美国社会，社会的缺陷正在成倍增加。社会安全保障金很低，在健康、住房和教育方面的社会福利也远远不够。种族歧视仍然是美国主要的为人诟病之处，结束种族歧视的过程缓慢不堪。政客肆无忌惮，利用人们对国内颠覆的恐惧，把公民自由置于危险的境地。在冷战时期，双方对峙的"前线"通常更多是在国内消费问题上，这不能反映现实的严峻，事情偶尔会危险到濒临失控的地步。

1956年，匈牙利十月事件的发生，粉碎了斯大林死后两大阵营冰释前嫌的希望。法国在越南被打败。菲德尔·卡斯特罗（Fidel Castro）在古巴上台，为他欢呼的只有苏联。在远东，台湾和韩国仍然是挑动神经的敏感地区。约翰·福斯特·杜勒斯（John Foster Dulles）这位艾森豪威尔政府的国务卿才华横溢，但是自以为是、固执己见，他谈到"痛苦的重新评估"和"倒退"取代了美国外交政策中的遏制策略。

伴随着这些反复出现的国际危机，美国人的情绪被牵动起来，主要的全国性趋势长期占据新闻头版——例如争取公民权利和关于公民自由的争议——总是有人不能理解这些话题的长期意义。南方继续想方设法维持"隔离但平等"原则。距离1954年做出的那项具有里程碑意义的决定已经过去3年，但是只有12%的学区实行了合校教育，并且在不少于7个州中，没有一个黑人孩子被白人高中录取。全国所有符合条件的黑人中只有四分之一的人成功进行了投票注册。[22]黑人和他们的同情者不满足于这种有限的进步，结果导致马丁·路德·金领导下的和平抗议的规模变得更大。亚拉巴马州的蒙哥马利隔离区的5万名黑人居民发起抵制运动，1955年的公交车制度，华盛顿的大型群众集会，还有南方的午餐柜台静坐事件，所有这些事件将全国的注意力都集中到种族问题上。尽管杜鲁门公开表示同情黑人的要求，并且积极支持他们，但是他的继任者有一个更微妙的观点。艾森豪威尔曾经对大法官说过，他很担心让白人女孩和黑人男孩共处一间教室这种想法，他终其一生效忠的军队一直都实施严格的隔离。[23]而且，他天生就是个极有耐心的人，喜欢循序渐进的做事方式。从他行动中表现出的活力不足就可以看到这一点。然而，他也坚信宪法和法治。因此，尽管他经常因为动作缓慢而受人诟病，但是当法院的法令被阿肯色州的州长奥瓦尔·福伯斯（Orval Faubus）公然蔑视时，艾森豪威尔选择派军队护送黑人学生进入小石头城的白人高中。而此前经过了一场异常激烈的群情激昂的对峙，全国人民也对此持续关注了好几天。自由派一度为总统欢呼。

*　*　*

结束种族歧视的运动是为了确保美国一个群体的宪法权利。害怕国内颠覆是50年代的另一个大问题，涉及捍卫所有人的公民权利。这两个问题都容易使人情绪波动，都置国家于分裂的危险之中，但是最终，前一个问题得到妥善的处理，而后一个问题有时候招致了恶毒的争议。争议的焦点在于如何既有效打击颠覆阴谋，同时又保护个人公民权利。这种争议毒害了国内的气氛，留下了需要很长时间才能愈合的伤疤。

甚至早在第二次世界大战爆发之前，对共产主义的恐惧在美国就已经深入人心，并因此诞生了一个非美活动调查委员会[①]，这个委员会负责调查所谓的国内颠覆。冷战和朝鲜战争催生了这个机构和类似的调查机构。到了50年代，这些机构成了博取公众关注的政治家们的聚会场所，在对好莱坞、媒体、教育和各种政府部门的调查中，他们不惜对证人进行欺凌与恐吓。很快，任何人和任何事都不能逃离他们的调查。揭发间谍、亲共者和真正的颠覆分子是他们的工作，但讽刺的是，他们使用的手段是牵连定罪，

---

① 1938年，美国国会众议院设立临时性非美活动调查委员会。——译者注

这侵犯了证人的宪法权利。

事实上，找出颠覆分子只是他们的一部分目标。在更广泛的意义上，他们鼓吹一种顽固的伪保守主义，通过猛烈抨击美国社会中朦胧的"社会主义"，把对"赤色分子"的追捕作为对当权派的攻击。他们声称，两党中都有"社会主义"的推动者，而他们是一些"出身富贵的人"[24]。在很长一段时间内，很少有人敢于公开反对这些狂热分子。公众惊慌失措之余分成了两派：一派人相信这些狂热分子；另外一派人害怕、憎恶他们，却不敢轻易说出来。杜鲁门和艾森豪威尔两任总统都曾经试图用收紧的安全法规来安抚这些狂热分子，但都以失败告终，而且激起了他们更过分的行为。

这些人中的主要代表是来自威斯康星州的参议员乔·麦卡锡（Joe McCarthy），他恐吓全美并依靠这个话题一举成名。一直到1954年，他终于玩火自焚，名誉扫地，像当初火速成名一样，突然就从政治的聚光灯下消失不见。但是，为时已晚，"麦卡锡主义"——以及它所有的支持者——已经造成巨大的破坏，并从此成为美国词汇中一个令人不快的字眼。麦卡锡是一个技巧高超的煽动家，他越来越离谱的指控毒害了整个国家的气氛，削弱了国务院，损害了美国的国外声誉。对大学校园提出的忠诚宣誓的要求扰乱了学术机构，违背了学术自由的准则。麦卡锡为什么可以猖狂这么久？原因在于，至少在一段时间内，那些颇受人尊重的保守派发现他是攻击自由主义对手的有效盟友，所以把他当作一把枪，来实现自己的政治目的。

他的大部分指控内容从未得到证实，却毁掉了许多人的事业，并使很多人遭受不公正的对待。真正的间谍偶尔被揪查出来，然而没有一次是他的功劳。

* * *

50年代即将结束的时候，麦卡锡销声匿迹，但是对抗种族歧视的战斗并没有结束，而且愈演愈烈。马丁·路德·金和他的支持者采取更加激烈的方式，迫使政府采取行动，而人们的不耐烦情绪与日俱增。即使是怀有善意的人们也劝大家耐心一些。威廉·福克纳（William Faulkner）自己并不是种族隔离主义者，他公开提出警告，称不要强迫他的南方同胞接受迅速的变化。许多人虽然对黑人表示同情，但是也同样不愿意加快步伐。

然而，零零散散地，局面开始有了突破。1955年6月22日，普林斯顿大学宣布查尔斯·T.戴维斯（Charles T. Davis）成为第一位黑人教员，他是一位来自纽约的37岁学者。这一事件成为全国的头条新闻。同样的爆炸性新闻还有纽约航空公司成为首家雇用黑人机组人员的航空公司。艾奥瓦大学的学生史无前例地推选17岁的黑人女孩成为"校园女王"。慢慢地，更多的黑人被全白人的学校录取，学校合并，更好的工作岗位也对黑人开放，住房歧视屡次在法庭诉讼中败下阵来。然而，限制性住房契约的现象仍然很常见，许多没有恶意的白人因为害怕自己的财产贬值，所以继续遵守这些契约。甚至于有人爆料说尼克松副总统位于华盛顿的房子的契约也包含同样的条款，这令他颇为尴尬。尽管他解释自己认为这一条款无法执行，但于事无补。

种族问题仍然对我有着特殊的意义,这一点要感谢米尔斯。在50年代后期的普林斯顿,我明白改变根深蒂固的态度是多么困难。这个城镇以长期拥有自认为和谐的种族关系而自豪。10%的居民是黑人,大多数在白人家庭里做工或者从事其他的低级别工作。而且任何人只要努力回想,就会记得这些黑人安静地生活在靠近市中心的几条小小的街道上。他们的房子很小,有的房子很寒酸,但大多数房子还不错,所在的地段——不是法律规定,而是受到习俗和经济的限制——事实上就是黑人聚居区。在那里,他们参加自己教堂的活动,在专门为他们服务的小商店里购物,他们的孩子上一所大多数是黑人的小学。偶尔地,他们也去白人的教堂,这有利于让所有人有种良好的感觉。在市政事务方面,黑人也有一定程度上的参与。但是,除此之外,普林斯顿的黑人和白人的活动路线虽然平行,却是在两条分开的轨道上。

黑人居住在城市"更好"的地段并与白人为邻的情况很少发生。黑人根本无法负担得起房屋价格,限制性的契约也会让这种情况难上加难——房地产经纪人很擅长预防此类情形。但是,时代在改变。普林斯顿逐渐成为郊区的一部分,去纽约和费城上班的人搬进城里。少许黑人中产阶级出现在火车站台,和白人一起等候早班火车。他们比在普林斯顿长期居住的黑人接受过更多的教育,经济上更加富裕,小镇的黑人区不在他们的考虑范围之内。但是,问题在于,更好的房子房源紧张——黑人几乎拿不到房源。根据从前的经验,当一个黑人家庭搬进来,白人就会离开,房地产价值就会暴跌。出于对经济损失的恐惧,建筑商、业主和经纪人合起伙来，总是能找到不卖给黑人房子的办法。

所以，在1955年，我加入一个志同道合的民间团体，下定决心解决这个问题。我们是这样想的：我们的团队，也就是普林斯顿住房协会，将采取措施，积极招募承诺出售房屋给所有购房者的"开放式住房"的建筑商，而普林斯顿住房协会将理顺社区之间的关系，鼓励白人和黑人都去购买房子，借此揭穿别人争论的混合住房在商业上行不通的谎言。

但事实证明这项工作远比我们预想的复杂得多。在接下来的五年时间里，在经历每一次新的失望和挫折时，我的眼前都会闪现米尔斯那种听天由命、愤世嫉俗的神情，以及克里夫·怀特的愤怒眼神。花了两年时间，经过无数谈判，我们才找到一个"特立独行"的建筑商愿意冒险一试。银行家们不愿意提供贷款，房地产行业认为我们是理想主义的傻瓜。而房屋陆续开始建造，找到愿意在混合社区居住的白人和黑人家庭才是难上加难。他们嘴上说得好听，但是十分害怕，不愿意成为混合社区的实验品。我们费尽口舌，使尽全身招数，最后才找到愿意购买的人。24座房子都已经建好后，我们又花了一年多时间才把它们卖掉。最后，我们的实验取得成功，虽然付出大量社区方面的努力，我们甚至制定了自己的"规则"——确保一半以上的房子由白人心甘情愿地购买并愿意坚持到底，同时保持黑人购房者稍微少一些。

今天，我经常路过那些房子。原来的房主早就不在人世。到了21世纪初，这些20世纪50年代的问题也成为一段遥远的记忆。我不知道现在有谁住在那里，很少有普林斯顿居民记得这曾经是一块打破种族隔离的实验地。然而,普林斯顿住房协会当时的经历是全国人民与歧视作战的真实写照。这次经历也让我第一次真正体会到,克服由来已久的做法和根深蒂固的偏见到底有多么困难。几年后,在1964年的那个晚上,当我与汉弗莱一同庆祝的时候,普林斯顿的这段经历依然记忆犹新。

50年代,我终于如愿以偿地加入了普林斯顿民主党俱乐部。在那里,我与当地的党派政治有了第一次的接触,学到课堂上不会传授的知识,但这些对我以后的政府工作大有用处。比如,"所有的政治都是地方性的",这句话非常有道理,这是众议院前议长蒂普·奥尼尔(Tip O'Neill)经常引用的一句名言。再比如,我未来的老板兼导师乔治·鲍尔(George Ball)最喜欢给别人的一条建议——虽然愤世嫉俗但无比真实——"在每一个原则立场的背后,通常都隐藏着某种特定的私利"。或者正如已故的参议员拉塞尔·朗(Russell Long)喜欢提醒我的那样,在政治上,"一切完全取决于谁的公牛即将被刺死"。

民主党俱乐部在当地的消防站召开会议,人员形形色色,有自由活动家、大学的知识分子、当地工人,还有黑人——这像一面完美的镜子,反映出选民联合,而选民们的支持使民主党在罗斯福和杜鲁门的领导下在华盛顿执政多年。同是民主党人,他们的动机却不同,我们花费大量时间平衡他们的关注点和寻找足够的共同立场,以此促进民主党的利益。

大学里的人不喜欢艾森豪威尔对待种族问题的谨慎态度,也反感他对激进分子不紧不慢的安抚行径。大家感叹着约翰·福斯特·杜勒斯在任时那些绝不让步的言辞。大学里的人关注国家大

第三章　50年代　战后美国：学徒时代

事，在1956年的总统竞选中，他们惊艳于艾德莱·史蒂文森[①] (Adlai Ewing Stevenson) 对美国人民陈述道理时言语中流露出来的优雅之风。但他最终惨败，这令选民们非常沮丧。

镇上的居民对这类事情充其量只是嘴上说说。他们主要的兴趣点是为城镇级别或者县级别的亲朋好友拉赞助，热心于办理卖酒执照和市政规划委员会的各项决议。信奉麦卡锡主义的人不在少数。当黑人在种族问题上与自由主义者结盟时，其他的白人显然对住房和工作一体化毫不动心。如果说他们关心点什么的话，那就是他们把黑人的诉求看作对他们的个人威胁。赢得地方选举才是最重要的，因为这给他们带来的好处虽小，却实实在在。当我们齐心协力地争取地方和全国选举选票时，有不少"城里人"可能把票投给了艾森豪威尔，但是很少有人承认这一点。

用内部角力照顾到每一个群体，要小心平衡俱乐部官员和地方候选人的名单——那么多的爱尔兰人、意大利人，偶尔有一个"书呆子"或者黑人。这是美国两党制放之四海而皆准的做法。在皇冠瓶盖国际公司，赫尔曼·金伯格教会我谈判的艺术；在消防站，我会得到足够的机会，运用这些技巧来仲裁争端和解决利益冲突。了解到"谁的公牛即将被刺死"有助于让整个系统发挥作用。我喜欢挑战，而且我渐渐发现自己可以很好地应对挑战。但我一直梦想着有一天我可以在更广阔的舞台上验证自己的能力。

[①] 艾德莱·史蒂文森：美国政治家，以其辩论技巧闻名，被誉为当时仅次于温斯顿·丘吉尔的天才。曾于1952年和1956年两次代表美国民主党参选美国总统，但皆败给艾森豪威尔。后被任命为美国驻联合国大使，在古巴导弹危机中发挥了重要作用。他从来没有当上总统，却被他的支持者称为"美国从来没有过的最好的总统"。——译者注

第四章

60 年代

华盛顿

第四章 60年代 华盛顿

"白宫来电"

随着1960年11月肯尼迪当选总统，美国的政局发生了翻天覆地的变化。民主党人重新掌权，新的总统是一位魅力四射的领袖——时年43岁，是有史以来最年轻的白宫主人[1]，接替艾森豪威尔总统，而后者是当选的最老的总统之一。

我怀着极大的兴奋之感关注政坛动态。肯尼迪雄辩的言辞令我备受鼓舞。除此之外，鼓舞我的还有由民主党掌舵的积极政府一派光明的前景。对我和我的朋友来说，在艾森豪威尔的领导下，国内外的重大挑战迫在眉睫，而美国却一直停滞不前，留下太多悬而未决的问题，也错过太多的新机遇。

美国在50年代增加的人口超过5 000万，这种无异于爆炸式的增长为战后的美国社会带来深远的影响。内陆城市和农村地区日渐衰败，随着白人搬离城市，来自南方的黑人填补进来，结果郊区人满为患。在哥伦比亚特区，黑人现在占到人口的一半以上；在底特律和费城、芝加哥和圣路易斯等北方大城市，黑人占到人口的三分之一。

生活水平大幅提高，但是收入分配不均。城市内部仍有大量的贫困黑人，他们面临教育和就业方面的各种问题——住房条件差、找不到工作和种族歧视。另外，在繁荣的郊区地带，需要修建更好的道路、学校，并急需找到应对技术型失业影响的方法。超市和大型连锁店正逐步取代小商店。自谋职业曾是美国社会的传统支柱，现在则日渐衰退。和以前相比，更多美国人在大型公司里工作。

这些就是摆在新总统面前等待解决的国内问题。而国际问题同样紧迫。冷战愈演愈烈：发射人造卫星的剧变使美国丧失技术领先地位。日本作为经济力量崛起，不容忽视。欧洲经济共同体不断发展，这种历史性的发展需要美国采取新的举措抵制强有力的保护主义，而保护主义的势力在大西洋的两岸随时可见。许多新独立的非洲和亚洲国家成为东方和西方意识形态的战场。在离美国更近的地方，卡斯特罗刚刚接管古巴，整个拉丁美洲迫切需要得到经济发展方面的援助和更有利的贸易机会。

这位充满活力的新总统应运而生。他散发出活力、热情和自信，承诺要让白宫成为"重要的行动中心"，满足全方位的国内需求并面对全球性挑战。为此，他组建了20年来最年轻的内阁——

第四章 60年代 华盛顿

除了一个人以外，全部内阁成员都出生于20世纪；在第二次世界大战期间，其中的大多数人都已经成年。这正是我这一代人啊。媒体报道了雄心勃勃的猎头计划，称要招募最聪明和最优秀的非正式顾问成员、白宫工作人员和重要的海外人员。泰德·索伦森（Ted Sorensen）成为肯尼迪的首席助理。[2]来自学术界、商业和公共生活领域的全国知名人士加入肯尼迪政府，星光熠熠——艾德莱·史蒂文森、乔治·凯南（George Kennan）、爱德华·R. 莫罗（Edward R. Murrow）、切斯特·鲍尔斯（Chester Bowles）、约翰·肯尼斯·加尔布雷斯（John Kenneth Galbrait）、亚瑟·施莱辛格（Arthur Schlesinger）、埃莉诺·罗斯福（Eleanor Roosevelt）等，还有至少15名罗德学者遍布华盛顿的各个部门和海外岗位。国务院更是人才济济，甚至连埃夫里尔·哈里曼（Averell Harriman）和G. 曼宁·威廉姆斯（G. Mennen Williams）这样的名人也只能屈才接受第三等级的职位，毕竟两人都是前任州长，哈里曼更是罗斯福和杜鲁门的长期高级顾问。每个人似乎都迫切地想响应肯尼迪的"新边疆"①号召。

我此前从未见过肯尼迪，但是早在选举之前，我就已经下定决心，不管怎样，我也想成为"新边疆"的一分子。肯尼迪在一次竞选演讲中说"所有那些相信、想加入我们政府的人……不是因为我们将为他们做什么……而是因为有这个机会……为我们的国家奉献"。听到这些话语，我感觉自己受到召唤，需要负起自己

---

① 美国总统肯尼迪于1960年7月在洛杉矶接受民主党总统候选人提名演说时提出的政治口号，后被历史学家用来称呼其国内施政纲领。——译者注

的职责。在俄克拉荷马州的另一次演讲中,他说"新边疆"是"我们所有人为国奉献的机会……在这个困难和危险的时代",他说的话进一步点燃了我的想象力。这正是为理想主义政府效力的机会。最初,我去伍德罗·威尔逊学院求学,就是为了得到这样的机会,现在,我迫不及待地渴望抓住这个机会。

肯尼迪说出了我的心声,而像我这样的人有千千万万。肯尼迪的言辞把理想主义和奉献合二为一,人们纷纷响应。我在皇冠瓶盖国际公司的工作报酬丰厚,换一份政府公职将意味着我的收入减半,但是以当时的兴奋程度来看,这几乎像是某种荣誉徽章。政府工作方面的竞争很大,被选中的可能性也很低。在总统就职典礼很久之前,我开始寻求一份政府工作——几乎什么工作都行。胜算还不好说,后来实际发生的一切超出我最大胆的设想。

* * *

"白宫来电。"1961年2月的一个早晨,我在皇冠瓶盖国际公司的秘书向我宣告这个消息,声音中难掩兴奋。

这句话自带魔力,我为此苦苦等待了好几个星期,几乎不敢奢望我真的能听到这句话。而这通电话中自称白宫人员的是拉尔夫·邓根(Ralph Dungan),他是我在普林斯顿大学的同学,现在是肯尼迪的助手,在总统办公室附近的一张桌上办公。我的运气真是太好了,因为这位快乐、聪明、坚定不移的爱尔兰人负责筛选候选人以填充几百个非正式顾问岗位,每届新政府都指派自己

第四章 60年代 华盛顿

党派的人员来补充这些职位的缺口。[3]

从一开始,我就告诉拉尔夫,我非常乐意做任何工作,对此他不需怀疑。现在他居然提出建议,说可能真的有适合我的职位。"我不能轻易承诺。"他提醒我说,"但是让我们看看你可能适合做些什么。早上来我的办公室。东门入口的警卫那里会报备你的名字。"

第二天,经过一个难眠之夜,我第一次穿过白宫大门,来到拉尔夫的办公室。然后,肯尼迪新内阁里的高级成员面试了我,这些都是我久闻大名的人物,他们对我的面试持续了两天,面试过程令我兴奋不已。据拉尔夫说,肯尼迪希望"新鲜血液"参与新政府的对外经济政策方案。这正是他认为适合我的工作。大力发展西方联盟、拓展世界贸易就是目标之一。肯尼迪在他的就职演说中所呼吁的两件事是另外两个目标,一个是与拉丁美洲组成争取进步联盟,另一个是惠及非洲和亚洲新独立的前殖民地国家的美国援助和贸易倡议。对外援助的新途径是肯尼迪的规划中的一个重要组成部分,对第三世界具有重大政治意义,而在第三世界的旧秩序分崩离析之后,那里成了苏联和西方争夺影响力的战场。最后,美国的国际收支出现长期赤字——流出去的美元多、流进来的美元少。总统担心这会慢慢耗尽我们的黄金储备,希望有新的思路和想法。

迪安·腊斯克(Dean Rusk)被任命为国务卿,切斯特·鲍尔斯为副国务卿。作为艾德莱·史蒂文森的朋友和法律伙伴,乔治·鲍尔得到国家最高的经济职位。在名为"国际发展"的新机构里,哈利·拉布伊斯(Harry Labouisse)正在重新规划对外援助。据拉尔夫说，需要一些外来者加入，与那些经常墨守成规的外事服务专家进行交流：他们对肯尼迪的忠诚比不上他们对外事服务本身的忠诚，他们对每一个新的解决方案都挑三拣四。拉尔夫为我预约了和新成立的国际经济团队的三位新领袖之间的会面，说了句"祝你好运"，我就这样去赴约了。

几年前，我还在上海的美国领事馆外怯场。那时候，单是获准进去和签发签证的初级副领事见上一面，都算是一项莫大的成就。现在，我身在白宫，整个人既紧张又兴奋，等待着两天后的第三次面试，那将是在国务院的七楼，那里是美国外交政策的圣殿，接见我的将是乔治·鲍尔，他是国务院的三号人物。

一天前，面试我的人是拉布伊斯和鲍尔斯。前者令人愉快，但说话模糊笼统、不够具体。然而，鲍尔斯为我花了一个多小时。他先是问了几个皮毛问题，然后带我进行了一次轻松的全球问题之旅，特别强调欠发达国家的困境，还有发生在亚洲和非洲的"期望值上升的革命"——这是他的说法。他暗示说，如果我愿意致力于这些问题的解决，合适的工作邀约随时都有。

我离开的时候，深受鼓舞，很看好自己得到一份工作的前景，但也感到迷惑不解。尽管如此。鲍尔斯是我当时见过的最重要的大人物。他在战时的华盛顿是一位高级行政长官，也是前州长和前国会议员，当他被任命为国务院副国务卿的时候，他得到了广泛的赞誉。在欧洲和其他地方有这么多重大的外交政策问题悬而未决，他却做了一番关于第三世界的冗长演讲，这着实令我感觉奇怪不解。

我后来发现鲍尔斯一贯如此，他是肯尼迪内部圈子中的悲观

第四章 60年代 华盛顿

分子，或者称其为自诩头脑冷静的现实主义者更合适。其他人很快就会把鲍尔斯作为典型的模糊自由主义者而不予理睬，觉得他过于理想主义、不够现实、沉迷于陈词滥调，只熟悉崇高的原则，却不擅长在现实世界中采取强硬的行动和决策。后来，我结识了乔治·鲍尔，他讨厌陈词滥调，有一种顽皮的幽默感。他将鲍尔斯常常挂在嘴边的"期望值上升"叫作"吐痰上升"①，还说他是"一个过于高尚的人，不适合过这种官僚主义丛林中的生活"[4]。

结果，很幸运的是，我不用在他手下工作。他作为副国务卿的任期很短，这一年还没结束，鲍尔就取代了他。[5]几个月前，我接受了鲍尔指派的工作，他是一个非凡的人，成为我在华盛顿的上司和导师，最后成了我在普林斯顿的邻居和密友。他教会我很多关于政府工作的学问，深刻地影响了我的政治态度和职业哲学，这一点没有人可以与之相提并论。

* * *

鲍尔最近才被安排进入庄严的七楼办公室，而我在那个二月的早晨被他传唤到那里。他的身高超过1.8米，身形魁梧，衣着优雅。这位负责经济事务的新副国务卿是个重量级人物。他的办公室是我见过的最大的办公室之一，但是他身处其中，看起来浑然一体，似乎他生来就属于这里。前厅有三个秘书忙着打字并管理着一排电话。办公室里面，成堆的文件、书籍高高地堆在一张大桌子上，

---

① 在英文中，期望值（expectation）与吐痰（expectoration）很相似。——译者注

还有一些散落在周围的地板上。有人非常看重整洁和秩序,但是这位经济部门的副国务卿显然不属此列。与此同时,助手们匆匆忙忙地进进出出——每次出现都是一小队人马——好几次,他们必须要接听电话或者打电话,我就只能稍等片刻。

我不记得面试的细节,只记得鲍尔提前对我进行过了解,只记得我们从一开始就一拍即合,只记得他当场就给了我一份工作——或者更确切地说,他给了我两份工作,供我选择:我可以直接在他手下做助理,也可以去两层楼下的经济事务局做副助卿,从事国际商品政策方面的工作。他解释说,问题在于拉丁美洲和其他发展中国家严重依赖商品出口,而这些出口长期供大于求,因此遭受价格剧烈波动的影响。总统希望向拉丁美洲提供更多的援助,但是只要世界的咖啡价格下降几分钱,就足以抵消提供的经济援助。我的任务是找出解决这个问题的可行方法。

如果当时的我刚刚大学毕业,只懂得校园里各自为政的那一套,对等级界限了解不多而且模糊不清,也许我就有可能选择为位于七楼的副国务卿工作,成为他的一名职员,毕竟这里是高层人士云集的国务院的神经中枢。但我在皇冠瓶盖国际公司的经历让我看清:即使是较低级别的直线职权,也和接近管理顶层的职位有着明显的差异。此外,我还注意到副国务卿已经有了相当数量的此类助手。我明白自己喜欢管理,而我就是这样选择的。

就这样,两个月之后,我的梦想成真,而实现的方式比我想象的更具戏剧性。我和鲍尔握了手,之后在1961年4月3日,我

第四章　60年代　华盛顿

宣誓就任负责经济事务的副助卿。我时年35岁,是得到任命的级别里最年轻的人之一。此时,距离我作为一个无国籍难民首次踏上美国土地,时间才过去区区13年。

一位伟大的美国人

在为政府效力的长达10年多的时间里,我历经三届政府,遇到很多天赋异禀的人才。但是,毫无疑问,乔治·鲍尔——60年代美国外交政策确立中的泰斗人物——最引人注目。他让我明白何为公共政策问题工作,他在政府工作中表现出正直、务实的理想主义。直到今天,他依然是我的榜样。

从1961年开始,在接下来的7年多时间里,鲍尔将为国家做出杰出贡献。在肯尼迪和约翰逊的核心顾问集团里,他是一名有先见的、毫不畏惧的顾问。他经常打胜仗,有的时候,虽然不幸落败,也打得很漂亮。有的时候,他会犯错,但是在更多的情况下,他都是对的。后来发生的事将证明他的正确性,即使在他的建议没有被采纳的时候也是如此。1976年,吉米·卡特(Jimmy Carter)认真考虑过任命他为国务卿,却因为错误的原因没有这样做。这是一个巨大的遗憾。鲍尔本来可以成为一名杰出的国务卿,为国家和总统做出优秀的贡献。[6]

鲍尔的过人之处在于他敏锐的分析能力、学识水平和对历史的深刻理解,他有能力超越当时的传统观点,而且很难得的是,他可以预见特定政策会导致什么结果,并可以进一步预见:

如何从长远角度在最根本的美国利益原则的基础上衡量这些政策。

一个最引人注目的例子就是鲍尔从一开始就反对美国派兵介入越南事件，他因此而被世人铭记。1961年11月7日，在肯尼迪政府即将派遣第一批美军之际，鲍尔警告说，这将是一个悲剧性的错误。此前，他仔细研究了法国人在越南的灾难经历，他警告肯尼迪，一旦派兵，就绝对没有回头路。事实证明他的判断极有预见性。他说："5年之内，我们将有30万人困于稻田和丛林。"而那里根本就没有获胜的机会。但对他发出的警告，总统严厉地回答："乔治，你真是疯得不能再疯了。那样的事情是不会发生的。"[7]

当然，不幸的是，一切都应验了——除了一点：肯尼迪的继任者最终投入的军队数量将远远超过乔治·鲍尔的预言，而且其中的6万人将在越南丧生。

从一开始，鲍尔就明白越南事件的愚蠢之处。他熟读历史，确信如果美国军队被卷入一场无法获胜的战争，那将带来极大的风险。他厌恶空洞的口号，怀疑传统观点，因此他拒绝接受"多米诺理论"——这是当时美国对越南政策的合理化解释，这事实上是一个值得推敲的说法，并没有历史先例。他对美国外交政策的重点有着清醒的认识，这使他相信越南无论如何都不是美国战略利益的一个黄金地带。

讽刺的是，他因为在越南问题上坚定的反对态度而扬名天下。毕竟，越南让他品尝到徒劳和失败的滋味。但是，在很多有持久重要意义的事情上，他都取得了成功，他的贡献和建议带来的是

第四章　60年代　华盛顿

天壤之别的差异。例如，在号召美国支持建立欧洲共同体这一方面，没有任何一个美国人的贡献可以超越鲍尔。他率先看到战后进行此项发展极具积极性，而且明白其中的内在逻辑。而且，他预料到，在稳固的大西洋伙伴关系的基础上发展欧洲经济一体化，美国短期内投入成本，可以获得长远的繁荣与和平的回报，这一切非常值得。

60年代，在制定极其成功的美国新贸易政策（我和他一起致力于此）的时候，作为执行委员会成员为肯尼迪出谋划策、最后成功处理古巴导弹危机的时候，以及在60年代领导制定美国对刚果、塞浦路斯和其他一些国家的政策的时候，他一直给出了正确的建议，他在政府的核心集团中发挥了关键性作用。

1972年，我们两人都已卸任，回归平民生活。有一天，我告诉他："乔治，你从来没有去过苏联。你对西欧了如指掌，但是你都没有去过易北河以东的地方。你应该去看一看。"他同意了，所以我们俩和我们的妻子一起出发旅行。在莫斯科，我们拜访了很多部长，见到各种各样的中央机关工作人员和苏联国家计划委员会成员，和苏联总理阿列克谢·柯西金（Alexei Kosygin）聊了很长时间。聊天中，双方都有激烈和尖刻的言辞，唇枪舌剑，互不相让；鲍尔毫不示弱地进行反击，整个谈话令他既高兴又有点困惑。我很想知道的是，这是他第一次面对面接触强硬的苏联人，他做何感想？

我相信，鲍尔就是古罗马诗人贺拉斯（Horatius）所描述的天生的哲学家——聪明得不像凡人，天赋异禀，各种才能巧妙地融于一身：不断进行分析的、超出常规的头脑；对英语语言的精通；俏皮的幽默感；身体里储备的看似无限的能量和耐力；有勇气，有道德操守，敢于直抒胸臆。他天生乐观，这是他的优势之一。正如他所说，让·莫内（Jean Monnet）让他懂得"在追求伟大目标的过程中，乐观是务实的人拥有的唯一可用的品质"。而他口中的这位伟大的法国人是欧洲共同体之父，也是鲍尔的密友。

但是，鲍尔既不是愚人也不是空想家。他懂官僚主义的那一套，明白如何才能行事，而且拥有一项在华盛顿取得成功的不可或缺的能力：权力感。他知道决策过程中谁说了算，他明白防守自己的"地盘"有多重要——他称之为"领地规则"。[8] 在处理外交政策问题上，他可以保持头脑冷静，看清现实，而且明白妥协和政治让步的必要性。然而，本质上，他是一个理想主义者和爱国者，决心在当今的重大问题上捍卫美国至关重要的利益。他的世界观带有典型的美国色彩，而且他是一名坚定的国际主义者。他对美国作为道德领袖在世界事务中的重要性深信不疑，对美国历史上的孤立主义和单边行动倾向做出深刻的批判。他把世界事务中的"硬"力量和"软"力量也看得很透彻，在这一点上不逊于任何人：强制他国的能力，即所谓的"硬"力量，建立在军事和经济的基础上；与之相对的是道德领导的力量，即"软"力量，这来源于美国作为自由、民主和人人机会均等的国家的文化和政治传统。

1990 年 1 月，当好友齐聚一堂为他庆祝 80 岁生日的时候，他问道："什么是美国例外论？"他继续说："军事实力或经济实力方面没有例外，其他国家在这个方面已经做得够多了。真正与众不同的是道德领导力，这意味着坚定地坚持某些原则，坚决拒绝傲慢行径，而傲慢在我们的政治生活中几乎已经成为想当然的做法。"[9]

鲍尔说这一番话，是在乔治·W. 布什（George W. Bush）上台和美国深陷伊拉克的十多年前讲出的。此话饱含智慧、明晰有理，时至今日，仍然一语中的。

"新边疆"

在肯尼迪的"新边疆"政策公布的最初几个月里，我在华盛顿感受到的那种兴奋感，令人难以言表。城里到处都是陌生的面孔，他们对入主白宫的魅力四射的年轻总统和时尚的总统夫人十分着迷，特地来到华盛顿一睹风采。媒体每天对他们的一举一动进行现场报道，报道中极尽赞美之词。《新共和国》（New Republic）上写道："华盛顿正在噼啪作响，轻摇慢摆，跳跃不停。"[10] 华盛顿最有影响力的专家沃尔特·李普曼（Walter Lippmann）和詹姆斯·赖斯顿（James Reston）赞赏地说，看到这些"活力"，毫无疑问"火炬已经传到了新一代的手中"[11]。

我们这一群热心的"新边疆人"兴高采烈。我们年轻、乐观，是"新边疆"政策的忠实信徒，而且我们确信我们参与的是这个时代最伟大的历史冒险。肯尼迪的口才启迪着我们，没有人质疑他提出的崇高目标的可行性。我们的热情彼此感染，工作气氛异常热烈，我们根本不计较在办公室里忙到深夜。肯尼迪总统告诉我们，我们可以上九天揽月——真正的月亮——每个人都在自己的领域致力于此。

没错，外面的世界危险而自私，国内外的问题长期存在，反对派控制了整个国会。但是，我们和他一样深信：只要拿出勇气、精力，保持头脑冷静，用现实主义去面对一切，一定大有作为。以后的总统候选人将在很多年后提出"是的，我们可以"[①]的竞选口号，那是另一个激动而具有挑战的时代。奥巴马经常被人比作肯尼迪，其实两个人并非完全相似。但是，两人惊人的相似之处在于：他们信奉的是乐观主义和现实主义的结合体，他们不仅对此深信不疑，而且有一种独特的能力把自己的信仰传达给选民。

华盛顿的新人会有一种特别的刺激感，因为他们"进入内部"，而且接近权力核心。白宫会举办盛大的宴会，尽管我们这些级别低的工作人员不能参加，但是我们从远处眺望，互相告知谁站起来、谁又坐下去。能够出现在这个地方并且成为知情人士，我们感到非常荣幸。在大使馆的招待会、晚宴和私人聚会上，当内部人士、记者和外交官齐聚一堂时，我们感觉自己是个人物——我们闲聊，给别人一些暗示，让他们明白我们的工作有多么重要，并对总统的计划发表意见，仿佛自己无所不知。

这一切都令人兴奋，我们赶上了好的时代，与被"新边疆"吸引而来的才华横溢的人共事，这是一件幸运的事情。我们每一个人都全神贯注于自己的工作：或者致力于住房、地区发展、老年医疗、提高最低工资等国内项目；或者投身于国际项目，包括成立和平队，在拉丁美洲启动总统此前承诺过的争取进步联盟，

[①] 奥巴马的竞选口号。——译者注

第四章　60年代　华盛顿

与国会就国际贸易的新立法进行谈判,遏制卡斯特罗。我们相信自己的工作是肯尼迪的计划中至关重要的组成部分。

我将永远珍视在肯尼迪政府工作期间的那段早年记忆。我最初接触到政府工作,就是置身于这样一种充满理想主义、精力和希望的美妙氛围。对此,我至今仍然心存感激。这是一个伟大的开端,即使我最终会认识到更加微妙的现实。

任何从政的人很快就会明白:竞选时的华丽语言和崇高目标是一回事,在真实的世界里实现它们却是另外一回事。民主的进步充其量是渐进的,只能一步一步来,除非在国家危难之际,否则几乎不会出现快速、深远和根本性的进步。旧的习惯和做法根深蒂固,利益冲突可以成为强有力的制动杆,让变革和改革无法前行。不管付出多么合理的努力,你也很难改变失败一方的坚定立场。

我们高估了才能、活力、勇气和专注的作用,以为单靠这些就能有所成就。而且,我们没有看到肯尼迪高超的雄辩才能背后隐藏的一些艰难的现实。一方面,他得到的进行根本性改变的授权其实相当有限。当他上任时,民主党人在国会两院已经失去众多席位,国会分庭而治,处于南方民主党人和保守的共和党人的联合控制之中,而此前共和党人就已经抵制过肯尼迪主张的多项变革。在与苏联的冷战对峙中,关键性的问题更加棘手,超出肯尼迪竞选活动中演讲所能涉及的程度。

事后看来,肯尼迪政府的成就是一种混合体。肯尼迪步入白宫的时候,正是在公众对美国意志持有怀疑态度的关头。至少在最初的时候,肯尼迪恢复了公众信心,并且重新燃起人们对美国活力和进步的希望,而且成果斐然。有的时候,就像他在柏林所做的题为

《我是一个柏林人》（Ich bin ein Berliner）的演讲中表现的那样，他能感受到公众情绪，并发挥他的才能，这种才能非常出众，以至于取得几项重要成就也毫不奇怪。时至今日，和平队仍然是一项非常显著的成就。在欧洲，美国即使没有抵抗住柏林墙的修建，却成功地顶住了来自苏联的压力。争取进步联盟最初创造了来之不易的信誉。1962年，肯尼迪处理古巴导弹危机的手段非常明智，进而化解了冷战中最危险的核对抗。同年，国会通过《贸易扩张法案》（the Trade Expansion），为战后最深远的贸易谈判铺平了道路。短短几年之后，当一名美国宇航员成为登月第一人时，肯尼迪发起的太空竞赛也以美国的胜利宣告结束。

然而，也出现了猪湾事件的惨败案例。肯尼迪对争取进步联盟寄予厚望，但是从未彻底实现。在这十年的大部分时间里，冷战以及与苏联的对抗非但没有偃旗息鼓，反而愈演愈烈。最后一件事：把战斗部队派遣到越南无疑是肯尼迪犯下的最严重的错误，这导致美国陷于困境，并最终付出数万美国人失去生命的沉重代价。

在国内，"新边疆"的进展也是喜忧参半。国会只通过了肯尼迪提出的关于最低工资优先立法的小部分内容，还有教育、区域发展和老年人医疗等提案未获通过。而民权问题几乎没有产生任何实质性进展。

到底出了什么问题？一部分问题在于想做的事情太多了。国内的根本性社会变革的大幕缓缓拉开，无论总统提出什么样的倡议，无论有多么坚定的承诺、多么明智的政府，都不可能迅速成功地对现状造成影响。而且，有的时候，我们信奉的行动主义可

第四章　60年代　华盛顿

能弊大于利。总的来说，总是强调行动，而没有强调深思熟虑；喊的口号太多，却没有做足够的分析去研究所有这些政策的效果。

例如，争取进步联盟背后的想法值得称赞，但根据过分鼓吹的主张而设定的期望值注定无法实现。宣布这是在拉丁美洲"民主进步的具有历史意义的十年"，或者宣布这是"在规模和崇高的目标上前无古人"的尝试，这些听起来响亮震耳，但是这些话做出了过多承诺。事后看来，争取进步联盟说要花短短十年时间解决拉丁美洲深层次的经济问题，并在没有任何先决条件的社会中建立强大而重要的民主制度，这种期望太不知天高地厚了。

甚至是对政治勇气的强调——这是肯尼迪的写作和演讲中的一个常用词——也被证明在更大程度上是一种说辞，并非现实。事实上，在需要大胆行动的时候，肯尼迪往往过于谨慎，最明显的例子就是他在民权这个迫切问题上迟迟不能采取有力的措施。他最后终究还是出手应对，但那是在由黑人组成的20万群众集结在华盛顿游行，马丁·路德·金在《我有一个梦想》（I Have a Dream）演讲中提出号召后。肯尼迪不愿解决这个政治上的棘手问题，在最需要政治勇气的时候，他并未做出最佳示范。

不管怎么说，当肯尼迪在达拉斯遇害的时候，这一段冲劲十足的岁月戛然而止，尽管我们中的一些人在政府工作中已经学到发人深省的一课。魔法渐渐被现实世界中的战斗、小小的进步与失败和其他许多艰苦工作所磨灭。尽管如此，1963年11月22日[①]过后，我们的纯真时代一去不回。

[①] 肯尼迪的遇刺日期。——译者注

"外交官"和经济事务局

我到经济事务局报到以后，于1961年4月3日宣誓就职，这是我生命中具有决定性的转折点。此时，通向政治和国际事务的大门向我敞开，在接下来的20年里，我会一直为此奔波。

当我第一次突然进入这个陌生的环境时，我毫无准备，因为我不知道联邦政府的运行方式，而且我也不懂强大的国务院中那些神秘的为官之道。我有很多东西要学，我必须赶紧学会这些东西，没人给我宽限期让我缓和过渡。迎接被任命官员的，是职业人士的"观望"态度：在被任命的官员证明自己之前，没人重视他们，也没有人信任他们。

我记得，最初的几天甚至几周是一段令人生畏的经历。我最初的想法是沉默不语，当我迷惑不解的时候，我假装自己正在思考，而此时我的大脑其实一片空白。但是，我很快就明白，更好的策略是放下自己的骄傲，承认自己的无知，并请求得到一些基本的解释——时不时地请教"为什么"。事实证明，这种做法虽然让我很没面子，但是因此更受部下的尊重而不是蔑视，而且这种做法帮助我学得更快。请教"为什么"的做法还帮助我认清一个事实：有时，即使是最自信的专家也很难拿出一个合理的理由，解释人们深信不疑的已知真理和陈旧原则。[12]

我到任的时候，经济事务局正深陷旋涡中心，疲于应付。"新边疆"正在重新审视许多现行政策，并进一步启动多项新政策。

第四章 60年代 华盛顿

每天12小时的工作时间很常见，工作节奏很紧张。

冷战正处于严峻时期。到了1961年夏天，柏林墙建立起来，肯尼迪与赫鲁晓夫在维也纳进行了紧张的第一次会面，美苏间的敌意明显，这对于早日缓和东西方之间的紧张局势是个不好的预兆。几十个非洲和亚洲的前殖民地国家刚刚独立，立刻成为东西方进行权力和影响力较量的战场。其中的一些"新兴国家"公开与另一阵营眉来眼去，经济事务局则忙着制定经济战略把它们争取到西方阵营里。在拉丁美洲，争取进步联盟计划于夏天正式启动，各项准备工作非常引人注目。总统谈判贸易协定的权限即将到期，有鉴于欧洲共同体日益举足轻重的作用和日本作为主要贸易大国的崛起，说服国会给予总统更大的贸易谈判的自由刻不容缓。贸易保护主义者和自由贸易者立场相对，轮番对国会进行疯狂的游说。

* * *

我在经济事务局和新同事组成团队，这是个很棒的团体。总的来说，他们比我以前共事过的人更加聪明、老练。不过，这一群人与我从前接触的人完全不同，需要我慢慢适应。我首先要做的就是赢得他们的尊重和接受，这一点至关重要。而为了做到这一点，我必须了解他们的特有文化。

国务院是最古老的联邦部门；国务卿是内阁高级官员，是排名第四的总统接班人。该部门的成员会代表美国在国外担任要职，其职业生涯令人羡慕。然而，由于按照传统，国务院的工作人员只从美国社会中的指定阶层进行招募,所以他们的名声不怎么好听,被称为势利的精英主义者,被认为不能代表美国公众,这种声音在国会中尤其突出。

在过去,这有一定的道理。不过,情况在60年代开始有所改变。多年以来,外交部门由一小群同质性的军官组成,他们的背景和能力都差不多。但是,作为主要的超级大国和冷战时期的领袖,美国需要一个更大的外交部门,并配备具备多种技能的人员。

转变姗姗来迟,并且是一个痛苦的过程,许多人对此不屑一顾。想要深度理解他们的这种感受,需要先交代一些历史背景。美国外交官从欧洲同行那里学到他们的处事之道,并试图模仿他们的习惯做法。盛行的是一种普遍的行为准则,等级和协议十分重要,很多事情都是在晚餐、招待会以及类似的场合完成的。礼仪和良好的教养受到高度重视,被看重的是"得体、优雅、仪态,最重要的还有一条——出身"。[13]全才的外交官们受过处理各种政治事务的训练,无论他们被派往何处,他们都秉承同样的完美理想。细分的专业化不被重视,比如经济学方面的专门知识,技术或领事事务更是如此:专门的知识不但没有分量,而且被势利地认为不值一提,而且被认为肯定会限制一个人的职业前景。外交被视为一项特殊技能,最好还是留给那些经过同行精心挑选、培训和测试的人去做,毕竟这些人拥有某种乔治·凯南所说的"世界习惯"。[14]

选拔新员工的过程通过一种不合时宜的考试来完成,考试的目的是减少成功入选者的数量,而且——同样重要的是——剔除"不受欢迎的入选者"。即使在1947年,近1 300名申请者中也只

第四章　60 年代　华盛顿

有不到 10％的人通过笔试和口试。根深蒂固的观念是把女性排除在外，这种观念源于一些奇怪的想法，比如国务院助理律师弗雷德里克·范·戴因（Frederick van Dyne）在 20 世纪初针对"女性外交官"提出警告，说她们"根本无法保守秘密，这一点众所周知"[15]。结果，即使到了 1948 年，在 1 332 名成功通过选拔的人员中，也只有 16 名女性。[16]

反犹太主义在国务院也有悠久的历史，无论是以公开的形式，还是以微妙的形式。至少从 30 年代到现在，没有多少犹太人能够成功进入东部的精英预备学校或者常春藤联盟的学校，即使是这些机构中善良的非犹太毕业生也很少与犹太人保持私人联系——他们已经认同于那些对犹太人的普遍的消极成见。这是导致犹太裔外交官员非常稀少的主要原因。"犹太人缺乏外交所需的优雅和举止。"[17]这是德国首相冯·俾斯麦（Von Bismarck）早前持有的看法，这也许和乔治·凯南坚持的某种"世界习惯"不无关联。种族多样性绝对不是政府考虑的首要问题，国会的核心委员在战争期间秉承反对移民的本土主义，持同样观点的外交官员也不在少数，这很容易解释为什么有人反对犹太人加入他们的行列、为什么许多美国领事对二战中德国犹太人的困境无动于衷，以及为什么他们在 30 年代向犹太人签发移民签证时频频出现无情的态度。

至于非裔美国人，他们在国务院里更为罕见，这一情况一直持续到 50 年代。黑人几乎都懒得申请，而且偶尔被录用的黑人也只是充当摆设，几乎没有机会进入高层，他们可能会被派往利比里亚或者类似升迁无望的地方。

在我1961年入职的时候，国务院里的这种排他性文化仍然有迹可循，但是已经产生了翻天覆地的变化。如果说过去是全才的政治官员大权在握，那么到了现在，经济、军事、科学以及公共事务等领域的专家逐渐上升到了领导位置，与他们平起平坐。在本土和外派的外交人员总数达到大约2万人。

后来，我变得非常欣赏和尊重那些能力非凡的老派军官——像查尔斯·博伦（Charles Bohlen）、卢埃林·汤普森（Llewellyn Thompson）、H. 弗里曼·马修斯（H. Freeman Matthews）、道格拉斯·麦克阿瑟二世（MacArthur II）和其他的五六个人。他们在很多关键国家的大使馆身居要职，如果没有他们的学识和经验，外交政策的制定情况会糟糕得多。我们在一起工作融洽，不过我也注意到他们把我划分为国务院的"外来人士"，觉得我只关心经济问题，而他们对此鲜有热情。我对此虽有困惑，但并不介意。

有一件事情尤其令我记忆犹新，那次我和时任美国驻法国大使的查尔斯·博伦会面。我来见他是为了一件外交事务——不为别的——就为鸡肉。欧洲共同体实际上对美国家禽出口生意采取大门紧闭的态度，这引发了媒体戏称的跨大西洋的"鸡战争"。我很快就发现，请求博伦在这场"战争"中伸出援手并非易事。

在冷战期间广泛深远的国际关系中，这场"鸡战争"显得有点愚蠢，根本不值得引起高级外交官的注意，要知道高级外交官总是与各国首脑打交道，处理的是战争与和平的问题。然而，在国家关系中，在一些情况下，那些看似轻如鸿毛的事情却可以产生重如泰山的意义，值得受到政府中最高级别人员的关注。美国鸡肉的情况就是如此。事情是这样的：美国鸡是阿肯色州主要的出口产品，而国会中最有权势的两位主席就出身于阿肯色州——威尔伯·米尔斯（Wilbur Mills）是众议院筹款委员会的主席，威廉·富布赖特（William Fulbright）是参议院对外关系委员会的主席。阿肯色州鸡肉的市场准入成了国会中税收和贸易立法的关键所在，也成了国会批准国际条约的要害。这就是为什么大使得到指示，向各派驻国政府呈交紧急备忘录以解释美国为什么极其重视鸡肉出口。[18]

我忘不了博伦脸上的表情，我刚刚对他提出请求，希望他"以部长级别"动用个人关系过问家禽问题。他在位于协和广场的办公室里办公，坐在一张漂亮的办公桌子后面。这时候，一贯优雅的他面露难色。他用一根长长的烟嘴吸着烟，沉思许久，一言不发，脸上的表情说明他觉得这事很可笑。他问我，真的需要让他为了这样的事情拜访日理万机的法国国务部长吗？这真的是白宫方面的意见吗？当我向他保证的确如此的时候，他也只能悉听尊便。然后，他以一贯的专业态度尽了自己的职责，但是他肯定无比怀念以前的那个美好时代，因为在那个时候，这种事情只需要差遣小人物去办就可以了。

大西洋战略

在肯尼迪竞选总统的时候，他曾经心怀梦想，要打造一个和平与繁荣的光辉新时代，希望美国一马当先，勇往直前。然而，现实情况是，美国领导下的国际环境过于复杂，问题更加棘手，新思想和意义重大的改变面临着可怕的阻力，超出想象。

柏林墙是诸多紧张局势的根源。叛乱事件频发，将民主德国和捷克斯洛伐克搅得鸡犬不宁。越南战争开始加剧西方内部的分歧，涉及核问题政策和美国在欧洲的防御体系。建立一种有效的大西洋伙伴关系并不是一件简单的事。欧洲人内部争吵不断，在如何最好地调整欧洲经济的问题上各执一词，从而分成了两个贸易阵营——一方是英国领导的、由7个国家组成的欧洲自由贸易联盟①，另一方是以联邦德国和法国为首的、由6个大陆国家组成的欧洲经济共同体。同时，法国戴高乐将军以法式的"自命不凡"拒绝在军事问题上接受美国的领导，这使得北约内部共同防御政策的发展更加复杂化。

在世界的其他地方，殖民制度正在瓦解，出现了许多经济不发达、政治混乱的小国。军事独裁更为普遍，没有几个能正常运作民主政体的国家。根深蒂固的寡头政治反对变革，许多新兴国家成了东西方争夺势力和影响力的战场。

肯尼迪领导下的美国基本战略产生了双重目标。在西欧，核心思想是推动建立强大的跨大西洋联盟，以此对抗苏联。这项战略产生了双向推力：一方面是建立北约的军事之盾，另一方面是美国支持欧洲经济一体化。在世界上的其他地方，为了使拉丁美洲、非洲和亚洲免受另一阵营的影响，有几项重要策略：一是通

---

① 欧洲自由贸易联盟亦称"小自由贸易区"，是英国、丹麦、挪威、葡萄牙、瑞士、瑞典、奥地利7国根据1960年1月签订的《建立欧洲自由贸易联盟公约》(《斯德哥尔摩公约》)组成的工业品自由贸易集团。——译者注

第四章 60年代 华盛顿

过加速提供经济和技术援助来支持民主变革，二是派遣和平队，三是用新的举措推动这些国家的产品进入美国、日本和欧洲市场。

在这种背景下，我得到任命，于1961—1967年，从事各种各样的经济问题方面的工作。从根本上来说，我负责两个项目。第一个项目是制定和实施一项新的美国商品贸易政策，意在帮助发展中国家稳定出口收入，而这些国家严重依赖诸如咖啡、可可、糖、锡、铅和锌等原材料的出口。这项工作最终给我带来第二项主要任务，那就是作为主席，在《关税及贸易总协定》[①]（GATT）的框架下，率领美国代表团参加战后最大规模的贸易谈判，这将占据我1963—1967年整整四年的时间。这就是所谓的"肯尼迪回合"[②]，是在日内瓦进行的一场关于关税和贸易问题的连续多年的马拉松式的谈判，参与者是世界的主要贸易国和几十个较小的贸易国。

为发达国家制定新的商品政策是一项与争取进步联盟息息相关的经济战略，而该联盟的目标同样具有政治意义。2%的人拥有拉丁美洲50%的财富，而70%的人口仍然生活在贫困之中。正如肯尼迪总统所说，改善经济能使美国与致力于民主改革的力量结盟，从而带来政治现状的改变。提高生活水平而且为所有人提供更好的生活的做法会带来更多的贸易和援助，而贸易和援助将帮

[①] 《关税及贸易总协定》是一个政府间缔结的有关关税和贸易规则的多边国际协定。它的宗旨是通过削减关税和其他贸易壁垒，消除国际贸易中的差别待遇，促进国际贸易自由化，以充分利用世界资源，扩大商品的生产与流通。——译者注

[②] "肯尼迪回合"是1964年5月到1967年7月，由50多个国家和地区在日内瓦举行的多边关税减让谈判过程。谈判主要在美国和欧洲共同市场国家间进行。谈判由美国总统肯尼迪发起，故称"肯尼迪回合"。——译者注

助这些国家与寡头统治之间彻底决裂,加强民主制度。

"肯尼迪回合"的政治意义与经济意义同样重大。具体的思路是,降低贸易壁垒将对所有国家产生有利的经济成果,加速全球经济增长并且提高民众生活水平。"掀起这次大潮,让所有的船都浮起来。"肯尼迪曾这样说过。更重要的是,在这次降低贸易壁垒、实现自由贸易的谈判中,美国居于领导地位,这将为大西洋伙伴关系起到黏合剂的作用。著名的华盛顿专栏作家约瑟夫·卡夫(Joseph Kraft)称其为美国政府的"伟大设想"[19]。

肯尼迪则将之称为"相互依赖的宣言"。强大的欧洲与美国组成跨大西洋联盟,捍卫西方价值观。欧洲与美国有着共同的文化以及共同的理想,因此成为美国的天然伙伴。随着欧洲实力的增强,大西洋两岸经济实力之间的差距会越来越小,带来平等的合作关系;如果欧洲仍然支离破碎,这些都不可能实现。但是,欧洲经济共同体只消除成员国内部的贸易壁垒,仍保留着外部关税,这种规定对包括美国在内的外部世界有所歧视。互惠性地降低关税是问题的解决之道,其政治层面的意义得到大西洋两岸的一致同意。总统的主要顾问对此一再强调。而在欧洲,欧洲经济共同体主席沃尔特·哈尔斯坦(Walter Hallstein)也承认这一点。哈尔斯坦说,"肯尼迪回合"是"一个最广泛意义上的外交政策问题",并将"为跨大西洋联盟的整体概念赋予具体的内容"[20]。

因为欧洲的经济一体化和政治统一化把美国排除在外,有些人从一开始就以狭隘的贸易理由对此持反对态度。同时,欧洲方面也有愤世嫉俗者,他们对美国的诚意将信将疑。还有彻底的保护主义者，他们从原则上就不喜欢贸易自由化。尽管如此，在冷战期间，在经济和政治上达成统一的欧洲更符合美国的利益，这一点帮助平息了一些反对声音。

商品政策

我在政府任职的每一个年份都颇具挑战、令人激动。在1961—1963年的最初两年，我致力于商品政策的制定，这两年给了我最多的满足感。而我清楚地意识到这一点，是在我时隔多年于70年代末再次回到政府任职的时候。那时候，我才发现，政府正在致力解决的问题竟然没有发生什么变化，这令我颇为讶异。整整十年已经过去了，经历三届政府的变迁，但是很多60年代的贸易和金融问题仍然被讨论着，同样的官僚主义的地盘之争也还在继续，国会与外国政府之间的听证会和谈判听起来有种奇特的熟悉之感。就连说客也毫无二致。其中的道理在于华盛顿一个基本而无奈的现实，那就是很少有问题能得到一劳永逸的解决，而且官僚主义总是能够死灰复燃。例如，税收改革在60年代就被讨论得热火朝天，吉米·卡特在70年代推动了这个话题，乔治·W. 布什在整整30年后又旧话重提（尽管对策不同），奥巴马也探讨过这个问题。然而，商品问题是华盛顿规则中的一个罕见例外：这项任务有一个醒目的开端，也有一个明显的结尾。正因为这样，我最初两年的政府工作才显得特别有意义。

为商品问题找到可行的解决方法是一个难题，但是理解这个问题并不难。拉丁美洲、非洲和亚洲有几十个国家依靠一两种初级产品获得大部分出口收入。许多国家穷困潦倒，不管走到哪里，情况都如出一辙：长期的生产过剩，不可预测的价格波动，"贸易条件"恶化的长期趋势——"贸易条件"指原材料出口拿到的价格与它们从国外进口制成品支付的价格之间的比率，该比率在几年内下降了 10%，这阻碍了经济发展，并导致了进一步的贫困化。许多原材料出口国因此陷入恶性循环，使人们对改善生活水平的希望落空，造成的威胁足以消解这些国家得到的所有经济援助。

大多数观察家认为，这是改善这些国家的经济福祉的一大障碍（而且直到今天也大抵如此）。但是，从华盛顿的观点来看，这是一个紧迫的政治问题。对于肯尼迪来说，美国在缓解经济困境和加强民主制度方面的领导作用是对抗苏联的一个关键要素。卡斯特罗在古巴的崛起加剧了在拉丁美洲解决这一问题的紧迫性[21]，这是争取进步联盟背后的支撑理论。"商品价格频繁的剧烈变化，"肯尼迪在一次集会上对拉丁美洲的外交官们说，"严重损害许多拉丁美洲国家的经济，使它们资源耗尽、发展停滞。我们必须全力合作，找到行之有效的方法，结束这种模式。"[22]

以前的美国政府长期以来都在对初级产品生产国所处困境表达同情，但鲜有实际的措施来改变现状。总统现在的声明预示着一个新的方向。正如乔治·鲍尔告诉我的，我的任务就是在肯尼迪总统提出的授权书的骨架上添加血肉，引导国务院形成具体步骤，以此将其转化为现实。在实际工作中，这意味着审视每一种情况的好处并建议具体的方案，这样做的目的在于更紧密地根据

第四章 60年代 华盛顿

需求调整世界的商品产量，并以此促进世界市场趋于更有序的发展。

第一项挑战在于如何找到突破口以及开始实施新方法。情况各不相同。世界上的铅和锌的出口国都孤注一掷，努力避开破坏性的价格战，但只在少数国家有成效。对天然橡胶生产国来说，面临的威胁在于合成橡胶已经倾销到世界市场。而非洲的可可出口国嚷嚷着需要得到进出口管制机制的帮助。然而，显然一个最刻不容缓的问题需要得到优先处理，那就是咖啡贸易——这是世界贸易中仅次于石油的最重要的初级产品。咖啡生产于大约70个国家，影响到数百万人的生活。在至少12个拉丁美洲国家中，出售咖啡所得占其总出口收入的30%～80%；在哥伦比亚、危地马拉和萨尔瓦多，这个比例是70%，在巴西是50%，而巴西生产的咖啡占据了全世界产量的一半。

很多年以来，世界上不同地区的生产国一直互相竞争，它们的利益经常发生冲突，而进口国之间也没有达成共识，不知道到底该怎么办。世界咖啡市场存在许多问题：非弹性的供应、常年的生产过剩、低廉而不稳定的价格、库存过剩以及资金匮乏。价格在十年中下降了一半，尽管拉丁美洲的出口量有所增加，出口量产生的收入实际上却不升反降。让情况更加复杂的是，意大利和法国对拉丁美洲的咖啡征收高额的关税。

咖啡出口国此前试图达成协议，但最终落空，原因在于它们无法执行出口配额，而且缺乏管理库存的财政资源。现在，拉丁美洲人听到肯尼迪的承诺后，开始呼吁美国为他们提供帮助，把所有进口国也纳入一个可行的管理方案。从未有过类似的生产者—消费者协议的成功先例。专家们怀疑是否可以就这种协议进行谈判，而且即使谈判成功，他们也仍对其能否奏效持怀疑态度。

然而，有时候，如果不被过去的失败经历所阻碍，那么就会有所回报。我很清楚经济学专家基于理论原因而对商品协议持怀疑态度——我咨询过的专家劝我，这些协议干扰市场自由，因此被认为行不通。如果我当时再年长一些、更睿智一些的话，我可能会犹豫不决，不去追求我后来走的路线。但是，经过几周的调查，并向几个关键人物征询意见以后，我把所有的警告都推到一边，然后给"楼上"的国务院提出建议，说美国应该带头尝试这个想法。我的主张是，新的政府已经成立，现在的时机非常好，而且在美国强有力的领导下，这个想法有可能奏效，至少在一段时间之内能发挥功效。即使这个想法行不通，美国所付出的真诚的努力也将在拉丁美洲为我们赢得很多的善意。精诚所至，金石为开。在这种情况下，这个想法很快得到国务院高层和白宫的良好祝愿，我得到指示，负责实施这个想法。

"咖啡"谈判

在接下来的两年里，我的主要工作就是说服咖啡生产国和主要进口国双方，让它们相信世界性的协议符合它们的经济利益，然后商谈一项协议。

这一切实现得非常缓慢，而且很不容易。当各国决定就贸易和金融问题谈判时，最初通常会表现出良好的意愿，表示坚决地

第四章 60年代 华盛顿

拥护，然后各方都将迅速采取行动，希望占尽先机，害怕落在下风。

每个国家的谈判立场都反映其国内的政治气候，经常需要协调国内的利益冲突，而且困难重重。谈判受到政治日程的影响。例如，如果选举在即或者国内局势不稳定，那么几乎不可能让政治家们在敏感问题上做出让步。隐藏在技术指标和干巴巴的统计数据背后的，可能是工作和生存危机，还存在某些群体得利而其他群体吃亏的可能性——进口国与出口国之间，大公司与小企业之间，一个地区与另一个地区之间，企业与消费者之间，等等。因此，虽然调整谈判立场必不可少，但相关各方总是缺乏做出调整的政治勇气。这可以解释为什么更常出现拖延、困惑、固执和最后时刻的反悔，却不常出现相互迁就。这也可以解释为什么此类谈判总是缓慢而艰难，结果永远不确定。在所有引人注目的国际谈判中，都有这种现实情况。在涉及经济问题的时候，谈判尤其胶着，咖啡协议的谈判也不例外。

挑战在于，我要直接面对华盛顿式的困境。官员们本能地采取谨慎态度，并对变化表示抵触。如果对长期存在的政策进行任何根本性的逆转，几乎无一例外地会引起利益冲突，在民主体制中调停这些冲突从来都不是一件易事。无论出现任何新情况，只要各部门察觉到这会威胁到它们的权力或者它们的"客户"的利益，很快就会引起它们本能的抵触。

因此，即使是在国务院内部达成协议，也需要经历地区和职能部门之间漫长而曲折的通关过程，书面指示中的每一个短语、词语或标点都可能成为漫长谈判和辩论的主题。对于咖啡谈判，非洲事务局认为其"客户"可可生产商应该得到同等的重视，否则就不予通关。东南亚事务局也不甘示弱，也为其负责的生产锡、铅、锌和橡胶的国家提出相同的要求。甚至连经济部门也出现了阻力和争吵，反映出两个派别之间进行的长期竞争：一派是自由贸易规则的捍卫者，另一派是我所在的国际资源办公室，这里盛行的是不那么正统的观点。

在国务院之外，为此事扫清道路同样举步维艰。商务部出面保护国内的咖啡烘焙商，不愿意批准任何可能损害他们利益的事情。财政部担心对国际收支造成不利的影响。劳动部则辩称，生产国劳动水平的提高必须成为美国目标中不可或缺的一部分。同时，总统经济顾问委员会中的学术成员更是敦促我们基于理论的正统性对整个政策进行重新考虑。

美国经济协会计划于12月举行年会，我说服组织者主办一次特别的会议。我建议在会上介绍我们针对肯尼迪的新商品政策拟定的计划，其中包括在某些情况下考虑制定商品协议。我希望可以得到其他有价值的想法，但是我的主要目标是——事实证明我想得太天真了——为咖啡协议的具体计划赢得一定条件下的支持。

会议召开的时候，我很高兴看到观众中的一些主要学者，包括几位我在伯克利和普林斯顿上学时的老师。但是，他们对我的演讲反应极大，令我毫无防备。我在演讲中不仅描述了世界咖啡市场的混乱，还描述了方方面面的经济和政治影响，包括美国的援助计划、不发达国家的总体发展以及美国在拉丁美洲及其他地方的政治目标。

我以前的一位教授痛斥我：我是不是从他那里什么都没学到？

第四章　60年代　华盛顿

我是不是忘记了比较优势的基本理论，还有供求关系中的市场机制自我纠正的事实？另一位教授是出席会议的最杰出的学者之一，他以前曾表示商品协议根本不切实际，他在会上重复自己的这种观点，并认为政治考虑不具有说服力。[23] 发展经济学家提出反对意见，说商品协议只会阻碍最不发达国家经济中不可或缺的多样化。国际贸易专家们列举了过去未能稳定农产品市场的例子。经济援助专家提出反对意见，说这项政策只不过是变相的援助计划。

我据理力争，说明自己明白长期的影响，但是尽管如此，我深知我们面临的政治问题迫在眉睫，即使只能取得有限的成功，得到几年的市场稳定局面，这对于最不发达国家和实现我们的政治目标来说也有至关重要的意义。但是，我说的话几乎没有人听得进去。只有少数几个曾在华盛顿工作的人承认我们这样做的一些好处，并站起来为我辩护。

最终，不顾学术界的怀疑和官僚主义的抵制，国际咖啡会议于1962年7月9日在联合国位于纽约的总部召开。七周之后，会议结束，生产国和进口国之间达成一项协议，"旨在通过保持价格水平和增加消费的方式，改善咖啡生产国的贸易处境"。

46个昼夜，来自71个国家的350名代表在不间断的谈判中胶着，谈判多次濒临失败。截止日期一拖再拖，最后协议终于在8月24日凌晨5:30这一刻达成。此前，经过一个通宵的会议，拒不退让者终于认输并投了赞成票。

起初，人们普遍对此怀疑。《纽约时报》援引咖啡商的观点，认为"理论上很完美，但是无法执行"[24]。即使到了最终协议达成的两天前，《时代周刊》的凯瑟琳·麦克劳克林（Kathleen

McLaughlin）仍旧称"疑虑笼罩会谈"，弥漫着"不确定的气氛"[25]。《华尔街日报》(*Wall Street Journal*）说，无论如何，这是"处理（商品）问题的可能存在的最糟糕的方式"[26]。

但是，当我们大获成功的时候，风向很快改变。在联合国达成协议以后，它被誉为"近几年谈判达成的最重要的国际经济协定"，对许多国家的数百万人有着有益的影响。[27] 之前的怀疑者称赞这是一项"非凡的成就"，是实施肯尼迪政府政策和争取进步联盟计划成功的基石。一位评论员说这是一个"复杂、多方面的国际问题解决进程"的典范。[28] 而《时代周刊》现在认为协议"开创了经济合作的新纪元"[29]，甚至刊登一篇社论，建议美国"进一步召开国际会议，以便讨论建立其他的商品协议"[30]。

协议只是一个小奇迹，大多数媒体也认同了这一观点。大家都预想这个协议是一项过渡性安排，而其效果居然维持了很长一段时间，在十年或者更长的时间内运行良好。协议在大多数国家被迅速批准，几乎没有人拒绝签字。协议有效地稳定了市场，使价格维持在适当水平。国际组织插手，提供了季节性的融资。从美国的角度来看，咖啡协议实现了一开始所希望得到的政治和经济效益。

谈判的成功也是一项小小的个人胜利，因为我的名字与之密切相关。我担任起草小组的主席，在为期一年的时间里周游世界，去赢得关键人物的支持。当真正的谈判开始时，我率领一个庞大的美国代表团，成为仲裁争端的推动力。

这是我第一次登上备受瞩目的国际谈判的舞台，而且是我作为外交官面临的第一次考验。大多数代表团由高级部长或官员率

第四章　60年代　华盛顿

领，而我是最年轻的一个。我很高兴能代表我的国家。我的上司信任我，我不想让他们失望。

咖啡谈判也对我产生了另外一个重要的个人影响：谈判显示出一个意志坚定的人在庞大的官僚主义体制中可以产生重大的影响力，大到可以影响事件的进程，一个人可以偶尔在塑造结果方面发挥主导作用。此后，我将一次又一次地看到更多证据证明这一点。我也会了解到，这需要为事业付出强烈的专注、坚持，要有敢于冒险的勇气，还需要掌握把握时机的诀窍。好几次，失败似乎已经板上钉钉，那时我才明白自己的重要之处——我也可以在关键性事件上有所作为。以下是《纽约时报》对此事的描述：

> 一位同事怀着敬畏的心情回忆起布卢门撒尔先生为了达成咖啡协议进行的不屈不挠的努力。在谈判危机中，咖啡生产国的所有代表固执地待在他们各自独立的房间里。整个晚上，布卢门撒尔先生从一个房间跑到另一个房间，努力让他们达成一致。[31]

由于缺乏经验，我依靠的主要是精力和直觉。有时候，我的进取心使我颇为焦虑并且失去耐心，忍受不了外交礼节，也忍受不了关于国内咖啡消费的长篇大论，但是这些在大多数国际会议中都在所难免。因此，我也有所失误，我那时候可能过于强硬；其实，再耐心一点去做事，也能得到同样的结果。假以时日，我会学会如何做得更好。

然而，说到底，我很幸运。我在一项重大谈判中初试身手，这极大地增强了我的自信心，使我成为肯尼迪的国际经济团队中一名颇受人尊敬的成员，成为国务院中的一名专业人士。这是我在华盛顿从政的一个伟大的开端，新的挑战很快会接踵而来。

拜访椭圆形办公室

比起其他西方民主体制下的领导人，美国总统拥有更大的权力。美国总统本人是国家元首、政府首脑、所有武装部队的指挥官以及他所在政党的领导人，集所有大权于一身。内阁和高级任命人员都要听命于总统，总统可以按自己的心意任命或解雇他们。总统可以支持立法，也可以否决立法，并决定现行法律法规的管理方式。总统设定外交关系的基调，可以与其他的世界领导人直接交涉，把美国的势力和影响传播到海外。总之，尽管总统与国会和法院分权而立，但是总统在国内外引发的关注最多，牢牢占据新闻头条，这一点无人能及。他经常被称为地球上最有权势的人。此言不虚。

与大多数欧洲人不同的是，美国人并不特别尊重公职人员。人们不觉得在政府工作是一种高尚的职业，这与其他国家的看法不同。然而，人们对总统制度的看法则不一样。总会有人反对总统的政策，或者不喜欢总统这个人。但是，无论他们是总统的支持者还是反对者，大多数美国人都抱着某种近乎敬畏的心情看待总统。在总统在场的时候，大多数美国人会表现出礼貌和尊敬。

我经常惊讶于椭圆形办公室的气氛，即使是总统最强烈的批评者，也会被这里的气势震慑住。在我位于财政部的办公室，美

第四章　60年代　华盛顿

国公司和金融机构的领导者炮轰吉米·卡特的政策，批评起总统来言辞毫无遮拦。"请直接去告诉总统。"我就这样鼓励他们，之前我已经提醒卡特总统做好准备，迎接固执的观点和直白的语言。然而，无一例外的是，当他们进入总统办公室，这些习惯了直言不讳的有权势的人总会有所收敛，转而进行温和的暗示和建议，言辞中流露出巨大的敬畏之情。"我不知道你是怎么想的，"卡特后来总是和我说，"我发现那些家伙说话相当有道理，并不像你先前担心的那样全是负面之词！"

然而，在未完的总统任期内，肯尼迪总统给人的感受最为深刻，没有一位近现代总统能与他相提并论。感受到这一点的，也包括我这一级别的工作人员，虽然我们很少被传唤进入他的办公室。因此，即使只是偶尔见到肯尼迪，我每次也都感觉激动万分。我第一次见到他其实是在一个仪式性的访问场合。那时候，美国代表团参加了争取进步联盟的开幕会议后从乌拉圭返回美国，我们一行人来到东厅，肯尼迪出席，与我们会面，并祝贺我们获得成功。后来，我偶尔受命陪同某位"要员"——迪安·腊斯克或乔治·鲍尔——他们的讨论可能会涉及一些话题，我出席能够以备不时之需，为他们提供一些相关的情况介绍。每次，我都会重温我能想到的每一个细节，直到深夜，以一种紧张的状态对待这类事。据我回忆，我很少被要求在这样的场合发言，但是我会静静坐在国务卿的身后，远远地关注会议进程。

即使如此，我也总是热切地盼望能够出席这些场合，我珍视在场的每一刻，我把这些视为从事公职服务的精神奖励。充当高层决策中的旁观者也意味着遭受许多挫折。比如，总统和他的高级顾问处理问题的时候，依据的也许仅仅是对问题的某种粗略而不完全的理解。如果我此前为这个话题精心准备了好几个星期，话题却被一带而过，我可能会很沮丧。

我很清楚地记得，一个这样的时刻发生在 1962 年。那次会面讨论的话题与糖类配额有关，这个话题在当时是个烫手的山芋，在国内外都会产生重要而复杂的影响。而我和农业部的同级别工作人员几个星期以来一直在交锋过招。美国国内的糖类价格一直远远高于世界水平，这主要是为了保护国内的生产商，而一些重要的进口配额主要被分给拉丁美洲的出口商，这些配额对这些国家至关重要。随着卡斯特罗在古巴执政，国会有待通过的新法案在重新分配配额的问题上倾向于照顾国内的供应商，而不是国外的供应商。国务卿腊斯克会面的目的是争取总统行使否决权；奥维尔·弗里曼（Orville Freeman）是农业部长，他来的目的则恰恰相反。

在会面的前一天，一个星期天的下午，我被叫到腊斯克的办公室向他汇报。他看起来非常疲惫，心不在焉，显然这个问题不是他最关心的事情。我说了很多关于否决权的论点，但是很难说他听进去了多少。"好吧，"他静静地听完，然后叹了口气，"我明白了。我明天早上去见总统。你最好和我一起去，以防万一。"

第二天早上，在内阁会议室，国务卿和农业部长在总统的两边就座，我们这些职员坐在他们的身后。"今天有什么事？"肯尼迪满面春风地问道。听了这句话，腊斯克开始一通高度混乱的总结，讲述要总统行使否决权的理由，这令我非常沮丧。后面发言的是弗里曼，他用洪亮的声音阐述农业部相左的意见，说得也不怎么样。他的助手和我在这个问题上争得寸步不让。但是,听到诸多事实在这个关键时刻被糟蹋得面目全非,看得出这位助手的心痛程度不亚于我。总统当时有了一个十分合理的想法:"我会征求参议院的意见。"他示意一名助手接通当时的参议员汉弗莱的电话。我知道,这样一来,我们的主张就永远无法翻案。肯尼迪无从知晓,腊斯克也已经忘记(尽管弗里曼这个来自明尼苏达州的人肯定不会忘记),甜菜糖是明尼苏达州的重要物产。恳请一名来自明尼苏达州的参议员去否决一项惠及家乡糖农的法案,这类似于向一个孩子征求意见是否要把他从他最喜欢的糖果店赶出去。汉弗莱的回答是必然的。"嗯。"总统听了他的话后这样说,仍然一副高兴的样子。在对话的结尾,他说:"我想我会批准这件事。"并非所有我目睹过的白宫会议都这样令人失望,这一次的会议也不会长久性地动摇我继续参加会议的激动之情。但是,这让我明白一点:并非总统身边的所有事情都得到了充分的考虑并且值得称赞。

* * *

在椭圆形办公室见到肯尼迪的经历最为难忘,特别是我最后一次见到他。那是1963年的初夏,之所以这一次的见面令我记忆犹新,一是因为我再也见不到他在世的模样,二是因为这次他个人找我前来,其中缘由改变了我的未来。

1962年底,国会通过《贸易扩张法案》(TEA),这是总统在短暂的任期内获得的为数不多的明确胜利之一。《贸易扩张法案》

具有突破性，它赋予总统前所未有的权力，使他在与其他国家的互惠谈判中可以将美国的所有关税削减整整 50%。其中的一些关税，实际上他可以完全取消。此前，总统从未被授予如此巨大的权力，这些权力对于与西欧建立强大的联盟具有重要的政治意义。为了启动真正的谈判而召开的一次部长级会议刚刚在日内瓦[32]结束，道路已被扫清，可以与欧洲国家和其他几十个国家进行长期艰苦的讨价还价了。我被派往日内瓦，参加了几次准备性的初步会谈，会谈的情况表明此后的谈判之路一片坎坷。

部长级会议进行得不怎么顺利。作为授予总统特殊权力的条件之一，国会坚持要求白宫直接领导这些权力的实施，由一名内阁级的特别贸易代表来执行此事。为此，肯尼迪劝说已经退休的共和党前州长兼国务卿克里斯蒂安·赫脱（Christian Herter）出山。赫脱已经 70 多岁，身体欠佳，威望颇佳，但是没有贸易谈判经验。整个代表团规模庞大，行动迟缓，而且内斗不断。6 名助理国务卿和来自不同部门与机构的至少 17 名高级顾问争论不休，任何一项可能的特殊利益都会让大家的日子不好过。作为特别贸易代表的赫脱是一个新手，全无经验。虽然"州长"（这是赫脱更喜欢的头衔）苦苦维持，但是仍不见秩序井然。其他国家的代表一直很难沟通，在真正的谈判可以开始之前，审议过程几乎陷入混乱。很明显，必须得做点什么。

这就是总统传唤我的背景。我一度害怕去白宫，因为我不知道白宫召唤我有什么事。鲍尔和他的工作人员得出的结论是：需要为赫脱派一位有经验的副手，领导美方进行实际的会谈，而"州长"则主要负责国内的政治事宜。令我懊恼的是，他们选择了我。但是，

第四章　60年代　华盛顿

我坚决不同意，原因是我非常想留在华盛顿。鲍尔最喜欢的一句格言是，在政府里，"离得近，提议才管用"。我把他的这句话牢记在心。前往遥远的瑞士，听命于华盛顿的指示，我担心自己影响甚微，这种事情对我没有什么吸引力。所以，很明显，现在的策略是总统亲自推我走上这条路。然而，我仍然决心拒绝这一光荣任务。此前几天，我已经提前演练了所有可能的原因，说出派其他人——我连名单都准备好了——比我更适合这项任务。

事实证明这次会面非常短暂。当我战战兢兢地被带入总统办公室的时候，总统在摇椅里坐着，愉快地向我打招呼。首先，他祝贺我获得咖啡会谈的胜利，感谢我"助了他一臂之力"。慢慢地，我的决心开始融化。"告诉我，"他接着问，"他们为什么称之为'肯尼迪回合'？"我解释说，原因是他使《贸易扩张法案》通过，所以才使这一重要的贸易谈判成为可能，全世界对此都很清楚。虽然他可能对此知情，但是他装出惊讶的样子。"我不确定我是不是喜欢用我的名字命名，"他沉思着，"毕竟，如果谈判失败了，受到指责的人会是我。"然后，他向前倾斜身体，用他那双能看穿一切的蓝眼睛直视着我："这就是为什么我要你去，确保这种事情不会发生。"他话音刚落，我听到自己说："是的，总统先生，我会竭尽全力。"

就这样，我对那些绝佳的拒绝理由只字未提。就这样，我在此后的四年离开国务院而长居日内瓦。我并不认为是总统在总统办公室的影响力作祟，也没有把这些算在肯尼迪个人魅力的账上。但正如我后来在那些企业界重量级人物身上看到的一样，环境的光环和美国总统的权威让人无法抗拒。

"肯尼迪回合"

1963年7月17日，参议院外交关系委员会认为我"足够强硬"，足以捍卫美国的重要利益，同意我担任总统的特别代表，进行贸易谈判，而我的级别是大使级别。对于一个曾经的无国籍移民来说，这是一个值得骄傲的时刻。

在那个年代，飞机旅行并未普及，执行国际任务的外交官仍然采用一种非常舒适的方式去海外赴任——乘船前往。因此，我于8月出发，同行的是我的妻子和三个女儿（当时分别是10岁、7岁和5岁），踏上悠闲的海洋之旅，前往热那亚，然后继续前往我们未来四年的家。日内瓦是一个中等规模的城市，在瑞士是一颗镶嵌于莱蒙湖畔的有点土气的宝石，但它是欧洲最宜人的地方。附近是秀丽的沙维斯，一派瑞士和法国的乡村景象，山峦一览无余，冬天的滑雪场也很棒。那里有上好的餐馆，当时一美元兑换四瑞士法郎，价格很合理。我们的女儿就读于瑞士的一所学校，并在那里学习法语。我有一个华丽的大使官邸，厨师、管家和女仆配备齐全。我们安定下来，并接受了这种生活方式，但是艾琳提醒我："我们既没有资格享受，也不习惯于这种生活方式。"

但事情进展并不特别尽如人意。"伟大设想"出现了一些麻烦，而"肯尼迪回合"其实是这个设想中的一部分。"伟大设想"尤其希望欧洲团结。一些欧洲的领导人——英国首相麦克米伦（Macmillan）、德国总理康拉德·阿登纳和法国总统戴高乐——仍

第四章 60年代 华盛顿

然抱有19世纪的老思想，他们很难理解美国对20世纪战后世界的看法。英国人起初敬而远之，尽管不能对所有条件照单全收，但是最终宣布愿意加入欧洲经济共同体。戴高乐对美英关系持怀疑态度，渴望获得欧洲经济共同体的领导地位，怀疑英国加入是充当了美国的特洛伊木马，以此来争夺法国的领导地位。

因此，联盟里麻烦不断，而且仅仅在几个月前，戴高乐还强烈反对英国加入的想法。媒体高呼"大西洋一片混乱"。西欧非但没有达成经济上的统一，反而多了分裂为两个相互竞争的贸易集团的风险：6个国家组成欧洲经济共同体，6个分布在英国周围的国家与英国一同成为欧洲自由贸易联盟成员国。

2月，华盛顿做出决定，不与法国发生严重分歧，并继续推进。此时，"肯尼迪回合"被视为一种重要手段，可以尽量弥合不同国家间的分歧。《纽约时报》认为，也许"肯尼迪回合"可以提供必要的黏合作用，以此"帮助克服迫在眉睫的大西洋混乱"，这一看法得到《华盛顿邮报》的沃尔特·利普曼和《时代周刊》的詹姆斯·莱斯顿的颇有影响力的观点的支持。[33]然而，"肯尼迪回合"面临着一系列令人困惑的制度障碍。

这项工作的范围非常庞大，涉及75个参与国，正如一家报纸所指出的，来自世界各地的个人代表和观察员不少于1 500人。[34]仅美国代表团就有60多名来自不同政府部门的官员，这还不包括不断到访的临时专家、国会议员、贵宾来访者和各色各样博取关注的游说者。

最大的障碍之一是欧洲经济共同体将首次作为一个整体进行谈判。《时代周刊》将这一问题称为"它与它们"的问题。[35]为了让它们的代表说出来的话有足够的权威，6个成员国首先必须同意授予代表一定的权限，但是它们的利益和传统差异很大，在布鲁塞尔达成共识的速度极其缓慢。欧洲自由贸易联盟本身缺乏政治凝聚力，其成员国本能上仍然是贸易保护主义者，对真正的贸易自由化几乎没有什么热情，而且它们怀疑"肯尼迪回合"是美国统治欧洲的一种策略。在一定程度上，法国的态度也是基于根深蒂固的敌对情绪。《时代周刊》上写道，戴高乐符合莎士比亚的一句格言："伟大就是要维持一场伟大的争吵。"[36] 与此同时，日本贡献甚微，希望在其强大的出口方面锦上添花，而加拿大、澳大利亚和新西兰这三大农业出口国则坚持实行广泛的农产品自由化——连美国都在抵制它们的诉求。

这些只是最初问题中的一部分，部长们甚至没有就关税削减的基本原则达成一致。它会是美国提议的"线性"削减吗？几乎无一例外的50%的削减？欧洲人对此坚决反对，并认为必须首先处理美国和欧洲的税率模式之间的"悬殊"问题。他们指出，所有关税的平均水平可能相似，但是美国对一些产品征收非常高的关税（尽管他们"忽略"了许多关税非常低的产品）。这并不是一个良好的开端，所以谈判仍然陷入僵局，毫无起色。到目前为止，谁也不知道怎样让发展中国家参与进来，并使谈判对它们产生实际意义；也没有人知道如何应对国际贸易中无数的非关税壁垒，以及什么样的削减规则能持久。最后，还有美国销售价格的严重问题。这是一项尤其显露出高度保护主义的特殊规定，长久以来惠及美国的苯类化学品生产商。对于这些产品，关税的评估不是针对出口价格的价值，而是针对受保护的过高的国内销售价格，从而实际上排斥了国外竞争。六国已经明确表示，必须取消美国的价格保护，如果不取消，一切免谈。而我们受到国会的巨大压力，不准我们屈服。最终，这个问题凌驾于其他问题之上，几乎给"肯尼迪回合"带来灭顶之灾。

* * *

"肯尼迪回合"的成功花费了四年时间。一路上有很多波折，多次濒临失败，或者说，充其量只可能取得象征性的结果。在这些危急时刻，批评和猜测的声音不绝于耳。但是，当我们成功的时候，谈判的结果被誉为有史以来最成功的贸易谈判。关税平均下降了33%。难以解决的关键问题得到调和，甚至在农业和发展中国家的贸易方面也至少取得了一些进展。政治上，欧洲统一得到加强，大西洋伙伴关系也得到加强。

1967年5月14日，当最后一项协议在一个通宵会议上被敲定的时候，肯尼迪已经去世三年。谈判周期比他预期的时间长了两倍，但是从他被刺杀的那一刻起，于我而言，在谈判结束前离开就不再是一个选择。我接受了他在总统办公室对我做出的邀请，我要保护他的名字不受失败的影响，这是我个人对他的承诺，因为他已经不在人世，我就更要信守到底。

对我来说，这也是国际谈判中又一次重要的学习经历。我发现，一个国家代表团的合理的内部组织及其在国内的支持度至关重要，而同样重要的是让团队保持一致，懂得什么时候妥协、什么时候坚持立场。

我在"肯尼迪回合"的任务包括了以上所有内容。乔治·鲍尔后来将其描述为"一项艰巨的任务，需要坚持不懈、意志坚定和毅力，才能承受其压力……毕竟他们与之缠斗的谈判代表也承受着同等的压力，但是方向却正好相反"[37]。

我从中懂得了只有努力工作和良好的想法是不够的。一个人需要知道权力在何处，并直接接触权力。因此，我成了一个出差成瘾的人，很少在日内瓦逗留太久。每隔6～8周，我都会回到华盛顿进行游说，获得可行的指示，并向有影响力的国会议员通报消息；或者，我会到一些国家的首都去，因为我知道其他谈判代表得到的指令都来自这些地方。

最后，还有一个关键事实，即这种重大的国际性谈判通常有三个特点：一是闭门进行；二是确保在国内得到充分的支持；三是尽可能地管理好外界关于谈判情况的报告。对于提供国内的支持，没有人比威廉·马特森·罗斯（William Matson Roth）更能当此重任，他是赫脱的另一位副手，负责"肯尼迪回合"中华盛顿方面的联络，做我在华盛顿的同级伙伴。他来自加州，十分老练、细心、聪明。他虽然初来乍到，但是很快就学会华盛顿的生存之道，我们形成了一个很有效率的双人组。威廉在美国牵制"敌人"，并且为日内瓦代表团提供关键的支持。直到今天，威廉夫妇仍然是我的密友。

最后说一点。对于外面的事务，一个好的公共事务顾问可遇不可求，而最后证明我选择的哈罗德·卡普兰（Harold Kaplan）是一员福将。主要的贸易谈判尤其敏感，它们影响到许多至关重要的利益。谣言总是传个不停，半真半假的事实或彻底的错误信息被故意"泄露出来"，目的在于破坏或削弱对方并支持己方的立场,这种做法并不罕见。在"肯尼迪回合"的诸多起起伏伏中,将谈判之火引至媒体始终是谈判过程的一部分,各方都尽可能以最佳的方式展示自己的说辞。谁的立场最合理?什么是真正不能妥协的原则?谁在真诚待人,谁可能只是虚张声势?某些谈判者阻碍了谈判进程,他是否可能只是在"单飞",其实并没有获得国内的支持?几年来,卡普兰出色地解决了我们与媒体的沟通问题。

威廉在日内瓦度过的十天里一直就最后的期限讨价还价。有时他扮演"坏人",而我是调解人,我们时不时地会出现在危言耸听的类似《日内瓦的阴霾》或《即将崩溃的关税会议》这样的标题中。[38]但是,当一切结束以后,《纽约时报》在头版刊登了"肯尼迪回合"的喜讯。约翰逊总统亲自向我们表示祝贺。当我收到总统的授权,委托我在最终协议上签字的时候(国会很快就批准了授权申请),这是我人生中最自豪的时刻之一。

领导的重要性

60年代即将结束,自从肯尼迪竞选总统并承诺将迎来一个崭新的进步时代以来,发生了很多事情。三年前,他死于刺客的一颗子弹,正是他的继任者继续前进,才实现了美国的历史性转变。

所有"伟大社会"①的这些变革有可能在肯尼迪政府的领导下

---

① 1964年,约翰逊总统在演讲中说:"美国不仅有机会塑造一个富裕和强大的社会,而且有机会塑造一个伟大的社会。"由此所提出的施政目标,便是"伟大社会"。——译者注

发生吗？还是必须依赖约翰逊总统这位成功的立法策略家的巧妙策略才可能发生？如果没有约翰逊，如果没有来自明尼苏达州的伟大的自由主义者汉弗莱在参议院领导这场斗争，最重要的是，如果没有马丁·路德·金雄辩的口才，民权问题仍然会在60年代实现突破吗？我们永远不会知道答案。但是，这些重大事件改变了美国的历史。而它们之所以发生，是因为正确的领导人在正确的时间站在了正确的位置上。

60年代，殖民地世界永远消失，数十个新的国家加入联合国，新的机构应运而生以满足它们的特殊需求。然而，殖民主义的消亡并非没有动乱和痛苦，因为无能而蓄意报复的政客和独裁者从殖民大国手中接管了这些国家。而美国深陷于越南。

在欧洲，让·莫内关于欧洲统一的设想取得长足的进展，得到美国坚定的支持和大西洋伙伴关系的支持，这增强了西方的军事和经济安全，并使其经受住冷战带来的压力。60年代，在本国有效的领导和美国政策的支持下，战败的德国和日本迅速崛起。

我亲历了其中的一些历史性事件，而且是以与决策者关系密切的内部人士的身份。这些事件给我留下许多难忘的记忆，让我懂得一位勇敢的领导人所能扮演的关键角色。尤其有两件事情令我难以忘记。

* * *

古巴导弹危机的关键日子是1962年10月22日，这也是在墨西哥城举行的争取进步联盟会议开幕的日子。我与美国代表团一起出席，代表团的领袖是财政部部长道格拉斯·迪伦（Douglas Dillon），他举止优雅，令人印象深刻，散发出功成名就者身上的那种自信。他的自信和随时掌控全局的气势给我留下深刻印象。我们后来知道，会议开幕前他一直和总统核心顾问团共议，而顾问团几天来一直处于机密工作的状态，以权衡美国应对苏联威胁的可选方案，他在最后一刻才在墨西哥的开幕式上现身。

我永远不会忘记迪伦的样子，当晚他给美国大使馆的高级代表团成员打电话，向我们简要介绍局势的严重性，以及总统即将向全国发表的报告。他整个人紧张而苍白，显然由于睡眠不足而筋疲力尽。他解释说，美国将在公海迎战携带导弹的苏联船只，而没有人知道苏联会如何反应。他的妻子同行，此刻他们坐在一起，手握在一起，无法掩饰他们内心的紧张和忧虑。总统在电视上发出警告："没有人能够准确地预见行动（事件）未来的走向，也无法预料会带来多大成本或伤亡。"看到帮助总统做出关键决策的人紧握着妻子的手——这一幕令我终生难忘。

另一个不可磨灭的记忆是在1963年11月22日，当时全世界都听到了肯尼迪总统遇刺的消息。对我来说，那一刻，我感到一种特别的辛酸，因为在他去世的那一刻，我正在去伯尔尼的路上，执行他个人指派的一项任务，我随身带着他写给瑞士未来的总统汉斯·沙夫纳（Hans Schaffner）的一封信，我受命亲自把信件递交给他。

信件的主题是解除美国对瑞士手表的关税壁垒，这在今天看来似乎是一个小问题，但是那时候对瑞士有着非常重要的意义，并对美国与瑞士的关系产生了长期影响。这两个国家的政治压力都很大，但最后肯尼迪决定采取行动。对于肯尼迪来说，这需要政治勇气；对于瑞士人来说，这将是一个好消息，总统希望以适当的方式传达他的决定。沙夫纳已经邀请我共进晚餐，当我到达的时候，他告诉我一个可怕的消息：我代之传达信息的美国总统已经去世。

我无暇顾及外交礼仪，忍不住流下眼泪。我递交信件后就告辞了。约翰·肯尼迪曾经写过关于政治勇气的文章，从一个侧面来说，瑞士人民在他去世的那天收到了他政治勇气的证明。

* * *

在政府供职的岁月让我深深了解到美国在世界事务中所占据的独特地位。我们在世界舞台上的影响力如此之大，以至于很少有国际事件不触及我们的切身利益，无论是安全问题，还是经济和金融问题。这为我们提供了影响事件的机会，但也强加了一种领袖义务，而做领袖并不总是那样令人舒服或感到轻松。偶尔，我们有心坐视不理，希望别人能取代我们，但这样做很少产生作用。除非我们在主要问题上带头，否则其他人都不会管。美国在世界事务中的影响力常常令人羡慕，也遭人憎恨。美国必须接受自己独特的责任，而且在行使责任的时候要极尽耐心并明白自己的局限之处。如果试图单干或把我们的意志强加于人，那几乎无法成功。

历史事件的力量之大，超出任何人的控制范围。历史上，意外事件时有发生，例如关键人物在关键时刻登上或者离开世界舞台。肯尼迪去世就是这样的一个例子。然而,变革和事件只是一个框架,它们提供的是政治互动和历史形成的背景。我已经明白,政治就是行使权力,行使权力的有男有女,都有做出明智之举和愚蠢行为的能力。如果正确的人在正确的时间、正确的地点采取主动行动,行使有效的领导,就可以产生极其积极的影响。

当肯尼迪克服巨大的困难,用自己的远见和勇气引领世界贸易自由化的新道路时,他创造了历史。当有远见的让·莫内为欧洲统一的思想提供智慧时,他影响了怀疑论者,并激励了像乔治·鲍尔这样的信徒,乔治·鲍尔进而确保了美国对此的重要支持。这种领导力也是由创造历史的个人实现的。

当然,反过来也是一样的。如果当时肯尼迪和鲍尔在越南问题上有着共同的远见,或者说约翰逊多一些勇气、少一些顽固来扭转局面,那么越南的情况可能完全不同。当权者的领导作用最明显的例子莫过于在古巴导弹危机期间与灾难的"亲密接触"。克里姆林宫做出了可能导致核战争的具有毁灭性的误判,如果当时白宫听取了鹰派的建议,结果可能就是灭顶之灾。那天晚上,身在墨西哥城,我把这一切看得清清楚楚,正是道格拉斯·迪伦这样的人,危难时刻扛起重任,帮助美国总统选择了更明智的道路。

这些是60年代我在政府工作时学到的最重要的经验——决定事件进程的是个人,不仅有政府中的高层人士,政府中的低层人士也不容小觑。我在别人身上学到这个经验,我也了解了自己具备这样的能力。

第五章

70年代（上）

转型中的世界

重大变化

1963年，当肯尼迪派我去日内瓦的时候，他自信地向我保证：谈判不会超过两年，等"肯尼迪回合"会谈结束以后，我会受到热烈欢迎，回去继续担当重任。但事实并非如此。谈判花费了两倍的时间，当谈判结束时，肯尼迪已经去世三年有余。"新边疆"已成历史，白宫里有一位新总统，处理着与1963年不同的国内问题和国际挑战。就我而言，我不会回到华盛顿，而是离开政府，回归个人生活。

1961年，国务院曾经是让我梦想成真的地方，代表美国参加国际谈判让我深感满足。难以想象我在几年后会放弃这一切，重新到公司里工作。事实上，早在1965年春，国务院就向我抛出橄榄枝，打算把我纳入外交部门的正式编制，希望为我谋一个大使的职位，对此我欣然接受。

然而，1967年初，一份颇具分量的公司工作的邀请函落到我在日内瓦的办公桌上。我向外交部递交辞呈，并接受了工作邀约。一个很大的原因是越南。美国不幸深陷东南亚的冲突之中，我早就与很多人抱定同样的想法，认为这是一个悲惨的错误，美国的越南政策很愚蠢，而且在越南实现我们目标的机会微乎其微。我钦佩约翰逊总统在国内的成就，但他在越南政策上的前景让我深感不安。我不知道在这种情况下，我怎样才能忠诚地完成外交工作。

在美国最大的公司之一担任高级职务的工作邀请让我当机立断，这时"肯尼迪回合"已经进入最后阶段。奔德士公司是美国最大的70家公司之一，总部位于底特律，是一家为汽车、电子、航天和工业行业生产高科技工程产品的制造商，在全球拥有超过7万名员工，年销售额达10亿美元。作为公司的副总裁和董事会的成员，我将接管他们在纽约的公司业务，并管理奔德士广泛的国际业务。我在广受关注的"肯尼迪回合"会谈中发挥的作用被大肆渲染，这种宣传发挥了神奇作用，奔德士的主席为我描绘的工作机会与在皇冠瓶盖国际公司时的工作机会大为不同。我意识到，奔德士的工作几乎将把我一夜之间推上美国商业领域的高层。我对越南问题的担忧"推动"我开始考虑这个想法；奔德士给我的邀约则"拉动"我完成余下的事情。

1967年5月16日，《纽约时报》在头版报道了日内瓦会谈的成功结束。几周前，我给总统约翰逊和国务卿腊斯克写了机密信

第五章 70年代（上） 转型中的世界

件，宣布我决定在谈判结束后辞职。腊斯克回信之中对我赞赏有加，他在信中接受我的决定，但是"深感遗憾"。"在过去的六年里，"他写道，"你明智的建议和出色的谈判技巧为外交政策做出了重大贡献。"

约翰逊总统在会谈结束后发了一封贺电。几天后，他的私人信件寄到，信中感谢我"表现出非凡的技能、精力、智慧和奉献精神"。"'肯尼迪回合'的巨大利益，"他写道，"将作为对你非常出色工作的一个不朽的纪念。"两封信令我非常高兴，但我不禁希望这封信来自肯尼迪——如果他知道"他的"谈判已经取得成功，我们没有辜负他的希望，他该有多么高兴。

所以，在六月下旬，我们乘船回家。我想，虽然我的政府生涯暂时告一段落，但我有朝一日可能会重返华盛顿。

当我们回来的时候，美国已经今时不同往日。世界正在发生巨大变化，美国也是如此，证据随处可见——人们的生活方式、生活地点、幸福感和工作，以及种族和面孔带来的新的多样性。美国比其他许多国家更具个人主义，更能灵活地适应变化。当需要或机遇来临的时候，美国能够更务实地适应新环境。这是美国民族性格的一部分。在70年代，这样的情况比比皆是。

美国的经济不断增长，但是其他国家也是如此。西欧的实力越来越强，世界贸易的竞争也越来越激烈。差距缩小，新技术日益改变现代生活。各地的生活水平都提高了，世界金融和贸易体系更加紧密相连。越来越多的人乘坐飞机周游世界。

理查德·尼克松于1969年1月就任总统，他曾承诺迅速结束越南战争，但是战争持续数年，并使更多美国人因此丧命。针对城市衰败和民权变化缓慢的抗议活动在全国引起了骚乱。美国能源自给自足的时代结束，石油进口翻了一番，两次痛苦的石油危机带来经济困难时期，通货膨胀和失业水平空前高涨。位于美国北部衰败或萧条的工业区的"锈带"挣扎求生，而"阳光地带"①则兴旺发达。旧的工业停滞不前或规模收缩，而那些专注于服务和新技术的行业则不断发展。十年来，美国的钢铁产量下降20%，企业合并迅猛，在使一些行业合理化的同时也造成就业机会的损失，使许多工人前途未卜、举步维艰。

70年代的一个重要发展是不断变化的美国人口概况。证据随处可见——在市中心的街道上，在郊区的购物中心里。人口增加了很多。战后，人口数量稳步增长，在1968年突破2亿，70年代又增加了2 600万。战后，婴儿潮一代加剧了人口的膨胀。而70年代是新移民的第一次浪潮。到20世纪末，新移民将使美国新增2 300万人口，另有数百万"非法移民"穿越了美国松懈的南部边境。

70年代和80年代的移民不同于早期的移民，他们带来的影响显而易见。战后的前几年，移民相对较少，大部分来自欧洲，世界其他地区的人则大多不被接纳。然而，1965年，约翰逊签署的立法让美国政策转向了新的方向。移民程序更加自由化，接收标准也发生了变化，优先考虑政治难民、家庭亲属关系和职业资格。此前30年接收的移民不到700万，现在这一数字从70年代

---

① 美国的南部地区由于其低廉的房价而吸引人口大量迁入。人口的迁移和当地丰富的能源、农业资源，吸引着美国的新兴工业在南部布局，从而形成了美国三大工业区之一的南部工业区，这里被称为美国的"阳光地带"。——译者注

的450万人增加到80年代的700多万和90年代的900万。[1]然而,新立法最重要的特点是消除了公开的种族主义的来源国配额制度。

新的移民政策产生了巨大的效应。此后,只有10%～15%的新移民来自欧洲,绝大多数来自亚洲、南美洲、中美洲以及加勒比地区,另外还有少量的非洲人。结果十分明显,新的种族和民族混合像一个万花筒,丰富了美国的活力和创造力。古巴人涌向佛罗里达,重振迈阿密。在纽约和其他的大城市,勤劳的韩国店主经营24小时的便利店,美国人可以随时光顾;越南和泰国餐馆经营者为各地的餐饮业锦上添花;戴头巾的锡克人在新泽西州开采天然气;还有来自西半球几乎每个国家的拉丁移民,在经济和社会生活的各个层面都能感受到他们的存在。他们从事初级工作,这一丰富的新劳动力资源极大地促进了经济的持续增长,使美国的用工成本在世界贸易中很有竞争力。

许多移民把他们的孩子送去上学。从学校出来,按照美国历史悠久的传统,他们很快就在经济上更上一层楼。40年代末,当我在旧金山市立学院迈出移民生活第一步的时候,我的大多数同学都是白种人;而现在,学生中有60%是亚裔和西班牙裔。50年代,只有不到7%的美国人口出生在美国以外的地方;今天,每十个美国人中就有一个出生于其他国家。[2]

美国人不仅变得更加种族多样化,他们还大量向南和向西迁移,因此改变了国家的重心,学历和职业地位也发生了显著变化。在70年代仅仅十年的时间里,佛罗里达州的人口增长了60%,得克萨斯州增长了50%以上,加利福尼亚州增长了20%,而东部和中西部曾经的大人口中心的人口数量仍然保持不变或者有所下降。这只是一个长期趋势的开始，旧的制造业与来自海外的新的竞争者一较高下，而"阳光地带"更适合以新技术为基础的工业。现在，80％的美国人都是高中毕业生，四分之一的人上过大学，成为工程师、医生和律师的人在人数上远远超过此前。

* * *

"美国人拥有最好的食物、最舒适的住宅、最优质的教育。"约翰逊在离任前自豪地宣布。他说，虽然美国人只占世界人口的6％，但他们拥有世界上一半的财富、三分之二的汽车、一半的收音机，电力输出占世界水平的一半。[3]

约翰逊的"伟大社会"计划取得了一些近乎奇迹的成就。学校种族隔离被宣布为违宪，新的医疗保险是一项针对老年美国人的开创性的医疗保健计划，美国历史上最全面的住房法案已经颁布，正式被划分为"穷人"的美国人减少了三分之一，失业率降到了15年来的最低水平。

约翰逊特意采取"枪炮加黄油"策略，希望以此转移人们对日益不得人心的战争的不满。这种策略奏效了一段时间，但是后来情况发生了意外的变化。约翰逊在白宫任职后，经济的繁荣并没有持续太久，社会和民权立法上的突破也没有转化为国内的太平安宁。强烈的反战情绪战胜人们对政府的好感，导致国内动乱，包括在市中心发生的火灾爆炸和抢劫事件——这是被一份杂志称为"全国不满之冬"的日子。[4]因此，约翰逊选

第五章　70年代（上）　转型中的世界

择不再参选，副总统汉弗莱作为他的民主党继任者在选举中失利，接下来的三任总统——尼克松、福特和卡特——即将领导的这个国家既不和平，也不令人满足。

70年代的美国不是一个快乐的地方。随着战争的延续，抗议和内乱主导了十年里的最初几年。1971年，20万抗议者在华盛顿游行；其他城市也举行了类似的集会，反越战的骚动使大学校园陷入混乱。在路易斯维尔和南方多个城市，公交车隔离争议引发了暴力冲突；而北方城市的衰败导致了更多的违法事件。

经济也变得不景气。到1973年，美国陷入40年来最严重的经济衰退。福特总统在1975年1月发布国情咨文，咨文听起来与约翰逊早年对全国形势一片大好的吹嘘截然不同。"数以百万计的美国人失业，"福特说道，"经济衰退和通货膨胀正在侵蚀数以百万人的血汗钱……联邦赤字和国债都在上升……我们依靠他国才能获得必要的能源。"

在福特和卡特的总统任期内，经济将一直处于压力之下，这种情况一直延续到罗纳德·里根（Ronald Reagan）时代。两次重大的"石油冲击"，包括供应短缺和前所未有的价格飙升[5]，迫切提醒着美国依赖石油进口的风险。而约翰逊的"枪炮加黄油"的政策导致预算赤字增加，通货膨胀率急剧上升。由此对美元造成的压力提高了重要进口产品的成本。同时，欧洲经济增速放缓。因此，1976年，美国第一次尝到"滞胀"的滋味——通货膨胀率在8%~10%，国内生产总值停滞不前，失业率上升。到了福特政府末期，几乎7%的劳动力处于失业状态，通货膨胀率在短暂上升到两位数后固定在接近8%的水平。

在马丁·路德·金和肯尼迪被刺杀后，颜面扫地的副总统斯皮罗·阿格纽（Spiro Agnew）和尼克松总统辞职，前者是受到刑事指控，后者则是受到弹劾威胁，公众对政府及其领导人的信任度下降到冰点。结果，一位相对默默无闻的南方州长、没有华盛顿任职经验的吉米·卡特在1976年当选总统，仅仅因为他承诺了一句"我永远不会对美国人民撒谎"。

经济不景气是他当选的一个重要原因，但是吉米·卡特也没有什么好果子吃。70年代末的第二次石油危机比第一次更加严重，油价达到1973年的五倍。美元大幅贬值，直接威胁世界金融体系的稳定。到了卡特政府执政末期，美国的通货膨胀率达到两位数，失业率超过8%，这些都超过了福特时代。

能源危机、两位数的通货膨胀和高失业率无情地侵蚀着卡特的声望，而政策失误和政治失误则给他带来灭顶之灾。入主白宫四年之后，他也黯然离开。在接下来的几年里，这个国家将继续与复杂世界带来的问题和挑战缠斗。

走向全球化

70年代和80年代是从20世纪的冷战世界向21世纪的全球化过渡的年代，铁幕的倒塌是最后的决定性事件，事情发生得很突然，令人料想不到。然而，一个新的历史时代的迹象甚至在此之前就开始出现。

这是带来深刻的新发展的几十年，其影响力在当时无从了解，

第五章 70年代（上） 转型中的世界

而且无法预见。微电子的革命在世界各地产生深刻的影响，其惊人的进步预示着根本性的变化，为人类事务指示空前的全球化方向。英特尔在1971年推出微处理器是一件大事。在整个70年代到80年代，这种在计算机中处理信息的小芯片，其运算速度逐年呈指数级增长，开始推动世界的数据存储和通信能力以直线速度上升，并彻底改变人们的生活、工作和社交方式。医学科学家研制出第一台扫描全身的光纤内窥镜，实现人类基因的首次完全合成，大幅度提高了器官移植技术，在完善心脏手术的先进技术和癌症的早期检测与治疗方面取得重大进展。

然而，这些激动人心的进展也带来全球化的副作用的第一个先兆。70年代的能源危机是世界能源市场潜在压力的警告信号。30年后，当中国和印度的工业生产增长速度比世界其他国家高出几倍时，这将成为一个更为严重的问题，而这两个亚洲巨头的石油消费量在不到10年的时间内翻了一番。[6] 首次认识到如此快速的增长为环境带来越来越大的风险，是这十年间的另外一项关键的发展。

积极的方面，东西方阵营之间的紧张关系有所缓和，人类在知识领域取得重大进步，经济有了重大发展，中国和印度的工业出现有望持续增长的早期迹象。这一切都是好事。然而，新兴的全球主义造成的能源短缺使世界金融体系陷入紧张状态，经济衰退和国际收支危机的影响也跨越了国界，并导致了国际汇率的破坏性波动。

世界也没有变得更加安全。越南战争造成近6万名美国人的死亡，受伤人数更多，越南当地人口则有多达100万人的伤亡。

在柬埔寨，数百万人遭到谋杀。而在非洲的种族冲突中，失去生命和无家可归的难民人数增加了数百万。到 70 年代末，超过 1 000 万名难民离开世代居住的家园，在难民营中混沌度日。

* * *

在关键性的新发展中，苏联内部有迹象表明，他们的事情进展得并不顺利。新技术穿透铁幕，苏联的大多数卫星国[①]获得独立和美好生活的愿望即将化为泡影。苏联越来越显示出其在高科技世界中力不从心的迹象。亚历山大·索尔仁尼琴[②]（Aleksandr Solzhenitsyn）和其他知识分子开始在国外发表他们的作品，苏联犹太人高呼着离开的口号，著名物理学家安德烈·萨哈罗夫（Andrei Sakharov）公开批评体制，甚至斯大林的女儿也逃离苏联，到西方避难。

在东西方两个阵营中，本来应该探讨通过"缓和"和核裁军达成和解的可能性，并应该提出对于长期关系的设想，但实际上这些都没有发生。原因在于，四分之一个世纪以来，冷战一直主导现实，双方领导人都无暇顾及其他。因此，双方都以对峙将无

[①] 卫星国：国际关系中名义上完全享有主权，但其国内政治、军事和外交受强权干预的国家。强权国家常被称为宗主国。当卫星国可能出现政治变革之时，宗主国将付诸武力干涉，如"布拉格之春"因苏联武装干涉而失败。另外，由于国势弱小，需要有一个强大国家保护的国家也常被称为卫星国。——译者注

[②] 亚历山大·索尔仁尼琴：俄罗斯作家。1968 年，其作品《第一圈》无法在苏联国内发表而在境外发表，因此索尔仁尼琴被开除出苏联作协。其于 1970 年获得诺贝尔奖。

第五章 70年代（上） 转型中的世界

限期持续为假设，坚持延续此前的政策。

一个很好的例子就是詹姆斯·施莱辛格发表的一篇文章。《财富》杂志在1976年2月刊登这篇文章，对其进行封面报道。那时候，施莱辛格刚刚卸任，不再担任福特总统的国防部长。[7]文章中，施莱辛格无视微妙的现实，描绘出一幅令人震惊的画面，其中一个强国把卫星国牢牢地控制在自己手里，这个国家是个毫无节制的扩张主义者，其军事预算比美国高出50%，而"日本、韩国和中东国家严重暴露在来势汹汹的苏联这个对手面前"。

施莱辛格主张增加美国国防开支的观点尤其突出。在东西方阵营里，有这种想法的人绝对不在少数。然而，很多反面的证据已经出现。尽管苏联对其卫星国的控制仍不容撼动，但是越来越多的迹象表明，苏联深受低效经济、民族主义和内部纠纷的困扰。

早在1968年，乔治·凯南就率先注意到苏联卫星国不稳定的苗头。70年代的一些事件证明了他的正确性。施莱辛格和他的冷战战士们应该很清楚，苏联并没有进行认真的扩张主义冒险。

然而，这位美国前国防部长和持同样看法的其他人就是不能或者不愿承认：苏联正在从内部瓦解。尽管东西方之间仍在进行激烈的语言对抗，但基本现实已经偏离冷战时期的标准假设。1971年，美国与苏联两国联手探索太空，这是东西方关系逐渐解冻的早期迹象，也表明双方都有兴趣探寻机会，缓和紧张局势。"缓和"一词已经成为东西方的对话用语。苏联在随后几年的战略武器限制谈判中的立场也显示出一种强烈的愿望，希望缓解军备竞赛对其国内经济造成的压力。

就这样，全球化开始，即使这个词本身还没有流行起来。但是，这些年来，人们第一次感受到全球化的主要影响。欧洲的对策是建立一个更广泛的政治联盟。在其他地方，一些世界上的大国注意到这一点并迅速赶超。中国在70年代后期开展了一些经济上的改革，并与美国和解，从而结束了两国长期的疏离。随后，中美的非正式接触和互访接连不断，最终于1979年全面恢复外交关系。

中国从多年的孤立中走出来，迈出经济现代化的第一步，开始飞速发展。印度也开始苏醒。当时没有人完全意识到这些变化带来的巨大意义，也没有人意识到这些变化会很快为两国带来全新的世界地位。

在70年代和80年代，我管理着美国最大的两家公司，并在吉米·卡特的内阁任职。作为一名企业高管和政府官员，我周游世界，处在观察这些事件发展的有利位置。偶尔我也会在这些事件中扮演一个小角色。

公司领导

我于1967年加入奔德士公司，这家公司是一家大型跨国公司，是大型国防承包商和政府供应商，与之有业务往来的是世界上的汽车和航天企业。它的国际业务范围非常广泛，在全球有数十家子公司，拥有数百项技术许可协议。而我负责的就是这些。

对我来说，负责如此广泛的业务是一种全新体验。皇冠瓶盖

第五章 70年代（上）转型中的世界

国际公司是老板一个人的舞台，在那里，我没有在真正意义上监督过任何人。主持政府代表团的确是一项重任，但是我手下的谈判人员的数量很少超过100个人。现在，我将负责为庞大的高级管理人员团队和支持人员团队制定目标，在许多国家对多个业务部门拥有最终发言权，并负责确定底线。

这是一项巨大的全新挑战，需要大量快速学习。但这只是一个开始。3年后，我得到升职，负责公司全部的国内和国际业务。此后不久，董事会选举我为董事长兼首席执行官。在1977年吉米·卡特召唤我回到华盛顿之前，我一直做着这份工作。

我在奔德士工作的10年非常有意义，满足了我所有的期待。那时候，全球化方兴未艾，电子产品开始改变商业世界。对于善于利用新机遇的企业领导者来说，潜在的可能性令人兴奋，但是复杂性和风险性也更甚。投资和融资的选择范围有所扩大，但同时扩大的还有出错并付出高额代价的可能性，毕竟需要权衡不习惯的政治问题和传统的商业因素。所有这一切都需要高层管理人员具备全新的技能。就我而言，尽管我在商业经验和相关技术方面经验不足，但是我在政府工作多年，对国内和国际问题具备政治敏锐性，事实证明这非常有用，给了我一种更广阔的视野，使我比一些同龄人略胜一筹。

有大量的文章讨论到底是什么造就成功的商业领袖。在奔德士工作的经验使我相信，一些经常被提到的品质固然有用，比如卓越的技术知识、智慧、韧性、决心、精力和必胜的动力，但是这些并不足以缔造成功，也不是关键的品质。了解自己的局限性，具备坚定的对错意识，以及一些人所说的"情商"，至少也具有同样的重要性。奔德士让我相信，个人的勇气——何时表现出勇气，以及如何有效运用勇气的本能——也许在所有品质中最重要；而且在商业和政治活动中，这种勇气不常出现。选择下属，依靠他们的判断力并放权给他们，这需要勇气；认识到自己的不足、承认错误、改变主意和改变方向，这需要极大的勇气。

情商包含一整套关键性品质——健康的自我意识、个人成长的能力、倾听的能力、同理心、卓越的社交技能。同样重要的是，情商还涉及识别下属不可避免的奉承，欣赏直截了当的建议，而不要把枪口对准传达坏消息的人。最后一点，情商还涉及激励他人的能力、尊重领导权力的局限性和责任的能力。[8]在商业或政治活动中，权力可能发生腐败变化，也的确出现这种现象，不管是以明显或是微妙的方式。

在奔德士，我学会了领袖之道，我不仅观察自己犯过的错误，而且观察同龄人的成功和失败经历，并且观察当权者对事件进程和他人生活的影响。

美国公司在70年代所面临的挑战构成我的工作背景，那时候我在奔德士早期经历了紧急的在职培训。多年以来，美国工业一直在战后的国际商业领域占据主导地位。随着海外市场的复苏，美国的直接外国投资从1950年的120亿美元激增到70年代中期的1 330亿美元。事实上，美国在西欧拥有的生产设施增加非常之快，以至于西欧的许多人开始担心美国蓄意采取这项政策，利用其优越的资源，意在以经济手段支配和奴役这些国家。[9]

在60年代末，对美国公司而言，向海外发展是大势所趋，大多数首席执行官都参与积极的国际扩张计划。人们普遍认为，任

第五章 70年代（上） 转型中的世界

何胸怀大志的公司想要成功，海外发展都势在必行。美国公司里还有另外一种同样流行的政策：很多公司志在实现最大化的增长，因而通过收购和多样化经营，进入通常毫不相关的领域。每一位雄心勃勃的首席执行官都希望看到自己的公司在《财富》500强企业中名列前茅，作为对个人的认可以及动态管理成功的证明。至于通过收购实现多元化，尽可能进入产业链中不同的领域，这一做法则被认为是明智之举，既可以实现增长，又可以同时消除任何单一行业不可避免的动荡起伏。

在某些情况下，这种做法是很合理的。然而，在很多情况下，实际的结果并非始终令人欣喜，而是令人失望和受到挫折，而且代价高昂。但这需要时间才能显现出来。在商业世界，新理念和管理做法层出不穷。这些做法的保质期可能相当短，但是当流行的时候，许多首席执行官发现很难抗拒它们带来的吸引力。原因在于，许多人往往随波逐流，却不能引领潮流，他们更乐于仿效他人，而不是发现难题继而逆流而上。

我的前任为管理层注入了活力，成果斐然。他也开启了一轮积极的收购狂潮，取得了一些成功，但随之而来的也有许多意想不到的问题和挫折。他对科技的魔力深信不疑，并确立了"奔德士——科技开启未来"的座右铭。他讲给投资者的故事（华尔街总是喜欢听"故事"）是，在他收购的企业中，只有卓越的奔德士科技才能开启其隐藏的价值。听起来不错，但实际上，这种说法掩盖了一个事实，那就是公司撒出了一张太大的网，而网内的生意已经远离公司传统的专业领域。这种广泛撒网甚至包括收购一家中型的木材公司，该公司的主要资产是20万英亩的西部林地，而收购的理由是木材公司的锯木厂将受益于奔德士的电子技术。从理论上来说，这是一个很好的观点，但是在实践中，这终究只是一个幻想。

结果，销售额稳步增长，但是利润令人失望。然而，前任公司总裁专注于发展和技术，不听劝阻，继续前进。很显然，他以为我会在奔德士国际公司遵循同样的发展路线。因此，我的第一个问题就是决定是否照搬他的做法，或者在美国以外换一个方向是否可以带来更加明确的前景，保住公司的底线。

不久之后，我们才发现，贸然对有时候并不熟悉的领域进行收购，是利润不佳的根源。而且，这分散了我们的时间和注意力，令我们疏忽了对最熟悉的核心业务的管理。我们对收购的企业知之甚少，经常让我们受挫，付出很大的代价。有鉴于此，奔德士制定了一项新的国际商业计划，计划内容涉及对奔德士国际业务的优先顺序进行一次根本性的重新排序。从今以后，我们决定，把我们已经掌握和理解的业务放在首位，而新的业务只能作为对密切相关领域的补充。这不是奔德士的国内战略，但是我觉得如果它能对公司的利润做出更大贡献，那就是胜利，并将获得良好的反响。

很快，当我们从纽约办事处向底特律进行汇报时，结果比我预想的还要好。之后 3 年，国际利润稳步增长，销售额增长了 50%。不久之后，当我们考虑企业长期经营计划时，首先专注于底线——传统业务优先——成为国内经营的模式。国际业务部门成为公司利润增长最快的贡献者，连年创下新纪录。

一事成功百事顺。这些成果巩固了我在公司的地位。1970

年，我受邀前往公司总部，预计在12~18个月后成为公司的首席执行官。

3个月后，我们从普林斯顿搬到了密歇根州的安娜堡。一年后，我得到了公司的控制权。

"员工和利润"

在我接管总部后，我们将奔德士的座右铭改为"员工和利润"。这样做的目的是强调良好的业绩与人息息相关。而在奔德士，员工永远是第一位。

公司座右铭通常是陈词滥调，其设计目的更多是为了说起来好听，而不是作为管理实践的实用指南。然而，我们恪守座右铭，并赋予它真正的意义。我们希望尝试一种不同的、更加开放的公司管理方式，事实证明这不会损害公司的利润，而是会带来良好的结果。

为了证明我们是认真的，我的管理自上而下。我们设立了一个首席执行官办公室。在这个办公室，我和三名最高职位的执行官建立了一种共同的合作决策机制。在这个过程中，我们就公司政策和运营的重要方面进行讨论，并达成一致意见。如今，这种制度变得越来越普遍，但在70年代早期，这种做法仍然很罕见，而对于奔德士，这肯定是个创举。令我非常高兴的是——同时也令一些人感到惊讶的是——首席执行官办公室从一开始就运行顺利，并实现了预期目标。

还有其他方式，其中一些很不起眼，只有象征性意义。通过这些方法，我们在管理顶层引入一种更加学院式、开放式和不那么远程的管理风格。例如，我有意为之，会到基层管理人员的办公室里看看，也许是为了亲自把备忘录交给他们，或者仅仅是聊天并回应他们的问题和抱怨。我办公室的门大开，表明我这位首席执行官并非独居密室、与世隔绝。"热线电话"安装在我的外部办公室，任何员工都可以打电话问问题、提建议，或者提出投诉。

最终，《财富》关注到我的这些新的"人事政策"，并将其作为处理员工关系的成功方法进行了详细报道。《财富》赞许地提到我们的做法："努力工作，热忱地与基层管理人员交谈。"[10]

许多做法都不起眼，但是积少成多，所有努力的总和很快改变了整个公司的气氛。对我来说，这具有非常特殊的意义。我并没有忘记，在过去的日子里，有多少次我感到自己完全听命于当权者的奇想，却没有机会被人倾听。现在，我能够以不同的方式做事，这让我感到高兴。"对于没有发言权的人的困境，我感触颇深，因为我自己对这类事情有很多经验。"我对《底特律自由报》（*Detroit Free Press*）这样说。这是一点深刻的个人体会。[11]

在劳资关系方面，我同样决定尝试一种不同的、更积极的方法。在底特律，在与工会打交道的时候，公司普遍持一种僵持和对抗的态度。但是现在，我们开始试图让管理层相信，如果他们不把工会视为敌人，而是把工会当作合作伙伴去相处，这会带来回报。在底特律的环境中，这是一种相当激进的想法，我的大多数本地同行都对此持怀疑态度，其中也包括几个奔德士的经理。然而，总的来说，这种做法确实在奔德士和当地的劳工领袖之间建立起一种更趋向合作和信任的关系，使我们免于遭受许多不必要的、代价昂贵的争议。例如，我们公开做出承诺：只有在别无他法的时候，公司才会搬迁或者关闭某个工厂，公司将咨询工会、通报原因，并寻求商议伤害最小的方案；公司将会非常小心地执行必须完成的工作，工厂搬迁绝不会超过必要的距离，希望这将使我们的员工能够通勤去新的厂址并保住自己的工作。

那时，我们被迫关闭安娜堡的一家工厂，因为这家工厂已经落伍，毫无起色。这时候，我们对这项政策进行了实际的测试。我们的内部分析表明，成本最低的替代方案是在遥远的南方某州开设新厂，这实际上意味着公司在密歇根州的雇员都会失业。所以，我们选择了一个中间地带，搬到一个位于密歇根州的不那么拥挤、更为有利的地方，与旧厂址相隔只有50英里。这样的成本会更高一些，但我们从员工和社区中收获了善意，从经验丰富的长期员工的感激回应中获得了收益，这抵消了我们所做出来的牺牲。

我们秉承道德规范的绝对标准，这些是奔德士新的经营之道中重要的组成部分。我们不想为了赢而不择手段。我们会努力工作，但是不会以玷污名誉或良心为代价。我这样宣布："大多数人对如何在个人生活中诚实和公平地行事有着清晰的认识。作为一家公司，我们将严格遵守相同的标准，不会降低要求。"后来，媒体甚至把我选为"美国工业的良心"。

奔德士的岁月对我来说非常重要。这给了我尝试的机会，让我可以学会怎样负责任地行使权力。

我知道选择合适的经理是我的主要职责之一，我必须谨慎地做出选择。但实际上，在这一点上，我并非滴水不漏。我不止一次犯了这样的错误：我对候选人的聪明才智印象过于深刻，从而忽略了勇气和道德品质，尽管我知道后者同样甚至更加重要。一旦我的错误显露无遗，我常常以拖延时间作为应对之法。

我也明白，领导就要做出选择，选择的过程令人痛苦，而且都不是直截了当、简简单单的。我明白我的决定会对别人的生活造成深远的影响，即使他们离我很远；我明白决策需要敢于质疑传统，而且需要偶尔选择不同和非传统做法的勇气，而结果总是受制于时机的变幻莫测，或是纯粹的好运气或坏运气。

最后，我非常满意地认识到，我们更为非传统的方法已经被全国认可，不但在以人为本方面，而且在底线方面也是如此。在我在底特律的6年时间里，奔德士的收入翻了一番，从1976年的15亿美元增至30多亿美元，每股收益从1.92美元增至5.82美元，股息增加了3倍。尽管经济已经经历严重的衰退，我们在底特律的大多数同行都遭受到严重的打击，但是我们每年都成功地改善公司的业绩。

奔德士的故事并非默默无闻，媒体也对它进行了详尽的报道。《纽约时报》在其商业版的首版刊登了一篇文章，极尽赞美之词，标题是《奔德士——赢家》。我特别引以为豪的是他们的评论，他们说我们不仅成为"机构投资者的最爱"，"此外，奔德士在劳资关系方面已成为商界知名的先锋公司"。[12]与此同时，底特律的主要报纸特别强调了我们的理念："这是一个先人后利的案例。最重要的是，这里的人们不会感到被遗忘。"[13]除此之外，美国的国家管理协会还将我评为"年度管理人物"，他们称我的管理风格为"动态领导",并将奔德士选为美国五大管理最佳的公司之一。[14]

公众参与

离开华盛顿以后,我希望自己只做一名对国内外重大事件感兴趣的观察员。事实证明,情况大相径庭,因为我在履行奔德士公司的职责时,会深入地参与各种各样的公共事务,这很像我在国务院和白宫时的经历。各种邀请纷至沓来,我受邀加入公司和社区委员会,参加各种各样的商业和公共活动。而当我成为奔德士的首席执行官后,各方招募我参加各种当地活动和商业、经济与国际组织。大多数首席执行官都需要这样的业余活动,但是有鉴于我之前的政府工作背景和我身为一名民主党人的身份,他们邀请我不仅仅是出于"平衡"的原因。不久之后,因为奔德士的工作要求颇多,再费心纠缠于底特律商界和其他外部活动确实成了一个大问题,要负责任地解决这个问题并不容易。事实上,密歇根州州长在1974年说服我领导一个小组,就州里的经济问题向他提供建议。这时候,一位奔德士同事的感叹被《纽约时报》记者引述——"我们这里最不需要的,就是让迈克再参加一项'业余活动'。"[15]

我拒绝掉了绝大部分的邀请,但我同意加入的一些组织正在应对70年代的重大问题,这对我有特殊的意义。美中关系全国委员会是其中一个组织,这是一个由研究中国的专家和学者组成的小组，而且在这个组织工作后来被证明是我在奔德士工作期间最令人兴奋的经历之一。美中关系即将改变，结束长达四分之一个世纪的隔阂，前景一片大好。这个美好前景让我的心为之跳动，这非常容易理解。我曾热切地追随尼克松和基辛格一行人对中华人民共和国进行访问。这次访问打开了一扇门，实现了一些名义上私人化但经过官方批准的接触。美中关系全国委员会被推到最前线，而成为委员会主席的邀请对我来说过于诱人、难以抗拒。

与此同时，"缓和"促成相似的美苏的"非官方"接触。当时，双方交换意见，并探讨降低东西方冷战对抗程度的方法。议程中包括的重要议题有核问题、裁军、军事政策和改善贸易关系的可能性。在美国方面，非官方的美国联合国协会在这些交流中发挥了带头作用。在莫斯科举行的会谈中，美国联合国协会招募了一批政府前高级官员、研究苏联的专家，还有主要的行政人员，其中包括未来的国务卿塞勒斯·万斯（Cyrus Vance）、普林斯顿高级研究所所长卡尔·凯森（Carl Kaysen）、哥伦比亚大学的苏联问题专家马歇尔·舒尔曼（Marshall Shulman），还有埃克森美孚公司和保诚保险公司的首席执行官。70年代初，我赴莫斯科主持过几次美国联合国协会的特派团工作，但是结果往往令人沮丧，尽管这些特派团与苏联高层官员的交流非常透彻。

在国内方面，我应邀加入普林斯顿大学的董事会，这是令我最为欢欣鼓舞的邀请之一。我持续在董事会任职了总共12年的时间，亲历了普林斯顿大学发生的重大变化。战前的普林斯顿大学公开歧视黑人，并实行非正式的配额制度，用以限制犹太学生的数量；不管是在本科还是研究生阶段，录取女性学生看起来都是痴人说梦。战后的普林斯顿大学已经发生重大变化，但是最为大刀阔斧的改革，是由战后的两位普林斯顿校长鲍勃·戈恩（Bob Goheen）和比尔·鲍恩（Bill Bowen）完成的，他们的任期与我在董事会的任期恰好一致。种族歧视已经一去不复返，女生走在校园里成为普遍景象，并且她们颇受欢迎。这个时候能够亲临校园，真是令人兴奋。我的女儿安是大学中第一批女性毕业生中的一员；四年后，她的妹妹简也进入普林斯顿大学。这对我有特殊的意义，令我特别自豪。

我对外交事务一直有兴趣，所以加入了纽约的外交关系委员会，参加了三边委员会，参加了美日交流会，加入了洛克菲勒基金会的董事会。洛克菲勒基金会在海外进行健康和营养问题的研究，工作涉及到引人入胜的遥远国度去进行实地考察。

然而，毫无疑问，在我这几年所有的非公司活动中，最重要和最值得纪念的是美中关系全国委员会的工作，以及我与中国人民重新建立的联系。

回到中国

1947年，当我在前往旧金山时经过黄浦江，我最后一次看到上海的天际线渐渐隐入水面，我的心里没有多少遗憾。21岁的我是个没有国籍的人，口袋里只有一张联合国发来的可以证明我的身份的文件。没有人关心我要离开。委婉地说，我因为离开中国而欣喜，并决心永不回来。

四分之一个世纪过去了，1973年夏天，我回到了这个我不想再见到的国家、这个已经变得让我几乎认不出的国家，此情此景，在我离开的时候绝对无法想象。在1947年，如果有人说，有一天中国会铺上红地毯欢迎我的到来，我会回来参与和中国高层的会谈，我会认为这很荒谬。事实上，能够重回中国已经足够令人惊讶。但是，从那以后，我至少回来了十几次，或者作为美国总统的私人代表，或者作为政府官员，或者作为普通公民。每一次，我都受到同样的礼遇和款待——中国人在2000多年的时间里把待客之道磨炼成了一种艺术，而且他们精通此道。

在多次访问的过程中，我开始了解中国和中国人民，而我此前在那里生活的时候从未真正了解他们，我对他们的喜爱与日俱增。我对"中央之国"的古代文化有了更多的了解，更加了解中国人民在20世纪的大部分时间里所经历的巨大困难，也更加了解他们身上有多大的能量和韧性，才能经受住这些风风雨雨。

中国在20世纪后几十年里不断进步，世界影响力日益增强，这种情况本身并非独一无二。印度和巴西在不同程度上也有过同样的经历。然而，中国的故事如此与众不同，对未来世界有着如此大的潜在影响，人们必须将其视为20世纪具有开创性的事件之一。中国是世界上人口最多的国家，在20世纪中叶，很少有国家像中国那样软弱、落后和分裂。实际上，中国与西方隔绝了四分之一个世纪。没有哪一个国家像中国一样突然进行经济改革，像中国一样爆炸性地增长，像中国一样快速地发展。

中国这台巨大的机器全速前进，数千座摩天大楼彻底改变了中国城市的面貌。如今，上海有4000多幢高楼，是纽约市的两

第五章 70年代（上） 转型中的世界

倍，据说在建的新大厦超过曼哈顿目前所有办公楼的全部建筑面积。

年轻的时候，我们乘坐简陋的舢板横渡黄浦江，从上海的外滩到达位于浦东的难民营。今天，浦东新机场将游客们送入一个广大的现代城市，这里曾经只有一片乡村。然后，他们穿过桥梁、隧道，进入上海的市中心。世界上海拔最高的铁路最近已在青海省西部建成。大城市之间高速公路纵横交错，现在街道上挤满了各种品牌的汽车。

在我的有生之年，我认识了三个完全不同的中国。第一个是1949年以前我生活的中国，只有认识第一个中国的人才能懂得20世纪的第二个中国。第三个是今天的全新的中国。

就个人而言，具有讽刺意味的是，这两个曾经给我最多不愉快和最少安慰的国家——德国和中国——在后来的几年里，居然在我的心中占据着特别温暖的位置。我将在后面再讨论发生在90年代的我和德国的故事。而我与中国关系的转变可以追溯到70年代。

* * *

1973年6月3日接近中午的时候，我是"民间"代表团的领队，在位于香港附近的罗湖进入中国，此时距我"永远地"离开中国已经过去了26年。迎接我们的是官员队伍，他们用精心准备的英语向我们问好，说"欢迎来到中华人民共和国"。然后，我们乘坐短程火车到达广州火车站，在那里，红地毯已经为我们铺好，红地毯的尽头等候着一队老式轿车，头车是一辆苏联制造的豪华轿车，看上去很像一辆老式的凯迪拉克。我们的目的地是东方酒店。[16]

我们作为政府邀请的客人到来，这次访问将带我们走访主要的城市和农村地区，和我们会面的将有大学学者、学生、工厂经理、农民，还有各级官员。我们还将与总理和外交部部长进行更广泛的讨论。我们的任务是就美国和中国之间最初的文化和学术交流进行商谈，商谈最终促成了双向源源不断的互访。虽然表面上这是一次民间的中国人与美国人的活动，但是事实上，在经历过四分之一个世纪的停滞不前以后，美中两国政府开启了美中关系的新阶段。

来自美中关系全国委员会的我们是第一批受邀访问中国的美国人，我和同行的中国问题专家一样难掩兴奋（对他们而言，这次访问实现了他们终生的梦想）。[17]在此之前，大多数美国的中国问题学者从未踏足中国，多年来只能从远处"观望中国"——他们解读中国媒体的信息。作为某个国家或某种文化方面的专家，他们实际上不曾亲身感受这个国家或这种文化，这有点类似于医生被蒙住眼睛。

在中国和美国缓慢的重新接触的过程中，我们的访问是一次开放性的行动。美中双方在70年代初断断续续地开始了许多尝试，并最终完成了全面外交关系的重建（我注定要在外交重建中发挥官方作用）。

到了1970年，地缘政治出现了新发展。中苏关系变得更加紧张。中国人开始担心，美国和苏联会联合起来。而美国看到利用中苏关系恶化的好机会，希望与中国建立更好的关系，以此缓解越南的困境。因此，两国都倾向于搁置争议，翻开历史的新一页。[18]

* * *

邀请方在广州为我们举行了欢迎宴会。第二天，我们登上一架苏联制造的飞机，踏上一段飞往北京的令人紧张的旅程，这是我们早些年第一次接触到中国航空旅行的刺激。在首都举行了一个星期的会议之后，我们又向北和向西深入中国的内陆，然后来到海岸线上的杭州和上海，最后又回到南部，再次踏足香港。

广州的宴会是第一次，此后还有许多类似的活动。每一次的活动都经过精心的安排，招待重要的"外国朋友"，在重要程度方面各不相同，主要看上菜的数量。很快，我们明白了后面的流程，也学会如何忍受这些仪式化的场合。他们无一例外地慷慨待客，饭菜也一贯精致美味。如果走运的话，邻座的人可能会给你一些有用的暗示，或者发表一句指点迷津的个人评论。

街上的景象也有所变化。上海从前只供外国人使用的赛马场被改建成人民公园。从前，营养不良的苦力拉着数千辆人力车奔跑在街道上，这曾经是街头场景中必不可少的一部分，现在这些都已经看不到。我这个曾经的"上海人"注意到，那些曾经无处不在的街头众生——骗子、扒手、乞丐和妓女——都不见了，我不得不真心欣赏这一惊人的壮举。

尽管如此，我不一定欣赏造就这一壮举的方法。该市一个所谓的街道委员会自豪地向我们解释他们是如何做到这一切的。他们告诉我们，在街上一条小巷里的 58 所房子中，至少有 24 所是妓院，有 101 个女子在那里做生意；有两所是赌场，有两所是鸦片窝点，还有五户院落是从事"迷信活动"的。他们说，革命后不久，所有这些场所随即都被关闭。我们问这里的居民后来怎么样了？他们解释说，一些"流氓"、老鸨和"毒草"很快就被押到公共场所处决，妓女被派到农村接受长期的劳动改造，干的活虽然艰苦却很"实在"。按照街道委员会的说法，这些女子们为此充满热情，并且深深感谢毛主席。

一部分境况比过去有了明显的改善，但是在其他的方面，时间似乎停滞不前。大多数房子与 40 年代相比几乎没有什么变化，只不过更加破旧、更加单调、更加无人打理。人们居住的拥挤小巷与此前别无二致，忍受着谈不上舒适和便利的生活环境。街道上倒是显得更加干净整齐，但是找不到多样性，看不到隐私性和自发性，再加上组织性和统一性带来的令人压抑的整体气氛，这一切都让人感觉非常沮丧。每个人都穿着相同款式的中山装，颜色不是灰色、黑色就是深蓝色。

第六章

70年代（下）

卡特时代

问题丛生的总统任期

吉米·卡特在他的回忆录中回忆，他于1977年1月20日就任美国第三十九任总统，"那是完美的一天，一切看起来都很好"。一切都各就各位。在他以微弱的优势获得选举胜利以后，他的声望大大提高，即使是变化无常的媒体也一度表示出十足的友好和支持。他组建的内阁受到广泛欢迎，其中包括许多有丰富从政经验的成员。他在白宫的工作人员主要是佐治亚州的亲信和年轻的竞选助手，他们在首都并不为人所知，但这种情况对于即将上任的总统来说并不罕见。毕竟，约翰·肯尼迪当选时拥有自己的"爱尔兰帮手"，林登·约翰逊则有他的得克萨斯州亲信。

作为总统候选人，卡特提出的计划非常庞大、雄心勃勃。现在，他渴望开始兑现他在竞选期间所做出的许多承诺。这个国家似乎处在他的掌控之中，而他的总统任期看起来一片光明。据《新闻周刊》（Newsweek）报道，"在华盛顿，似乎正在生成一种新的精神"[1]。

卡特曾经经营过花生农场，做过一任佐治亚州州长，但是没有在联邦政府工作的政治经验，谁也没想到他能够在四年一度的总统选举中获胜。之前没有人给他太多的机会，而且在大选前一年，他几乎排不进可能入主白宫的人物名单。但是，卡特周游各州，一直在基层不知疲倦地工作，在水门事件发生后对全国人民的情绪做出了精准的判断，并把自己在华盛顿缺乏经验作为卖点，把自己塑造成一个外来者和久经考验的政治管理者，旨在恢复总统办公室的诚实和正直。这些都是他竞选活动的重要主题，而且都发挥了作用。[2] 正如他的演讲稿撰写人里克·赫茨伯格（Rick Hertzberg）所说的，"他不为人所知，这为他构成一部分吸引力。他给竞选活动带来了一些简单的信念：一个不向美国人民撒谎的承诺，一个善良的承诺，一个爱的承诺"。

凭着坚定的决心和坚持不懈的努力，再加上对自己毫不动摇的信心，卡特经常绕开党派领导人，直接向人民发声。让专家们吃惊的是，在秋季的选举中，他在竞争中表现出色，赢得提名，并击败现任总统福特。他精心打造的诚实、道德的外来者形象——一个比传统的华盛顿政客更能与普通人相通的新政治领袖——在选民中引起很好的共鸣。即便如此，这次选举还是扣人心弦。即使只有两个州的少数几张选票发生变动，选举结果也会改变。投票结束过去了几个小时，选举结果仍然悬而未决。但最终还是卡特取得胜利。

第六章　70年代（下）　卡特时代

现在，他矗立在国会大厦高高的台阶上，而他已经实现了自己的远大抱负，准备入主白宫，开始他的总统工作。

吉米·卡特不是我最心仪的候选人。然而，竞选成功后，他邀请我加入顾问小组，向他简要介绍经济政策问题，地点就选在他母亲的池塘之家。池塘之家位于佐治亚州一个小村庄，是一座简陋的小屋，就在他家附近。对我来说，深入陌生的南方乡村，这种新体验令我着迷。我很快就断定卡特是一个不容小觑的人。我看到，他把一个黄色的垫子放在腿上，一边问着尖锐的问题，一边做着大量的笔记。他的一举一动使我对他另眼相看，钦佩他过人的才智、严肃的决心和努力工作的能力。

卡特和我见过的任何其他政治家不一样。尽管他很爱笑，但他显然不是一个随和的人，他流露出许多政客都有的那种轻松神情。他的外貌和举止没有什么特别之处，与我60年代为之效力的肯尼迪或约翰逊两位总统无法相提并论。卡特既没有约翰逊的外表，也没有肯尼迪的魅力。尽管他热情友好，但他内心却紧张又紧绷，显得有点害羞、矜持和警惕。然而，他那种非凡的严肃决心和在压力下沉着冷静的外在神情给我留下深刻印象。最重要的是，他反映出对自己坚定的信心和随时保持控制的能力。我认为，这足以证明卡特内心的平静，能够使他在总统办公室里更好地工作。

我意识到，卡特与我此前认识的两位椭圆形办公室主人大不相同。首先，他将是美国首位来自南方腹地的总统、首位信仰重生的基督徒，而不是律师或终身的政治家。作为一名美国海军军官学校的毕业生，他也将是第一位因为年纪很轻而不可能在第二次世界大战中服过役的总统，但他在里科弗上将手下接受过核潜艇工程师的培训，这似乎使他具备了一定的资格，可以在70年代末新兴的高科技的世界中领导美国。

此前，美国经历颇多波折：水门事件、三次政治暗杀、副总统被控犯有刑事罪行而辞职、理查德·尼克松蒙羞。而卡特的真诚、道德品质、坚定的价值观，以及对选民做出的"我永远不会对美国人民撒谎"的承诺——我看到的这一切则是这个时代的正解。有两件事给了我希望。首先，尽管他雄心勃勃，但他似乎是一个完全正派和诚实的人，不可能滥用他的权力。其次，他有意塑造一种朴素和具有道德力量的形象，精心设计一些象征性的动作——比如自己提着包、住在普通的美国式的家里——这显示出他有必备的技巧和正确的直觉可以为自己的计划赢得选民的支持。

* * *

就职典礼那天，尽管阳光灿烂，但是冷得要命，卡特此前为白宫前的贵宾检阅台订购了太阳能供暖设备——这是一个象征性的举动，强调了美国的能源问题——也没有起到什么作用。我是卡特指定的财政部部长。前副总统汉弗莱因患癌症而憔悴不堪，他的妻子站在我旁边。当新总统与他的妻子和女儿携手走过我们身边的时候，他笑容满面，向观众挥手欢呼。严寒令我们极不舒适，但我们还是很乐观。即使是重病中的汉弗莱也兴高采烈，我们一致认为我们有理由保持乐观和希望。

我第一次见到汉弗莱是在"肯尼迪回合"，就在他成为副总统之前，那时我们成了朋友。作为一名参议员，我认为他是国会中

第六章 70年代（下） 卡特时代

最受欢迎和最有趣的成员之一。民选政治家并不总是招人喜欢，他们主要的关注点是他们自己，充其量也只是"酒肉朋友"，这也许与他们的工作有关。一旦他们感觉到政治风险危及自己的地位，曾经信誓旦旦的友谊和支持很快就会被遗忘。在公开斥责你的同时，保证私下支持你，这种做法并不少见。康涅狄格州参议员亚伯·里比科夫（Abe Ribicoff）曾经这样劝我："政治就是这样，迈克。"当时，我抗议他在参议院大肆批评我们"肯尼迪回合"代表团，这与他此前的言论不符，毕竟他在访问日内瓦的时候还对我们的工作大为赞扬。

汉弗莱不是这种人。如果我们私下达成一致，他在公开场合的表现就靠得住。作为一名明尼苏达州人，他对农业贸易特别感兴趣，并曾多次到日内瓦与我会面，了解谈判进展。汉弗莱对我的三个年幼的女儿特别友善。正是在这些频繁的来访过程中，我们之间的关系开始密切起来。

汉弗莱和我经常一起去欧洲出差，在此期间，他不知疲倦地工作到深夜，这令我对他深感敬佩。他是一个不屈不挠的捍卫美国海外利益的斗士，同时他还是一个真正的国内小人物的保护者，致力于改善少数族群和弱势群体的处境。

短暂的蜜月期

1月21日，就职典礼的第二天，我和卡特新内阁的其他成员一起站在白宫的东厅，首席法官带领我们集体宣誓。总统夫妇骄傲地笑着，我们的家人和朋友陪同在侧。

新总统在椭圆形办公室安顿下来，他的政府开始步入正轨，一派欣欣向荣的景象。

在最初的蜜月期，大多数总统可以尽情享受有利的支持率给他们带来的助益。他们上任的第一个月通常是他们总统任期内最富有成效的一个时期。在这个时期，他们的立法提案的成功率最高。对于肯尼迪和约翰逊来说，他们的执政蜜月期持续了整整一年。在就职典礼后进行的盖洛普民意调查中，75%的被调查者给了卡特一个良好评价，所以有理由期待新总统会有出色的表现。

然而，现实并非如此。四年后，卡特被毫不留情地从总统办公室驱逐出去。直到今天，他仍然被认为是20世纪最不成功的总统之一。在外交政策方面，除了一些痛苦的挫折，他确实取得一些重大的成就。但是，在国内事务中，他遭遇重大困难和挫败。他只实现了一小部分计划，许多主要的立法举措要么彻底失败，要么效果大大缩水后惨淡执行。

他的政治蜜月期非常短暂。[3]早在第一年年底之前，他的政府就已经举步维艰，与国会矛盾不断。他在公众心目中失宠的速度更快，而且一发不可收拾，即使是周期性的好消息也无法逆转。不知何故，卡特担任最高职务的四年时间里，不管他怎样努力，都无法成功扭转公众对总统无能的看法。

公众对卡特的工作的认可度高开低走。卡特上任后不久，支持率高达75%。盖洛普民调显示，到了年底，只有不到50%的受访者仍然对他的表现表示认可。到了1978年4月，只有40%的人仍然认为他做得不错。到了1979年的夏天，盖洛普民调说，只有

第六章　70年代（下）　卡特时代

区区 26% 的受访民众仍然对卡特的表现持乐观态度。即使是比尔·克林顿在被弹劾期间也不会那么糟糕，只有杜鲁门——还有尼克松在水门事件中——有过更差的表现。在卡特于 1980 年竞选连任失败的时候，当他为了扭转自己的命运，孤注一掷、全力以赴时，盖洛普民调显示只有三分之一的人对他的表现给予了良好的评价。当卡特在 11 月被罗纳德·里根以决定性优势击败的时候，他成为战后仅有的两位未能连任的总统之一。

大多数对卡特时代有记忆的美国人和大多数历史学家仍然认为他是一位失败的总统。1999 年，各种学者将他列为 20 世纪 15 位领导人中的第 13 位[4]；自 1982 年以来的 10 项独立调查显示，卡特与福特并列成为 20 世纪最差的总统。卡特在美国历史上的 43 位总统中位列第 27 位，平庸至极。

最初看起来如此充满希望的事情，怎么会这么快就变了质？卡特总统的失败是否在所难免，错不在他？是因为他运气不好，还是像许多当代观察家和历史学家所说的那样，主要都是卡特本人的问题？答案是，这两个因素都对他的问题产生了关键性的影响。在与卡特密切合作的两年半的时间里，我看到大量的证据。证据显示，卡特当然也有时运不济的时候，但是作为政治领袖，他最大的敌人常常是他自己。最重要的是，正是这一点让他的总统生涯走向末路。

环境不好，这确实对卡特不利。他必须应对的环境本身很棘手，再加上战后最严重的能源危机、暴涨的汽油价格、空前的通货膨胀和伊朗革命——这一切他都无法预见，而且也无法控制。此外，国内经济的重大变化也造成不利影响，使他错失实施许多重大新举措的机会。在50年代和60年代，美国经历了持续性的经济增长、生活水平的提高和充分就业的时期。这使得林登·约翰逊能够为许多新的"伟大社会"福利提供资金，很多特殊利益集团都已经习惯于接受这些慷慨的捐赠，而且他们享受的份额越来越大。然而，到了卡特时代，生产力急剧下降，政府资源捉襟见肘。1977—1984年的人均实际收入下降，失业率却呈上升趋势，卡特的当务之急是如何勒紧腰带，而这并不会使他受到公众的喜爱。毕竟，削减成本和节省开支的人很少像慷慨的捐助者那样受到欢迎。

卡特时代也恰逢美国历史上政治格局发生重大变化的时刻。在水门事件和越南战事之后，在对政府长达十年的不信任的大背景下，虽然在水门事件后经过一定的改革，但是收效甚微。摆在卡特面前的是一个靠不住、控制不了的国会，尽管国会在名义上是民主党占多数派。考虑到他雄心勃勃的改革计划，任何作为都举步维艰。

作为一名候选人，对政府的不信任对卡特有利，对政党和国会领导层的传统控制力的削弱也让他受益不少。作为一个承诺消除混乱并恢复民众对政府信心的外来者，卡特被推上总统之位。但是，他很快就发现，这也使他的执政变得更加困难，尽管他不是第一个发现总统的权力存在极限的总统。很久以前，杜鲁门抱怨说他经常坐在总统办公室里发号施令，但什么都做不到；肯尼迪也同样遗憾地指出，"总统的权力经常被大肆渲染，而总统受到的限制偶尔也应该被人们记在心里"[5]。在20世纪的艰难时刻，卡特同样发现大权在握也意味着大大受限。

第六章 70年代（下） 卡特时代

然而，坏运气和艰难的经济和政治环境只是一部分原因。的确，卡特拿到一手烂牌，但他也不是一个好玩家。他的政府中的一些大型灾难是他一手造成的——无论是他自作自受带来的后果，还是他做出的或是没有做出的决定所带来的后果。如果是由其他的更有手段的总统来处理，方式肯定有所不同。在和卡特近距离接触的过程中，我最终意识到，他的问题的根源在于，根据他的背景、性格和经验，从理想意义上来说，他不适合坐上总统之位。具体来说，他的认知能力令人印象深刻，但是他却没有同样高水平的情商[6]和政治触觉——这两个特征是掌控总统面临的巨大挑战的必要条件。

要成为有效率的领导者，总统必须清楚自己的优先事项，把握好自己的时间，最好把细节交给别人去做，省得自己迷失方向。最重要的是，他必须了解自己的局限性，不妨假定他有能力选择经验丰富的得力干将作为顾问，对他们给予信任和责任，赋予其相应的行事权力。出色的领导还需要充分的脑力和灵活性，这样可以认识到错误，并在事情无法解决时进行妥协或改变方向。反过来，如果总统具备合理的组织意识，而且知道怎样让手下"动起来"，也将大有帮助。最后，成功的总统领导人必须有自身基本的目标和想法。

吉米·卡特在很多领域都出现了问题。他聪明、体面、勤奋、可敬、头脑一流，只不过很死板。我们这些经常与他打交道的人逐渐明白，他的气质中有一些因素妨碍了他做事的有效性。他自认为最大的优点——对自己不可动摇的信心、对细节的掌握，以及他认为行之有效的佐治亚州州长的管理模式——同时也是他在总统办公室中的盲点和破坏性错误的根源。

他以一个外来者的身份现身华盛顿，在与自己政党的候选人同场竞选时也毫不犹豫。然而，一旦上任，他没有意识到自己现在是在他们的地盘上，而且需要他们的帮助。在他的前任中，杜鲁门、肯尼迪、约翰逊、尼克松和福特都曾在国会任职。艾森豪威尔虽然没有担任过公选职务，但他在华盛顿及其周边地区浸润多年。卡特既不了解华盛顿也不熟悉国会，这确实是一个问题，但是不一定造成关键性的影响。克林顿和乔治·W. 布什也面临同样的挑战，但他们善于把经验丰富的华盛顿人招致麾下，解决了这个问题；此外，克林顿有敏锐的政治触觉，很快就学会为政之道。

吉米·卡特不具备这一切。作为佐治亚州州长的管理经验是卡特成功竞选总统的主要卖点之一。然而，在华盛顿，这也暴露了他一个更大的弱点，因为在组织白宫工作人员和管理他与国会的关系方面，他犯了两个严重的错误。一个错误是直到任职的第三年，卡特都一直抗拒任命白宫幕僚长[①]。他非常自信，试图凭一己之力做太多的决定，并且选择用"中心和周边"的方式管理白宫。卡特位于中心的枢纽位置，他的助手则环绕四周，拥有平等和自由与他接触的机会。但这样造成的结果往往是信息混杂、事情延误、互相干扰和乱作一团。

卡特犯的第二个错误使问题更加复杂化。大多数总统都会把几个颇为信任的同事和朋友带进核心集团，这样总统完全可以相

[①] 白宫幕僚长，又被译为白宫办公厅主任，是美国总统办事机构的最高级别官员。——译者注

信他们的忠诚。然而，大多数总统也意识到，他们也需要具备自己所欠缺的特殊知识和经验的员工，以及了解整个体系工作方式的员工。卡特来自华盛顿以外的地方，这一点对他来说尤为重要。尽管如此，他在白宫的大部分左膀右臂都是没有经验的佐治亚州亲信，像他一样对华盛顿的工作方式一无所知。有些人最终开窍，但是还有很多人一直没有入门。从一开始，白宫组织和人员选择方面的不足就是错误的核心，这些错误对他的打击非常大，而这些错误本来是可以避免的。

* * *

我是吉米·卡特的第一任财政部部长，我尽心尽力地为他效力了两年半的时间。1979年7月，时运低落，他改组了内阁，而我则是他选择接受辞呈的几个成员之一。简单地说，他解雇了我。那时，我虽然伤心，但是决定也算明智，而且，我已经迫不及待地准备离开。

我对卡特毫不怨恨。从一开始，我就因为他的善良诚实而尊重他。我为能在他的政府里工作而感到骄傲，为他的成功喝彩，也为他的挫折感到痛苦。他始终以礼貌和尊重的方式对我。在我的记忆中，在我们的许多私人会议中，他从未说过任何严厉或愤怒的话。在他的书面备忘录中，他有时会显得生硬和不耐烦，但夹杂在无数赞美之词中，这些真的不明显。

我赞同他的大部分政策目标。他是中东地区的和平调停者，成功赢得巴拿马运河之争、关贸总协定的东京回合。我盛赞所有成就，而且同样盛赞他对中国的政策、在人权问题上的勇敢立场，以及他为美国社会和全世界弱势群体做出的富有原则性的努力。

我还认为，只看到卡特的失败而不承认他的显著成就是不对的。例如，他实现了重要的公务员制度改革，在这个迟迟没有得到问题解决的困难领域取得了前无古人后无来者的进展，这值得赞扬。卡特最终通过了有限的能源立法，目的在于改革国内市场并促进更高效的能源使用，尽管最终的立法与他此前雄心勃勃的提议相差甚远。30年后，他的继任者们也都没有更多作为。同样的情况也适用于已颁布的适度的税收改革方案、迫在眉睫的最低工资的提高以及对航空业的管制放松，这些都为消费者带来了可观的储蓄。卡特也是一位坚定的环保主义者。他发起了用于清理有毒废物的"超级基金"，通过了具有里程碑意义的《阿拉斯加土地法》（Alaska Lands Act），用以保护原始土地。这些都是特别值得关注的成就，尤其是考虑到此后环境领域中的问题，这些成就尤为可贵。

最后还要说一点，卡特的总统任期内没有引发由他承担责任的国际危机。美国保持和平，他没有让这个国家卷入战争，丝毫无损美国作为自由、民主和法治的灯塔的国际声誉。从此后发生的事情来看，这些也是卡特总统积极正面的重要成就。

正如我与卡特荣辱与共，与他共事的岁月常常给我带来职业生涯中最困难和沮丧的感觉，同时，有时候也给我带来最多欣慰。像他一样，我也犯过错误，时过境迁之后，我会有与当时不同的做法。我知道总统日复一日地面对巨大的压力和艰难的抉择，比起任何公司的工作，这能教会我更多高层领导的意义。我明白历史确实由人创造，但是人也受制于他们无法控制的事情：突发事件和他们性格上的弱点与优势。

卡特的总统任期在很多方面都很有启发性，而一章的篇幅太短，我无法对此做出充分的解释，也无法超越个中角色去做出过多解释。我能做的就是讲述一些事件的幕后故事，以此说明在一些关键时刻发生的事件，探索这些事件能在多大程度上说明吉米·卡特的总统任期。

进入卡特内阁

我第一次见到吉米·卡特是在一次午餐会上，地点在纽约市的21俱乐部优雅的三楼私人餐厅，那时距离他赢得民主党提名刚过去一个星期。21俱乐部是（现在仍然是）曼哈顿一个面向公职人群的豪华酒吧。几个月后，我将代表卡特在国会发言，说明在这类机构进行商务午餐——他称之为"两份马提尼式午餐"——并享有免税资格的做法是不对的。在我看来，这是命运颇具讽刺性的转折，有那么多可能碰面的地方，而我们的第一次面对面的相遇居然是在这里。

那一天是1976年7月22日，受亨利·福特二世和他的一些朋友邀请，我与最近当选的民主党候选人共进午餐，受邀的还有另外几十位公司高管。出席会议的绝大多数人都是坚定而保守的共和党人，但他们都很想看看卡特，反过来卡特也想缓和他们对他的担忧。我记得，他和大家握手，频频微笑，话语简短，没有开辟新的话题，但是试图以男子汉气概向我们一众美国企业精英保证——撇开民粹主义竞选言论不谈——他不会为难商界，不会采取任何草率或有害的行动，对就业、税收或者跨国公司的境况产生不利影响。

我怀疑当天许多人的投票意向发生了变化。但是，作为少数民主党人之一，我很高兴地看到卡特表现得温文尔雅、说话中肯。他给在场的人留下了良好的印象，这远远超出我的预期。我简短地握了握卡特的手，问了一个简单的问题，他当场就给了我一个令人安心的、可预见的回答。但对于卡特来说，我无疑只是那天人群中的一张普通的面孔。[7] 我们谁也不可能知道这实际上是一个开始，此后我们将在三年的时间里息息相关、关系密切。

* * *

在几周后的 8 月 18 日，我惊奇地发现自己坐在一把金属折叠椅上，身边是这位民主党的旗手，地点在他的母亲位于佐治亚州南部的松树环绕的池塘之家。福特总统正在堪萨斯城与罗纳德·里根争夺共和党的最终提名，媒体的注意力转移到了西部。而卡特利用这一周的时间，召开关于国内事务、能源和经济的简报会。我不知道我因何出现在受邀名单上，成为 15 个左右经济政策专家中的一员，毕竟，他们中的许多人都是我在政府的老相识，不过我记得我很高兴能受邀前往并得以观察卡特的一举一动。

卡特正在留出时间考虑他在关键经济问题上的立场。大家一致认为，这些问题在即将到来的竞选活动中至关重要。国内的情况不太好，主要的关注点都集中在怎样刺激国内经济，还有美国

第六章 70年代（下） 卡特时代

的贸易和金融政策选择。1975年严重衰退后的经济复苏似乎已经停滞不前，经济显示出即将陷入滞胀的迹象。国民生产总值增长放缓，生产力下降，消费债务上升，失业率达到7.8%，这是1月以来的最高水平。与此同时，批发价格指数比去年增长了6.6%，福特政府发言人称这一变化"令人担忧"。欧洲经济增长缓慢，石油价格面临上涨的压力，东京回合国际贸易谈判没有取得足够的进展。问题在于，如何改善大国之间的经济政策协调与合作。

卡特深入地参与了竞选的政治活动。我原以为他主要对将"在皮奥里亚很好发挥作用"的经济提案感兴趣，但令我印象深刻的是，他同样渴望调查和了解热点问题的基本事实和数字，因为他在考虑公众对他可能倡导的政策会有何诉求。他为我们主持召开的这次会议更像是一个研究生研讨会，而不怎么像政治战略会议。他身着非正式的格子衬衫和牛仔裤，但是他开会时精神高度集中，一丝不苟。他提出自信而尖锐的问题，探究细节，做了大量笔记，让我们在整整四个小时的时间里不敢松懈，其间很少闲聊，也没有中断。我认为卡特的表现非常精彩。会后，我乘坐飞机返回位于密歇根的奔德士。当我在途中回顾当天的事情时，我从第一次与吉米·卡特的长时间接触中得到的主要感觉是，他是一个不寻常的政治家，有着好奇的、优越的头脑，如果他成为总统，这个国家将处于良好的掌控之中。

* * *

卡特在8月的民意调查中拥有两位数的领先优势，在大选时与福特几乎形成对峙之势,他胜利在望,令对手不安。他在初选中出人意料地获得成功,从而给公众留下一种印象:他是一位精明的政治家,有一个组织有效、运作良好的选举团队充当后盾。然而,在与福特的竞争中,几次失态和言语不畅使这一形象黯然失色。党内人士抱怨说,卡特阵营内部混乱且管理不善,其混乱程度几近让民主党人付出输掉选举的代价。在卡特上任的最初几个月里,当同样的抱怨再次不绝于耳时,人们会后知后觉地说,竞选中的失误实际上是卡特白宫生涯的第一个征兆。

而我直到11月下旬才与竞选活动有了进一步的联系。当时,卡特的一位工作人员突然打电话给我,让我在池塘之家再做一次简报。然而,这一次的情况与8月截然不同。卡特成为总统当选人,他即将任命内阁,他的一举一动都牵动着公众的强烈兴趣。前民主党政府的资深政客和众多雄心勃勃的竞选工作人员都在公开运作,希望在他的政府中谋职,各种谁入选、谁出局的谣言传来传去,媒体上充斥着关于卡特内阁名单的"内部消息"。

因此,即将与卡特会面的消息立即引起广泛的猜测,大家推断这一次受邀与卡特磋商的人实际上是他的经济内阁候选人的精选名单,这其中也包括几位首席执行官和华尔街的资深人士。《时代周刊》出版了一份"人才档案",将我列为财政部或国防部的最有力的竞争者。其他人推测我正是卡特所期待的理想人选:一名民主党人,在社会问题上是自由派,但是在经济问题上比较保守。

我在奔德士的工作给我带来很大的满足感,而且收入可观,也不乏挑战。在选举之前,让我放弃这份工作来换取华盛顿的高

第六章 70年代（下） 卡特时代

级职位，这似乎绝无可能，我对此几乎完全不予考虑。然而，随着新闻报道不断增多，我的电话铃也响个不停，朋友和同事们都试图刺探我的口风，同时为我提供鼓励和建议，这很快点燃了我大干一场的想法。在"肯尼迪回合"结束的时候，我告诉过自己，总有一天，我会有另一个在政府供职的机会，这种诱惑力仍然真实存在。虽然这个政府职位极具吸引力，但是我认为自己在内阁得到一席之地可能只是一个梦想。而如果这个机会真的成为现实，它可能是一个令人难以置信的机会，而且机不可失，时不再来。突然之间，我希望有人请我出山，并真心希望我能收到邀请。

在12月1日的会议上，涉及的问题与8月几乎没有什么变化，只不过这次的焦点是卡特实际的立法提案。团队的共识是，卡特需要提出某种经济刺激的整体方案。会后，我正准备回家，卡特把我拉到一边，提出那个我希望已久的问题："如果我需要你长期的帮助，你愿意来吗？"他问道。我事先为这个问题仔细演练了一个谨慎而积极的回答，强调我在奔德士的责任，并问他想让我做什么职位。"我会给你打电话的。"卡特对我这样承诺，脸上带着标志性的微笑表情并祝我一路平安。

第二天，他打电话给我，想知道哪个内阁职位最适合我，这使我感到很贴心。经过一轮简短的谈话，他让我下周去亚特兰大找他。到了那里，在一次简短的私人会议上，他第一次告诉我，我很有可能成为他的财政部部长。

我对新闻报道半信半疑，而卡特亲口证实了这些报道，这令我大吃一惊。财政部是最古老的政府部门之一，而财政部部长在内阁中的地位仅次于国务卿。财政部部长管理着12.5万名雇员。[8]按照传统，他是总统经济团队的成员、国家财政事务的管理者，而且是美国国际金融事务的高级官员。财政部部长的职责范围很广，如果在卡特的团队中全力竞争，去争取如此高的职位任命，难于登天。

卡特让大家明白，他深思熟虑，正在为他的内阁和非正式职位进行精挑细选。副总统人选蒙代尔（Mondale）和卡特本人将对最高竞争者进行精心的面试，并做出最后的选择。也许我是个例外——尽管我对此表示怀疑——但至少就我的情况而言，我唯一的"工作面试"的真实情况与其他人完全不同。我对这次面试做了详细的记录。就随后发生的事件来看，我的记录相当有启发性。

总的来说，我们那天的讨论总共持续了40分钟，我们两个人单独聊天的时间最多占了一半的时间。他以前只见过我两次，而且两次见面时我都是作为一个大团体的一分子。毫无疑问，他手里有一份关于我的非常详细的档案，这些档案从公共记录中收集而来，并辅以联邦调查局进行的标准的背景调查和从我的前同事处了解得来的结果。然而，当时我对他的了解可能比他对我的了解还要多，所以直到现在，他才第一次真正了解我并探讨我实质性的观点。然而，在我们几分钟的相处中，他既没有对我深入了解，也没有讨论他对财政部部长的期望，也没有询问我对相关问题的看法。他只是问我有没有做过什么秘而不宣的坏事，我向他保证我"绝对清白"。这时，他请我向他描述自己的背景——从移民到首席执行官——他时不时地用提问或评论打断我说的话。几乎没有其他的实质性内容。20分钟后，副总统人选蒙代尔和卡特的首席助理汉密尔顿·乔丹（Hamilton Jordan）也加入我们的谈

第六章 70年代（下） 卡特时代

话，我们四人的谈话只持续了很短的时间。

蒙代尔是明尼苏达州的另一位参议员，我和他是老朋友，而我们之间的友谊可以追溯到我帮助他进行一次竞选筹款的时候。蒙代尔和我在大多数问题上的意见一致，选择他担任卡特的副总统对我来说是一个好消息。他为人和善，很好共事，我一直觉得与他很亲近。我有理由相信，当选副总统是他的福报。在随后艰难的卡特岁月里，他一直是我在白宫里一位值得信赖的朋友，是卡特身边为数不多的几位资深人士之一，我可以指望得到他的理解和合理的建议。

蒙代尔是唯一一个探讨实质性内容的人，虽然也没有谈论很久。他问我通货膨胀与就业之间的权衡，以及奔德士如何处理阿拉伯抵制犹太人的问题。然后，卡特想知道为什么大企业对他如此冷淡（我告诉他因为他是民主党人）。事情就是这样。没过多久，因为时间很紧，会面匆匆结束。

因此，会面上没有来得及讨论的内容反而更重要：卡特期望其经济政策制定在政府中发挥什么作用，或者他认为财政部部长在此过程中扮演什么样的角色，哪一个问题都没有被提及。本来应该谈谈这些问题的。关于他的经济计划和我对他的经济计划有何看法，也没有进一步的讨论。他没有探究我们是否在这些问题上有一致的看法，我也没有提出这样的问题，也没有问他希望我怎么做，也没有问他如何看待他与员工的关系。如果我们当时多花一些时间，深入探讨这些关键问题，那么结果会好得多，但是我们什么都没有做。也许这并不重要，但考虑到后来发生的事情，这在当时是一个严重的疏忽，我和他都责无旁贷。

到了下一个星期一，也就是 12 月 13 日，卡特又打来电话，那时候是下午的 1：34。"我决定任命您为我的财政部部长。我为您感到骄傲。"他告诉我。"谢谢您，我很荣幸能为您效力，我一定会尽我所能，做到最好。"我这样回答。第二天，我回到亚特兰大，站在未来的总统旁边。他宣布，他已经选择我来担任美国财政部的第 64 任财政部部长。

入门

到了圣诞节，内阁基本就位。12 月 27 日至 29 日，卡特召集内阁成员和工作人员举行了一次见面会和规划会议，地点选在佐治亚州的一处优雅的海滨度假胜地。

这是我们许多人第一次有机会清楚地了解卡特对自己的政府的想法。大家兴致勃勃，期待度过愉快时光。虽然有时我们对听到的话感到困惑，但没有人愿意在如此的正面气氛下提出自己的疑问，破坏大家的兴致。

当选总统低调而自信，为整个会议设定了非正式的基调，这非常令人惊讶。他表现出极大的自信，对自己的意图和迅速进步的必然性深信不疑。在《纽约时报》头版的一张照片中，他穿着毛衣和休闲裤躺在沙发上，蒙代尔和我们一些内阁成员穿着类似，神态轻松。[9] 卡特竞选活动的设计师乔丹穿着旧裤子和工作靴，显得漫不经心。罗莎琳·卡特（Rosalynn Carter）也出席了会议，有那么一两次她摆出一个令人吃惊的姿势：坐在她的丈夫正前方的地板上，一边和他握着手，一边聆听会议。

卡特召集来的人来自两个背景迥异的群体。一个群体是：佐治亚州人罗莎琳；亚特兰大的律师查尔斯·柯博（Charles Kirbo），他是卡特的政治知己；为他的白宫工作人员安排的助手队伍，这些白宫工作人员都曾在亚特兰大为卡特服务或者在竞选中发挥过关键作用。在这群白宫工作人员中，乔丹和发言人乔迪·鲍威尔（Jody Powell）是最年长的。事实上，所有人都只有20多岁或30岁出头，此前几乎或根本没有联邦政府的工作经验。

佐治亚州人与我们这个群体——卡特的内阁人选——的不同之处不仅体现在他们的南方口音上，还体现在他们与卡特彼此之间长期相处带来的紧密关系上。事实上，除了他们对卡特不容置疑的忠诚，似乎没有人对其他的问题持有强烈的实质性的意见。

在竞选期间，卡特曾许诺要组建一个新的内阁。然而，他选择的许多职位几乎都不符合他的许诺，高级职位都给了熟悉的华盛顿的旧面孔，他们此前为前几任民主党总统工作过——在这些人中，塞勒斯·万斯担任国务卿，哈罗德·布朗（Harold Brown）担任国防部长，吉姆·施莱辛格担任能源部长，乔·卡利法诺（Joe Califano）担任卫生教育与福利部长。有两个明显的例外：一个是格里芬·贝尔（Griffin Bell），前联邦法官，亚特兰大的知名律师，他是卡特长期的支持者，他将成为卡特的司法部部长；另一个是卡特的密友伯特·兰斯（Bert Lance），被任命为白宫行政管理和预算办公室主管。

伯特·兰斯身高超过一米八，大腹便便，身材魁梧，他在卡特政府中扮演着重要的角色。他和总统信仰一致，而且两个人显然非常亲近。其他人对卡特毕恭毕敬，兰斯则更加平等地对待他，两人偶尔开彼此的玩笑，因此他们之间的友谊和信任显而易见。

兰斯是一个开朗外向的人，总是能适时地抛出一个恰当的故事或者一则南方的格言，他的外向程度与卡特的保守自控的程度不相上下。尽管总统自豪地认为一切问题尽在掌握中，但兰斯愿意愉快地承认，自己其实对即将上任的白宫行政管理和预算办公室主管的职责一无所知。兰斯经常对查理·舒尔茨不吝赞美之辞（舒尔茨是林登·约翰逊的白宫行政管理和预算办公室主管，也是即将上任的经济顾问委员会主席），同时向我表示他愿意领教我们的高明智慧。卡特生活俭朴，住在佐治亚州的乡村；兰斯则住在亚特兰大一座巨大、名副其实的豪宅里。几天后，他在那里为舒尔茨和我举办了一场精心策划的晚宴。

卡特强调过审慎的管理风格和周密的计划。考虑到这一主题，我们收到了供头几个月使用的令人印象深刻的倡议流程图，还收到一份长达 29 页的"建议的卡特政府议程"，这些将作为我们讨论的基础。

这两份文件令人生畏：野心勃勃，行动频繁，最后期限非常紧张。但是，令人费解的是，这些文件对国会日程的实际情况几乎没有任何考虑。文件中的计划紧密对应卡特竞选总统的立场和承诺，被描述为一份行动蓝图，"用来传达总统及其内阁将进行领导的这一明确印象。……为了履行总统的竞选承诺[10]，……以竞选中确立的成功主题为基础。……总统是一个贴近人民的领袖，一个将要改变现状的外来者，将使联邦的官僚机构有效工作，不浪费资源。他精力充沛，有效地解决诸如经济衰退、通货膨胀、能源等国家问题，并解决诸如军备控制等国际问题"。[11]

这些主题在竞选时有效地塑造了卡特的形象。对于被解读为将在几个月内实施的大量具体举措，我觉得它们过于雄心勃勃，有点自以为是。然而，卡特显然对此颇为自信，即使没有任何总统能够从根本上改革政府机构，使官僚机构运作起来毫无浪费，或者"解决"诸如经济衰退、通货膨胀、能源和军备控制等老大难的问题。我们得到的回答是：挫折或失败不可接受。

该议程引起大家对于细节的激烈辩论，但辩论的不是基本要旨。事实上，讨论的气氛不利于辩论，因为我们只是在互相了解，每个人都极力表现良好，不可避免地试探彼此的底细。卡特手下的佐治亚州人对此完全接受，毫无保留；我们其他人都急于表现出我们对卡特及其想法的坚信不疑。因此，没有人愿意冒险，去质疑基本假设的现实性。事后看来，当时的无人质疑是一个错误。

结果是，政府在起初的几个月就大量的行政行动和立法提案达成了一致。重中之重是在第一周向国会提交的一份多方面的经济、税收和支出方案，卡特自信地以为该方案在3月底之前就能在总统办公桌上等待签字。在30天内，要提交新的卡特政府的预算，以及一整套的"改革"法案。在90天内，卡特希望兑现向国会提交一份全面能源计划的承诺。在农场、退伍军人和老年人问题上，也有一些计划。加州收到指示，在5月前要准备好全面的福利改革提案。而我的任务是准备一份税收改革法案草案，以便在秋季提交给国会。万斯将开始与苏联谈判一项新的战略武器限制协定，对此也需要在秋季得出令人满意的结果。卡特打算监督一切规划，即便他公务缠身：在联合国发表讲话，会见多国元首，出席伦敦经济峰会，在全国视察，举行新闻发布会，以及每周召开内阁会议等。

其中大部分计划涉及极其复杂和有争议的问题，这些问题长期以来一直难以彻底解决，而且在这些问题背后，有强大的特殊利益集团的参与。它们还需要国会若干独立委员会的审议和批准。在所有这些方面同时向前推进，并期待得到有利的结果，这个要求确实很难实现。

总的来说，这些计划体现出三个特点，并可以定义卡特的风格：快速完成任务的雄心壮志，对成功毫无疑问的信心，以及任意设定紧张的行动期限的习惯。总统显然认为这是实现这一切的最佳途径。即使他曾经有过退缩的念头，他也没有流露出任何退缩的迹象。

在竞选期间，卡特强调一种新的总统管理方式，使政府机构更有效率，对民众的要求反应更迅速。现在，他将自己的想法付诸行动。他将以不同于其他总统的方式组织他的员工，并减少三分之一的员工。他将不任命幕僚长，采用"中心和周边"的方法，亲自做出重要的最终决定。将会存在真正的"内阁政府"，内阁成员将是他唯一的政策顾问，其他任何工作人员不得介入内阁成员和总统之间。"我任职总统期间，绝不会出现这样的例子，"他在我们宣誓就职后这样说，"那就是白宫的工作人员支配内阁成员，或者比内阁成员处于更高的地位。"[12]

这听起来真是太好了，好到令人难以置信，但是我不太确定如何在实践中去运作。美国的内阁由总统任命，完全听凭总统调遣。以前的内阁成员每个月也很少见面超过一次，大多数总统都

第六章　70年代（下）　卡特时代

认为这些见面开会纯粹是浪费时间。然而，卡特告诉我们，他每周和我们开一次会——时间定在周一上午的9点——他还说计划花上整整两个小时的时间来讨论所有的重大问题，并希望我们每个人都发表自己的意见。

卡特还希望我们独立管理自己的部门，不受白宫的干涉。这听起来很好，是又一次对习惯做法的决定性的突破。白宫通常对内阁以下人员的任命施加强大的影响，影响到助理秘书这一级的任命，一部分原因是为了奖励政治支持者，还有一部分原因是为了确保控制该部门的运作。卡特现在告诉我们，他基本上会把我们对下属的选择权留给我们自己，只有几个高级职位需要得到他的最后批准。他还向我们保证随时可以和他联系，并鼓励我们经常向他发送决策备忘录，他承诺会尽快批复，他会在页边空白处标明他的评语。

总统除了政策制定和与内阁互动之外，还有大量的公共责任。总统发表演讲、出访、会见外国政要和民间领袖，还要进行"紧急灭火"。一些过去的内阁成员很少见到总统——尼克松的内政部长有一次抱怨说，在18个月内，他只见过"老板"两次。然而，卡特答应我们可以畅通无阻地找到他，备忘录通常"24小时内"得到回复，这真的可能吗？当他和我在一次会议后聊天时，我忍不住表达了我对很多个人互动的高兴之情，同时我也温和地表达了我的一些怀疑。"你知道，"我告诉他，"你可能会发现自己的备忘录堆积如山。你认为这行得通吗？"然而，卡特并不在意。"哦，别担心，迈克，"他对我说，"我总是在早上7点之前就坐在办公桌前。另外，我喜欢阅读。"

于是，信心满满的吉米·卡特颁布了他雄心勃勃的计划，让我们去组织各自的部门。但是，在海滨度假村的两天让我有了很多值得思考的事情。其他总统，不管是卡特之前还是卡特之后的总统，竞选的时候都承诺解决长期存在的困难问题。卡特这样做并非独一无二。他也不是唯一一个做出许多竞选承诺的人。斯图尔特·埃森斯塔特（Stuart Eizenstat）是一位有能力的年轻律师，在卡特的佐治亚州亲信中脱颖而出，他几乎是唯一一位有过华盛顿经验并了解这些承诺的人。他把所有的承诺汇编成册，列出600项承诺，洋洋洒洒100页。卡特的不同之处在于他的信心，他有信心兑现大部分的承诺，而且有信心很快兑现承诺。他真的明白到底前路如何吗？他是否注定有不愉快的惊讶之感？我不禁想要知道答案，但是后来我把这些想法都抛在脑后。木已成舟，他几乎让我成为他的信徒，我全力支持他，决心尽我所能。后来我记起，在这最初两天里，甚至在新政府成立之前，就已经播下了未来种种麻烦的种子，也已显现出卡特遇到的问题的雏形。

首次遭遇挫折和混乱

"愤怒的国会议员，不可预见的错误，鲜有的帮助，敏感的外国领导人，这些都在阻碍卡特快速起步的努力。卡特应得到的教训：华盛顿的权力政治是一场别开生面的球赛。"[13]

这就是《美国新闻与世界报道》（*U. S. News & World Report*）对总统前100天任期的总结。6月，《财富》称，卡特的管理风格

第六章 70年代（下） 卡特时代

和相互矛盾的政策给他的政府打上"无能"的烙印。[14]《商业周刊》（*Business Week*）抱怨说，"糟糕的开始"使经济偏离了轨道。到了夏末，股市较前一年年底时下跌了20%。自由主义者怨声载道，保守主义者幸灾乐祸，国会焦躁不安。

现实无法回避：执政第一年刚刚过半，卡特政府就陷入混乱。在国会受挫，意想不到的问题，以及媒体的批评，这些显然令总统感到不安，他看上去很疲倦，也很烦恼。在内阁会议上，他越是向我们保证他"非常放松"（他很喜欢这么说），我就越怀疑事实可能恰恰相反，毕竟他向我们承诺了太多事情。令我们所有人大失所望的是，事故频出、管理不善的政府形象正在逐步成形。

我们从旋风式的行动中脱身出来：卡特的能源计划在90天内被制定出来，政府的预算和针对预算改革与政府重组的提案已经提交，卡特宣布有意否决19个他认为"太贵"的水利设施项目。福利和税收改革的工作也在进行中。万斯被派往莫斯科商谈战略武器限制协议，总统还举行了新闻发布会，宣布为他的能源计划而战，宣布了自己在人权问题上的立场，不胜枚举。

总体的结果是好坏参半。经济刺激计划并没有在国会引起议员的热烈反应。退税的想法——这是计划的核心部分之一——被摒弃，原因是参议院的反对。但计划的其余部分顺利通过。4月，国会授予总统他想要的重组权力（一项重要胜利），并通过了一项就业法案。

然而，问题是，这些成功代价不菲：国会对如此众多的改革方案感到相当不快，觉得一次性"发球"太多，还有对白宫工作人员、矛盾信息和不一致的声明的各种抱怨，对卡特在水利设施项目中所持立场有诸多不解和愤怒。一位民主党领袖后来抱怨说，卡特"在国会山上空放飞了太多气球，让人怀疑他是否有意让这个地方看起来更像一个马戏团"[15]。

一些挫折由国会造成，情况超出了卡特的控制，而国会难以驾驭的程度超出想象。然而，这些问题大都是可预测的后果。具体地说，卡特周围缺乏有经验的工作人员，这给他带来了麻烦：他的工作人员对国会中有权势的议员过于轻视。缺乏一位精通华盛顿的处世之道的强有力的幕僚长，缺乏明确的职责和权威，太多的顾问拿出相互矛盾的报告，再加上卡特把许多重要的决定留给自己，这些导致了延误、混乱、矛盾和许多的内部纠纷。最后，在没有与国会进行充分磋商的情况下，复杂而有争议的提案汹涌而来，让委员会难以招架、怒火中烧。卡特在决定问题时没有优先顺序，没有注意到问题之间的相互关系，也没有一个明确的总体框架，这一习惯导致矛盾，并模糊了他的目标的总体要旨。

人员配备的不足和组织方法尤其具有破坏性。在竞选期间，卡特曾承诺将白宫的工作人员削减三分之一，他说到做到，这对公共关系方面产生了积极的影响，但人手不足也造成了大问题。事实上，员工过剩总是比员工不够用要好一些。

卡特那些来自佐治亚州的经验不足的高级职员明显落败。他的总顾问鲍勃·利普舒茨（Bob Lipshutz）此前从未在华盛顿任职，在这个敏感的职位上显露出缺乏深度的短板；而负责关键的国会关系的弗兰克·摩尔（Frank Moore），事实证明成了另一个令人震惊的问题人物。

弗兰克错过会议，不回复重要委员会主席的电话并轻视他们，

第六章　70年代（下）　卡特时代

这样的故事很快就在华盛顿流传开来，不绝于耳。"我无法和他取得联系。"沮丧的众议院筹款委员会主席阿尔·乌尔曼（Al Ullman）会向我抱怨。其他人，如丹·罗斯滕科夫斯基（Dan Rostenkowski），在卡特急需善意支持的委员会中有很大的发言权，却没有压住怒火。"到底怎么回事？"他对我咆哮，不乏咒骂之词，"这些人太业余了。"

卡特鼓吹的"内阁政府"意味着内阁审议，最后也被证明经不起推敲。例如，在6月的一次会议上，笑话百出：内政部长宣布要去加利福尼亚旅行，卫生和公共服务部长吹嘘自己是第一位受邀参加美国医学协会会议的民主党部长，交通部部长提醒总统有必要和他讨论汽车安全带问题。即使是总统亲自干预的措施也很少涉及严肃的政策问题，更多的是政治公众人物会谈的性质，偶尔夹杂几句国务卿的赞美之词。在美国的政府体制中，内阁会议的意义不大，即使卡特努力改变这一点，最后也无济于事。

大多数毫无意义的内阁会议只是在浪费时间，但是在高级部门人物的任命方面，白宫传统的强有力的声音都被消除了——这是卡特引以为豪的另一项举措——这带来了意想不到的严重后果。由于在选拔中任人唯亲，员工往往把许多的部门主管看作"国务卿的人"，并怀疑他们追求的是个人利益，而非总统的利益。因此，当政策方面的分歧出现时，这种分歧会被误解为对总统不忠的证据，由此产生的在媒体上的诽谤和泄密事件则加深了人们对政府内部纠纷不断的印象。

总统的国家安全顾问布热津斯基是一位聪明而精明的管理者，在国际事务中发挥着强大而有影响力的协调作用，但是卡特没有任命任何工作人员履行经济事务上的类似职能，这是一个重大问题。从形式上来看，我曾得到委派，担任内阁经济政策小组的主席，勤奋的斯图尔特·埃森斯塔特获得国内政策顾问的头衔。然而，在现实中，卡特喜欢钻研各种细节，坚持做出太多的决定，这常常导致混乱和相互冲突的政策声明。

卡特的许多立场——例如平衡预算、控制开支和抑制通胀——都与他进行能源和福利改革的雄心壮志相冲突，因为这一切都需要资金。然而，他什么都想一把抓。当他分别考虑每一个问题时，他常常忘记问题之间的联系。90天出炉的能源计划就是一个很好的例子。能源计划的税收和支出因素必然会对经济产生重大影响，应该经过仔细考虑。然而，总统决定跳过众人，直接与他的能源部长一起制定计划，这引起许多混乱。

直到4月初，他的首席经济学家查理·舒尔茨和我都完全被蒙在鼓里，只听说关于特别天然气税的提议、更高的石油和天然气价格以及更严格的工业燃料效率标准的一些传言。此举的目的是提高效率和减少消耗，但是存在两个大问题。首先，这些秘密制定的计划影响深远、复杂且有争议，国会完全无法接受。其次，主要的宏观经济影响直接与政府的基本经济政策目标背道而驰。

查理和我非常担心，尽管不情愿，但是我们决定采取激烈的行动，用开门见山的方式和卡特对抗。第一步是一起打电话给总统，我们表明自己没有得到消息，并坚持必须让我们了解计划的细节。我告诉总统，能源计划的更广泛影响可能会产生重大的后果，并对他的利益产生严重的反作用。卡特显然很生气，大吃一惊。"好吧，"他用尖刻的讽刺回答，"我以为查理和你什么都知道

第六章 70年代（下） 卡特时代

呢。但如果你们都这么想，那就照你们说的办。"

我们不屈不挠，在4月5日发表了一份直截了当的联合签署备忘录，在开头有一段直言不讳的文字：

> 按照我们目前的了解，能源计划将影响深远，对整体经济、个别工业部门和我们的国际关系产生重大的影响。重要的是，我们要充分而清楚地理解这些影响的意义，使我们能够做出最好的选择。我们认为现在还没有做到这一点。

总统可能没有意识到这些因素。无论如何，我们的备忘录显然使他震惊，并付诸行动。他命令能源部长施莱辛格给我们一份详细的简报——比预定的告知时间提前了两周。因此，在最后关头，我们得以进行一些有限的修改以控制损失，删去一些提议，并重写其他提议。当该项计划在4月20日被宣布时，其在国会遭到猛烈抨击——我们对此早有预见——最终只通过了一个大打折扣的版本。即使在最好的情况下，这项计划也很难通过，但是如果从一开始就经过更仔细的考虑，至少会避免一些负面反应，以及与卡特经济计划其他关键部分的冲突。

既不设幕僚长，也不能充分信任强大的有经验的顾问来帮助他管理经济政策和国内事务，卡特工作越来越努力，阅读大量材料（最终，他的妻子罗莎琳和他参加了一个速读课程），并努力处理堆积如山的备忘录，而他将在备忘录的空白处写下评论和决定。他的想法没错，但是在这种情况下，失误和错误频繁发生，这一点都不奇怪。

有时候，他在细节上花费大量时间，这一嗜好让人难以置信。

有一次，在他的办公桌上放着一份简短的备忘录，内容涉及建立一条阿拉斯加输油管道这一长期问题，并对100多页的油井技术工作组报告的结果做了总结。这份冗长的报告附在一份简短的行动备忘录上，是为了节省他的精力。但是，当报告被返回去的时候，财政部助理部长随意翻看了一下，惊讶地发现总统的笔迹不但出现在摘要中，而且出现在长长的报告里（包括总统对所用管道直径的看法）——吉米·卡特已经阅读了整个文件！即使有他的快速阅读能力，这也一定是一件很难做到的事。

还有一次，当我向卡特介绍财政部对他的税收改革计划的建议时，我同样对他坚持沉浸技术细节的做法感到惊讶。美国的税制非常复杂，除了国税局和财政部的税务政策人员，只有少数税务专家完全掌握。然而，卡特花了很多时间试图尽可能充分地理解税制。在5月18日的会议上，他提醒我和财政部工作人员说，一项相对模糊的规定——对煤矿工人的特殊税收优惠——不在我们的清单上。"这方面涉及的收入很少，国会永远也不会这么做。这是像寻找圣杯一样渺茫的事情。"助理秘书拉里·伍德沃思（Larry Woodworth）这样解释道，他是一位公认的税务专家。拉里曾在国会联合税务委员会任职几年，但卡特一句话都听不进去。"把这一条列进去。"他严厉地命令道。[16]

兰斯事件

卡特任期的前六个月很不稳定，但其中一些问题仍然被归因

第六章 70年代（下） 卡特时代

于新政府初期的麻烦，而且有足够的空间消除早期的失策和失算的形象。不幸的是，1977年夏天，卡特对他的好朋友伯特·兰斯相关问题的处理方式进一步加深了公众对卡特作为政治领袖的疑虑。最终，这将加深他的负面公众形象，他的形象一落千丈，此后再也无法挽回。

兰斯事件是吉米·卡特执政第一年最大的政治事件，它使卡特政府的根基受到震动。这场危机——披露兰斯混乱的个人财务状况，以及其违反竞选法律的行为——尽管令人尴尬，但也不是特别惊天动地。总统从未被指控犯有个人不法行为，对兰斯的指控与他作为白宫行政管理和预算办公室主管的工作没有关系。因此，真正的破坏力不是来自指控本身，而是源自卡特处理事件的方式。

一开始，兰斯这位总统密友的故事就不讨人喜欢，并颇具破坏性，需要得到迅速而精明的处理。毕竟，兰斯不仅是白宫行政管理和预算办公室的负责人，也是卡特钦点的人，负责在四年内平衡联邦预算并履行其提高政府效率的承诺。在一个强调道德廉洁和健全管理的政府，兰斯混乱的个人财务——不管其行为是否违法——都会被质疑，令人怀疑兰斯是否适合担任如此重要的公职。

如果卡特认识到兰斯事件的爆炸性破坏力，并迅速采取行动遏制它，那么此事对他的政府和他本人的损害可能会很有限。事实上，巧妙的处理手法甚至可能提高他作为领导者的声誉。不幸的是，他没有抓住这个机会。不祥的预兆已然明显，卡特还在继续公开捍卫和赞扬他的朋友，并且在一个特别不合时宜的时刻，公开宣布他所听到的一切都没有给他带来很大困扰，这让整个国家的人大为吃惊；事实上，他说自己为兰斯感到"骄傲"。

结果，事情的焦点——我们都知道这本来不会发生——从兰斯的身上转移到总统的身上，人们质疑他的领导能力和判断力、政治敏感度，甚至道德标准。卡特的形象受到严重的影响。

针对兰斯的主要指控涉及他在佐治亚州两家银行的活动，其中一家是他的家族银行，另一家是由他担任首席执行官的银行。这项调查属于货币监理署的管辖范围，这是一个财政部下属机构，因此我完全被卷了进来。我立刻意识到，我面临着一个大问题，可能是作为财政部部长目前为止遇到的最困难的问题。虽然货币监理署主要通过专业的职业审查人员独立行事，但我知道，无论其报告披露了什么，我都会被毫无疑问地点名身份，即使是间接地与对内阁同僚和总统密友的渎职指控有关，这也必然是一项敏感的、不愉快的任务。

从一开始，我对审计长约翰·海曼（John Heimann）做出指示：尽可能公正地进行调查，并像调查其他人一样进行正常调查。任何被公众怀疑被特别处理或被掩盖的情节，都会使总统和所有相关人士的处境变得极其糟糕。当我在7月15日的一次私人会议上向卡特报告我的行动指令时，他立即同意说希望我继续这样行事。然而，卡特和兰斯关系极其亲密，所以在随后的几周里，我不断地给他带来关于他的朋友的坏消息，这总是让我感到很为难。很明显，总统对这件事深感不安，但他似乎很欣赏我的立场，而且，值得赞扬的是，他从未就此抱怨。

但兰斯在白宫工作的朋友们却不这么认为，他们怀疑我过于热心，蓄意泄露信息给媒体，企图伤害兰斯。从此以后，对我在

第六章　70年代（下）　卡特时代

财政部工作的匿名批评和有关我在政府中地位低下的传言便经常见报，直到卡特最终出面终止了这些传言。

货币监理署是华盛顿的一潭死水，很少出现在新闻中。它的主要任务是依据国家宪法管理全国数千家银行，虽然它归财政部管辖，但部长很少关注审计长。即使有什么工作联系，通常也是委托给部长的副手或助理秘书完成。具有讽刺意味的是，在白宫例行批准之后，海曼的任命在兰斯事件爆发的前几天刚刚生效。因此，几乎一夜之间，海曼发现自己被卷入一个充满政治危险性的全国性事件，这让他非常不安。

1月，当参议院准备批准兰斯任职时，已经偶尔有传言说在他竞选佐治亚州州长失败期间，他的家族银行存在透支的问题，包括提及当地美国律师突然结束调查，但没有人给予太多关注，由参议员亚伯·里比科夫主持的参议院委员会轻易地批准了兰斯的任职。关于兰斯行为不端的传言从未完全停止，几周后，《乡村之声报》（Village Voice）刊登一篇报道此事的文章，但也没有引起什么关注。[17]然而，《时代周刊》的5月刊刊登了一篇更详细的文章，这篇文章颇具吸引力。[18]报道说，兰斯"负债累累"，在他离职后，佐治亚州国家银行的股票价格大幅下跌，这可能使兰斯难以履行义务，难以按照"利益冲突原则"的要求处置其持有的股票。[19]这篇文章的预测很快证明是正确的。事实上，兰斯已经向总统请求帮助。7月11日，卡特向里比科夫的参议院委员会递交了一封信件，信中提到银行的困境，并要求推迟兰斯出售银行股票的最后期限。

媒体反应强烈，各种有关兰斯在佐治亚州记录的传言，以及他各种各样的违法行为都出现在媒体上。最具煽动性的指控来自《纽约时报》专栏作家威廉·萨菲尔（William Safire）[20]，他绝对不是政府的朋友，用各种指控来煽风点火。虽然有很多值得怀疑和被夸大的地方，但他每周两次的专栏文章会出现在全国100家报纸上，影响力非常大。除此之外，萨菲尔还声称兰斯"利用自己的公职工作赚钱"，利用政治影响力让蒂姆斯特基金投资给佐治亚州国家银行。此外，兰斯还让他的一位银行家朋友来找过我，却对其欠银行44.3万美元的事只字未提。[21] 萨菲尔说，还有一位美国律师对兰斯的记录进行调查，结果不了了之，十分可疑。这件事就发生在卡特提名兰斯的前一天。

刚刚工作了几天，约翰·海曼便神色紧张地来到财政部，要见财政部副部长卡斯威尔（Carswell）和我，向我们述说他在调查此事时的巨大压力，并且因为怀疑之前的货币监理署审查员掩盖了兰斯的问题，他的压力大到无以复加。海曼担心，如果这一切都是真的，会使民众对他刚刚接管的货币监理署提出质疑。我听完他的报告，意识到他面临的问题，同意他必须继续调查，并指示他行事一定要非常客观、谨慎。我在7月15日的私人会议上向总统汇报了这些情况。

与此同时，关于兰斯的负面报道与日俱增，直至席卷媒体。里比科夫的参议院委员会感到非常尴尬，担心委员会批准兰斯的速度太快。另外，国会的至少两个委员会也开始挖黑料。而所有这一切都给了谣言工厂更多的材料。有些报道是准确的，有些被添油加醋，还有些只是空穴来风，但这些都不再重要，兰斯的故事很快开始发酵。兰斯在佐治亚州的记录，连同他在芝加哥和纽

第六章 70年代（下） 卡特时代

约贷款的故事，被公开地详细剖析。

换言之，这是一个典型的华盛顿的丑闻——公众狂热地追逐它。而且，让卡特及其幕僚深感不安的是，没有人能够阻止这些报道。总统和他的助手以前从来没有经历过类似的事情。哈姆和乔迪对兰斯极为忠诚，对一些关于自己朋友的负面报道深恶痛绝。考虑到案件的调查人员较多，泄密在所难免，而哈姆和乔迪缺乏足够的经验理解这一点。他们认为大部分泄密是蓄意策划的，很可能是财政部意图摧毁兰斯的阴谋。他们的精力应该集中在防止此事对总统的声誉产生不好的影响上。相反，他们却对世人说，这是财政部对一个无可指责的人的报复，曝光对兰斯不利的消息只不过是我和海曼对兰斯的蓄意抹黑。财政部和白宫工作人员之间的气氛变得剑拔弩张、令人生厌。

总统实际上谨小慎微得多，不过他也不能完全理解谣言传播的不可控制性。"审计长不能阻止所有的泄密吗？"他在一次会议上忧虑地问我。当我提醒他，来自多个机构和国会的数十名调查人员都参与了调查，而且泄露的源头不可知，也无法阻止时，他表示理解并悲伤地点了点头。显然，哈姆和乔迪依旧感觉泄密的人是我，那些对我不利的"匿名"报道也继续流传。

大约五周后，海曼终于发布了一部分报告。整个货币监理署的报告十分详尽，长达三卷，洋洋洒洒395页，重约7.5磅，阅读体验并不愉快。其中最积极的消息是，审计长没有在审查过的事项中发现任何违法证据，这不同于此前那些令人毛骨悚然的猜测。然而，有许多令人尴尬的细节，这些肯定会引起麻烦。例如，报告指出，调查结果"对可接受的银行业务的构成要素提出的问题尚未得到解决",并指出两家银行都处于不健康的财务状况下。仍然存在许多尚未解决的问题,这将是第二份报告的主题,目前仍在调查之中。

白宫本来希望免除责任,但尽管"不违法"的结论得到了应有的关注,公众对该报告的反应却并不理想,对兰斯的批评也有增无减。《时代周刊》的结论是:"他糟糕的财政状况使他无法成为卡特紧缩国家开支[22]的有说服力的代言人,总统绝对不能让他继续留在白宫。"

从一开始,卡斯威尔和我就发现白宫有一种令人费解的气氛,这源自不惜一切代价拯救兰斯的决心,白宫难以理解货币监理署的调查结果的严重性和迅速采取行动的必要性。卡特的法律顾问鲍勃·利普舒茨本应扮演一个尤其重要的角色,但他给我们的印象是动作缓慢、头脑发热。我在8月12日的笔记中表达了我的担忧:

> 利普舒茨在这一切中显示了他的弱点,总是比卡斯威尔慢两拍。总统应该得到更好的辅佐。[23]

我和卡斯威尔尽了最大努力,让总统最大限度地认清现实。我们强调,即使没有犯罪行为出现,其他调查结果也已经很糟糕了,而且海曼的第二份报告可能披露更令人不安的调查结果。我的记录显示,我在椭圆形办公室进行了四次单独报告,第一次是7月23日,随后是8月2日、11日和12日。在8月12日会面时,货币监理署的报告即将发布,我们极力敦促总统谨慎行事。"好消息是,没有发现兰斯触犯了法律。"那天我说。"很好,很好。"卡

第六章 70年代（下）卡特时代

特笑着说。"但是，其他所有情况听起来都很糟糕，总统先生。"我警告说，不希望再次充当坏消息的信使。我又警告说，因为许多问题仍然存在，事态将十分严峻。

我满意地离开总统办公室，因为我已经竭尽所能，给了总统和他的顾问适当的警告，虽然我希望自己说得够明白，但不确定总统是不是听进去了。然而，卡特将兰斯的窘境变成了他自己的灾难，即使是我们，也对这种巨大的政治判断失误毫无准备。对于兰斯不涉及犯罪行为的调查结果，总统并没有进行谨慎的回应，而是选择忽略所有的负面影响，并宣布货币监理署的报告是对他的白宫行政管理和预算办公室主管的毫无保留的认可，即使这位主管已经四面楚歌。在一次临时召开的记者招待会上，卡特宣布："我再次确认了自己对伯特·兰斯的性格和能力的信心。"他认为，兰斯对这个国家的服务可以继续，而且应该继续下去。然后，卡特转向兰斯，说："伯特，我为你感到骄傲。"

货币监理署的报告对兰斯的个人记录提出了严重质疑：他从自己管理的银行寻求个人贷款，即使并非完全非法，但关于这种做法是否可以接受，报告对此也提出了严重质疑。报告还指出，在兰斯的竞选中有许多违规行为。第二份货币监理署报告的期限马上就到，美国证券交易委员会很不满意，国会几个委员会正在着手调查，甚至连美国银行家协会都认为有必要公开声明，兰斯在银行业的操作绝非意料之中。但是，卡特对所有这些都置之不理，妄图通过大胆宣布胜利的方式拯救兰斯，并结束这个事件。

一厢情愿的想法蒙蔽了总统及其顾问的眼睛，让他们无法做出明智的政治判断。海曼的第一份报告不可能为整件事画上句号。

《巴尔的摩太阳报》（*Baltimore Sun*）的社论说："这份报告让卡特总统直跳脚……就像卡通人物困在沙漠中，跃身去够一桶水，却发现这不过是海市蜃楼。"《华尔街日报》总结道："我们发现（在报告中）几乎找不到证据，证明卡特总统说出'伯特，我为你感到骄傲。'这句话的合理性。"[24] 这类声明反映了当时几乎一边倒的观点，即兰斯最初就不应该被任命，现在他必须离开，总统的回应莫名其妙，引发了人们对其政治判断力和识人能力的怀疑。

9月7日，海曼发布第二份报告，再次澄清四面楚歌的白宫行政管理和预算办公室主管并无违法行为，但是进一步暗示其行为不当。兰斯现在不离开华盛顿也不行了。里比科夫参议员打电话到白宫，宣布他敦促兰斯辞职。几天后，参议院多数党领袖罗伯特·伯德（Robert Byrd）也做了同样的事情。

甚至白宫现在也意识到兰斯不可能得救。他的表演只剩下最后一幕。9月15日，兰斯出现在里比科夫面前，克拉克·克利福德（Clark Clifford）与他一道出席——作为经验老到的华盛顿处理重大问题的智者为兰斯辩护。这是兰斯要求的一个机会，而卡特也坚持给了他这个机会——让他体面地离开。总之，兰斯表现得很好，但为时已晚。

9月21日，在危机爆发两个月后，总统站在他的好朋友身边，热泪盈眶，以"最大的遗憾和悲伤"接受了他的辞职。危机终于结束，卡特终于可以转身处理手头的事务了。[25]

对吉米·卡特来说，兰斯事件是一场灾难。他很晚才意识到这场危机的危险性，没有及时采取行动使自己免受潜在的损害。他毫不含糊地为朋友的不光彩的记录辩护，把焦点转向自己，"没

第六章 70年代（下） 卡特时代

有很好地反映出他的政治现实感"[26]。最重要的是，卡特让人们开始质疑他曾经最大的优点：他作为道德高尚者的名声。

"这件事让我们了解了总统吉米·卡特，我们有了新的见解，即使他的支持者也会为此失望不解。"一篇文章这样总结道。[27]另一篇评论道，这表明吉米·卡特的领导层遇到麻烦，白宫运作不好，并且强化了无人真正负起责任的印象："每个总统都必须找到把自己的优势转化为领导能力的方式。……吉米·卡特还没有产生那种特别的权威感，而其他每一位总统都有自己不同的方式。"[28]

在佐治亚州海滨度假胜地，我曾对自己听到的一些事情感到好奇。在与卡特密切工作了6个月之后，我仍然很难理解他这个人，也很难理解他的动机。兰斯事件让我的困惑进一步加深。到底是什么使他忽视了所有足以引起警觉的迹象？如果这是出于他对一位亲密朋友的基本礼貌和忠诚，以及对朋友在阴云笼罩的情况下离开华盛顿感到痛苦，那么这些处世之道都令人钦佩，尽管这对他个人和他作为一个领导者的形象来说都有巨大损害。或者只是因为年轻而缺乏经验的员工给了他不明智的建议？他的顾问能力不足，这使他付出了巨大的代价，那些无能的国会关系顾问加剧了兰斯与国会之间的紧张关系，这一切他都心知肚明吗？

在我和卡特的交往过程中，他总是流露出一种羞怯、谨慎的态度，而且明显地不愿和别人对质，还有一种令人不安的处事态度，那就是对一切守口如瓶。这使得与他沟通成了一件难事，在兰斯事件中也是如此。在某种程度上，许多总统都会这样做，也许这是一种必要的自卫方式，也是一种保持自身权力不受干扰的方式。我觉得卡特的这种倾向太过分了。国务卿塞勒斯·万斯是我的私人朋友，有一次我向他提到，在我与总统的私人关系中，我发现他很奇怪，什么都不愿意开诚布公。我不明白这是否意味着我们之间有一种人格冲突，也许我们只是"不合拍"？"算了吧，"万斯告诉我，"你不是特例，我们都有这个问题。"

危机中的经济

1978年3月23日，英国首相詹姆斯·卡拉汉（James Callaghan）在白宫讲话的时候，他最关心的问题是美国恶化的能源问题和通胀形势及其对世界金融体系的影响。情况很不乐观，前景黯淡。像许多欧洲领导人一样，卡拉汉不确定美国政府政策的主旨，也很担心华盛顿发生冲突和混乱。又一次的七国集团首脑会议定于当年夏天在波恩举行，卡拉汉专门来试探卡特的意图，并评估美国在能源和通胀问题上采取重大行动的前景，以此奠定这次首脑会议成功的基础。

自1977年中期以来，美国经济形势愈加不稳定。创纪录的石油进口量在一年内使美国的贸易赤字大幅上升，卡特的能源立法在国会陷入僵局，通货膨胀率接近8%，而且继续呈上升之势。美元对主要货币的贬值幅度已经超过15%，并且因为对欧洲和日本的出口不利，使其面临经济增长缓慢的风险。人们认为，紧张的外汇市场可能会彻底失控，并引发真正的金融危机。但是，对于何方应该采取纠正措施，大西洋两岸存在分歧。美国希望欧洲

第六章 70年代（下） 卡特时代

和日本刺激本国经济，作为稳定外汇市场的一种方式，消除对美元的压力。但欧洲强烈抵制这种想法，并将矛头指向美国。德国总理赫尔穆特·施密特（Helmut Schmidt）直言不讳（出于历史原因，德国是对国内通胀风险最敏感的国家）。他认为，美国首先必须承受严格的国内紧缩政策和强有力的削减能源消耗措施所带来的痛苦。

总统让我和他一起参加那天上午与卡拉汉的会议。在进行过展现友谊和良好关系的程序后，首相以典型的英国式轻描淡写开始了讨论，表达了对美国通货膨胀、美元贬值的总体情况的"一些关切"。"这是一个真正的问题，总统同意这个说法吗？"他轻声问道。"是的，是的。迈克一直在说这件事，让我担心得要死。"卡特充满激情地回答。然后，卡特转向我，让我阐述美国的观点。

去年秋天，我开始警告他，国内通胀的上升程度远比官方预测的严重，而相关的国际收支、美元疲软局面正在逐渐成为我们潜在的最危险的挑战，形势需要我们把政策重点从改革和支出转向抗击通胀和预防危机上。[29]因此，我心里暗自高兴。他的评论，再加上邀请我回答首相问题的举动，虽然稍显含蓄，但是能够确切地证明一点，那就是我日益迫切的行动请求可能对卡特发挥了实际作用。

虽然卡拉汉没有这样说，但是他很可能意识到，卡特的高级顾问们在经济指标的含义和适当的举措上存在着实质性的分歧。然而，他可能无法完全理解的是，未能就明确的政策达成一致，至少与卡特五花八门的顾问组织和总统决策风格的缺陷有关，也与根本问题的实质有关。

然而，总统知道——或者应该知道——这个问题。就在两天前，也就是3月21日，我看到至少有三份关于这个问题的备忘录放在他的桌子上。作为内阁经济政策小组的主席，我在其中两份文件中清楚地标明他的顾问们的内部观点不同，并为他提出其他的行动方案。[30]第三份文件是一份措辞直白的私人文件，文件中我再次向他发出紧急请求，要求他做出明确的决定，选择立场，把控制通货膨胀和加强美元作为最优先的事项：

> 您要求我写一份决策备忘录……备忘录反映出您的顾问在最关键问题上的基本分歧……我非常担心……美元形势非常危险，现在通货膨胀是国内的关键问题，米勒（美联储）、舒尔茨（欧洲经济共同体）、万斯（国务院）和克里普斯（商业部）都持同样的观点……您的国内顾问持相反的观点，认为通货膨胀不是应该最优先考虑的问题，其他承诺（城市计划、农业、交通、工资等）同样重要……他们建议您推迟、咨询、审查和保持立场，涉及您支撑美元和对抗通胀的计划中的几乎每一个重要因素……然而，问题不在于选择通货膨胀问题而不选择失业问题，因为（在我看来）前者必然导致后者……如果您不提前采取行动，美联储的货币市场政策和美元进一步的动荡将迫使您采取行动。现在采取行动遏制能源进口，打击通货膨胀，支撑美元，是您其他一切想法的关键所在。我强烈要求您明确指出这个方向……[31]

问题是，与我相左的建议不断涌向卡特。卡特总是认真地听取我的警告，很少提出异议，却从来没有适时地以明确的决定和

第六章 70年代（下） 卡特时代

立场来跟进，而是选择进行公开的劝告，并辅以基本上做做样子的行为。这些都无济于事，谁都糊弄不了。我不知道英国首相离开华盛顿的时候有什么样的心情，到底是放下心来，还是依旧忧心。正如《华尔街日报》机智的理查德·莱文（Richard Levine）数月前一针见血地指出的那样，卡特将"继续摇摆不定，无法决定全力与失业做斗争，还是全力与通货膨胀做斗争"[32]。

也许是受到与卡拉汉会面和我的紧急备忘录的影响，卡特确实迅速做出了回应。然而，他的决定再次受阻。几天后，他发表了一份声明，宣布通货膨胀是国家的首要经济问题，但是仅限于言辞，没有采取相应的强硬行动。经济政策小组提出的一些最没有争议性的建议获批，但是那些激进的建议却没有。他同意对公众承诺大幅削减预算赤字，但是加上了"如果机会出现"这一说法，并使用"等待更多的磋商"这样的托词。总统否决了具有强大的反通货膨胀效果的税收激励计划，却批准了一项基本上无效的、自愿的工资削减计划。

就这样，在1978年春天的关键时刻，总统继续采取临时措施，他的顾问意见分歧，对外继续呈现出一种不确定和混乱的局面。

在当年余下的大部分时间里，直到1979年，经济形势进一步恶化。石油进口从1978年的320亿桶跃升至1979年的460亿桶，1978年平均7.6%的国内通胀率在第二年达到11.3%（1980年短暂飙升至13.5%）。结果是，卡特执政后期，美国出现了严重的滞胀：1979年，国民生产总值实际增长放缓至3.2%；1980年，国民生产总值略有下降。美元对主要货币的汇率下跌了10%。1978年底，险些出现一场颇具威胁性的全面的国际货币危机——

具有讽刺意味的是，幸亏我们采取了比6个月前提倡的更强有力的勒紧腰带的措施。

1978年，通货膨胀率不断上升，在经济增长缓慢和美元汇率压力的双重作用下，逐渐形成了一场日益严重的经济危机，这一形势导致大量的负面媒体报道，称政府无能，卡特的顾问们也出现了混乱。白宫的气氛紧张而阴郁，总统的支持率也降到新的低点。

在其间的几个月里，我无数次同卡特谈话和写信，谈论政府经济政策中两个急需的改变。第一，通胀与美元问题如此严重，以至于他不能够再表现得三心二意——他需要全力控制通胀，将其作为最高的优先事项，并用一项真正有说服力的计划来支持他的声明，让人们对他的意图无法质疑。第二，他需要任命一名经济协调员，与经济政策小组主席一起，进行经济政策整理，并以可操作的形式提交给他，从而使政府的经济决策过程更加纪律化。然后，他必须给予他们信赖。

然而，卡特的老毛病仍然是其经济政策前后矛盾：他总是在一个明确的框架之外做出临时决定，总是在回复相互矛盾的建议时左右摇摆。最后，在1979年5月，时机已过，形势比以往任何时候都更加严峻。我认为，也许是时候再做一次真正的尝试，迫使他采取行动。

我在1979年5月8日发给他的备忘录中再一次阐述这个问题，并概述所需的具体变化，语气与此前我对总统所说或所写一样直接：

显然，我们在制定和有效跟进经济政策方面遇到很大困难。

决策姗姗来迟，而且漏洞百出；决策经常彼此不一致，或者没有确定的优先顺序；决策也经常被行政官员做出不同解释。

一切的关键原因在于，政府的经济决策程序缺乏纪律性和一致性。

没有人负责您授权的程序，必须找到一个人确保经济政策以高效和连贯的方式制定、执行和呈现。您没有批准优先事项并提供全面指导和控制的机制，这样一来，您就不得不把时间浪费在细节和次要事项上。

这导致了经济政策的碎片化，令所有相关人员感到沮丧。有时候，这也导致经济工作人员不足，因为国家安全委员会等机构的工作人员主要关心政治问题，几乎没有经济专业的知识或见解。[33]

这一次，我敲响笼子的声音似乎起了作用。一周后，卡特给我们送来一份手写的便条，批准了这些变化要"大体上以迈克的备忘录为基础"[34]。6月1日，一份新闻稿被发布，遵循同样的思路。[35]但是，这一次，他还是没有指定白宫经济协调员，也没有明确地谈到反通胀斗争的首要地位。尽管如此，我还是受到了一些鼓励。我认为，虽然已经到了这步田地，也许仍有希望找到一种有效的新方法。

我的辞职

我错了，一切为时已晚。

到了1979年中期，经济形势进一步恶化，并有即将失控的危险。石油输出国组织提高油价——在前6个月内提高了42%——能源和住房成本因此飙升，这将国内通胀率推高至13%，这是30年来的最高水平。解除对国内石油的控制——这是总统的能源计划中的基石——提高了能源价格，但并没有达到预期的效果。通胀预期上升造成的恶性循环导致企业和消费者支出加速。黄金价格高达每盎司300美元。随着实际国民生产总值的下降，政府被迫承认，目前经济衰退在所难免。

6月底，卡特在东京经历了一次艰难的首脑会议，其中就包括与赫尔穆特·施密特之间的一次对峙——这件事情一直让他耿耿于怀——双方争论是否共享欧洲的核武器情报。[36]之后，卡特登上"空军一号"，返回死气沉沉的美国。教师正在罢工，汽油供应不足。在美国的一些地区，愤怒的司机排着长队，争抢加油的油泵。汽油的价格在6个月内上涨了超过50%，通货膨胀率保持在两位数。在东京，其他领导人强烈要求卡特采取果断行动，遏制美国对能源的贪婪需求。有关能源问题的全国性演讲（卡特的第五次演讲）正在进行中，而卡特的顾问们仍在喋喋不休地讨论他将在什么时间宣布什么样的新措施。

我和卡特一起乘坐"空军一号"飞机返回美国，华盛顿传来的消息让我感受不到任何鼓舞。在华盛顿，本该有人为卡特准备好演讲稿，但他的顾问们仍在就新计划中的关键要素进行着紧张的斗争。

在安德鲁斯空军基地着陆之前，我和总统坐在一起，讨论形势和他目前的选择。卡特看上去很累，比我印象中的以往任何时

第六章 70年代（下） 卡特时代

候都更加沮丧，这与他早些时候的自信和乐观形象相去甚远。他显然对自己下一步的行动感到担心和不确定。我竭力让他相信还有时间有所作为，而这是他用积极大胆的设想抓住主动权的最后机会。

我的主要观点是危机中仍有转机，而他应该抓住机会。他应该全力以赴，毫不犹豫地说出这个国家面临的困难——其中很大一部分他可以归咎于石油输出国组织——并宣布一项激进对策：真正严格的节能和反通胀计划，呼吁所有美国人团结起来，在国家的紧急关头迎接重大的挑战。如果做得好的话，这可能会改变全国普遍的悲观情绪。当然，要求人们牺牲，这会带来政治风险，但是如果不这样做，风险就更大。对他来说，这是一个独特的机会，可以展示出美国人所钦佩的那种强大而坚定的总统的领导能力。我说，人民已经为此做好准备。

我列出他应该考虑的具体举措的清单，其中包括一项引人注目的价值十亿美元的合成燃料计划、一项促进出口的紧急计划、一份提高生产率的措施清单以及一项重新承诺努力实现预算平衡的紧缩措施。清单对低收入群体造成的影响将被提高富人所得税带来的效果所抵消。他应当宣布在白宫内部建立一个小规模的可信赖的顾问小组来管理这一进程，这将向外界保证他的诚意，而且显示出这些措施正在有组织地被跟进。

我的日记显示："我们讨论了清单里的内容，他似乎喜欢这份清单。他让我在华盛顿给他一个整理后的版本，并提到他的演讲时间定于7月5日晚上。我说这真是太好了。"

"空军一号"即将着陆，我们就此分开。结果证明，这是我们俩倒数第二次单独谈话。

吉米·卡特根本就没有发表他提到的那次演讲。回到首都后，他在内阁会议室召集了一大群顾问，强调他即将发表的演讲的重要性，而公众现在正在焦急地等待他的演讲。随后是工作组举行的不间断的会议，总统出席了其中的一些会议。而我很不安地注意到，熟悉的能源和通货膨胀之争以及刺激增长和消除失业之争并未减弱。甚至在演讲的日期上也存在争议，卡特的政治顾问最终赢得辩论，确定他需要立即发声。

我在"空军一号"上把我的清单草稿给了卡特。到了那周中，一个几乎定稿的版本被拟定，被送到戴维营。我的建议的重点是他需要做些引人注目的事情，显然他至少把我的建议中的这一点铭记在心，却没有按照我的本意，因为后面发生的事情——在他计划对全国民众发表演讲之前24小时多一点的时间内发生的事情——将是近代任何一届总统任期内最令人震惊的事件之一。在我的计划被送交卡特两个小时后，卡特改变心意，突然取消了先前大肆宣传的演讲，同时拒绝对这一决定做出任何解释。此举令他的顾问和公众震惊不已。

这个消息轰动一时。据报道，卡特与副总统哈姆·乔丹（他的主要助理）以及他的媒体顾问杰拉尔德·拉夫肖恩（Gerald Rafshoon）举行了一次电话会议，轻描淡写地取消了演讲——然后就去钓鱼了。后面就什么也不知道了。

我们都不知道发生了什么。媒体报道称，"首都陷入神秘的泥潭"，高级官员的反应"混合着惊愕、沮丧、怨恨和嘲笑，欲哭无泪"。报道的普遍看法是，不做解释就突然取消演讲之举给卡特带来进一步的政治损害，并进一步加深混乱和无能的政府形象。[37]

一天之后，这种气氛更浓。白宫发表了一份椭圆形办公室声明，称总统何时重返华盛顿尚未可知，但他现在正在"评估更广泛的国内问题"。总统召集他的民意调查官帕特·卡德尔（Pat Caddell）和他的媒体顾问杰拉尔德·拉夫肖恩，并将与8位州长和其他国家领导人进行磋商。

白宫新闻办公室异常沉默，但一切于事无补。令我特别担心的是，国际负面影响几乎立即出现，美元再次在外汇市场上遭受重创。在被告知卡特不在（接线员说他正在散步，无法联系）之后，我以最强烈的口吻坚持要和卡特通话，最终于几个小时后联系到他，并得到一个令人放心的说法，"他打算提出强有力的措施，抑制美国对进口石油的需求"，这一番话勉强让事情平静了下来。

在随后的几天时间里，总统访客不断：政界人士、商界领袖、学术界人士来到戴维营的总统官邸，为总统提供建议。由于没有官方解释里面在发生什么事情，泄密和谣言层出不穷。一些访客透露，总统担心如何在一个愤世嫉俗的时期发挥领导作用。其他人则说，他对内阁和幕僚不满意，打算做出重大改变；这些说法里不时地提到能源部长，以及卫生、教育及福利部长，而财政部部长将是被改变的第一人。

对于卡特突然取消此前大肆宣传的演讲的做法，公众呈一致的负面反应，此前有人明显地警告过他事情会是这样。后来，卡特本人回忆说，副总统蒙代尔心烦意乱，曾强烈反对卡特的做法，但是卡特选择忽略这一警告。[38]蒙代尔这位经验丰富的华盛顿人显然对可能出现的政治不利局面有着更现实的认识，卡特本来应该听取他的意见。汤姆·威克（Tom Wicker）在《纽约时报》上说，"卡特不仅在个人任期中达到支持率最低点，而且可能成为战后历届总统中最不受欢迎的一个"。这些说法很有代表性。《波士顿环球报》（Boston Globe）将卡特评为"能源领袖的灾难"。而比尔·萨菲尔（Bill Safire）从来都站在卡特政府的对立面，他高兴之余，把他的专栏版面都留给了"卡特的7月4日恐慌"[39]。

此后一周，《纽约时报》与哥伦比亚广播公司联合进行的一项民意调查报告了坏消息：卡特的支持率下降到26%。超过半数的民主党选民在1980年支持肯尼迪参议员作为民主党的旗手，而卡特的支持率只有16%。里根将在大选中击败他。最令人惊讶的是，即使南部这个卡特最强大的堡垒也不再支持卡特。在政治和公共关系方面，取消演讲和在戴维营举行为期一周的总统磋商的奇葩场面正在形成一场真正的灾难。

* * *

7月11日，卡特终于结束了在戴维营的休假。

与他磋商的访客多达130名；仅在最后一天，就有40人乘坐两班直升机分别进出戴维营。没有人确切知道他计划在能源、通货膨胀或其他方面做些什么。有报道说，有人直截了当地告诉他，他的幕僚的工作水平很差，而大规模的幕僚和内阁变动正在进行之中。

现在一切都取决于卡特即将发表的演讲，预计将有多达8 000万美国人收听他的演讲。他下了一次大赌注，而他的总统任期内

第六章　70年代（下）　卡特时代

的任何一次演讲都没有这次演讲重要。在7月15日这个星期天的晚上，人们期待已久的演讲可能是卡特总统任期内最强有力的一次演讲，也是最不寻常的一次演讲。他宣布的六点能源计划是向前迈出的一大步，但是尽管有鼓舞人心的言辞，他所提出的一切都不是真正的改革，除了公众做出适度的牺牲之外，不需要别的。

在他33分钟的演讲中，大部分内容根本与能源无关。历史学家对这次演讲的记忆是他的"不安"——或者更准确地说——"信心危机"。他演讲中更引人注目的部分与能源或通货膨胀毫无关系，而是关于他作为领导者的自我批评和自己会做得更好的承诺，以及国家的"信心危机"。他说，"道德和精神危机正在侵蚀国家对未来的信心"，公众的悲观和自私自利，以及"目的统一性的欠缺带来的威胁将会破坏美国的社会和政治结构"[40]。作为证据，他引用了最近的民调，表明大多数美国人第一次相信未来五年会比过去五年更糟。

人们对演讲的反应喜忧参半。民主党人赞成，一些民主党人公开表示对此欢迎；共和党人一直认为危机主要由总统一手造成，他们没有表现出什么热情，这也很容易预见。演讲后立即进行的民意调查显示，不少民众喜欢这次演讲，而卡特的支持率又回到了30%以上。对于卡特来说，这是最好的消息。

我自己的反应也是喜忧参半。这一次，他的言辞听起来掷地有声，很有总统风范。我很喜欢他的能源计划，尽管我希望他的计划能够更进一步。关于他对美国全国情绪的判断，我有颇多怀疑。卡特认为美国的民众情绪低落会持续下去，我对这种观点深表怀疑。伴随着通货膨胀的加剧、输气管道问题以及失业率上升的威胁，对未来的悲观情绪并不令人惊讶，但不一定是长期现象。

后来，我的朋友、"肯尼迪回合"时的同事比尔·罗斯（Bill Roth）给我讲了一个有趣的故事。在1975年竞选加州州长的民主党提名的时候（他在八人中名列第四），他雇用了帕特·卡德尔，后者后来成为卡特总统的民意调查员，负责一项类似的任务。当时，卡德尔向罗斯报告了同样的发现，即美国人"感觉未来比过去更为黯淡"。四年后，卡特的引文显然来源于卡德尔这个有趣的新发现。这证明了我长期以来的一个疑问：民意调查者不可能不受自己的偏见和喜爱的想法影响，无法不在解释民意测验结果时进行渲染。

当总统在讲话中承认政府的失败时，他很快提到他的内阁人员缺乏忠诚和纪律，我认为这确认了即将发生变革。从卡特的角度来看——强调他将有新举措——我认为这既不奇怪也不为过。这是总统们在这种时候应该做的。至于我自己，我已经准备好了。几个月前，我个人得出结论：我对总统的作用已经结束，我应该离开。我们的关系一直都很正常，甚至很亲切。但是，经济陷入困境，内部政策机构不起作用，而且情况改变的可能性也不大。然而，到目前为止，我一直对于采取最后一步犹豫不决——一方面是出于对卡特的忠诚，另一方面是因为担心在他陷入困境时出走，距离他连任竞选还有18个月之久，这么做有些不太光彩，可能会被人误解；而且，坦率地说，还有一方面原因是个人的骄傲，辞职就是确认失败，我本人并不习惯这样做。

就我而言，戴维营的事件是我最后的稻草，即使卡特希望我留下来，这也坚定了我离开的决心。由于不能亲自和他交谈，我

第六章 70年代（下） 卡特时代

拜托塞勒斯·万斯和斯图尔特·埃森斯塔特在被召到戴维营的时候，提醒卡特知晓我的决定。虽然他们试图说服我留下来，但是他们都答应帮我传话。后来我才知道，斯图尔特曾激烈地与卡特争辩，说允许我辞职是不对的。

在演讲结束后，总统于7月17日上午召开了内阁会议，仅限重要人员参加。当天上午10：30，总统从椭圆形办公室进入内阁会议室，在场唯一的非内阁成员是哈姆·乔丹，他特地为会议场合穿戴正式的蓝色西装和领带。明显将有特别的事情发生。会议的气氛严肃而肃穆。没有人知道总统打算做什么，毕竟他已经告诉广大民众他认为我们中有一些人不够忠诚。没有了往常内阁会议之前大家轻松开玩笑的气氛，我们一言不发地坐在那里，卡特对他前一阵子的缺席做了一个冗长的解释。

卡特说，他已经脱离了与内阁的接触，目的是为了重新审视自己的政府状况，并考虑需要做出的改变。他得出的结论是，必须有一个新的开始，"事关存亡的改变"，而这将涉及对内阁的调整。他没有注视任何人，这表现出他明显的不自在。然后，他开始谈及内阁的不忠，并没有指名道姓，但说我们中的一些人不遵守行政路线。很快，他又补充道，白宫的工作人员也需要引以为戒。他的计划冷酷无情：至少有8～10名工作人员将被解雇，"无论是否来自佐治亚州"。

然后，卡特开始热烈地赞扬哈姆，他宣布将任命他为幕僚长，以改善行政办公室的运作。最后，长达25分钟的独白结束以后，重磅炸弹来了：他希望我们每个人都以书面形式提交辞呈，然后他会及时通知我们他选择接受哪些人的辞呈。然后，他征求大家的意见。

接着是一阵震惊的沉默。会议桌上显然有些尴尬,这种尴尬与其说是由于卡特的决定,不如说是由卡特觉得这项决定合情合理并提议继续下去的方式造成的。早就应该任命一位幕僚长了,这一点确定无疑。然而,如果卡特打算让行政办公室摆脱混乱状态,那么任命哈姆是一件令人惊讶和相当冒险的事情。哈姆很聪明,享有卡特的完全信任,但是大家都知道——哈姆自己也经常这样说——他的才能在于政治战略而不是有序管理。他极度缺乏纪律,管理混乱。要想倚重他为白宫的政策制定过程带来秩序,似乎遥遥无期。

卡特以所谓的背信弃义作为内阁人员变动的正当理由,这同样令人费解。卡特很快就驻联合国大使安迪·杨(Andy Young)的一些声明进行了简短而尖锐的评价,除此以外,这项指控并没有被解释,仍然是一宗令人不安的悬案。我当然从来没有直接从他那里听到过此事,也不知道他心里有怎样的想法。

然而,在我们听到的一席话中,他要求全体内阁正式辞职的请求尤为特殊。当这个消息传出去时,一定会受到公众的误解。这种影响,特别是在国外的影响,可能会特别具有破坏性。他的名单上只有少数几个人,可是为什么要让内阁大规模辞职?事实上,他根本不需要这样的辞职,无论是口头的还是书面的,都没有这个必要。他不知道我们大家都按他的意愿尽职,随时都有可能应他的要求辞职吗?

万斯是第一个发言的人,他向总统保证了整个内阁的忠诚,并保证我们会全力支持他。然而,他敦促说,大规模辞职没有必

第六章　70年代（下）　卡特时代

要，也不是一个好主意；唯一需要做的，就是让他选择的那些人提出个人辞职。于是，我们的沉默和惊愕渐渐被混杂的七嘴八舌所代替，大家都附和万斯。换言之，大家都承诺自己的忠诚和支持。一些顽强的人评论说，在内部诚实地表达不同的观点是无害的做法，而不能作为不忠诚的证据。

话说到这里，总统告辞，而哈姆留了下来，给我们发放问卷，以评估我们每个人的作用。"在这张快乐的便条上似乎写着，"我在日记中写道，"我们都得走人。"

* * *

两天后，7月19日星期四下午1：30，我走进椭圆形办公室，与吉米·卡特进行最后一次会面。

后来，我突然想到，从一个重要的方面来讲，这次使我正式离职的会议，与1976年他向我提供财政部职位的那次会议相比，并没有什么不同。两次会议上，我们的谈话都很愉快，但没有谈及这个场合所需要谈的实质性内容。然后，他也没有提及对我个人的期望和我们之间关系的本质是什么。那时，几乎没有谈到我离开的原因，也没有提及为什么现在到了该分道扬镳的时候。

卡特面带尴尬地微笑，亲切地向我打招呼，示意我走进他的内间办公室的隐蔽处。我刚在沙发上坐下，卡特就迫不及待地脱口而出，说他接受我的辞呈，就好像急着赶紧把事情办妥似的。在他的回忆录中，他承认他害怕对内阁进行变动。[41]我很了解他，从他的肢体语言和不自然的微笑中，我可以看出此言不虚。他显然感到非常不自在。我回答说我对此表示同意，而且我提出辞职并非走走形式，我个人已经决定要离开。这时候，他显然松了一口气。在我们 25 分钟的会议的剩下的时间里，气氛非常和谐而轻松。[42] 没有一句严厉的话，没有关于"不忠"的任何内容，没有提到其他任何的不愉快。

即使是在 30 年后的今天，考虑到当时的情况，我对最后一次会议所做的笔记仍然令人惊叹。我们只说些好话，互相恭维，偷听到我们谈话的人可能很难理解我们其实是在道别。总统用 10 分钟的时间赞扬我是一位出色的部长，出色地完成了这项工作，对我的品格和信念的力量表示钦佩，并称赞我对他的政策判断和建议总体上是多么恰当而正确。令人惊讶的是，他说之所以让我离开，不是因为我们之间的政策分歧或意见相左，而是某种（未指明的）"与我的一些员工的摩擦"，然后他赶紧补充说只是一些员工。包括和我一起处理经济问题的人员在内的其他人强烈要求他不要让我离职。因此，他迟疑了很久，做出自己的决定，"而未顾及他们的请求"。"如果比尔·米勒（时任美联储主席，卡特请他接替我担任财政部部长）拒绝了我，"他总结道，"我会让你留下来。"真是语不惊人死不休。

不过，我还是松了一口气。我最在意的是我将离开这份工作，但我发现自己越来越不可能完成它。这种不伤和气的离别方式倒很适合我。

于是，我们又亲切地聊了几分钟。卡特说——正如他经常说的那样——他为我感到"骄傲"并祝我未来好运。我感谢他允许我为他效力。我们简短地谈到他面临的严峻的经济政策问题，我

第六章　70年代（下）　卡特时代

劝他信任我的继任者并给予全力支持。然后，我请求离开。"我能指望你将来再给我建议吗？"临别时，卡特问我，"你来华盛顿，一定会来看我吗？""随叫随到，总统先生。"我们最后一次握手，我这样回答，我也完全明白这些只不过是客套话。"只需您的一声召唤，我一定回来。"

吉米·卡特痛恨与人针锋相对带来的不快感觉，为了避免这种争论，他宁可不把话说清楚。我们的最后一次会面也和其他许多次会面一样，从不例外。我们都明白，这次最后会面只是出于礼貌，我们的临别赠言对真正的问题都避而不谈。对我是这样，对其他人也是这样，从一开始到现在，一直都没有变过。

现在，一切都结束了。我作为第64任财政部部长的任期已经结束。

回顾

吉米·卡特是个倒霉的总统。他从过去的国内政策错误中收获苦果，而国际不利态势不受他的控制，只让他无辜受牵连。他最后一年的任期依旧如此。1980年，油价翻了一番，经济恶化。1月，消费者物价指数以18.2%的增长率上升，批发价格则上涨更多。4月，失业率超过7%，超过700万美国人失业；到了初夏，又有100万人失业。股市下跌，金价达到每盎司850美元的高点。

国际上，伊朗的人质危机①加重了总统的痛苦。在这样的时刻，人们可能会期望公众团结起来支持总统，但当引人注目的救援行动在伊朗沙漠宣告失败时，这一切只是增加了公众对看似无助的卡特的失望。更糟的是，当强烈反对这次行动的万斯辞职时，政府的整个外交政策受到质疑。

到了春天，当卡特开始准备他的连任竞选时，坏消息不断：参议员泰德·肯尼迪试图否决对卡特的再次提名，并在纽约和康涅狄格州的初选中击败卡特。民调显示，卡特可能的共和党对手罗纳德·里根在全国范围内领先卡特。

情况在秋天有所改善。8月，肯尼迪已经认输，民主党大会宣布再次提名卡特。在他的阵营内部，人们重燃总统可能会反败为胜的希望。但是最终，事实证明一切都为时已晚。卡特一直不走运，直到最后一刻，释放伊朗人质的协议都没有取得成功。如果这份协议在选举前达成，而不是在选举后的话，这肯定会为卡特带来一些选票。最后，在竞选的最后几个星期里，他也走得颇为不顺利。罗纳德·里根在选举前几天的最后一场辩论中，向选民们提出了一个掷地有声的问题："你们的生活比四年前更好了吗？"

这个问题决定了吉米·卡特的命运。11月4日，四年前满怀希望和信心进入白宫的现任总统以 1 000 万张选票的差距失利，因而失去了连任的机会，真是奇耻大辱。

---

① 伊朗伊斯兰革命后，美国大使馆被占领，52名美国外交官和平民被扣留为人质。这场人质危机始于1979年11月4日，一直持续到1981年的1月20日，长达444天。很多人至今仍认为，这场人质危机导致了当时的美国总统吉米·卡特连任失败。——译者注

第六章 70年代（下） 卡特时代

* * *

美国总统独一无二。这是世界上最复杂的领导工作，根本无法为之做好真正的准备。美国总统同时担任国家元首、政府首脑和世界上最强大国家的总司令。如果把美国总统称为自由世界的领袖，这可能有些言过其实，但至少美国总统的声音是自由世界中最重要和最有影响力的声音，这一点毫无疑问。

要想成为成功的总统，运气和偶然的时机总是一个因素，尽管这不是唯一的关键因素。与大众的看法和许多候选人的主张相反的是，既往的经验——不管是作为州长、立法者、市长还是作为商界领袖——并不是取得成功的关键，管理技能也不是关键。很少有政治家是天生的管理者，而我们许多最成功的总统并不以其卓越的管理才能而闻名。此外，椭圆形办公室的主人并不需要真正去管理或运行什么，经商方面的经验对这份独特的工作也没有什么指导价值。

根据我对白宫的近距离观察，我得出的结论是：最重要的不是既往的经验，也不是管理技巧，而是恰到好处的总统性格，我指的是总统的气质——总统带到工作中的个人品质的总和，其中最重要品质是天生的，不可能后天习得——但这很难从总统候选人的身上被观察出来。公众在投票时无法了解总统的品质。即使是获胜的候选人，无论他多么自信，也无法完全理解等待他的到底是什么。

布丁好坏，一尝便知。要想在总统任期内获得成功，哈里·杜鲁门也许是现代白宫主人中最好的一个例子。当他出人意料地被推到总统职位的时候，大多数人认为他不怎么适合这项工作。在他担任副总统的短暂任期内，没有人费心让他了解当时的关键问题；在参议院的十年中，他的立法成就并没有特别值得注意之处。然而，一旦入主白宫，杜鲁门马上胜任了这份工作，超出所有人的想象。如今，纵观历史，他被列为最强大、最有效的总统之一，因为他有领袖气质。

他很坚强、很勇敢，对他的权力的用途和局限性都很清楚。最后这一点是最重要的。他不是一个伟大的演说家，但他是一个民间的公众演说家，能有效地将演讲搞得简洁有力，从而给听众留下深刻的印象，让人们对他的意图毫无疑问。在国际上，他有清晰的认识，能够理解重塑欧洲的军事和经济力量的意义，能够在冷战期间组织西方联盟，而且他有足够的智慧去选择像艾森豪威尔、马歇尔和艾奇逊这样成熟的顾问。总的来说，杜鲁门被证明是一位强有力的总统领袖，因为他有与生俱来的品质和个性，这才是关键所在。

总统只有在知道如何说服和达成共识的情况下才是强大的。他必须知道如何提出建议并支持建议，而不能显得过分。他必须了解自己的局限性，知道需要去说服谁。他必须知道什么时候和在多大程度上要向前推进，知道什么时候需要私下进行安静的谈判，什么时候要公之于众。在白宫，一些修辞技巧和一定程度的神秘与戏剧性很重要。

成功的总统人格包含很多东西。我相信，它的本质是一种直觉上的权力感，这显而易见——我的意思是对事情运作方式的感知：哪些人和哪些事是重要的；如何保持一些事务的优先权；如何在纷繁复杂的矛盾立场、利益、个人野心和自负中灵活机动；为了实现期望的结果，如何拉拢别人，甚至把一些敌人拉到自己这一边。

在白宫里，总统的生活环境就像是一个茧，如果不想困于茧中，需要有一种特殊的气质。懂得如何在这个孤立的环境中保持平衡感和现实感，这不是一件容易的事。需要有能力区分事实和奉承之辞，建立与外界和媒体的桥梁，能够感知全国民众的情绪，能够并且愿意去消化有分歧的建议。为了做到这些，如果总统是一个"擅长交际的人"，对与他打交道的人有一种与生俱来的理解力，并且善于与他们沟通，那么这将带来巨大的帮助。至关重要的一点是明白如何选择、信任和依赖正确的人。

此外，总统需要有能力为重大问题选择合适的措辞，需要有能力界定其政府的概念，并以可理解的方式呈现给国内和国际听众。总统之职既关乎风格，更涉及实质。当总统在办公室固有声望的基础上，散发出其个人招牌式的尊重和魅力的时候，他们通常会取得最大的成功。树立起能干、权威和有魄力的形象，有能力打动和激励他人，这些是总统对白宫进行有效领导的重要组成部分。

被历史学家认定为成功的总统，很少有人均衡地拥有所有这些个人属性和技能。西奥多·罗斯福有无畏的个人勇气，他对美国自然资源进行有效管理，成功地将美国的力量和能量投射到外部世界，他的形象推进了他的议程。伍德罗·威尔逊以他对美国领导建立国际法治的远见卓识鼓舞了美国内外。富兰克林·罗斯福有着近乎神奇的魅力，"把事情安排得井井有条"的能力首屈一指，他是一位杰出的公众沟通者。艾森豪威尔传达了一种值得信赖的英雄式的光环，有种在军队中毕生习得的有序的本能，这让公众颇为放心。

约翰·肯尼迪的政府并非井然有序的典范。但是，在他入主白宫的短短的时间里，他以其雄辩的优雅和机智，激励了整整一代人。罗纳德·里根不是一位智力超群或者实际管理能力突出的总统，但是他知道如何授权委派，坚持不懈地追求一些简单的优先事项，而且懂得利用身为演员的演说家本领。最后，比尔·克林顿并没有艾森豪威尔那种激发公众对他个人信任的能力，但他有种与生俱来的能力，可以与各种选民群体打成一片，能迅速把握关键问题的本质，而他卓越的政治触觉无可否认，令他几乎可以适应任何挑战。

巴拉克·奥巴马虽然没有多年的政治经验，但他似乎比大多数总统拥有更多成功总统所必需的技能。他是一个非常熟练的沟通者，散发出自信和魅力。他的组织本能似乎比他的大多数前任都要优越，这反映在他对内阁人员和经验丰富的工作人员的选择上。作为一名前立法人员，他清楚地认识到良好的国会关系的重要性，还有接触各种各样的不同利益群体和选区的重要性。也许和其他方面同样重要的是，他的身边强手如云，而他安然处之，这反映出他待人接物方面的内心平静。

* * *

吉米·卡特有许多令人钦佩的品质和卓越的才智，他是一个好人。作为总统，他有一些引人注目的成就，工作非常努力，甚

第六章 70年代（下）卡特时代

至勤奋过了头。不幸的是，这样做是不够的，因为卡特缺乏关键性格特征的正确组合，而正确的组合对于总统的成功至关重要。

卡特竞选活动的主要主题（再加上真诚这一条）是管理能力和非华盛顿人士的身份。但执政与竞选不同，具有讽刺意味的是，正是在这些领域，他犯下了最大的错误，遭受了最大的挫折。他选择了一个特别雄心勃勃的目标，没有充分理解国会的重要性，而国会领导人都有各自不同的优先事项，卡特在这种情况下试图实施他的议程，最后导致了代价高昂的错误。在白宫工作人员的甄选、组织和管理上，卡特的表现也很糟糕。在处理任何一位总统都可能面临的不可避免的危机时，他导致了不必要的麻烦。他不愿意把不重要的决定委托他人，更喜欢沉浸于细枝末节，自己做了太多的决定，最终，这些不断加深了他混乱而矛盾的形象，给他的执政带来很多困扰。

因此，卡特常常是他自己最大的敌人，对自己身为总统的局限性缺乏现实性的理解。他为自己作为州长的成就而感到骄傲，但是他花了很长时间才明白亚特兰大和华盛顿有着天壤之别，而且他在白宫照搬州政府的运作方式根本行不通。作为州长，他醉心于深入研究许多问题的细节，这一嗜好可能发挥了作用。但是，作为总统，这种做法使他不能把注意力放在那些少数的关键决策上，而总统必须把这些决策留给自己，人们正是通过这些决策对他的政府进行界定和判断。

时间是总统最稀缺的资源，但卡特坚持参与那些他在亚特兰大时一贯关注的细节；而在白宫，这些细节最好留给别人。因此，他的时间管理很糟糕。他显然很高兴自己掌握了这些细节，这似乎满足了他的一种根深蒂固的心理需求。"给我发很多很多的备忘录。"他曾敦促我们这样做。我提醒他说，等待他的责任巨大，会使他只有非常有限的时间去消化这些备忘录。而他对我温和的警告置之不理。事实上，就职后不久，他仍然在日记中透露自己"非常喜欢研究文案"[43]。正如他在后来出版的《白宫日记》(White House Diary) 中所披露的，他会心满意足地注意到自己花时间关注的不是政治，而是"堕胎的原因"[44]或者"健康立法的背景"[45]，还有在亲自撰写演讲稿中得到多少乐趣。[46]他对阿拉斯加管道的正确直径发表意见，关心核反应堆设计中的具体问题，关注税法中相对次要条款的优点，这些证据都可以表明他有"尽可能地了解我必须决定的问题"[47]的内在需要。即使当他告诉自己稍微放手时——日记显示他偶尔会这样做——他似乎也很难做到这一点。

卡特往往对自己过于自信。他对问题的深入研究非但没有帮助他，反而经常对他造成伤害。他相信自己智识过人、目标正确，所以在政治需要他做出妥协和让步的时候，他更倾向于解释和坚持。当他认为自己绝对正确时，做出让步对他来说不是一件易事。令人惊讶的是，对于一个已经身居最高职位的人来说，他不太擅长政治细节，却更擅长分析；他不懂得政治家的处事之风，却更注重问题的实质，且不擅长与国会领导人打交道（但如果想把自己的倡议转化为法律，他只能指望国会）。

他也不是一个非常成功的"擅长交际的人"。尽管他总是彬彬有礼，但他的气质有点偏于威严。和那些他可以发号施令或赞成同意他的人相处，他感觉更舒服一些。我相信，正是由于这一点，

第六章　70年代（下）　卡特时代

才促使他依赖并保留一群年轻的工作人员，而这些工作人员基本上都不懂如何在华盛顿做事。卡特看重的是这些工作人员对他想做的事情毫无疑问的接受。这就解释了为什么卡特看到负责国会关系和法律工作的人员的顺从和软弱等不足后，仍然把他们留在身边。如果他在这个方面更加精明和现实，很可能就可以避免兰斯事件的灾难，也可能对行政办公室的职能进行实质性的改善。

卡特深信员工对自己的忠诚，也深信自己的信念是正确的，他依赖这些信念，这似乎使他与现实情况隔绝，而我们当时没有完全意识到这一点。在他的日记中，有充分的证据表明他的孤立处境。别的暂且不论，单单是在与国会要员以及内阁成员和其工作人员之间的关系等方面，孤立就足够明显。

最后，卡特也缺乏一些前任总统的魅力，而且不擅长沟通。他既不信任媒体，也不喜欢媒体，认为接受《新闻周刊》等重要出版物的采访"完全是浪费时间"[48]，他拒绝出席白宫记者晚宴[49]，而历届总统都需要做这些事情。他严肃、认真、专注细节，缺乏轻松感和有益的幽默感。当他发表演讲时，他总是抓不住时机，他的演讲平淡无奇，有时他会在错误的时刻停顿并微笑。他的演讲稿撰写人吉姆·法洛斯说他的演讲"毫无激情"；有影响力的政治观察家 I. F. 斯通（I. F. Stone）认为"演讲了无生趣"。他的顾问偶尔建议也许可以聘请演讲教练帮助他提高表现力，但据说卡特对此坚决反对。

他一股脑儿地搬出一大堆想法，却不能成功说服公众，让他们相信他已经解决内在冲突。一方面，他相信自己的自由主义愿望可以帮助美国的劳动者和弱势群体；而另一方面，他天生的本能让他奉行保守主义的节俭和平衡预算。他期望什么都实现，做出过多承诺，并提出无法实现的期望，这些都是他的天性使然。直接的后果就是出现了一片矛盾和混乱，最终这导致了历史对卡特作为总统的判断。

* * *

朋友们想知道我对与卡特共度的时间有何感受，他们经常问我是否乐在其中。我通常告诉他们，更重要的问题是，我认为花这些时间是否值得，而答案毫无疑问是肯定的。

伟大的历史学家弗里茨·斯特恩（Fritz Stern）指出，参与当代事件可以为人们理解历史提供有用的视角。[50]我毕生投身公共事务，正是出于类似的考虑。我两次征战华盛顿，并在政府事务中发挥了积极的作用，这些经历证明了这一点。特别是在财政部的那些年使我对政府高层的人员和事件有了独特的看法，对我是一段特别重要的学习经历，其中一个原因就是，困难时刻的挫折给我带来的指导意义丝毫不少于顺风顺水时的成功对我的意义。

在华盛顿和其他世界各国首都的权力中心参与内部决策，这让我明白历史上没有什么预先安排，这是最重要的一点。近距离观察了工作中的美国总统之后，我发现，许多决定性的结果在许多因素的相互作用下出现，最重要的是掌权者的性格和脾气。

卡特的经历还告诉我，根本性的变革——吉米·卡特会称之为"全面的"变革——在政府中很难实现，而且极其罕见。尽管大多数高官候选人都做出影响广泛的承诺，但选民们会铭记于心

第六章 70年代（下） 卡特时代

的是，在重大公共政策问题上，只有渐进式的进展才是可能的，极少数情况除外。

在大多数星期四的中午，总统与他的最高经济团队共进午餐。这些机会给了我另一个重要教训：供总统决策使用的信息不一定靠得住，而且他影响事件进程的能力往往有限，这一点很多人并不知道。

通常，经济顾问委员会主席查理·舒尔茨会列出最新的统计数据、预测数据——这儿可能有千分之一的变化，那儿的变化可能是千分之二。在大多数情况下，数据指向性并不准确。当我被邀请发表评论时，我经常提醒总统，这些预测基于过去的数据，而且在我们面临的特殊情况下，它们可能有效，也可能无效。我的观点是，我们需要防止虚假准确性的幻觉，这可能会导致我们误入歧途。有时，我会引用从财政部的华尔街和国际消息来源收集到的"证据"，提出一种不同的（通常更可怕的）预期。卡特总是认真倾听，但我很确定，鉴于他那种工程师式的对"精确"数字的喜爱，查理·舒尔茨的统计数据对他来说比我的"故事"更重要。

我并不比总统聪明，但是总统顾问提出经济政策建议所依据的事实和统计数据并不像它们看起来那样确定和有决定性。顾问的建议只是他们根据数据做出的猜测，在非常时期尤为如此。吉米·卡特在总统办公室工作的时候，总是面对这样的问题。

第七章
80年代
全球化

第七章 80年代 全球化

技术变革

历史性的突发事件往往决定谁在关键时刻拥有政治权力，并做出决定事件进程的关键决策。领导者是谁，领导者如何明智地管理和选择自己的顾问，取决于他们的性格、气质和领导素质。这就说明了为什么具有开创性的历史发展是令人难以预测的。已故历史学家小阿瑟·施莱辛格（Arthur Schlesinger Jr.）称之为"历史的不可捉摸性"。

然而，对于那些手握权力杠杆、在塑造历史过程中起着核心作用的人来说，有一类重要的例外情况。每当人类事务受到与政治决策者无关，而且不受政治决策者控制的外生事件的强大影响的时候，就会发生这类情况。革命性的技术变革就是这类情况。

科学发现和技术创新的步伐有其自身的节奏。重大的突破说来就来，而当它们发生的时候，它们就能够以剧烈的方式改变历史，和政治领导人的任何决定相比毫不逊色。20世纪80年代就是这样一个时代。

詹姆斯·瓦特（James Watt）在18世纪发明的蒸汽机和随后制造业的进步导致了工业革命，工业革命使以农业和手工业经济为基础的过时的传统社会迈入了人类历史的全新纪元，为西方社会带来深远的政治和社会变化。新的财富被创造出来，生活水平得到提高，许多人的生活条件得到改善。不过，工业革命也带来新的问题，并带来充满不确定性和不稳定性的过渡时期。国际权力关系发生变化，英国成为世界上最强大的国家。

大约200年后，20世纪末的几十年里，电子技术革命是一个类似的外生事件，超出政治家的控制。电子技术革命对人类历史造成深刻而持久的影响；在它的面前，连两次世界大战和希特勒毁灭性的短暂统治都显得相形见绌。它也开启了一个时代，在这个时代，突破性的新知识不但使我们的生活取得巨大的进步，而且也使我们的生活陷入困境，出现令人不安的不稳定和动荡。人类事务的全球化是微电子革命发展的直接结果，微电子在我们的思考、生产和贸易方式以及知识的生成、传播和使用方式上带来巨大变化。微电子技术有效地结束了工业时代，推动世界走向今天的信息时代，永久性地淘汰整个行业，并在几乎一夜之间创造出全新的行业。其影响力涉及世界上的任何一个角落，改变了世界的经济秩序，对地缘政治的秩序进行重新调整，导致了一场人类事务的革命。

第七章 80年代 全球化

微电子革命的起源可以追溯到第二次世界大战后的那几年，当时一系列相互关联的发明和新技术——晶体管、印刷电路板、调制解调器和硅片——孕育了现代电子计算机。但真正的技术变革的量子跃迁式变化只有到了70年代末和80年代才发生。当时，微处理器——"芯片"——刚刚问世，可以进行每秒数十亿次的计算，并以光速将信息传输到世界上的任何地方。这是我们当今网络世界的核心设备。

在80年代，我领导一家世界上重要的信息系统公司，这家公司走在发展的最前沿。作为宝来公司（后来的优利公司）的首席执行官，我密切参与了许多引人注目的事件。随着全球化的蔓延，我周游世界，在此过程中接触到欧洲和亚洲等主要地区的政治和商业领袖，并得以见证他们是如何以不同方式应对这些惊人变化的。

这是历史上最伟大的技术革命，其全球化效应也许一开始不容易被理解，但是到了80年代末，大多数人已经充分理解了它的影响。我回想起一个时刻，那是在遥远的中国，我第一次亲历这场变革的发生。

1981年，我出差到中国，在安徽省省会合肥短暂停留。安徽省的面积与法国差不多大，却是内陆比较贫穷的省份之一，当时很少有游客来到安徽旅游。应中国财政部前部长、我在财政部工作时主要的对话人张劲夫（我称他为张书记）的邀请，我出席了会议。

他邀请我到合肥，表达他的友好之情，我欣然接受。在精心准备的欢迎宴会之后，一贯好客的他问我有什么愿望。也许他觉得我可能想游览这个城市或者参观一些新工厂。然而，我建议去周围的乡村走访，他也欣然同意。早上，我们乘坐他的豪华轿车出发。距离中国开启改革开放已经过去三年，我看到的迹象表明北京和沿海地区发生了重大变化。现在，我想知道农村里有没有变化的迹象。

表面上看，似乎没有什么变化。稻田仍然是我记忆中的样子——放眼望去，稻田里泥泞的小道交叉纵横，戴着草帽的男人、女人和孩子们弯着腰，在没脚踝的水田里辛勤劳作。不时可以见到水牛拉着水车，一圈又一圈艰难地走着——这是一项久负盛名的灌溉技术。但是，除此以外，看不到任何其他机器。土地上点缀着传统而简易的农舍，旁边是一些小围栏，偶尔会看到猪在土里打滚，还有几只鸡和鸭子在地上啄食。对于我这个老牌"中国通"来说，这个地方有一种熟悉的感觉，与中国广大乡村的许多地方一样远离现代的发展。

路上，我看到一位上了年纪的人，他手里拿着一根长长的烟斗，蹲在路边一幢房子前面。我提出开车过去和他聊聊，张书记同意了。

我夸奖了一个小男孩——他是老人正在看护的孙子——然后和老人交换了几句开场白。之后，我问他最近生活得怎么样。他的回答是："很好，比几年前好多了。"这个回答让张书记高兴地笑了。在我年少时的中国，大多数的农村人都是文盲，生活相当拮据，他们对外界的了解很大程度上受限于他们步行能到达的距离。现在，这一地区已经通了电，这表明有发展。为了进一步了解，我问他是否有收音机，因为我觉得这可以作为进步的一项小指标。老人一下子神采飞扬，建议我走进他的房子里亲眼去看看。

第七章 80年代 全球化

房间看起来很熟悉。有很少的基本的家具：一张桌子，几把椅子，一个做饭的煤炉，两张简单的木床（上面铺着褥子和被子用来睡觉）。墙上装饰着日历、一些书法作品和一张毛主席的相片。"我家没有收音机！"房子的主人大声说，他拉开盖布，露出一台电视机！

他显然想给我一个惊喜：在这种环境下，我绝对想不到能见到一台电视机。"这台电视机好用吗？"我问他。这一问不要紧，真正让我震惊的事情还在后面。因为，当他兴高采烈地打开电视机时，电视屏幕上出现了——就在那一刻——一张我熟悉的面孔，这个人正是美国广播公司的萨姆·唐纳森（San Donaldson）。画面中，萨姆正在向即将登上直升机的美国总统连环发问——下方配有中文字幕。

此时的我，身在离华盛顿数千英里远的中国农舍，看着农舍的主人观看着关于美国的新闻报道。此情此景，令我大开眼界、终生难忘。那可是1981年啊！在美国，个人电脑刚刚出现！我意识到，这个世界正在发生变化，再也不是以前的样子了！

* * *

微电子技术的迅速发展使80年代成为20世纪历史上最重要的十年。这项新技术被证明是一个重要因素，间接导致摇摇欲坠的苏联走向灭亡，结束了冷战，改变了世界的地缘政治地图。从80年代开始，微电子技术成为中国的基础，令其在世界事务中迅速崛起并成为一支主要的经济力量；印度很快也紧随其后。艾滋病在全世界迅速传播，随后在遏制和治疗这一疾病方面取得突破。如果没有新技术对旅行和通信的影响，也没有医学的革命性进展，那么艾滋病在传播和治疗两方面都不太可能进展迅速。

在80年代，20世纪人类创造力的巨大成就所带来的影响力第一次真正显现出来。然而，当新的暴力威胁到世界和平时，这个时代也陷入困境。在向信息时代的过渡中，产生了全球范围内的不确定性和动荡。苏联卷入阿富汗战争并以失败告终。恐怖主义的威胁第一次爆发，其影响至今仍然是世界不稳定性的主要根源。

强大的微型芯片

微型芯片革命的基础是在半个世纪前计算机时代来临的曙光中奠定的。

人类设计机械计算器的努力至少延续了300年的历史，但是电子计算的诞生却发生在第二次世界大战前后。这个结果诞生于一项绝密的、为期18个月的研究，当时宾夕法尼亚大学夜以继日地利用电子技术，试图为炮弹计算轨迹表。最后，他们制造出一台巨型机器，科学家们称之为电子数字积分计算机，最为人熟知的名字是它的缩写ENIAC。这个6万磅重的庞然大物，占据了一个中等大小的房子的全部地面空间，需要一个由6名操作员组成的团队来维持它的运转。对于电子信号的转换，这是今天由一个小小指甲那么大的"芯片"就可以完成的任务，ENIAC则需要使

第七章 80年代 全球化

用1.8万多个真空管,产生的热量必须由一个专门设计的巨大的通风系统来冷却。这个说法可能有些夸张,但是据说机器的电力需求达到了惊人的10万瓦,以至于每次打开ENIAC,整个费城的灯光都会变暗。

早期的共识是,这项异类发明的使用将主要局限于科学目的。人们丝毫没有想到,ENIAC与其战后的改进版本UNIVAC标志着一个新时代的到来。在不到一代人的时间内,计算机将成为世界各地的工厂和办公室中不可或缺的工具;进入最先进的实验室和医院,进入普通的千家万户的家中;监控我们的汽车,指引我们登上月球——或者供六岁以下的孩子学习和玩耍之用。

可以说,计算机时代真正开始于60年代初。当时,IBM放弃了机电制表技术,将第一台晶体管计算机推向市场。晶体管取代笨重的真空管是第一项重大突破。在接下来的几年里,几项并行技术的改进随之而来,其中包括印刷电路板和贝尔实验室开发的调制解调器。后者是一种通过电话线传输数字数据的设备,它彻底改变了计算机通信,并允许终端被安置在任何地方。可能最关键的一步是半导体的研制——通过光刻技术将多个晶体管组合在一个硅片"芯片"上——从而消除了早期机器中笨拙的布线。

然而,正是在70年代初,随着微处理器的引入,下一个巨大的飞跃发生了。微处理器是当今所有现代计算机的核心和灵魂。在之前几年的发展基础上,芯片制造商完善了技术,每18个月就能让芯片上的晶体管的数量翻一番,从而大大提高内置其中的电路的能力和计算速度。

70年代,芯片性能的快速提高令人难以置信。英特尔在1971

年推出第一个微处理器，由 2 300 个晶体管组成，每秒可执行 45 条指令，当时轰动一时。不到 10 年后，嵌入一个芯片中的晶体管数量上升到了 13.4 万个；到 80 年代末，已经超过了 100 万个。几年后，英特尔的奔腾微处理器上塞满了不少于 550 万个晶体管，而这只是不断扩展的功能的一部分。如今，芯片可以在几秒钟内处理数十亿条指令，并以光速将它们传送到世界的任何地方。

这些不断的、突破性的技术改进是 70 年代后计算机行业快速扩张的关键因素。就在我在宝来公司逐渐了解计算机业务的时候，微处理器变得越来越强大、越来越通用。微处理器和主要的软件改进结合在一起，导致了个人计算机的发明，也导致我们今天所熟悉的网络化世界的出现。个人计算机与早期的大型主机系统的性能相当，甚至有所超越。个人计算机成为每个办公室、家庭和学校都买得起的产品。同时，一个标准、易于使用的操作系统的出现，极大地扩展了个人计算机的可用性，并吸引了大量普通用户。该操作系统由比尔·盖茨（Bill Gates）和他的合作伙伴保罗·艾伦（Paul Allen）发明，它让计算机可以运行大量的新的应用程序，并允许所有的个人计算机相互兼容、彼此连接。这项发明使盖茨的微软公司成为增长最快的公司之一，盖茨成为世界上最富有的人之一。

个人电脑改变了一切。微芯片变得无处不在——在零售业、电子商务和电子游戏中都有。它还实现了全世界手机的大范围使用，并在导航技术、医疗诊断和无数其他方面引发了一场革命。最重要的是，个人计算机和微处理器成为互联网和当今万维网发展的关键。

第七章　80年代　全球化

新的企业挑战

底特律打来电话，邀请我参加宝来公司的面试，这让我大为吃惊。离开财政部以后，我在夏威夷放松身心，还不知道未来何去何从。在学术界、工业界和政府三个截然不同的领域中，我的职业生涯经历了大致相同的十年时间，这纯属偶然，并非有意为之。积累财富从来都不是我的首要目标。有两次，我自愿放弃了丰厚的公司收入和福利，宁愿从事公职服务，领取微薄的报酬。驱使我这样做的主要是我难民时代的记忆，那些年我感受到巨大的恐惧和挫折感——那种无力控制并塑造自己人生的感觉。驱使我的还有证明自己并得到认可的渴望。对我来说，像其他人一样，这些早期的经历给我留下了终身的"难民心态"，助长了我的雄心壮志。我最想要的，是我曾经不曾拥有的、控制自己命运的能力，还有为我带来地位和认可的领导力和影响力。我最大的满足感来自我有能力去进行建设、设定目标、领导众人。当我权衡自己未来的选择时，我意识到这些对我来说仍然很重要。

我有很多机会朝不同方向发展。我已经从企业猎头那里知晓，国家重要人物演讲圈的领头人物很想让我参加一次全国性的演讲之旅，并承诺丰厚的酬金。有几家出版社愿意为一本关于卡特政府的书提供预付款，也有人试探我是否有意接受公司董事会的任命，还有人问我是否对学术管理感兴趣。这一切，我都不予考虑。但既然宝来公司迫切要求我迅速做出反应，我必须做出选择。

发表演讲最多只是暂时的消遣。写一本"揭秘"卡特的书，我认为不怎么光彩。我最擅长的是管理和经营，在这方面，学术管理有其吸引力，但也不乏缺点。我在普林斯顿大学见到过：校园政治中小肚鸡肠的嫉妒比企业高管的操纵更令人讨厌。在那些日子里，学术管理的薪水也不是特别高，坦率地说，这也是一个我不能忽略的因素。

我在奔德士略有积蓄，经济上还算过得去。但是，在政府三年的工资单却单薄了许多。在财政部的时候，我们在华盛顿和安娜堡安家，让三个女儿读了大学，但其中两个女儿仍然在进行研究生的学习，而我们最小的女儿简正在考虑上医学院，这意味着至少还要花六年的时间。同时，也是时候考虑一下我们的退休财务了，因为我的职业生涯错综复杂，这让我没有足够的时间积累养老金。

然而，最重要的决定不是我的工作，而是我已经支离破碎了相当长一段时间的婚姻。艾琳和我在一起共度了28年的时光，这是相当长的一段时间。我们在不到20岁的时候坠入爱河，养育出三个优秀的女儿，在这段时间里，我们的关系一直很融洽，没有出现过严重的分歧。她一直忠实地支持着我，而我也支持她追求自己的职业兴趣，直到她获得教育心理学的博士学位。

在某些方面，这是个很老套的故事。在我们50多岁的时候，已经不再像当年20岁时那样，渐渐地，我们之间不再无话不谈。可能这就是典型的中年危机，大部分都是我的错，但是我越来越感到空虚，我认为她也一样不好过。在华盛顿，我们的生活分分合合，但是这于事无补。我们成年的女儿都不在家，但是我们之

第七章 80年代 全球化

间的纽带仍然牢不可破。一想到婚姻面临失败，我就感觉很沮丧。

几周后，去过几次底特律以后，艾琳和我做了人生中的两个重要决定。一个决定是我会接受宝来公司的工作邀请。另一个决定是我们会一起回到安娜堡，再次尝试修补我们的婚姻。不幸的是，我们失败了。我们有过那么多回忆，那么多年里风雨同舟，这次分手不可能没有痛苦、内疚和遗憾。至少，我们没有鄙夷和怨恨对方，对此我将永远心存感激。

随着时间的推移，我们每个人都继续生活，伤口愈合，好事不断。艾琳离婚后的生活非常精彩。80年代，她在尼泊尔和罗马尼亚服务，颇有成就，是和平队中最年长的志愿者之一，并因此获得全国民众对她的认可。最近，她深入参与非洲和中美洲的发展工作。而且，随着我们八个外孙儿女的出生，她成为一个全身心付出的外祖母，一如她一直是一个称职的母亲。我们仍然关爱对方，保持着朋友关系。

我的个人生活也毫不逊色，只不过方式不同。1983年，我爱上了一位杰出的加利福尼亚年轻人，并与之结婚。我们的儿子迈克尔·爱德华3年后出生。直到现在，芭芭拉和我已经结婚30年，虽然年龄上相隔了一代人，但是我们从一开始就是彼此的灵魂伴侣，抚养一个儿子为我们的生活增添了特殊的意义。再次成家对我来说来之不易，所以，多年来我们的三口之家其乐融融，使我们两人之间的成功结合变得更加甜蜜。

芭芭拉聪明伶俐、风度翩翩、头脑冷静、美丽动人。在获得工商管理博士学位的同时，她也是一位出色的伴侣和母亲。同时，她也成功地成了大学教师和管理顾问。在我的一生中，有过一些挫折，但是更多的是幸运和意想不到的好事。芭芭拉和迈克尔，以及他的三个同父异母的姐姐安、吉尔和简，都是上天赐给我的最棒的礼物。

我和艾琳于1979年底回到密歇根，我加入计算机制造商和信息服务公司宝来公司。我突然想到一点，我为之工作的两个密歇根公司——一个在60年代末，另一个在80年代——是那几十年技术剧变的极好范例。在某些方面，这些公司相当相似。奔德士公司和宝来公司的规模大致相当，两家公司都以底特律为基地，在当地社区根基深厚。两家公司的高管都在当地的商业机构任职，在关键的社区董事会和委员会中平起平坐。两家公司的总部相距不到5英里；而且也许能证明底特律的狭隘性的是，四位奔德士公司董事也在宝来公司董事会任职。

然而，两者之间的差异大于相似之处。奔德士是一家典型的大型工业公司，标志着美国制造业跨国公司从50年代到70年代的卓越地位。"汽车城"位于美国中西部工业制造业的中心地带，这片地带从威斯康星州一直绵延到俄亥俄州。奔德士的主要客户——福特、通用和克莱斯勒——的高管是美国最知名和最受尊敬的商业领袖。1976年，亨利·福特二世（Henry Ford Ⅱ）在纽约的21俱乐部召集了全国各家公司的首席执行官，并主持会议，而我在那里第一次见到了吉米·卡特，这并非偶然。

当我在十多年后加入宝来公司时，情况已经从根本上有所改变。像奔德士这样的美国工业制造商仍然从事传统业务，而传统业务增长缓慢：一些生产正在向海外转移，利润空间变小，外国竞争者正逐步进入它们的传统市场。底特律感觉到这些影响，而

第七章 80年代 全球化

这些迹象让人很难忽略。底特律的基础设施正在崩溃，废弃的厂房空置，工业岗位稀缺，失业率居高不下。有钱的人逃离到郊区或者干脆离开密歇根，人口正在减少。

事实是这样的，到1980年，高科技电子产品已取代制造业，成为经济中最具活力和盈利能力的门类。加利福尼亚的硅谷与亚利桑那州和得克萨斯州的类似高科技飞地正在蓬勃发展，重心正从"锈带"转向"阳光地带"。当汽车制造商和像奔德士这样的工业公司不断缩减规模并裁员时，冉冉升起的新星是像宝来公司这样的提供计算机和信息系统的公司。到80年代末，许多在60年代名列财富500强的工业巨头——钢铁公司、橡胶制造商和金属制造商——已经从榜单消失，取而代之的是施乐、惠普等电子大公司。IBM，世界上最大的计算机公司，稳居美国六大最赚钱的公司行列。IBM公司的老板汤姆·沃森（Tom Watson），还有英特尔的灵魂人物安迪·格罗夫（Andy Grove）取代亨利·福特二世，成为美国最受人尊敬的首席执行官。

世界范围内计算机系统的出货量在70年代增加了三倍到四倍以上，宝来公司也随之迅速扩张。公司的历史可以追溯到20世纪初。作为一家机电计算器和会计机器制造商，宝来公司成功地转型为电子产品公司，并逐步转型为一家计算机公司，在世界各地销售其品牌的主机。许多像通用电气和美国无线电公司这样的公司巨头都试图这样做，但是发现IBM的竞争优势过于强大，因而放弃了这个领域。宝来公司的成功很大程度上要归功于其首席执行官雷·麦克唐纳（Ray Macdonald），他有正确的直觉和背景，能够进行高风险的技术投资，成功地将一家中型企业转变为一家价值数十亿美元的跨国公司。到了1980年，宝来公司是美国最大的计算机公司之一，也是美国75家顶尖公司之一。

我在奔德士工作的时候就认识雷，对他的工作很钦佩。不过，他的故事听起来也很耳熟：随着年龄的增长，公司变得越来越大，公司的成长超过了他的能力，他则成了自己成功的牺牲品。管理一家价值数十亿美元、规模庞大的企业需要不同的技能，这与管理一家小企业有所不同。首席执行官往往会重复自己以前的做法，而随着市场的不断变化，以前对公司管用的经营方法已经不再满足公司的关键需求。雷也遇到了同样的问题。他是一个严格执行纪律的人，不容忍任何分歧，更愿意自己做出所有的决定。在这个快速发展的计算机领域，他最终无力控制公司日益复杂的运营，犯下错误，付出了巨大的代价。

最重要的是，当他退休时，没有人愿意接替他的位置，因为他留下了相对较弱的管理层，这些管理层更习惯于服从他的命令，而不是领导。问题不断累积，增长面临停滞的威胁。当我离开财政部的消息传出时，宝来的董事会正在外面四处寻找掌舵人。不知为何，他们认为我可能是合适人选，并给了我这份工作。

在一个决定命运的特别时刻，我沉浸在计算机的世界中，这揭开了我生活中另一个激动人心的新篇章。我回归到自己最喜欢做的事情——管理一家需要变革的大型机构。出乎意料的是，在我离开华盛顿的核心圈子后不久，我就走上另一个行业的领导职位。我在政府内部打了一场失败的经济政策的战役，并被一位不受欢迎的总统解雇——然而，这丝毫没有影响到我在商界和金融界的地位。我得到大量工作邀约——邀请我加入大公司和金融机

第七章 80年代 全球化

构的董事会，我从中最终选择了衡平人寿保险公司、化学银行、品食乐和天纳克。商业委员会和美国企业圆桌会议是美国两个最高级别的企业领导组织，而我被吸收为会员；普林斯顿大学与我重新建立联系；纽约的对外关系委员会选举我加入他们的董事会，这让我能够继续追求我对国际事务的兴趣。在这十年中的不同时期，我还参与了几个双边商业团体，其中包括"美国—日本"和"美国—巴西"商业社团。作为主席，我带领美国民间国防专家、苏联关系专家和企业高管，几次访问莫斯科，与苏联官员讨论冷战问题。简而言之，在我成为电子世界的内部人士的同时，我发现自己处于一个中心位置，可以见证正在发生的技术革命对世界事件的影响力。

然而，我的第一项挑战来自宝来公司。这家公司需要更新的想法、更敏锐的关注点，以及针对快速变化的市场需求对产品做出更快的改变。必须对产品战略、研发预算、市场营销、技术支持计划和新的管理血液做出关键性的决定。在第一年内，我们招聘了几名新的高级管理人员，就新产品做出决策，重新调整研发支出，改进现场运营，启动成本节约计划，辅以关键性的收购，以增强我们的产品供应和运营能力。然而，最关键的一步是在1986年，宝来公司与斯佩里公司合并，后者是我们的大型机竞争对手之一。随着更名后的优利公司的成立，我们迈出一大步，将我们的规模扩大了一倍，并在竞争激烈的市场中大幅增长，同时显著降低了新的优利公司的成本。

纯粹从财务结果来看，这些举措在80年代的大部分时间都产生了积极效果。到80年代中期，年收入翻了一番。到了80年代末，年收入又翻了一番，达到了相当可观的 100 亿美元。1980 年的利润微乎其微，仅为 1.34 亿美元；到了 20 世纪末达到近 10 亿美元的峰值。在最好的一年里，每股利润几乎是 1980 年水平的三倍。

不过，这些数字并不能说明全部问题。随着技术的快速变化，包括 IBM 在内的大多数大型计算机公司，长期以来一直致力于开发更强大的大型机，而没有意识到个人计算机网络世界的潜力。优利公司也落入同样的陷阱。所有这些公司都必须经历一个艰难的调整过程，才能勉强接受个人计算机。许多公司最后以失败告终，销声匿迹。优利公司在淘汰赛中幸免于难（尽管今天它是一家非常不同、规模更小的公司）——这表明我们做出的正确决定可能比错误决定多一些。这句话，可不是繁荣的 80 年代的每一家计算机公司都有自信说出口的。

动荡时期

微芯片技术在 80 年代迅速普及，为数百万人的生活水平和更大的政治自由奠定了基础，但发展的开端异常动荡。在早期，似乎什么都进展得不够顺利。

那时候，试图刺杀世界领袖的事情发生了三次，每一次都耸人听闻，其中一次造成致命的伤害，震惊世界。里根总统在华盛顿受了重伤，罗马教皇约翰·保罗二世（John Paul II）也受了重伤。在开罗，埃及的安瓦尔·萨达特（Anwar Sadat）总统在观看

第七章　80年代　全球化

阅兵式时死于暗杀者射出的子弹。

1979年，在英国，吉姆·卡拉汉的工党政府失去权力；此前一年，吉米·卡特连任失败。次年，在法国，吉斯卡尔·德斯坦（Giscard d'Estaing）的中右政府被选民推翻。不久之后，赫尔穆特·施密特的社会民主党在德国被赶下台。有人指出，吉米·卡特在美国的遭遇似乎已经扩散到世界的其他地方。[1]

中东局势也变得非常复杂。伊朗革命、萨达特被暗杀、苏联入侵阿富汗以及两伊战争都在推动地区局势恶化，并产生足以破坏整个地区稳定的威胁。阿以和平进程仍处于僵局。与此同时，石油输出国组织的价格政策对几乎所有西方经济体都产生了重大负面影响。

随着卡特的继任者罗纳德·里根入主白宫，美国经济继续受到高油价和滞胀的打击。1981年，美国的失业率为7.8%；一年后的实际利率仍处于历史高位。公众大为不满。专家们说，美国的生产力低下，工厂被日本赶超，这导致美国失去战后的工业领导地位。当底特律陷入困境时，日本和其他外国汽车的进口量增长了20%。美国国内的整体情况也不尽人意。种族骚乱肆虐迈阿密，监狱人满为患。谋杀案件多到史无前例。披头士乐队的明星约翰·列侬在纽约公寓大楼外被害，震惊全美。在十年时间里，美国的谋杀受害者人数几乎是在越南被杀美国士兵人数的五倍。[2]

欧洲的经济增长也很缓慢。由于石油输出国组织推高了世界石油价格，再辅以伊朗的好战，由此导致的货币混乱和美元贬值损害了欧洲的出口，使国际体系面临压力。国家之间互相指责，缺乏协调行动的共识。大西洋两岸的贸易保护主义情绪日益高涨，美欧双边就进口钢材发生争执。日本也面临着限制其快速增长的汽车出口的压力。

然而,与苏联及其卫星国所面临的问题相比,西方国家的问题显得不值一提。在东欧,经济增长放缓,甚至比西方更为明显;生产力低下,污染严重,生活水平停滞不前或者下降。由于国内资本不足,东欧对西方的债务飙升。

在苏联,阿富汗战争带来巨大压力,过高的国防预算以及对低效工业的巨额补贴造成的压力也非常严重。主要的问题在于,在西方自由市场经济体中,尽管步履艰难,但是调整以适应高能源成本和利用新技术的重组过程已经开始,而东方的计划经济却进一步落后。原因很简单:一个关键的先决条件是灵活性和获取自由流动的信息的能力,而这些正是苏联所缺乏的。铁幕后面的民众不会不懂这一点,苏联及其附属国政治动荡的迹象也逐渐增多。

随着罗纳德·里根入主白宫,冷战没有任何减弱的迹象。大家一致认为,苏联的威胁真实存在,一如既往。直到1984年4月,五角大楼的一项研究表明,苏联的大规模军备仍然是一个现实威胁。言论对抗愈演愈烈,里根谈及"邪恶帝国"[3],提出苏联军事力量的幽灵的说法。"缓和"的前景看起来也很黯淡。在苏联,人们担心美国的核攻击。

1981年春天,乔治·鲍尔在《外交事务》(*Foreign Affairs*)一书的导言中,对国际形势进行了描述,并对这种情况表示痛惜,反映出美国外交政策制定者的阴郁心情。看到卡特政府在四年里徒劳无功,对继任者的信心不足,鲍尔沮丧地注意到,美国的友国正在质疑美国的领导能力,或者质疑美国管理自己的事务的能力。他写道:"在苏联系统地扩大其军事覆盖面之际",美国"正陷入冷漠和无能之中……我们不再表现出对事件的掌控,而掌控力为我们的经济和政治领导层注入信心"。正如鲍尔所看到的那样,"这一时期最显著的发展是美国与其盟友、与其他非共产主义国家的关系退步"[4]。对于一贯保持积极想法和冷静头脑的鲍尔来说,这些说法沉闷至极,非同寻常。对于一个一贯信奉"乐观是务实的人拥有的唯一可用的品质"的人来说,这很不常见。

鲍尔这一代美国人,适逢盟军击败纳粹德国、日本,亲历美国从战争中崛起为世界上最强大繁荣的国家。这一代人坚定地相信战后建立的国际秩序,他们中的许多人在建立大西洋联盟方面发挥过重要作用。作为"欧洲之父"让·莫内的亲密朋友和盟友,鲍尔坚决主张美国支持欧洲经济统一,即使国内反对声音不断。对于哪些利益对美国最为重要,他有明确的认识,强调美国繁荣的长期利益,并强调来自西方贸易体系的安全(这种安全将来自经济一体化和更可行的共同市场),他最终胜出。美国在60年代的"肯尼迪回合"谈判中带头减少贸易壁垒,鲍尔在这一过程中发挥了重要作用,并为此感到自豪。

在鲍尔那一代人的成年经历中,不管是战争时期还是和平时期,欧洲一直是主要的焦点;而自1945年以来,遏制苏联则一直是美国外交政策的中心问题。"如果我们不领导,就没有人领导",我经常在华盛顿听到这句话。鲍尔显然感到痛苦和困惑,因为联盟成员之间突然发生争吵,美国的领导地位朝不保夕,受到质疑——为此,他将大部分责任归咎于华盛顿近年来的疏忽。

在某种程度上,他是正确的。但是,历史经验告诉我们,即使是通常有远见的鲍尔,也会受困于自己过去的经验。像几乎所有其他人一样,他还没有发现问题不仅在于美国的政策或领导力的薄弱性,也在于带领我们进入新世界的一股新兴力量。

几年后,到了1987年,我将在外交关系委员会的系列演讲中发言,把微芯片革命的推动力作为我的发言重点,阐述其可能产生的全球化效应以及带来的经济和政治影响。[5]到那时,距离我在安徽省那次大开眼界的访问仅仅过去5年,中国的经济增长渐渐成为世界贸易及商业的重要因素,政治影响越来越明朗。我记得乔治·鲍尔在听众中听得聚精会神。

动荡不安的中东

恰巧,这个时期,我也定期前往中东执行政府任务和私人事务。当时,中东地区正迅速成为美国外交政策关注的一个新的主要焦点。在两个不同的场合下,中东事务带我进入两次重大的区域危机的正中心,让我直接接触到几个关键人物,包括伊朗国王和以色列总理梅纳赫姆·贝京。

世界上的大部分石油储备都位于中东的沙漠之下。一个世纪以来,美国最关心的一件事就是确保自己稳定地获取这一重要资源。在敌对环境中保护以色列的安全,这是战后美国的一项重要政策。该地区很少处于完全稳定、和平的状态,但至少在第二次世界大战后的前25年里,随着曾经在该地区占主导地位的英国和法国的影响力减弱,美国没费什么力气,就成功地与该地区占主导地位

第七章 80年代 全球化

的封建统治者和部落首领保持良好的关系（并遏制苏联的影响力）。偶尔，当西方利益处于危险境地时——就像1953年暴躁的民族主义者穆罕默德·摩萨台（Mohammad Mosaddeqh）在伊朗掌权时一样——直接施压并采取秘密行动就可以抵消可察觉的威胁。

我第一次访问中东是在1956年。那时候，我在伊拉克度过两个月的时间，进行一项普林斯顿的研究项目，也顺道去叙利亚和黎巴嫩旅行，并到以色列这个新兴国家进行了一次难忘的发现之旅。阿以冲突已经激起地区紧张情绪，尽管在大多数其他的方面，当时的局势相对稳定，而且远没有过去几年那么动荡。在黎巴嫩，穆斯林、基督徒和德鲁兹派信徒之间有着复杂的权力分配，而且相安无事，贝鲁特号称是宽容的、世俗的、地中海东部的巴黎，并以此为傲。伊朗与西方紧密结盟。而以色列刚建立，仍然是一个被限制在1948年的原始边界内的小国。

尽管从一开始我就非常同情犹太人争取独立的斗争，但我从来不是一个积极的犹太复国主义者。20世纪50年代，第一次以色列访问给我留下深刻的印象，我开始着迷于这个国家丰富的历史、古迹，尤其是以色列人民的勤奋、理想主义和开拓精神。

1956年夏天，我去伊拉克时，统治者是与西方亲近的哈希姆王朝的国王费萨尔二世（Faisal Ⅱ），一切相对风平浪静。当时的伊拉克很贫穷，也不发达，停留在过去。我大部分的时间都在巴格达，那里污秽不堪、尘土飞扬、令人沮丧，而南部的巴士拉也好不到哪里去。巴格达只有一家高档酒店（远远超出一位年轻学者的预算）在一些房间里提供间歇运行的空调。在更便宜的塞米拉米斯酒店，我一动不动地躺在床上，躲避下午的炎热时光，而那个时候外面没有任何动静，一个懒散的吊扇也无法消暑，蜥蜴以无处不在的苍蝇和蚊子为食，时不时掉在我的床上，这让我保持清醒并得到一些乐趣。

似乎生活会一成不变，几乎没有人意识到巨大的变化正在发生，石油公司的外籍人士更是后知后觉。来访者可能偶尔会感觉似有变化之风，但是身在其中的人却浑然不觉。

当变化真的来临的时候，一切非常突然，毫无预兆，就像粗鲁地把人叫醒一样。1959年，君主制被推翻，伊拉克的国王、王储和首相被杀。英国大使馆被撤销，几名外籍人士被谋杀。在邻国黎巴嫩，3 500名美国海军陆战队队员不得不介入，以平息类似叛乱。此后不久，外国的石油特许经营权被取消，石油工业施行国有化。事实证明，伊拉克人管理自己的土地并不费力。

25年后，当我以财政部部长的身份回到中东时，那里和从前相比面目全非，更不稳定，动荡和危险的对抗似乎永无休止，中东深受其扰。美国对中东石油的依赖已经达到令人担忧的程度，但这一关键资源的控制权现在被牢牢地掌握在生产国和石油输出国组织的手中。美国在该地区的利益超过以往任何时候，但是美国与产油国的关系却更加脆弱复杂。在几次武装冲突和双方均不妥协之后，以色列占领了一部分阿拉伯人的土地，导致阿以关系持续恶化。黎巴嫩的权力结构基本上已经崩溃。而伊朗国王既是美国的长期朋友，又是该地区的重要人物，现在他在自己的国家里自身难保。

我的两次广为人知的访问任务是会见中东国家元首和他们的

第七章 80年代 全球化

部长，主要是呼吁降低石油价格，呼吁将该地区的石油美元再次投资于美国证券，并游说各方支持阿以和平进程。我在阿拉伯半岛与沙特阿拉伯王室和各种各样的使者进行过会面，这令我非常难忘。而我与伊朗国王的接触将被证明对未来有重大影响。

我见过伊朗国王两次——第一次是在1977年10月；第二次是在次年11月，当时零星的街头骚乱正演变成一场全面的革命，这场革命很快将导致他逃亡海外。正如命运所愿，我因此成了最后一位在德黑兰与四面楚歌的伊朗国王进行面对面会晤的美国内阁特使，美国拯救伊朗国王的努力最终以失败告终，我则是其中一个偶然的小角色——同时也是华盛顿决策灾难的见证人。

至少在尼克松政府执政以来，在美国确立的政策中，以色列和伊朗就被视为美国在中东地区的重要盟友。维护密切的美伊关系本应是美国在该地区的关键事务，而对伊朗国王的坚定支持则是保持这一关系的关键。事后看来，毫不犹豫地支持日益不得人心的伊朗君主并不是什么明智之举，而且即使有更熟练的外交手段，也很难挽救后革命时期的美伊关系。美国政策失误的根源可以追溯到很多年以前，但在国王统治的关键的最后几个月里，华盛顿的混乱和失误则注定让任何希望破灭，不会有什么好的结果。

美国和伊朗军方的关系一直特别密切。自从尼克松执政以来，允许伊朗国王购买大量美国武器就一直是美国固定的政策。事实上，伊朗已经成长为一个利润丰厚的美国产品市场，许多有影响力的美国企业领袖都在那里做生意，成为伊朗国王最热心的支持者。对他们来说，伊朗国王是一位开明的统治者，致力于使他的国家现代化，更不用说他是一位慷慨的主人——对大家盛情款待。

当然，我知道，在美国和伊朗还有许多人对伊朗国王的看法大为不同。对这些持不同意见的人来说，他是一个虚荣、狂妄自大的暴君，不值得美国为其提供无限量的支持。他的国内反对者包括许多知识分子和日益壮大、受过良好教育的中产阶级，他们对他的主要抱怨是他不愿意容忍任何有意义的政治异议。他们质疑他的政治基础过于狭隘，质疑他依赖残酷的秘密警察机构保持自己的权力和执行自己的意志。他们还反对他容忍一小部分家庭成员的腐败行为肆意蔓延，反对他统治中的特权受益人，反对他与普通公众关系疏离。

1977年，我开车去伊朗国王位于德黑兰市中心的华丽宫殿，我记得自己对他颇感兴趣。这位君主自封"沙阿中的沙阿"。多年来，他一直是媒体关注和争论的对象，我想知道在这两个矛盾的形象中，哪一个更贴切。

尽管他正面临日益严重的国内动乱一事已经成了公开的秘密，但国务院提供的简报却很少对此提及。第二年，国王的境况急剧恶化，但两次访问，我对他说的话如出一辙：首要的一件事，就是传达总统明确的友谊和全力支持的信息。1977年，世界石油价格居高不下，伊朗的通货膨胀也是如此，劳工动乱已经影响石油的生产。民众对经济、独裁统治和秘密警察的暴行积怨已久，进行了一系列的抗议。到了夏天，国王发现有必要解雇已经长期任职的首相，并任命一名继任者，继任者负责做出有限的让步以控制局势。

当我步入国王宫殿的大堂，与我同行的除了美国大使比尔·沙利文（Bill Sullivan），还有由印第安纳州参议员迪克·卢格

第七章 80年代 全球化

(Dick Lugar)和伊利诺伊州众议员亨利·海德（Henry Hyde）率领的国会代表团。我对国王的第一印象非常好。他身材瘦小，身穿西服，热情地迎接我们。他的英语很流利，笑容温暖而友好，声音柔和而谦虚，没有任何迹象——除了富丽堂皇的环境——显示他是一个傲慢和自负的人，这让我颇为意外。在开场致辞之后，他亲切地询问我们的住宿情况，并礼貌地倾听我传达卡特总统的信息，之后开始着手处理实际的事务。

然而，当国王对我们做出回应的时候，他的态度突然出现了一百八十度大转弯，这很奇怪。突然，他站直身体，用似神般超凡的腔调开始滔滔不绝地说起话来，不容任何干扰。他的讲话冗长，要点在于批评美国和西方社会的危险的放任行为。他声称，这可能导致他们的国家最终解体。他认为，居高不下的油价是美国过度消费和挥霍的结果。卡特总统在通过能源立法方面步履艰难，这正是美国人缺乏意志和道德操守的证据，而卡特对人权的过分关注几乎肯定会帮倒忙。讲话中的大部分内容与我提出的具体问题都没有多大关联。谈话之间，国王都是一副深邃的世界政治家的姿态，说起话来斩钉截铁。对于伊朗街头那些持不同政见的人，他只是一带而过，说他们是无理取闹的麻烦制造者，而且无论如何，一切尽在掌握。

他的表现令人吃惊。更重要的是，一说完这一席话，他就重新坐到椅子上，并再次突然转变态度，恢复先前的平静和礼貌，同时承诺响应我的敦促，尽全力影响石油输出国组织的价格政策，并在可能的情况下支持美元在国际市场上的地位。之后，双方又交换了几句陈词滥调。然后，我们在同最初见面时同样友好的气氛中离开了宫殿。

迪克·卢格、亨利·海德和我都感到十分困惑,不太确定该如何看待这一切。比尔·沙利文却不那么惊讶。他告诉我们,这在他的意料之中。这就是国王的派头:他可能一时和蔼、一时霸道,这得看他认为形势需要他怎么做。一年后,1978年11月,我在迪克·卢格和几位国会议员的陪同下,第二次赴中东。在此期间,我再次拜访伊朗国王。在这一年的时间里,他的日子不好过。1977年底,当他赴华盛顿访问的时候,数百名伊朗学生抗议者聚集在白宫,异常难以控制,以至于警察不得不使用催泪瓦斯来驱散他们,但是风又把催泪瓦斯吹回到白宫的草坪上——这让我们的贵宾倍感尴尬。然而,很显然,这也阻止不了国王在私下会谈中向总统发表自己那套针对西方道德弱点的标准演讲,并礼貌地驳回卡特对其压制性政策和国内普遍不稳定局势的警告。[6]

整个1978年,伊朗国内局势进一步恶化。等到我们11月访问伊朗的时候,一切演变成了公开的起义。伊朗当时处于戒严状态,暴乱造成数百人伤亡,罢工破坏了石油生产,反对党也在争权夺位。宗教领袖阿亚图拉·阿里·哈梅内伊(Ayatollah Ali Khamenei)在巴黎发声,呼吁推翻国王。

这一切在华盛顿尽人皆知,但我再一次被指示仅仅向国王保证"卡特总统支持他,而他是关键人物,能够领导伊朗过渡到一个更广泛、更稳定的政府"。因此,我们想知道他会对我们说些什么,但是我们对后面实际发生的情况几乎毫无准备。

当我们步入待客室的时候,很明显国王已经心力交瘁,我怀疑自己带来的总统口讯对他还有没有用。他瘫倒在椅子上,困惑

第七章 80年代 全球化

无助，仿佛从前的国王的一个影子。而当国王茫然地目视远方时，我们只能沉默以对，尴尬至极。"我能做些什么？没有人会听我的话。"他哀伤地问了好几次。"你的建议是什么？总统建议我怎么做？"一切与前一年确定而自信的姿态形成鲜明的对比。此刻的这位国王，明显已被恐惧和优柔寡断所麻痹，无法领导自己的国家，也无法控制自己的国民。在这种情况下，我们给他带来的美国方面的信息不够明确、流于形式，显得只是空洞的陈词滥调。

华盛顿是否了解这种可怕的形势？是否了解国王大势已去这一事实？是否有针对后国王时代伊朗的政策？我们后来问沙利文。他的回答令人不安，难以置信。他告诉我们，他已经把这些情况连续报告了好几个月，但是华盛顿还没有做出建设性的反应，只有一些互相矛盾的信息，表明白宫内部存在混乱和官僚主义的分歧，但是没有任何采取实际行动的想法。

白宫和国务院显然出了大问题。总统认为伊朗是美国在中东地区的重要盟友，而美国的整个立场现在处于严重的危险之中。我很难理解为什么总统未能明显意识到国王的绝望处境，也很难理解为什么还没有给出符合现实的反应。我感到困惑和震惊，把我的报告寄给华盛顿，随后又给总统写了一封私人信件。在信中，我直言不讳地说：

> 与一年前相比，国王在态度和举止上的变化令人震惊。……他给我们的印象是不知道下一步该做什么……我们最好的期待也只能是伊朗局势保持长期不稳定和不确定。事实上，即使是在最有利的情况下，在国王寻求重新建立自己的权威

> 时,也很难看到有足够的个人资源和其他实质性的资源可供支配……最坏的情况下,就是瓦解崩溃、持续的混乱或者更糟的情况,这些可能性也很明显……我们应该比以前更积极地与宗教、商业和知识界的国王反对者中较为温和的成员保持联系。……我们当然应该制定我们的应急计划……[7]

回到华盛顿,我立刻在白宫找到布热津斯基。他显然对我那份关于国王可能无法拯救的报告深表震惊。他不相信沙利文让我们亲近国王反对阵营中温和分子的那一套,他认为国务院过于倾向于安抚,手段不够强硬。他想知道的是,伊朗的将军们会怎么样?军方能不能采取遏制反对派的行动,让国王保住王位?他承认,主要的问题是,华盛顿没有人真正了解伊朗,因此没有人能够提出具有现实意义的政策备选方案,并进行头脑冷静的分析。四分之一个世纪以来,美伊关系密切,这让我觉得很不寻常。但是,布热津斯基显然仍在挣扎,所以我建议他打电话给乔治·鲍尔征求意见。我提醒他说,鲍尔对伊朗相当了解,对国王也很了解,是他急需的头脑清晰的战略分析家。

但灾难已无法避免。鲍尔接受了任务,很快就得出结论——事后看来,他的结论是正确的——这场比赛很久以前就已经输了,国王已经无法拯救,即使进一步试图通过扩大其政治基础(无论有没有军队支持)来保持其权力,一切也为时已晚,很可能会以失败告终。尤其是,设立一个军政府无异于痴人说梦。将军们很软弱,他们的官兵也不愿意追随他们,因为他们都来自农村,而哈梅内伊对农村的影响力很大。尽管可能为时已晚,但鲍尔的建

第七章 80年代 全球化

议是：现在到了拉拢其他人的时候。

然而，鲍尔的建议在白宫并不受欢迎。这与支持国王的既定方针相矛盾，布热津斯基很快就说服卡特对此置之不理。在这件事后的几年时间里，他说自己后悔当初咨询鲍尔，因为"任何人都不应该向外部顾问寻求'公正的'服务……因为没有事先确认顾问会提出什么样的建议"，这样一来，反而会带来分歧。[8]

几个星期以来，华盛顿一直在犹豫不决。而在伊朗，沙利文收到的都是不相干的问题和不切实际的指示。布热津斯基和国务院仍在官僚主义下混战，在下一步该怎么做的问题上各执一词。时间都到了12月18日，总统仍然对国王保有希望。[9]在布热津斯基的坚持下，一名美国将军被派往德黑兰，与伊朗的同行探讨局势，但是没有取得任何进展。一切不出鲍尔所料。最终，将军只能被召回。美国对国王的最后一任首相的支持来得太晚，一切徒劳无益。1月，国王最终离开伊朗，随之离开的还有与后国王时代的伊朗建立良好关系的一切希望。

对于美国来说，伊朗的崩溃是一次严重的战略挫折，造成的后果是长期性的。对吉米·卡特来说，这是一场政治灾难。

也许国王统治的消亡不可避免。早在卡特上任之前，美伊关系失调已成定局。强调美国与伊朗的军事联系，并允许伊朗国王购买大量军事武器的既定做法；由此造成的经济结构失衡；未能与伊朗不同权力派系建立联系；对一个用残忍的警察机构统治的独裁者的支持——这些政策都可以追溯到许多年前。[10]然而，我沮丧地看着华盛顿在关键的最后几个月里苦苦挣扎，对美国利益造成的一些损害很明显是咎由自取。这是一个典型的例子，展示出个性和上层的政治领导如何在偶然间相互作用，进而影响历史。

很明显，国王是一个有缺陷的领导人。从本质上讲，他很软弱，没有安全感，长期处于占统治地位的父亲的阴影之下，而他一直在效仿自己的父亲，并在过于年少的年纪被推上王位，从事这份他既准备不足也颇不适合的工作。他可能扮演伟大政治家和傲慢君主的角色，也许用这种方式掩盖自己内心的不安全感。当然，他缺乏技能和本能，不能处理伊朗现代化的复杂之处；他的能力往往不足以支撑他的野心。而且他喜欢让家庭成员和顺从的朋友围绕在自己身边，这种偏好严重地伤害了他。在面对顽固和狂热的反对者的时候，他没有任何政治基础可以依靠，只能被压制。

华盛顿的决策失败也源于决策者的个性和领导能力的失败。卡特选择的驻德黑兰大使比尔·沙利文不会说伊朗的语言，而且以前从未在中东工作过。在华盛顿的顾问中，地区专业知识和对伊朗事务的深层理解少之又少，令人惊讶；即使有的部门中有人具备这种理解力，也被排除在外并不予重视。万斯、布热津斯基和卡特都不了解伊朗，而他们却是最终的政策制定者。

更重要的是，伊朗的政策已经成为国务院和白宫之间激烈的官僚斗争的焦点，这种情况以往也并不少见，但是在伊朗这个问题上，后果尤其严重。问题是，在外交政策领域，吉米·卡特无意间任命了两个性格不相容、处世哲学和管理风格迥异的人，这是糊涂之举，并非不择手段的精心设计。万斯是一位彬彬有礼的外交官，他喜欢谨慎行事，倾向于谈判，不愿意对抗。而布热津斯基是一位强大而熟练的政治操控者，他相信权力并乐于使用权力。

第七章 80年代 全球化

在布热津斯基的回忆录中,他说明了两人之间的差异。在他看来,万斯在外交政策的执行方面过于注重"谈判和契约"。他批判地指出,万斯倾向于"回避处理当代国际事务中不可避免的力量",过分相信所有问题都可以通过妥协来解决。[11] 而这不是布热津斯基的风格,所以导致了无尽的紧张和冲突。

两人之间的关系只有经过精心管理才能发挥作用,但是——和在经济政策问题上一样——总统偏偏缺乏这种技巧。他没有领悟到自己的两位顾问之间深刻的处世哲学差异的重要性,也没有解决不可避免的冲突,也没有设定各自角色的界限。布热津斯基到底是白宫外交政策问题的协调员、政策制定过程的推动者,还是总统的顾问,抑或是执行实施者这一通常专属于国务卿的角色?这种区分从未被明示。

在伊朗危机中,他们各自的角色缺乏明确性,导致麻烦不断。当时,布热津斯基试图控制伊朗的政策,他有发挥这一作用的决心,但是缺乏发挥这一作用的知识。结果就是无休止的内斗,提出的倡议彼此矛盾、注定失败。如果当时总统能更好地理解这个问题,许多错误和许多混乱原本都可以避免。

* * *

我曾在1977年和1984年与以色列总理梅纳赫姆·贝京会面,他是当时最重要的政治人物之一。70年代末,在他出访华盛顿和在耶路撒冷时,我都曾对他进行礼节性拜访。解决国际金融和经济问题通常是我被派往以色列的任务,我负责与外交部部长摩什·达扬（Moshe Dayan）或财政部部长西姆查·埃利希（Simcha Ehrlich）进行会谈。不过，贝京对此的兴趣不大，因此我们的会谈从来没有涉及特别实质性的内容，除了就他最关心的阿以冲突和巴勒斯坦问题交换意见以外，很少涉及更重要的问题。

尽管我对贝京的过去和令人敬畏的名声早有耳闻，但是在大多数仪式性的场合却不容易了解他。他个子不高，外表没有特别令人印象深刻之处，长着一双像猫头鹰一样的眼睛，从厚厚的眼镜片后面凝视着来访人员。接待我的时候，他总是穿着正式的西装和打着领带，这与大多数以色列政界人士的习惯正好相反。他的举止彬彬有礼，但是很谨慎保守。他给我的整体印象更像是一个彬彬有礼、精打细算的书记员，而不是一个传奇式的自由战士和革命领袖。在争取独立国家地位的斗争中，他不惜使用武力，以无情而又有魅力的政治家的声誉为世人所知，并且善于进行煽动性的演讲。然而，人们无形中感觉到，在他接待来访者的平淡和正式的方式之下，隐藏着一些更可怕、更复杂的东西：过人的智慧、强烈的信念。在这个值得敬畏的人身上，储备着满满的能量。

1982年8月，在黎巴嫩边境以南的那哈拉里亚小镇，我身在一间简陋的酒店房间，在令人难忘的环境中，面对面地见识了贝京的这些品质。贝京邀请我在那里见面的时刻，事态正值紧张而危险之际。6月6日，他派以色列军队进入黎巴嫩，目的是建立一个25英里的缓冲区，以清除边界以北地区的巴勒斯坦袭击者，并清除他们向以色列发射的导弹。以色列将这次行动称为"加利利和平行动"，但是他的国防部长（也是未来的总理）阿里埃勒·

沙龙（Ariel Sharon）大大扩展了行动的规模，超出最初的目标。他们多次轰炸贝鲁特，以色列军队向黎巴嫩南部大力推进，甚至到了黎巴嫩首都的郊区。这一行动在国际上受到严厉批评，美国和其他国家大力施压，要求停止袭击并撤回部队。但是，贝京却很难说服沙龙服从命令。有些人现在称之为"沙龙的战争"。

事情显然已经有些失控。当贝京在那哈拉里亚接待我时，他的心情阴沉。如果我没有记错的话，那天是安息日，我以私人访问的名义来到以色列，希望了解这里到底发生了什么事，并请求他允许我进入黎巴嫩亲眼确认情况。[12]

我们安静地交谈了一会儿。我解释了我出访的原因。贝京此前同意了我的请求，他努力强调以色列在黎巴嫩的目标是有限的，并为自己保护边境的必要行动进行了辩护。他开始对巴勒斯坦的漫长而痛苦的历史问题进行回顾的时候，我发表了一句评论，这使我们的谈话突然发生了戏剧性的转变。

"总理，"我适时地插了一句话，"以色列是阿拉伯国家之海中的一个小小的国家。和平必然符合您的利益。我们越是听任问题恶化下去，事情就越难办——时间不一定由您掌控。唯一可行的解决方案难道不是'土地换和平'的方案吗？这意味着拆除约旦河西岸的定居点，把土地还给巴勒斯坦人，换取一个可行的和平解决方案。"

我知道说这话有风险。三年前，贝京在戴维营同意了与埃及之间的和平协议[13]，并在吉米·卡特的压力下，签署了一项所谓的框架协议，以解决巴勒斯坦问题，整个协议与我的建议大体一致。虽然卡特认为话已经说得够清楚，理解也已经到位，但是贝京却给了他们一个非常不同的解释。协议书上的墨水未干，贝京就坚持说他根本没有同意拆除约旦河西岸的定居点。我也知道卡特和贝京的关系一直很紧张，贝京坚决拒绝履行卡特总统此前认为坚定的承诺，对此卡特总统感觉被欺骗。定居点被进一步扩大，与巴勒斯坦人进行的谈判远远没有达成一致，情况其实更加恶化。所谓的和平进程陷入僵局。以色列吞并了戈兰高地，萨达特被暗杀，吉米·卡特卸任。提起这个话题的时候，我在试探过去的三年是否使贝京的立场软化下来。

也许我本应想到结果。我对他提出反对意见有所准备，但是没想到他对我的问题反应如此激烈，以至于发表了一次为时 15～20 分钟的"历史演讲"。他的声音平静，但充满深沉的感情。他问我怎么可以这样说"西岸"？难道不知道这是犹太人祖先居住之地吗？不知道这个古老的犹太地区是以色列的组成部分吗？不知道几千年前，这里就是犹太人的土地吗？"我们永远不会把这些地区拱手让人，"他坚定地说，"它们属于犹太人。我们在戴维营达成的任何协议都不意味着要放弃这些地区。"戴维营协议提到巴勒斯坦人的"合法权利"，但是他的律师和顾问曾经向他保证这个词不会对他造成任何约束力，所以他才签了字。对巴勒斯坦人来说，"完全自治"这一目标的意义也从未被界定过，而且肯定会有不同的解释。

"对于以色列来说，真正的问题难道不是如何在 21 世纪实现和平吗？"我这样插话道。但是，贝京一点也听不进去。他说，他是一个向往和平的人，但是犹太人大屠杀使他懂得，必须不惜一切代价维护犹太人民的利益，必要时不惜为之战斗，以色列决不

第七章 80年代 全球化

能再次屈服于压力或者其他力量!

我原以为半小时的会面延长了三倍的时间。大部分的时间都是贝京在讲话,话语铿锵有力,反映出其深刻的信念。这又不是在舞台上演戏,我心想。贝京不仅是一名以色列犹太人,还是一名狂热的犹太复国主义者,这是波兰犹太村庄文化的产物。他的狂热由犹太人大屠杀塑造,大屠杀夺去了他的家人的性命,他自己也险些丧命。我熟悉这些人,也懂得他们的感受。我以前在以色列和美国都见过这样的人。所以,虽然我不同意贝京的观点,但是我表示理解。对他来说,以色列的土地有着深刻的象征意义,是他永不动摇的核心问题。在这个问题上,最重要的是意识形态和情感,而不是实用主义和妥协。说服一个像贝京这样的人同意其他想法是不可能的。就这样,我们不欢而散。

* * *

我经常想起这段精彩的谈话。吉米·卡特冒着巨大的风险,在戴维营做出勇敢的努力——在埃及和以色列的和平问题上做出勇敢的努力,在以色列和巴勒斯坦的问题上取得突破,所有这些都值得受到世人的称赞。在后一个问题上,他并没有取得成功,但是这丝毫不能有损他做出这一切努力的价值。然而,可以大胆预测的是,无论谁与贝京就巴基斯坦问题谈判,最后注定都要失败,当我在那哈拉里亚听取他的意见的时候,原因就已经一清二楚。

卡特和贝京在背景、世界观、信念方面有着天壤之别,而且最重要的是,他们的基本目标完全不同。要在像巴勒斯坦问题一样棘手和情绪化的问题上找到他们之间的共同点，几乎不可能。如果错在卡特的话，那就是他相信：面对面寻求和平的机会，可以通过耐心的说理，说服贝京在他的基本目标和信仰上做出妥协。[14]

这两位领导人确实有一个共同之处：两人都是狂热者，尽管他们所为之狂热的事情截然不同。卡特来自美国南部乡村地区，是一个和事佬，他极有信心说服贝京，认为可以通过实用主义和妥协的智慧去追求一个崇高的目标。他为双方的会面做了细致的准备，但显然没有意识到以色列总理的固执性格和坚定精神。贝京从小就是一个激进的犹太复国主义者，他早年在波兰遭受过反犹太主义的冲击，全家遭受灭顶之灾，他一个人侥幸逃脱。这一切深深地影响了他。在压力面前捍卫自己的激进观点，这是他的第二天性。在这些问题上，在贝京的头脑中，实用主义和妥协无异于背叛，而放弃犹太人的土地就等于投降。

卡特来到戴维营的时候，希望能够达成协议，构建以色列和巴勒斯坦之间更广泛的和平框架。他认为，放弃"西岸"定居点是一个合理的妥协方案，也是实现这一目标的关键。对贝京来说，那将是对神灵信任的背叛。反过来，贝京下定决心在细微问题上妥协，但是在涉及犹太人土地权利的问题上，他会运用一切手段和策略，绝不让步。

毫不奇怪，两人之间的谈判从一开始就步履艰难。他们没有真正地理解对方的意思，也没有完全意识到他们自己使用的词语在各自的头脑中也有不同的含义。卡特很快就抱怨：贝京思维僵化、缺乏想象力、顽固不化、墨守成规，简直到了令人发狂的地步。贝京只会长篇大论地抒发情感,不愿意考虑更广泛的观点;特别爱咬文嚼字,往往就卡特认为毫无意义的词语含义争论不休。卡特向妻子吐露心声,说他认为这个人就是个"精神病",根本不能进行理性思考。[15]

在与布热津斯基私下交谈的时候,贝京曾大声说:"如果我同意拆除哪怕一个犹太人定居点,我的右眼就会掉下来,我的右手也会掉下来。"[16]然而,贝京签署那份经过严格谈判的文件,其中就设想了拆除犹太人定居点一事。布热津斯基为此感到十分高兴,因为他觉得以色列总理不同于传言中描述的那样,而是终究可能被"施压和诱惑"。但是,布热津斯基错了。在贝京看来,在约旦河西岸定居点、加沙、戈兰高地和耶路撒冷的关键问题上,他什么都没有让步。他苦苦争执的是字眼还有"毫无意义的"语义变化,事实上这些是他的"逃避条款"。为了避免失败的出现,贝京在戴维营的主要顾问摩什·达扬、埃泽尔·魏茨曼(Ezer Weizman),还有以色列总检察长阿哈龙·巴拉克(Aharon Barack)——他的态度不像情绪激动的总理的态度那么强硬——为贝京找到了卡特可以接受的措辞,不过他们完全知道这些措辞只是掩盖了关键问题上的分歧。在戴维营协商后的第二天,贝京会见了熟悉以色列立场的亨利·基辛格,基辛格对他刚刚做出的巨大让步表示惊讶,然而贝京迅速表示反对。"在关键问题上,我一步都没有退让。"贝京告诉他。[17]在国内,贝京在议会面前为戴维营协议进行辩护时,也非常公开地表达了同样的观点。

贝京于1984年退休,1992年去世。需要花费新一代领导人的力气和将近20年的时间,才使得以色列在西岸土地的基本原则问题上的立场发生改变。然而，对卡特来说，贝京未能遵守戴维营的协议，这令他失望至极（时至今日，他仍然对此感到愤怒）。美国总统和以色列总理使用的不是一种"共同的语言"，两人之间的鸿沟不可逾越。

新的现实

从80年代开始，电子革命在许多方面改变了世界。50年代，当我在皇冠瓶盖国际公司工作时，航空业刚刚形成气候；有许多商人改乘飞机，但是坐飞机还没有成为所有人的标准做法。螺旋桨飞机速度慢、噪声大，长途飞行可能会令人不太舒服。从纽约到欧洲需要12个小时（从纽约到里约热内卢则至少需要18个小时），而且许多人仍然很担心乘坐飞机的风险。大多数高管仍然喜欢乘坐远洋客轮，毕竟众多远洋客轮仍穿梭在跨大西洋的航线上。

我在皇冠瓶盖国际公司的老板坚持，在我们两人之中有人出国在外的时候，我每天都要对他进行简单汇报。在那些还没有电脑的岁月里，我们的选择无非是打电话，或者邮寄用录音带记录的报告。前者涉及与海外运营商"预订"一个电话——这是一个漫长的过程。在我们有业务的偏僻的地方——例如秘鲁或摩洛哥——接通电话的概率像买彩票，而接通电话后总是需要大喊大叫。

至于我的口述录音报告，它们至少要花3天的时间才能到达目的地，有时甚至更长。在办公室里，必须有一个速记员在打字机上把它们打出来。

第七章 80年代 全球化

如今，我的儿子迈克尔27岁，他觉得这些故事很有趣，让他知道在那个不算久远的时代人们是怎么经商的。他是一个生于80年代后期信息时代的孩子，他想当然地认为可以花几个小时的时间飞去某处，而不是连续数日舟车劳顿。他可以在瞬间访问、操控世界上任何地方的无限量的信息。他的世界充满了互联网、笔记本电脑、iPhone、有线电视，以及他从小就学会掌握的各种电子设备和小工具。虽然他知道这一切在他的时代之前并不存在，但是他无法真正想象当初的样子。

我和他在观点和日常做事上的分歧何止千万。我们都是20世纪的产物，但是我们出生时的两个世界太不一样，远大于我的父母出生时代和我所出生时代之间的差异。我羡慕他和他的朋友轻而易举地操作笔记本电脑而且技巧熟练，我也羡慕他们在将源源不断的新软件工具融入日常生活的过程中显示出来的适应性。作为一个50年代的学生和老师，我在图书馆里花很多时间做学术研究，但是我儿子在大学学习的"技术"让我难以理解。作为一个学生，我学到的第一堂课是记好课堂笔记；而我儿子只是带着笔记本电脑，一字不差地记录教授所说的话。我为了做研究而孜孜不倦地翻遍图书馆的书库，但是我儿子认为我的这项技术基本上已经过时。他在电脑上搜索他想要的书，用谷歌搜索更多的信息，用笔记本电脑上网，用电子方法对论文进行"拼写检查"，完成后轻轻松松地将作品通过电子邮件发送给他的教授。

把我们"割裂"开的是，我们出生在电子时代这个巨大鸿沟的两端，这是历史上的一个转变时刻。而在这一时刻，越来越多的微芯片、软件、光纤和成像技术开始消除从前的时间和空间上的限制。这些新技术的传播势不可当，使信息、知识、资本和服务能够即时在全球流通，从而从根本上改变世界贸易和金融的既定模式，以及世界各地人民的生活和工作方式。不仅商品可以交易，信息和服务也可以交易，从而创造了一个单一的世界互联系统，今天我们称之为"全球化"，这为人类带来全新的政治和经济现实。

在80年代的进程中，一场具有历史意义的信息革命的迹象愈发明显。当我在此期间周游世界的时候，我的企业责任和公共事务方面的兴趣使我处于这一过程的中心的战略位置。在学术界、政界和公众人群中，许多人也意识到前所未有的独特事件正在发生，最初影响产生得很缓慢。我记得，直到1987年，当我应邀在外交关系委员会上发表一系列演讲，并把这一主题作为重点时，对于外交政策专家、地缘政治思想家和学者来说，这一领域基本上还很陌生，因而引发了激烈的辩论，并出现了刊登在《外交事务》上的一篇冗长的后续文章。[18]我的结论性的假设是"在信息、生产、贸易和金融的单一的世界市场中，国家主权的基本概念很可能会过时，也会对美国在世界舞台上独特的经济主导地位提出挑战"，这一假设招致的怀疑颇多，没有什么人相信。25年后，再次读到我的这些预测，就像是对我们头脑中的"全球化"世界的一种不言自明的描述。

我看到一些迹象，那是根本性变化的气息。在对苏联的访问中，我注意到中央决策的僵化、先进技术的普遍不足、工厂的落后、消费品的缺乏以及民众对生活水平停滞不前的不满。在我遇到的官员们通常的夸耀和疯狂背后，他们意识到他们越来越落后于西方，他们意识到自己未能适应促进增长和改善生活水平所需的变化，并因此感到沮丧，这一点变得显而易见。然而，在技术变革的压力下，整个系统将在几年内崩溃，并带来灾难性的地缘政治后果。坦率地说，我并没有想到这一层，连专门从事苏联研究的学者也没有想到。

一个例子令我至今记忆犹新。那次，我们去参观超大规模的卡玛河汽车制造厂——苏联人对此感到骄傲和喜悦，当地的老板是一个叫伊万诺夫的人，他自豪地向我展示一个巨大的机床——我从来没有见过这么大的机床，还有不计其数的车床、研磨机、虎钳、扩孔器和数控装置等，统统被塞进一个巨大的足球场馆那么大的厂房，这让我想起每年举办的芝加哥机床展。这些机器都被放置在那里，无人使用或者利用率不高，只是因为一些决策制定者觉得有必要订购一些。从西方花费巨大代价购买如此复杂的设备，却缺乏拥有技术知识和管理专业的人去操作它们，这一点显然被决策者忽略了。被问得不堪其扰的伊万诺夫一支接一支地抽着烟。我问是不是他申请购买所有这些装备的，并问他打算如何使用它们，这时他的反应——一种奇怪的表情和听天由命地耸耸肩——很有说服力。

在我担任主席多年的美苏民间交流会，我们已经非常清楚，我们的苏联同行越来越坚持需要进行更多的东西方贸易和技术交流。像我的公司这样的西方公司已经开始跨越国家的界限，共享产品开发和设计。通信网络无缝衔接，日夜工作，使我们能够分解产品的开发过程。我们的美国工程师经常与远在新西兰的同行进行电子"对话"，或与英国、巴西或其他地方的合作机构进行电子"对话"，从而大幅地节约成本并提高生产力。知识被分享、传播,并以全新的方式为人类所用,一切都像极了我在1987年演讲中的描述。苏联人被排除在这一切之外,而他们自己也明白这一点。

* * *

随着80年代的结束,新技术以前所未有的方式将世界连接在一起。人类事务的全球化进程正在全速展开,到20世纪末,地球的任何一个角落都会受到它的影响。在亚洲、美洲和非洲,人类正在被推上一条历史性的新道路,有着无法想象的新机遇,也面临着全新的问题和挑战。中国、印度和巴西成为世界舞台上重要的新的参与者,并以无人预料的方式创造了新的地缘政治现实。很明显,21世纪不会和陷入困境而且接近尾声的20世纪一个样。

第八章
90年代
新德国

第八章 90年代 新德国

轮回

我的人生从20世纪初的德国开始。当我离开那里的时候,我还是个孩子,希望永远不要再回来。然而,在90年代,德国的统一成为具有开创性的政治事件。在这十年里,我以始料未及的方式重新认识了自己的出生国。

我在成长过程中经历过一个德国,不过那个国家与今天的德意志联邦共和国几乎没有什么相似之处。从很多方面来说,我童年时期的那个国家令人不快,多年过后,我仍不想与之有更多瓜葛。在我选定了一个论文主题并需要为此在50年代去德国访学一段时间之前,我对这个国家只有相当肤浅的了解,对战后德国的情况也只是略知一二。因此,当我亲眼见到国土缩小、面目全非的德意志联邦共和国的时候,我感到非常惊讶,并逐渐改变了我此前头脑中单调的负面形象,而这个负面形象都是由希特勒时代的童年记忆、战时暴行和针对犹太人的罪行等塑造的。

50年代有两个德国——铁幕的两侧各有一个。我只去过几次东面的德意志民主共和国。东柏林充满思想简单的政治口号,人们给我的印象总是无精打采,统一的整体氛围与我的品位格格不入。然而,德意志联邦共和国却是一个完全不同的世界,完全不同于我记忆中的那个国家——正式成立仅短短四年的时间,但已经成为一个由大多数选民支持的运转良好的民主国家,有一部宪法和坚定的议会多数政党致力于保护个人权利和法治。

在纳粹统治下的12年里,各种形式的异议都被无情地镇压,大多数反对派要么被监禁、要么被杀害。然而,战后出现了一批能干的人,在危急和困难时期担负起政治领导的责任,这似乎是一个奇迹。

初出茅庐的共和国总统特奥多尔·豪斯(Theodor Heuss)曾是一位历史学教授。作为旧国会的自由派成员,他有着清白的履历。他坚定的非纳粹身份和令人安心的态度使我印象深刻,我觉得这才是一个正确的形象,能够象征新德国的精神,并把这个形象投射到国内和国际。从战争和盟军占领的破坏中崛起的德意志联邦共和国面临巨大的国内和国际挑战,需要清晰的视野和高层的有力支持,这正是总理康拉德·阿登纳所提供的。我对阿登纳的了解越多,我就越确信,德国人在困难时期得到这位有力领袖的领导,真是天大的幸运。我的许多社会民主党朋友不喜欢他;他容忍一些前纳粹成员位居高官,这也令我颇为担心。然而,他

第八章 90年代 新德国

正是当时的德国所需要的人才：精明的政客、有效率的政治家，在国际舞台上受人尊重，奉行一套明确的政策，使德国与冷战世界中的西方民主国家并驾齐驱。他支持国家坚定地站在西方联盟这一边，而他的决心还没有得到普遍的支持，特别是反对党不予支持，因为他们更倾向于中立，更加注重德国统一这一目标。然而，在全国性的辩论中，阿登纳的论点更站得住脚——历史将证明他是正确的。社会民主党的库尔特·舒马赫（Kurt Schumacher），还有在他死后继任的埃里希·奥伦豪尔（Erich Ollenhauer）——长期的社会民主党活动家，也是希特勒统治下的幸存者——仍然是颇有影响的反对派领袖。

20世纪20年代，这是一战后的一个困难时期，必须面对重大挑战。不幸的是，德国缺乏有效的领导人，这导致德国第一次民主尝试以失败告终，并为希特勒开辟了权力之路。在50年代同样颇具挑战性的几年时间里，我持续关注政治方面的辩论。很明显，幸运女神向德国露出了微笑，因为这一次，德国在适当的时候展现出了正确的领导方式，包括未来的总理路德维希·艾哈德（Ludwig Erhard），他主管经济，还有沃尔特·哈尔斯坦，他任职外交部国务秘书，是未来总部位于布鲁塞尔的欧盟委员会（European Commission）的第一任主席（60年代我会很了解他们两人），以及像汉堡市长马克斯·布劳尔和西柏林的恩斯特·莱特（Ernst Reuter）等强有力的地方领导人。

不仅联邦德国的政治领袖，而且联邦德国人本身——或者至少大多数联邦德国人——都与我印象中的德国人不同。军国主义、民族主义和对日耳曼美德的自豪感荡然无存，取而代之的是和平主义和对安全的渴望。联邦德国在国家修复方面成果斐然，经济的进步也很显著，这些都令人印象深刻。我每天遇到的人都思想开放，他们和我的政治观点没什么不同，其中的一些人成了我的好朋友。虽然反犹太主义仍然是一个问题——我看到的一些深层的迹象表明这个问题仍然存在——但在我接触到的大多数人身上，几乎找不到可以证明反犹太主义存在的直接证据。当谈到犹太人的问题时，听到最多的，除了对纳粹罪行一无所知并且自证清白的声明，还有夹杂着尴尬和羞耻的同情，更多是痛苦的沉默。

虽然并非我的所有经历都那么鼓舞人心，但是很多经历都是如此。然而，事实上，在我这一年的停留中，我从未感到过全身心的舒畅，因为那些关于过去的可怕的记忆仍不断重现。所到之处，到处都是证据——有形的证据，如战争的废墟，还有心理上的证据，表现为仍然处于矛盾之中的民族心理。我不喜欢许多人的自怜和痛苦，他们总是哀悼自己残酷的命运，并且义正词严地说自己对犹太人遭受的苦难毫不知情，但是我知道他们的话在很大程度上不够真实。前纳粹分子已经广泛地改过自新并重新回到关键性的岗位，这使我极度不安；而且仍然有一些边缘分子毫不掩饰对希特勒的狂热并表示愿意捍卫过去，这让我感到害怕；太多的德国人为自己感到难过，这使我感到怒火中烧。也许现在让德国人正视过去还为时过早；也许他们对所发生的事情的内疚和羞耻感仍然过于强烈，以至于他们不愿正视过去。然而，正是这一点——弗里茨·斯特恩（Fritz Stern）恰如其分地称之为他们的集体失忆症[1]，即不愿意或不能认识到德国对20世纪最严重的罪行负有道德责任——对我造成最大的困扰。

第八章　90年代　新德国

在我离开之际，我感觉战后的德国走上了正确的道路，但是许多关于过去的问题仍然存在。当我回到普林斯顿时，我对作为自己出生地的国家的态度发生了变化——主要是变得更好——但是仍然喜忧参半。我想，我再也无法对德国和德国人产生真正温暖的感情。

* * *

36年后，在1990年10月2日的晚上，我站在柏林布达佩斯大街洲际酒店的顶层。戴姆勒-奔驰汽车公司的首席执行官埃查德·罗伊特（Edzard Reuter）把北美咨询委员会邀请于此，见证两个德国统一的历史时刻——委员会包括美国的商界领袖和银行家，其中包括世界银行未来的行长吉姆·沃尔芬森（Jim Wolfensohn）、哈佛大学经济学家兼罗纳德·里根政府的顾问马丁·费尔德斯坦（Martin Feldstein）、黑人领袖和总统好友弗农·乔丹（Vernon Jordan），还有我自己，其他人不再一一介绍。我们精美的庆祝晚宴刚刚结束，罗伊特就把我们带到洲际酒店玻璃封闭的顶层，从那里可以看到即将在不远处的国会大厦台阶上举行的官方仪式。

柏林城里挤满来自德国和世界各地的游客。空气中像是充满电流，成群结队的人在街上闲逛，颇有节日气氛。在洲际酒店，德国人肩并肩地站在一起，眼睛注视着沐浴在明亮灯光下的国会大厦。许多市民聚集在大厦前面，急切地想成为这个重大事件的一分子，毕竟直到不久以前，这似乎都只是一个不可能实现的梦想。酒杯里已经斟满香槟，午夜的钟声一敲响，街上回响起的欢呼声就迅速传入我们的耳朵，烟火照亮整个天空。在德国国会大厦，一面巨大的德国国旗被升起，舍嫩贝格市政厅巨大的"和平钟"开始敲响，整个城市的教堂钟声也加入进来。此时，总统冯·魏茨泽克（von Weizsäcke）和总理赫尔穆特·科尔（Helmut Kohl）走向麦克风，宣布德国再次统一。

我们周围的德国人热泪盈眶，彼此拥抱，互相敬酒。一些人干脆当街痛哭。在国会大厦，人们唱着国歌，许多人加入其中。此时，没有人理会我们这些美国人，所以我们站到一边，注视着这个不可思议的场面。这时，弗农·乔丹——他是个兼具魅力和挑战力的人——走到我的身边，搂着我的肩膀并问了一个问题。"我说，迈克，"他指着我们周围的人说，"你比我们任何人都了解这些德国人。之前他们已经搞砸过两次。现在他们又是一个统一的国家了，这种事会再次发生吗？"

他的问题把我吓了一跳，因为我对另一个德国也有过同样的想法。洲际酒店所在的位置是小镇中我熟悉的那一部分，就在动物园的拐角处，那是我小时候经常去的地方。酒店离我年少时熟悉的标志性建筑都不远：诺伦多夫普拉茨咖啡馆，赫尔穆特叔叔曾在那里的一个冒牌的墨西哥乐队打鼓，直到纳粹把他送到集中营；法萨安大街的犹太教堂在"水晶之夜"冒着黑烟；选帝侯大道上的犹太商店的门面在那个可怕的晚上被砸碎；还有杜伊斯堡大街上的那所房子，我的姨妈和姨父被从那里带走并处死。

我很高兴柏林墙这一道德败笔不复存在，我为我的德国朋友感到高兴，并祝愿他们一切顺利。然而，有了我的私人记忆，弗农的问题就有了意义。现在，德国将再次成为欧洲经济实力最强

第八章 90年代 新德国

的国家。在冷战后的世界里,这个国家会扮演什么角色?扩大后的国家将如何对待其国际上的义务?德国人将如何管理他们的国内事务和处理他们所面临的巨大问题?如果世事变得艰难,还会发生什么?在战后的联邦政府中,大家多年以来避免以任何公开的形式表明民族主义,甚至爱国主义也被许多人认为在政治上不正确。1 600万民主德国人从未接受过民主思想的熏陶,现在他们成为德意志联邦共和国民众的一部分,一切都会改变吗?

这是弗农提出的问题的核心所在,而提出这个问题的不止他一个人。来自世界各地的国家元首都送出美好的祝愿。但对于那些有着特殊历史记忆的国家,也有一些警示性的注解。英国首相玛格丽特·撒切尔(Margaret Thatcher)曾警告德国不要重新占据主导地位。法国总统弗朗索瓦·密特朗(Francois Mitterrand)曾尖锐地强调德国在欧洲的责任。以色列总理伊扎克·沙米尔(Yitzhak Shamir)曾公开表示犹太人此时"心情复杂"。我想知道他们的担忧有多大的合理性?

* * *

从学生时代起,我多次出差到德国。自从我于50年代第一次出差以来,德国政府已有很大变化,这一点毋庸置疑。德国已经被证明成为一个西方民主国家、欧盟的关键成员国、美国的可靠盟友、以色列在欧洲最强大的支持者。纳粹那一代人已经基本消失,他们的后代很久以前就开始提出关于过去的道德责任的一些难题(而在50年代,没有人愿意直面这些难题)。事实上,德意志联邦共和国是战争发起国中唯一有勇气公开面对这些痛苦问题并在可能的情况下做出补偿的国家。只有大约3万犹太人重新回到德国生活，然而政府却对他们的特殊需求表现出特别的敏感，在大城市里又出现了小规模的集会和正常运作的犹太教堂。讨论大屠杀已不再是禁忌，事实上，它似乎已经成为媒体持续关注的话题，也是学校学习的必修内容。反犹太主义似乎也不像欧洲其他大多数国家那样成为一个问题；相反，现在的年轻一代对犹太教和犹太事务显示出浓厚的兴趣。尽管过去的关系仍然对他们造成困扰，但是我听一些犹太人说过——这很矛盾——德国已经成为犹太人在全欧洲最理想的生活国家之一。

事态朝着令人安心的方向发展，我对德国事务的兴趣和理解随之与日俱增，我对这个国家产生了同情和尊重之感，其程度之深令50年代的我无法想象。50年代，作为一名学生来访者，我只是置身事外地旁观，与国家的政治和商业圈没有直接的联系。在接下来的40年里，由于公司和美国政府赋予的职责在身，我直接接触到许多各个层级的德国人。在卡特时代，我与政治领袖和政府官员都建立了友好的职业关系，其中包括总理赫尔穆特·施密特、财政部部长汉斯·马特赫费尔（Hans Matthöfer）和曼弗雷德·莱恩斯坦（Manfred Lahnstein），以及当时的经济部长奥托·格拉夫·拉姆多夫（Otto Graf Lambsdorff）。

我的商业伙伴的圈子也在稳步扩大。我曾在几家德国公司的董事会任职。多年来，我与许多德国著名的商人建立了友好关系：戴姆勒的埃查德·罗伊特、博世的汉斯·默克勒（Hans Merkle）、德意志银行的首席执行官阿尔弗雷德·赫尔豪森（Alfred Herrhausen）

第八章 90年代 新德国

和迈克尔·奥托（Michael Otto），他们的公司是我们主要的德国客户。我结识了越来越多的年轻的德国人，他们太年轻了，不曾经历纳粹时代，这逐渐抹去了我50年代时脑海中经常出现的一个问题——"你是纳粹吗？我能相信你吗？你那个时候做了什么？"

那天晚上，在洲际酒店，我和兴高采烈的德国同事和朋友欢聚一堂，我理解他们的快乐，也和他们一道分享。但我还是很担心。与大多数国家一样，德国在适应90年代的全球化对国内经济的影响方面也面临严峻挑战，而统一的代价必然将使这些挑战更加复杂。位于原民主德国的废弃的基础设施及严重的环境退化需要修复和改善，这将严重影响联邦预算。原民主德国有50万工人已经下岗，近200万工人只能做兼职糊口，失业问题也可能成为一个主要问题。将大多不合格的数百万劳动力纳入联邦储备委员会昂贵的社会保障网络，这将花费数十亿美元的费用。必须吸收原民主德国额外的1 600万居民，管理这些大量涌入西部地区的"诉苦的东德人"，这将进一步使问题复杂化，把紧张和压力的风险带到学校、社会安全网、文化生活、公共和平等方方面面。我想知道，这些原民主德国人对未来很多年里东西方生活水平的差异做何感想？另外，原民主德国秘密警察机构能否得到妥善处理？

在街上，人们高呼"同一民族，同一国家"，但这种美好心情很快就会被现实所打破。从根本上说，我充满希望，但是我的脑海中挥之不去的，是对未来一段极其艰难的时期的担忧。高喊"同一民族"的做法能够重新点燃旧时的民族主义吗？当困难重重时，还会有人再次寻找替罪羊吗？反犹太主义有没有可能在不久的将来再次崛起？我希望作为一个局外人，密切关注所有这些事情。

然而，正如在我一生中多次发生过的那样，在关键的时刻，重大的政治事件改变了20世纪的历史，历史的车轮以无法预料的方式转动起来。我将再次发现自己不是一个置身事外的观察者，而是直接被拖入德国统一后的余波。因此，在20世纪的最后十年里，在经历过半个世纪的分离和疏远之后，不但两个德国的命运出现了一个完整的循环，而且对我来说也是一种奇特的轮回。1939年，我离开柏林，希望永远不要再回来。90年代，一系列的事件会让我重新回到柏林生活，奔波于普林斯顿和柏林的两个家之间。

返回柏林：犹太博物馆

1989年，我从优利公司退休，成为一名投资银行家。费利克斯·罗哈廷（Felix Rohatyn）是纽约拉扎德公司的高级合伙人，多年来一直是我在奔德士和优利公司的首席银行顾问。并非所有这一行的人都同样可靠或者让人充满信心，但是对于费利克斯，我从来没有怀疑过。作为美国首席执行官圈子中最著名和最成功的顾问之一，他以一流的头脑、诚实、专业和正直著称。首席执行官和银行家之间的信任是两者关系中最重要的组成部分，费利克斯绝对赢得了我的信任。他的建议总是非常有益。随着时间的推移，我们之间建立了一种温情的个人关系——也许我们共同的难民/移民背景有助于此。因此，当费利克斯邀请我成为他的合伙人的时候，这意味着我将从客户转换为另一方，担任首席执行官

第八章 90年代 新德国

的顾问，这种尝试全新事物的事情对我的诱惑力很大，所以我接受了他的邀请。

在我转去拉扎德公司工作的同时，我的父亲在旧金山去世，享年近101岁。他死后没有给我留下太多尘世的遗物，除了他最引以为豪的财产——那是一本族谱，追溯布卢门撒尔家族17世纪在勃兰登堡的渊源。"里面有很多名人，"他不止一次地告诉过我，"不要弄丢了它。"

当时我不太重视它，但正是这件简单的传家宝记录了我的家族的德国血统，并将塑造我未来几年的生活，使我更加深入地参与到德国事务中去，这让我始料未及。

* * *

除了其他的任务，我在拉扎德公司的职责包括担任该公司在法兰克福的德国子公司的董事长。在我父亲去世后不久，我们搬到了巴黎，以便更加贴近我参与的各种美欧交易。在那里，在德国媒体对犹太事务的大量报道的激发下，我开始更仔细地审视被我父亲视为珍宝的家谱。起初，我只是对他所引以为豪的"名人"好奇而已——乔斯特·利伯曼（Jost Liebmann）是17世纪一个贫穷的犹太人，他后来成为勃兰登堡贵族的宫廷珠宝商；拉赫尔·法恩哈根（Rahel Varnhagen）是一个基督教的皈依者，他在19世纪早期主办的沙龙是柏林知识精英的集会地；作曲家贾科莫·梅耶贝尔（Giacomo Meyerbeer）是19世纪的音乐巨擘之一，也是理查德·瓦格纳反犹太仇恨的对象。

当我研究这些祖先的生活时，那些无目的性的好奇心演变成对德国犹太人历史的浓厚的兴趣，作为他们在希特勒统治下灾难性结局的背景。在我的一生中，我对这段历史知之甚少，但随着我阅读的范围越来越大，我难以抗拒，决定接受智力上的挑战，去书写这段历史。

事实上，这项计划成了一次发现之旅，1998年在美国出版的《无形之墙》(*The Invisible Wall*)和此后不久出版的德文译本就是这次发现之旅的成果。[2]

这是个陌生的课题，与我此前所做过的任何事情都大为不同，所以我必须对历史记录进行刻苦的钻研，并对德国进行多次访问。在这个过程中，我遇到众多学者，其中柏林工业大学反犹太主义研究中心主任沃尔夫冈·本茨（Wolfgang Benz）教授的指导令我受益匪浅。然而，1997年10月，他没来由地给我打了一个电话，并很快让我陷入德国—犹太关系的重大危机之中，这真是一个意外之举。本茨迅速进入正题，想知道我是否会考虑"伸出援手"，参与在柏林建立一个新的犹太博物馆的计划（显然，经历很大的政治麻烦后，这成了一个时运不济的项目）。

据本茨说，在以色列出生的博物馆馆长阿姆农·巴泽尔（Amnon Barzel）刚刚被解雇，导致当地的犹太与非犹太人群之间爆发了一场重大危机，该城市迫切需要帮助，使这个项目重新回到正轨，为此他提议寻找一名合适的项目参与者。他想知道我会不会考虑。"帮助，怎么帮助？"我问他。"嗯，事实上，"他解释说，"在一段过渡时期接管巴泽尔的工作，这是一项不需要搬到柏林的兼职任务。"我说自己对博物馆一无所知，显然不适合这项任

第八章 90年代 新德国

务,但是他没理会我的话。他认为,这项工作比博物馆学更具政治性。他知道我以前对公共服务行业持开放态度,所以把我推荐给柏林文化事务秘书鲁茨·冯·普芬多夫(Lutz von Pufendorf)。他希望我至少能听他把事情说一说。

如果我完全了解柏林犹太博物馆的混乱程度,我几乎肯定就会拒绝他——或者在与普芬多夫进行两次长时间的电话交谈后拒绝他。然而,很明显,我这个傻瓜冲进了天使们不敢涉足之地,我表示愿意一试。不过,我提出三个条件:第一,我需要当场评估情况;第二,我需要得到授权,可以在没有先决条件的情况下,提出自己关于博物馆的建议,建造一所我认为有意义的博物馆;第三,为了免于受到阻碍,我需要无偿工作。我告诉普芬多夫,如果柏林不接受我的提议,那也不必感到为难,我可以毫无牵挂地离开。我刚刚结束了作为拉扎德公司银行家的生涯,随即开启了我的犹太博物馆故事,也开启了我对柏林和当代德国事务的参与。

* * *

最初,关于犹太博物馆的争论严格上来说是一个柏林问题,也是许多政治内斗的核心,也就是金钱和权力之争。然而,这场争论被视为德国犹太人与非犹太人关系中的一场危机,而这是战后德国国民生活中最敏感的问题,总是能迅速引起(犹太人的)疑心和(德国人的)内疚,这一切使得这场争斗有所不同、十分困难。再加上人员的性格不合、官僚主义、高层政治决策者的不够重视和弄巧成拙、糟糕的判断力和意想不到的后果,所有这些共同导致了这场非常激烈和复杂的冲突。

在柏林建立一个犹太博物馆，取代1938年纳粹关闭的博物馆，这个想法已经酝酿多年。没有人确切地知道这样一个博物馆会是什么样子，很长一段时间也没有什么动静。如果使用一笔庞大的预算，建成一座独立的建筑，对于居住在柏林的小小的犹太人群体似乎也不太合适，因此产生了一种建议：也许在现有的柏林城市博物馆中增加几个房间是个正确的解决方案。到了80年代初，柏林市博物馆（德国所有的博物馆都是国家机构）牢牢抓住这个想法，并积极进行推广，其中的原因外人不知。市博物馆早就希望建一座新馆，但说服政客们拿出这笔钱却成了一个问题。由于战后德国的犹太公民总是得到特别的照顾，该市的官员们认为，如果新馆包含犹太区，那么那些削减预算的官员就不太可能驳回这个建筑项目。这么想也不无道理。为了使犹太区与其他区保持联系，他们提出一个有点似是而非的论点，即柏林和柏林犹太人的历史是同一个硬币的两面，必须用一种独栋的建筑结构才能呈现。他们成功说服柏林市议会接受了这一想法的内在逻辑。他们还公开地将整座建筑称为"犹太博物馆"，但实际上他们的计划是只在其中包含一个小的犹太区。

官僚们一贯工于心计，这次更是技高一筹。1988年，该项目最终获得批准，并对公众就"柏林博物馆内的单独的犹太区"这一模糊的描述进行公开的建议征集。公众陪审团适时地选择了丹尼尔·里柏斯金（Daniel Libesking）令人惊叹的、极不寻常的设计。里柏斯金当时只是一名相对不知名的美国犹太建筑师，他也是波兰大屠杀幸存者的儿子。他提出一个引人注目的前卫概念，

第八章 90年代 新德国

这个概念包括一颗爆炸的、混乱的大卫之星和"空洞",意在表现几个世纪以来德国犹太人生活的悲剧;还包括一座大屠杀纪念塔和纪念花园——换言之,这是一项具有深刻犹太象征意义的设计。委婉地说,这是一种大胆的、不走寻常路的做法。最终,当这个建筑建成时,它将成为柏林主要的标志性建筑之一,并成为丹尼尔·里柏斯金辉煌事业的起点。

事实上,此前的公众陪审团对"犹太博物馆"的标签信以为真,为博物馆选择了一种非常特别的"犹太化"的设计。而这个博物馆实际上只包含一个犹太区。柏林墙的倒塌进一步延误了工期。直到1992年,里柏斯金设计的建设项目终于被批准。这一修建,就是七年的时间。与此同时,以色列艺术历史学家阿姆农·巴泽尔于1994年受聘管理这座仍被公众称为"犹太博物馆"的博物馆。与巴泽尔的工作有关的所有事情几乎从一开始就出现了问题。市政府希望巴泽尔领导一个小小的犹太区;巴泽尔则希望管理自己的"犹太博物馆"。他们希望巴泽尔能重视柏林犹太人的历史;但总体而言,巴泽尔对现代艺术更感兴趣,尤其是年轻的犹太艺术家和艺术主题。他期望自己作为博物馆馆长可以独当一面,想要独立管理,并希望得到自己的预算,这也合理。然而,想要独立预算几乎是痴人说梦——他几乎没有工作人员,上头只是划拨了少量的资金。最后,当然,他把目光转向整个里柏斯金建筑,发现"自己的"博物馆将只限于几个地下室房间的时候,不禁勃然大怒。

因此,巴泽尔的工作的方方面面很快陷入混乱。一部分原因在于他未能弄清楚自己工作的性质。另一部分原因是柏林官员的精心设计(如后文所述),他们"打出犹太人这张牌",目的是得到预算，让他们接受把柏林的历史和犹太人的历史联系在一起的想法，即所谓的"综合模式"，这种论据根本经不起推敲。因此而导致的骚动很快变得尽人皆知，并逐渐变得越来越糟糕。至少，这需要一个非常熟练的谈判者，这个人对德国的犹太人事务需要有一定的了解，对柏林官僚政治有一定的感受，对德国人有同情心，对工作有耐心，在根本上相互冲突的目标之间找到共同点。不过，阿姆农·巴泽尔不适合做这项工作。他对德国历史知之甚少，几乎不讲德语，也不特别喜欢德国人。就个人而言，他是一个开朗的人，但是在机智和外交技巧方面，他几乎完全不称职。巴泽尔没有私下谈判或寻求澄清。如果他有不同意见——他几乎在所有事情上都有不同意见——更喜欢在公共场合和在媒体上战斗，包括他的职位、自治权缺失、建筑、预算、雇主意图、他关于德国对待犹太人的态度的看法，甚至是对柏林的一些看法。他提出的一些实质性的埋怨是有价值的，但是他通过媒体挑战当地决策者的做法只能激怒他们，几乎不能解决任何问题。官僚主义挖空心思还击，媒体大放异彩，公众分别站队，表示支持或反对。因此，一场关于金钱和控制权的地方性争斗升级演变为超越德国边界的国际事件，成为对德国首都如何对待犹太人的一种考验。"犹太人的伤疤在柏林博物馆的问题上被重新揭开。"[3]英国的《观察家报》（*Observer*）曾对此做出评论。当地的政治领导人十分紧张。

市长埃伯哈德·迪普根（Eberhard Diepgen）接受了手下官员的论点，没有对这件事情多加考虑，长期以来的态度一直是善意的忽视。他反应迟钝，没有意识到自己正面临一个重大的政治公关问题，涉及德国最敏感的问题之一，这一问题唤起了过去的回

第八章 90年代 新德国

忆。对于这个不受欢迎的幽灵,他只是坐视不理。而新闻界和公众都在表明立场,越来越多的人表达对犹太人的支持。

然而,最后,迪普根受够了,并于1997年6月下令解雇巴泽尔。草草解雇一个地方文化机构的负责人,对当地公众舆论来说是一件坏事,而解雇一位犹太人馆长——他还是一个以色列人——这个博物馆还是公众心目中的一家引人注目的犹太机构,这种做法史无前例,立即在柏林乃至全国引起轰动。解雇的做法非但没有解决任何问题,反而进一步点燃了人们的愤怒情绪,加剧了人们对柏林处理此事态度的批评。

现在这个烫手的山芋直接被甩给参议员彼得·拉敦斯基(Peter Radunski)和他的副手普芬多夫。拉敦斯基是基督教民主联盟的成员,在迪普根的政府中主管柏林的文化事务。而普芬多夫拥有一个古老的普鲁士姓氏,其渊源可以追溯到腓特烈大帝时代。他极力支持市博物馆的利益,想要保住博物馆对里柏斯金大楼的控制权。拉敦斯基是一名政治行动派,他因为担任科尔总理连任竞选的竞选主管而为人所熟知,反而不是因为他对文化问题的深刻理解。现在,他别无选择,只能果断处理棘手问题,迅速找到一位合适的、更为大众接受的继任者接替巴泽尔——他们希望这个人能够平息风波,并允许他们执行自己的计划。不知道为什么,他们认定我是他们要找的人。

此后,花费了一年的时间,才达成协议,确定了新的犹太博物馆的使命、地点以及管理和资助方式。三个月内,我如约提交了我的建议,但随后又与市政府的官员进行了整整九个月的艰难谈判和争论。公众和媒体很快站在我这一边表示支持,但是以普芬多夫为首的柏林官员却顽固地坚持他们根深蒂固的观点。我的提议几乎完全颠覆他们多年来公开鼓吹的那一套，这令他们十分沮丧。因此，协议成文过了很长一段时间以后，这位头脑极其迟钝的政客还一直在用笨拙的手段进行阻挠。

总之，我得出的结论是：一家专门收藏犹太艺术品的博物馆，或者一家只关注柏林犹太人历史的博物馆，都没有多大意义。我的大多数私人顾问都坚持认为，"犹太艺术"这个概念，还有把犹太人作为一个可定义的艺术家群体这个概念，都很成问题。此外，历史学家还指出，柏林的犹太人一直是中欧讲德语的犹太人形成的单一文化中的一个组成部分，这些犹太人从柏林延伸到维也纳、布拉格和布达佩斯，他们从德国的每一个地方延伸到昔日奥匈帝国的遥远角落。他们认为，这群说德语的犹太人发挥了特殊的作用，才造就德国作为一个现代国家的崛起。这群犹太人给德国科学、艺术、媒体、商业和金融生活各个方面带来的影响，才是理解他们在德国历史中所占地位时真正的重要参考因素，才是看待德国统一后的首都里的一座犹太博物馆的最合适的焦点。

很少有德国年轻人见过犹太人，在他们的心目中，犹太人是纳粹罪行受害者的形象。这是他们在学校上过的关于大屠杀的课程留给他们的记忆。我认为，为他们提供一个更广泛的历史视角将会带来很大的好处。具体地说，这将扩大他们对本国历史的了解，向他们表明：犹太人世世代代作为有贡献的少数族群生活在德国。在美好的时期，所有人都因为犹太人参与国民生活而获益；而在犹太人受压迫的时期，针对他们的歧视也极大地伤害了所有人。我认为，在一个无国界的全球化世界中，这个教训特别切题，

第八章 90年代 新德国

能够证明对所有少数族群表示宽容的重要性,这个教训也是在未来的几十年里德国面临的一个关键问题。

因此,我提出的办法是建立一个德国历史博物馆,以一种令人兴奋的方式呈现讲德语的犹太人长达2 000年的历史——从罗马时代直到现在,包括使用特别吸引学生和年轻人的互动电子媒体。这就需要招募一个专门的由历史学家和博物馆专家组成的小组,并对他们进行独立的管理。这还需要更多的空间,只在建筑物中留出几个专门的没有相关用途的房间远远不够。正如我的前任所坚持的那样,这意味着需要丹尼尔·里柏斯金设计的整个建筑,以及每年至少1 800万至2 400万马克的充足资金,只不过他并没有成功。

事实证明,这一点成为我所有的建议中最具争议的一项,遭受到非常顽固的抵制。这丝毫不足为奇。里柏斯金的建筑深深地象征着犹太人的故事,如果把它用于德国历史的展览,这并不合适。"腓特烈大帝和他的普鲁士士兵不属于这里。"我向不情愿的市长迪普根强调——这句争辩最终奠定胜局。

一旦协议达成,将需要近三年的时间来重新布置博物馆的内部,设计展览,雇用工作人员,并为盛大的开幕做好一切准备。2001年9月7日,庆祝正式开幕的晚宴成了一项前所未有的全国性活动。柏林的主要报纸欢呼雀跃道:"以前从未见过共和国类似的引人注目的游行,无论是在波恩,还是在柏林。"联邦政府意识到,在德国重新统一的首都建立的欧洲最大、知名度最高的犹太博物馆对于国家颇具重要性,随后从市政府处接管了融资和控制权。联邦总统作为主要发言人出席,内阁首脑、柏林参议院、东德部长、德国联邦议院成员、工业界领袖以及一个由博物馆馆长和政府官员组成的方阵都出席了开幕式。[4]丹尼尔·巴伦博伊姆①（Daniel Barenboim）用飞机载来了整个芝加哥交响乐团，博物馆在乐团演奏的马勒的第七乐章中正式开幕。涌入观礼的人数超出了可提供座位的两倍，优先权和礼仪问题数周以来一直困扰着博物馆的工作人员——谁受到邀请、谁没有受到邀请——这让博物馆的工作人员度过了许多个不眠之夜。来自世界各地的知名人士包括亨利·基辛格、新泽西州参议员比尔·布拉德利（Bill Bradley）、一群来自美国和以色列的犹太领袖、天主教会主教、柏林路德会主教，以及十几位大使。甚至就连上海市市长也飞来参加了这次活动。

此情此景与三年前充满争议的气氛形成了鲜明的对比。每个人都精神焕发，喜气洋洋。德国的政治机构因出资建造全欧洲最受人关注的犹太博物馆而备受国际赞誉。犹太人很高兴，外国客人也很感动。昔日博物馆争论中言辞最犀利的敌人都露出了微笑，似乎没人记得过去那些没完没了的争吵。

在犹太博物馆第一次开幕后的10年，每年接待的游客超过75万人，这是一项惊人的成功。我最初只打算花18个月的时间去做这件事，现在想起来，当时的想法不过是一段久远的记忆。

游客乘坐着公共汽车纷至沓来，欣赏博物馆的建筑和展品，其中有德国人，尤其是学生和年轻人，还有来自世界各地的游客。

---

① 丹尼尔·巴伦博伊姆，1942年11月15日出生于阿根廷首都布宜诺斯艾利斯。作为20世纪最杰出的音乐家之一，丹尼尔·巴伦博伊姆一直以钢琴家、指挥家、室内演奏家等令人惊叹的"多重身份"活跃于国际乐坛。——译者注

第八章　90年代　新德国

数千人参加了犹太博物馆的讲座、音乐会和文化活动。犹太博物馆的档案是联邦共和国最全的档案之一。博物馆的"宽容和理解奖"被认为是一项享有盛誉的国家荣誉，每年颁发给杰出的德国和国际受奖人，德国总理和国家的政治、商业及文化领袖会出席颁奖典礼。与勃兰登堡门附近的独立的大屠杀纪念馆一起，犹太博物馆成为纪念德国犹太人的丰富历史及其悲惨命运的机构，也是全国性的纪念碑网络中的主要组成部分。

犹太博物馆的成功非同寻常，这很出乎意料——我也没有想到自己在过去14年中会持续参与博物馆的工作。一路走来，心存感激的德国媒体开始赋予我几近不可思议的力量。"这场戏由他主宰。"柏林的《每日镜报》（*Tagesspiegel*）在盛大的开幕式后这样解释道[5]。后来，《时代周报》（*Die Ziet*）的一位受人尊敬的专栏作家称，我有能力成为一位优秀的市长。[6]一本书把我列为柏林最有影响力的人物之一。直到今天，在很多问题上，媒体仍愿意征求我的意见。

犹太博物馆项目从一开始陷入困境，到后来对我的不吝赞美，这其中发生的180度转变，究竟做何解释？一个好的媒体比一个坏的媒体要好得多，但媒体肯定也有夸大其词的成分，我不认为它的成功与我有很大关系。相反，我知道最好的解释在于，今天犹太人在德国的特殊地位，以及德国人对犹太教和犹太事务的惊人兴趣。因此，犹太博物馆的故事成了德国现代生活中犹太人独特处境和处境转变的极好范例。

今天的犹太人和德国人

时间过去了 70 多年,犹太大屠杀仍然对德国的生活有着深远的影响,对于犹太人和非犹太人都是如此。

纳粹狂热地煽动仇恨犹太人的火焰,并试图用一系列反犹太宣传和谎言毒害德国人的思想。他们想消灭所有的犹太人,并消除犹太人在德国土地上生活过的任何痕迹。从战后的短期情况看,他们似乎成功地做到了这一点。在幸存下来的少数人中,最多只有 1.5 万人回到德国居住。

然而,历史往往会出现与当权者意图截然不同的结果。今天,我们看到的现实与纳粹的想法完全不同:犹太人在德国的生活从来没有完全终结,而且充满活力、发展迅速。这几乎是一个奇迹,但它真的发生了;难以得到精确的数字,但是在 21 世纪的第二个十年,将有超过 20 万犹太人再次生活在德国,这个国家目前是世界上犹太人口增长最快的国家之一,排名世界第 9 位,这是我 50 年代初回德国时的 8 倍。在过去,在公众看来,仍然留在德国的犹太人很少,他们和其他人之间的对话也不多。大多数德国人饱含内疚和尴尬之情,用沃尔夫·勒佩尼斯(Wolf Lepenies)的话说,他们"精通微妙的沉默之道"[7]。二战结束后,变化很有限。一些大的城市里有小规模的犹太社区,但是在大多数中小城镇里却连一个犹太人都没有。例如,只有 67 名犹太人居住在石勒苏益格—荷尔斯泰因州,在整个德国只有 45 个犹太教堂和 15 名拉比,真正复兴犹太人生活的前景仍然暗淡无光。[8] 在居住在柏林的 6 000 名犹太人中，只有 700 人是 30 岁以下的年轻人，整个德国境内 50 岁以上的人数是 30 岁以下人数的两倍，原民主德国地区的犹太人中有四分之三的人年愈 60 岁。[9]

今天——经过 90 年代犹太人从苏联的一次大规模的移民之后——活跃的犹太人社区不仅存在于所有的大城市，也存在于许多大大小小的城镇。在经历了将近四分之三个世纪的停滞之后，即使是我的家乡奥拉宁堡，现在也有了一个由俄罗斯犹太人移民组成的小社区和一个功能齐备的犹太教堂。自从柏林墙倒塌以来，德国新建了多达 100 个犹太教堂。仅在北莱茵—威斯特伐利亚州就有 20 个。在 2008 年 9 月的一个星期之内，就有两个新的犹太教堂开放并服务于 3.2 万名犹太公民。除了柏林和法兰克福的博物馆之外，德累斯顿和慕尼黑还兴建了一些重要的犹太博物馆，埃森也在修建一个犹太博物馆，犹太人曾经居住过的几十个小镇也纷纷效仿。柏林和其他的城市都有犹太学校，波茨坦甚至还有一个神学院，培养出在德国受训的第一位拉比。

这片历史上曾经对犹太人施以暴行的土地，今天成了以色列以外在支持和保护犹太人的生活方面最友好的国家之一。同样值得注意的是，大多数德国人对犹太人的态度以及他们对犹太教的兴趣实际上已经发生巨大变化。许多研究显示，德国仍有反犹太分子，15%～20%的人口有不同程度的微妙的反犹太情绪。然而，这比欧洲其他的许多国家都要少，公开表示反对犹太的情况仍然很少（新纳粹狂热分子除外）。事实上，德国显示出一种广泛的欢迎犹太人情绪，这会让来访者非常吃惊，许多德国人对犹太人生活的方方面面都产生了浓厚兴趣。犹太人被视为智慧和正义的象征，受到尊重，很少遭到批评。相当多的德国重点大学提供犹太研究的课程，吸引了大批学生，只不过他们的就业前景一般。单是犹太博物馆的一个初级职位的空缺，通常就会收到至少 100 名非犹太人毕业生的申请——他们认为在博物馆工作是一种有意义的事。

直截了当地说，在今天的德国，犹太人和犹太元素很"流行"。在柏林和其他的大城市，有专门经营犹太食物的餐馆。年轻的德国人喜欢去以色列游玩，有些人给他们的孩子起了犹太人的名字。我在德国遇到的改信犹太教的人比我在美国遇到的要多。有太多的德国人自豪地宣称自己有一部分犹太血统，并把这当作荣誉勋章。

媒体反映出这种对犹太人的兴趣。媒体刊登犹太人大屠杀幸存者的回忆文章，或者报道德国流失犹太人而带来的历史遗留问题。每两个星期，我在柏林的办公室就会给我寄来这种报道的副本，一捆剪报，最少有一英寸厚。

然而，我担心的是，从长远来看，如果要确立一种基于现实主义和相互信任的、更加稳定的德国人—犹太人关系，目前德国犹太人的特殊地位和许多人将犹太理想化的趋势可能并不完全健康。一个问题在于，许多德国人对他们的犹太同胞仍然知之甚少。德国犹太人的身份问题——其他人如何看待他们，以及他们如何看待自己——是一个相关的问题。犹太人通常被视为"不同的"，并非完全的德国人，他们首先是犹太人，其次才是德国人，而且，反过来，他们仍然在是否完全忠于德国这一点上犹豫不决。如果

第八章 90年代 新德国

双方持续保留这种认知，那么它可能会在未来的压力时刻带来麻烦。具有讽刺意味的是，正是目前这种独特的受保护和受优待的地位，有将犹太人永久划分出来的威胁——这种状况一直是犹太人在德国的困境。此外，双方还缺乏坦诚沟通的意愿，以及在敏感问题上相互坦诚沟通的勇气。考虑到痛苦的过去，这种相互沉默可以理解，要改变它并不容易。然而，我认为这是一个关键的先决条件，否则，就不能建立犹太人与他们所选择的德国家园之间完全正常化的纽带联系。

令人惊讶的是，尽管媒体不断报道有关犹太人的故事，但是许多德国人对这些故事仍然不太了解，他们对犹太教的兴趣非常抽象，并没有任何具体化的知识。即使是了解情况的人，往往也会沉溺于理想化的一个早已逝去的德国犹太人形象。"正是因为失去了像你这样的人，"经常有人这样对我说，"才是德国的巨大损失。"他们脑子里想着希特勒时代之前的那些日子，当时50万德国犹太人中的大多数人很好地同化并融入德国的生活，许多人的出身可以往前追溯好几代人。

然而，现实情况是，今天的犹太人与过去几乎没有什么相似之处。今天的德国犹太人的同化程度要低得多，存在几种民族、文化、宗教和语言上的分歧，而且他们在犹太人的身份认知和对德国的态度方面存在很大的差异。只有极小一部分人是战前德国的犹太人或者他们的后代，更多的人则是1945年后留在德国生活的大屠杀的幸存者或者他们的孩子。战后，后者这些犹太人主导德国犹太人的生活，并捍卫犹太人的利益。

然而，目前生活在德国的拥有最大数量的犹太人——多达

75%——是来自苏联的新移民。他们于1989年之后来到德国，主要是出于经济原因，因为他们声称自己是犹太人，所以他们统统被接纳。然而，尽管他们在苏联被归类为犹太人，但事实上，有些人只有一部分犹太血统，许多人几乎没有犹太血统或根本并不信奉犹太教。作为曾经的苏联公民，他们当时对德国文化的兴趣很有限；比起大屠杀，他们其实对纳粹在苏联犯下的罪行更加记忆深刻。我问过一位从苏联来的犹太出租车司机一个问题：世界上有那么多地方，为什么他偏偏来德国？我仍然记得他的回答。"原因很简单，"他毫不迟疑地回答，"在这里谋生比在苏联容易得多！"当我提到大屠杀，他只是耸了耸肩！

* * *

对犹太人普遍的不了解和对他们的误解可能会造成潜在的麻烦。的确，其中的一些误解仅仅令人发笑，但其他误解的影响却并非如此。许多德国人认为犹太人只吃犹太食品，这是无伤大雅的误解。我的一位犹太同事希丽·库格曼（Cilly Kugelmann）说，在最近的一次海外飞行中，她惊奇地发现负责出行事务的博物馆官员煞费苦心地提醒航空公司，必须为她提供犹太餐，而这位官员本身并不是犹太人。然而，潜在的更麻烦的问题是与犹太人身份相关的问题：一方面，许多德国人把犹太人与以色列人混为一谈；另一方面，犹太人只是"犹太人"。德国犹太人中央委员会的前主席伊格纳茨·布比斯（Ignatz Bubis）在他的自传中描述了一个在这个方面特别引人注目的事件：

第八章 90年代 新德国

> 一个不亚于联邦政治教育办公室主席的人物……在以色列总统埃泽尔·魏茨曼对德国总统罗曼·赫尔佐克进行国事访问之际，觉得有必要对我说"总统发表的演讲很精彩"。当我说赫尔佐克总统的演讲总是很精彩的时候，他回答道："我说的是你们的总统！"[10]

布比斯是一名德国公民，他不仅是德国犹太人中央委员会的主席，也是自由民主党的成员和著名的公众人物。[11]然而，在德国人眼中，作为一名犹太人，他首先效忠的是以色列而不是德国。这种想法决不罕见，而是很多德国人心照不宣的想法。举个例子，当我对以色列政策中的某些要素提出批评意见时，我记得一位德国朋友对此表示震惊。虽然我怀疑他同意我的批评，但是他不敢说出来，而且他可能认为我的批评近乎是对"我的国家"不忠。不需要太多的想象就能理解，在德国人眼中，犹太人是如何的与众不同。这可能带来麻烦的后果。

事实上，认同问题——不愿意承认少数族群是真正的同胞——是一个更普遍的德国问题。例如，美国一直是一个移民国家和民族、种族与宗教多元化的社会。尽管在美国历史的不同阶段有过歧视非裔美国人、反犹太主义、对不同移民群体的偏见——这些往往是其国民生活的一个特点——但移民一旦成为公民，他们作为美国人的身份就从未受到质疑。在德国，对于数百万来自土耳其的工人及其家人来说，这至今仍然是一个问题，虽然他们已经在德国生活了大半辈子或者度过了一生。许多人现在是德国公民，讲德语，他们的孩子出生在德国，很少有人会离开德国。然而，在德国人眼中，他们仍然是外国人，或者，现在他们被委婉地称为"有移民背景的人"。德国土耳其人首先被视为土耳其人，其次才被视为德国人，这加强了他们与德国正常生活的疏远和分离，这反过来又使这种问题更加根深蒂固。

德国犹太人生活上比较富裕，但是一说到他们作为德国人的身份，其处境却与土耳其裔德国人有一些相似之处。对大多数德国人来说，犹太人首先是犹太人——他们会或多或少地、委婉地让你知道这一点，虽然他们往往没有恶意。"我来到柏林是以美国人的身份，"我有时会对我的德国朋友这样说，"但我离开的时候通常是以犹太人的身份。"我用这种方式来说明德国人很快就会表示他们知道我是犹太人，而且他们通过这一点定义我的身份，而不是通过我的美国国籍来定义。我会告诉他们，在美国，在大多数地方，犹太人的身份并不是一个人作为美国人的一个特别重要的特征。但是，我从不确定他们真的明白我的意思。当我告诉他们，我因为偶然事件发现某个亲密的同事也是犹太人，而这是在我和他一起工作了几个月或更长时间后发生的事时，许多人根本无法相信会这样。

总之，我所担心的是，即使是出于最好的意图而把犹太人作为不同的人与其他人区别开来，这种做法也会使犹太人与非犹太人关系正常化的实现过程变得更加复杂。我相信，这种正常化的关系是德国犹太人未来生活稳定的必要条件。

不能坦诚交谈是妨碍正常生活和增进相互理解的重要障碍。事实上，德国人想要取悦犹太少数族群的热情非常明显，而他们对于任何涉及犹太人问题的公开发言或表示批评时的表现是沉默

第八章 90年代 新德国

寡言，这一点也同样明显。例如，在2007年前的很多年里，柏林犹太人社区的领袖都参与涉及金钱和权力的内斗，互相指责浪费和不诚实，极尽恶毒之词。他们的斗争非常公开，并且搞得很难看。既然涉及公共资金，那么媒体采取强硬立场也就不足为奇了。虽然对不法行为的指控已经广为人知，并且涉及一些可疑人物，新闻报道中却没有任何直接批评，这非常令人震惊。这件事有时会出现在我和德国朋友的谈话中。这件事情明显是柏林的丑闻，而不仅仅是一场令人不快的犹太内部斗争。而当我对此表示沮丧时，他们的第一反应总是尴尬，然后是熟悉的反应："你可以这么说，但是我们可不行！"

这句话我听过无数次，最直接的一次是我参与大屠杀纪念委员会的关于德固赛①的激烈辩论，事关修建一个用来纪念被谋杀的犹太人的纪念馆，它笼罩在勃兰登堡门的光环之下。

今天，这座非凡的地标性建筑每天吸引着成千上万的游客，它的存在归功于一个私人团体多年来坚定不移的宣传，团体的主要成员是非犹太公民。由于纪念馆使用公共资金建造，当时任命了一个大型的委员会来监督纪念馆的建设，委员会有大约30名成员，由时任德国联邦议院主席的沃尔夫冈·蒂尔泽（Wolfgang Thierse）担任主席。其中少数人是犹太人，但是大多数都是非犹太公民和政治家。少数几个无从属关系的"局外人"也加入了这个混合委员会，其中就包括我这个唯一的非德国人。

---

① 德固赛成立于1873年，是一家设在德国法兰克福的贵金属提炼公司，之后迅速发展成为一家大型跨国集团。经过多年的发展，其业务重心从冶金转向化工。——译者注

纪念馆一直是多年争论的主题。从一开始，一片好心的蒂尔泽因为维持秩序而忙得不可开交。项目结束前，柏林犹太社区的领袖亚历山大·布伦纳（Alexander Brenner）发现纪念馆的2 700块石头正在接受特殊的涂层处理，而提供此项服务的是一个名叫德固赛的供应商，一场危机突然爆发。德固赛这个名字唤起犹太人深深的不安记忆。在纳粹时期，熔化从犹太人受害者牙齿中取出来的黄金的正是德固赛。更糟糕的是，德固赛还提供了用于谋杀犹太人的毒气。现在，布伦纳强烈要求立即撤回德固赛的合同，并要求大量已经被处理过的石头马上报废。然而，问题在于，报废或返工的成本将令人生畏，没有这笔资金，也没有现成的替代供应商。

一场激烈的辩论随之而来。至少有六个非犹太成员表示支持让德固赛出局；其他一些人不敢直接反对这一想法，他们指出情况的复杂之处；而另一些人则尴尬地坐在一旁，默不作声。没有人知道该怎么办，当蒂尔泽宣布休会时，会议在一片混乱中结束。委员会面临着一个真正的困境，但事实上，这种困境也并非特别不寻常。毋庸置疑，除了这个名字特别令人厌恶以外，今天的德固赛与70年前的前身没有任何关系，从这个方面来说，该公司与其他几家供应商和几乎每一家起源于纳粹时代的德国大企业都没有什么不同。新管理层是从纳粹关系中脱离出来的一代人。而且在包括德固赛在内的几乎所有企业中，从很久以前就有了对犹太人事业的善意和支持的记录。如果按照布伦纳的意思来办，逻辑上就需要淘汰其他的几个供应商，并置整个计划于危险境地。

第八章 90年代 新德国

当委员会重新召开会议,而僵局持续的时候,我终于——有些不情愿地——要求发言。我解释说,作为一个犹太人,德固赛这个名字对我来说有同样可怕的记忆,但是如果因此放弃这家供应商,我觉得这不是明智之举,因为他们多年来走着一条完全不同的道路,这一点毫无疑问。毕竟,我认为,正是德国人希望用纪念馆来纪念纳粹罪行的受害者,而正是这些德国公司对这一倡议提供了大力的支持。我们必须承认这一点。我说,作为一个有同情心的旁观者,我认为未来的挑战是德国人和少数犹太人如何建立一种全新的、更正常的关系,而这只是完成这项挑战的一小步。

我讲了足足 15 分钟。当我的话讲完,经过一段不确定的沉默之后,终于破冰,房间里弥漫着一种如释重负的感觉。大家纷纷对我投来感激的目光。十几个之前没有说话的人鼓起勇气,对我表示支持。当蒂尔泽要求委员会进行投票时,绝大多数人当时投票决定按原计划进行。在房间外,我听到了那句熟悉的话:"我们一直持同样意见,但只有你能说出来——我们不能!"

今天,大屠杀纪念馆被认为是一个巨大的成功,关于德固赛的辩论早已被人们所遗忘。

我相信,如果把所有这些都加在一起,我可以这样说:在我小时候的 30 年代,对于犹太人来说,德国是世界上最糟糕的地方之一;而今天,德国是最好的地方之一。

在我栩栩如生的童年记忆中,有一种谨慎、不确定和恐惧的气氛,这种气氛使我父母这一代人被牢牢困住。我们这些孩子不被允许进入正规的德国学校,而有一些居民在我就读的犹太学校周围的街道上大声抗议。在我们柏林的公寓大楼里,有一些公开反犹太教的邻居,他们用自己的制服、纳粹党徽和冷酷的眼神恐吓我们。许多邻居只是移开目光,不和我们交谈。

对于今天的柏林犹太人来说,情况很不相同。这里又建起了两所犹太学校,但是去那里上学的年轻人严格来说都是自愿的——大约三分之一的学生根本就不是犹太人,他们自己选择和犹太同学一起学习。至于我,我最近在柏林的市中心租了一套公寓,邻居们总是热情地欢迎我,这也是我喜欢每隔几个月就回来的原因之一。

在纳粹德国,犹太人的数量一直下降,前景严峻。今天,欢迎的红毯已经铺好,新的犹太移民源源不断地涌入德国。犹太教魏森公墓中坟墓的数量仍然比现存的柏林犹太人多得多,但是后者的数量再一次呈上升趋势。除了90年代来自东欧的犹太人以外,世界其他地方的年轻犹太人也不断涌入,其中包括——令人惊讶的是——在以色列出生的德裔犹太人的第二代和第三代后代,而且他们的数量惊人。当被问及为什么选择这个曾经对犹太人进行迫害的国家时,刚刚抵达德国的吉拉德·霍奇曼(Gilad Hochman)提到柏林人的友好。26岁的霍奇曼来自以色列,是大屠杀幸存者的孙子。他又说道,"我祖母的胳膊上至今还文有数字,但是我的任务不是对历史做出评判。从第一天起,我就觉得自己在这里很自在。"[12]霍奇曼的情况不在少数:在2006年,4 313名以色列人申请了德国国籍。

在战后半个多世纪的大部分时间里,那些留下来并选择与德国人比邻而居的犹太人和德国人之间的关系一直很矛盾,一直无法摆脱过去。然而，随着时间流逝，德国犹太人与其他公民之间的关系正在发生本质上的变化。未来一代又一代的德国非犹太人和犹太人作为德国同胞，基于完全的相互奉献，将学会在一种不那么拘束、更正常的氛围下生活在一起。

德国对犹太人的特殊待遇不太可能永远维持下去，也不应该永远维持下去，因为从长远来看，这种特殊待遇带来的好处很多，但是携带的麻烦种子也不少。向更正常的状态过渡并不容易，因为犹太人已经变得期待并享受特殊地位，还有由此带来的物质和心理利益。一位犹太领袖最近向我承认："我们享用的'犹太红利'势必会逐渐消失，但是会有补偿，如果这种情况发生的话，我也不会完全不高兴。"

对于更广泛的德国人来说，这将是一个学习的过程，尽管最终会是一个有益的过程。对他们来说，难点在于形成一种习惯，那就是基于包括犹太人在内的共同的公民身份，把所有的少数群体都接纳为德国人。这与德国根深蒂固的本能想法背道而驰。在一个没有国界的全球化的世界中，克服这种感觉至关重要，而德国的人口现状需要他们做到这一点。犹太少数人群的全面融合只是德国面临的更广泛的挑战的一部分。

移民问题

像许多西欧国家一样，德国也面临类似人口崩溃的问题——人口不断萎缩，而且迅速老龄化。如果不加以解决，这将不可避免地削弱德国的国际竞争力和降低其民众的生活水平。

几乎没有一个有见识的观察家会对这个潜在事实提出异议。尽管大多数西欧国家必须应对人口萎缩和老龄化这些共同的问题，但德国的情况更为严重，因为出生率处于最低水平（意大利比德国还要略低），而且下降速度比其他的任何国家都快。2000—2005年，德国育龄女性的平均生育率从70年代的1.58下降到1.32，与欧洲其他大部分国家较小的下降幅度相比，这种下降的幅度很不利。相比之下，美国同时期的生育率实际上有所上升。[13]

如果近期趋势继续，其后果将非常严重。据估计，在未来的40年里，德国人口将减少三分之一；到了21世纪中叶，德国人口平均年龄将从40岁上升到50岁左右，65岁以上的人口与25~64岁的人口之间的比率将继续上升。[14]相对于领取养老金的人，劳动力的大幅缩减将对德国社会制度造成持续的压力。前总理赫尔穆特·施密特曾自信地把这项制度称为"20世纪最伟大的成就"[15]。

战后德国社会的关键在于高效的劳动力带来的高生产力，这使德国成为世界上最大的出口国之一。人才一直是德国最宝贵的资源，但是人口不断减少和老龄化会使这一切处于危险之中，除非采取重大的措施来扭转这一趋势：具体讲，需要有一项持续的国家计划，每年吸引30万左右的新移民，使人口接近目前的水平。在任何地方，连续多年吸纳如此大量的新移民都将是一项重大的挑战，对德国来说尤为如此，因为对民族同质性社会的固守仍然深深植根于德国的民族心理之中。因此，所需要的不仅是一

第八章 90年代 新德国

项积极的移民政策,还有一项使移民顺利地成为全面平等的公民的平行计划。土耳其裔德国人的模糊地位说明了德国面临的挑战十分复杂。

在60年代和70年代的繁荣时期,土耳其外来务工人员来到德国,目的是缓解战后德国劳动力短缺的问题,他们在德国停留一段时间,然后返回土耳其,这是最初的设想。然而,这个设想早已成为过去。大多数土耳其人再未离开德国。事实上,多年来,他们的家庭成员和婚姻伴侣陆续加入,并在此繁衍后代。此外,德国人结婚晚(或者根本不结婚),生育的孩子也很少,而土耳其文化更喜欢大家庭。今天,300万土耳其裔德国人是德国最大、增长最快的少数族群,他们的子女和孙辈都出生在德国,越来越多的人都持有德国护照。

这些年来,我认识了很多土耳其移民。他们从事店主和餐馆老板的工作,在许多方面丰富了德国的生活。他们的子女上大学,有一些成为成功的专业人士,还有一些人活跃在政治领域。犹太博物馆的工作人员中有几个土耳其裔德国人,包括我的一名副手,我很倚重他。

然而,这些仍然是例外情况。时间过去了半个世纪,仍然有太多土耳其裔德国人处在众所周知的社会底层,很难融入德国生活,生活在大城市的贫民区。他们的孩子很多都没有读完高中,找不到工作,总是旷课和捣乱,而且长期以来都是"局外人"。

他们自生自灭,与德国的生活脱节——然而在许多方面,比起土耳其人,他们更像德国人——太多的土耳其裔德国人仍然是这个国家的"陌生人"。其他人不接受他们是真正的德国人,他们对这种身份感到愤恨，这只会让他们更加坚持自己的语言和文化。与此同时，公众抱怨说他们拒绝学习德语，他们坚持异域的价值观、风俗习惯和着装规范。公众对他们的宗教了解甚少，因此心存恐惧。尤其是在经济困难时期，总有那么一两个政治家还有左翼或右翼的极端分子，为了自己的目的，利用公众的这种普遍的恐惧和偏见。

对于许多被同化的土耳其裔德国人来说，德国并不是一个特别受欢迎的环境。最近的调查显示，每两个土耳其移民中就有一个觉得自己在德国不受欢迎，缺乏归属感。存在一种恶性循环：人们期望土耳其裔德国人抛弃自己的文化，但许多土耳其裔德国人怨恨这种不受欢迎的感觉，抵制文化整合的压力，并因此而拒绝被同化。很大程度上，这种负担被施加在他们身上，而其中的代价太大，因此相互之间的距离、拒绝和怨恨还在延续。正如一位土耳其观察家所说，"（土耳其裔德国人）……被盖上永为外国人的印记"[16]。即使是那些出生在德国并事业有成的人，也会有相似的处境。他们认为，一个人可以是穆斯林，保留自己的土耳其传统，同时也是一个很好的德国人，但是德国人让这一点极难实现。一位土耳其裔律师和自由民主党的主要成员解释说："拥有德国护照，或者像德国本土人一样说德语，这还不够。只要我的名字很奇怪，而且我看起来像土耳其人，而不是基督徒，我就不会被完全接受。"[17]

当我和德国朋友讨论这个问题的时候，我经常听到一个简单的借口，这个借口很常见，但是也很虚假。"不像你们美国人，"他们告诉我，"我们不是一个移民国家，这不是我们的传统，所以我们的感受不同。"然而，现实情况是，这一借口既不能从德国历史上得到证实,也不能在当代的现实中得到证实。希特勒对金发碧眼德国种族的幻想一直只是他想象出来的虚构形象,因为几个世纪以来,德国吸引了欧洲许多地方的移民——18世纪的法国胡格诺派信徒,波兰和俄罗斯的斯拉夫人,东南部的波希米亚人,以及东方和地中海的犹太人。他们与当地人通婚多年,都被成功地吸收为德国人(但是,一些犹太人除外)。此外,在战后的那些年里,大量涌入的不仅有土耳其人,还有塞尔维亚人、克罗地亚人、科索沃人、库尔德人、伊朗人、意大利人、波兰人,以及来自其他33个国家的人。[18]

许多德国人似乎没有意识到的一个现实情况是:今天,在德国境外出生的居民占总人口的12%～13%,这与美国这个典型的移民国家的相应数据大致相同。在柏林,每四个人中就有一个移民,超过40%的6～15岁的人在德国以外的地方出生。[19] 在1991—2006年,德国净流入的人口是260万。事实上,最近几年,德国成为整个欧盟最大的移民国。举个例子,有人指出,德国引以为傲的国家足球队的整条前锋线——他们都是德国公民——有着明显的非德语发音的名字。

因此,德国已经朝着成为一个多民族的社会迈进了一大步。街上、学校和日常生活中,都有这个事实的证据。此外,根据人口趋势,吸纳多元化的移民也已成定局。未来几年,德国人面临的挑战是:与国家的需要同步,更加积极主动地管理移民政策,用高度优先的项目促进新移民融入国家生活。让他们保留自己的文化和语言,这不一定妨碍他们对新身份的忠诚度。事实上,在一个多民族的社会里,这种多样性是一种力量来源。在美国这个典型的移民国家，多样性从来没有阻碍过移民作为新的美国人被接纳。

"我是自豪的柏林人"

柏林崛起为欧洲最有意思的重要首都，这在一定程度上造就了德国统一的奇迹。我对不堪的纳粹时期的柏林的记忆已模糊。战后的柏林被分割得面目全非，总是让我对柏林一去不复返的美好时光感到悲伤和怀念。因此，近几年，置身于这座城市奇迹般的复苏之中，这更加令人激动。归功于我遇到的柏林人、我交到的好朋友、我在犹太博物馆的同事，以及柏林丰富多彩的引人入胜之处和景点，柏林已经成为世界上最令我喜欢的地方之一。没人比我自己更为惊讶这一点。

不久前，我问当时的柏林犹太社区领袖拉拉·聚斯金德（Lala Süsskind）：她是否认为自己是德国人。这个问题基于许多德国人首先把德国犹太人看作犹太人，所以我总是好奇德国犹太人自己的感受。聚斯金德显然对我的问题感到有些为难。她沉思地看了我一会儿，然后含混不清地回答说，她很难简单地回答这个问题。但是，她很快又补充道，无论如何，她都是一个纯粹的柏林人。"我忠于柏林，"她解释说，"这是我的城市和我的家，我感觉自己是柏林的一部分！"聚斯金德属于对大屠杀有着清晰记忆的那一代犹太人，这也解释了她内心对德国身份的矛盾之情。然而，她热爱柏林，对此我并不惊讶。事实上，我也深有同感。我

第八章 90年代 新德国

一生中的大部分时间都是美国人，但是我必须清楚地说：再一次，我成了柏林人！

* * *

当柏林墙倒塌的时候，柏林被分割开的两个部分之间的反差大到无以复加。原联邦德国地区有货品充足的商店和衣着体面的人，人们在餐馆和咖啡馆里面，属于一个完全不同于原民主德国地区的世界。而原民主德国地区有着苏联式的单调和无趣的面孔。在柏林墙存在的近30年里，它不仅在柏林的两个地区之间形成一道实体屏障，而且在人们的情感和心理上也形成一道深深的隔阂，我记得，我曾想过，要用几代人才能修复这种隔阂。最大的惊喜是，实际上只用了不到一代人就修复了这种隔阂。

我经常问自己，两个如此不同的部分迅速结合转变成今天这个令人兴奋的世界城市，吸引了来自各地的游客，这应该做何解释。我认为，一部分原因在于，一种特殊的变革精神、被释放出来的自由和新的可能性很快占据主流——德国人称之为"离愁别绪"。还有就是，许多年轻人，包括那些来自德国以外国家的人，都成了其中一分子。他们纷纷去租金很便宜的东柏林的破旧地区，修缮这些地区，不仅让它们面貌一新，而且也带去新的能量和动力。今天，其中的一些街区让人联想到纽约的格林威治村，有美术馆和摇滚音乐会，当地人和游客在咖啡馆和酒吧里交际，直到深夜。

我觉得柏林人的态度和精神很有吸引力，即使是半个世纪的分离也无法压制。在其他德国人中，柏林人并不总是德国人中最受欢迎的人群，但他们比许多同胞更加独立、务实、直接。他们有一种特别的幽默感（德国人通常并不以此著称），他们也不介意告诉别人自己的想法，而且他们总是很快给出一个玩世不恭的回答——这是著名的"柏林人陷阱"。例如，最近，我们在一家餐馆里正要点晚餐，这时一位年轻的女服务员打断我们的谈话并坚持要先向我们介绍今晚的"特色菜"。从口音上判断，她是一个典型的柏林人。"说吧，"我开玩笑地说，"我屏住呼吸。"于是，她用典型的柏林方式回答道："放松，先生，您可以呼气！"

统一过去了 20 年，柏林已经成为世界性城市，吸引着越来越多的外国游客，有许多引人入胜之处，成为一个宜居城市。这些年来，我曾经在欧洲和美国的几个主要城市居住过，每个城市都有其独特的魅力。华盛顿有独一无二的美国标志性历史建筑和纪念碑，旧金山肯定是世界上最壮观的地方之一，没有哪里能比得上纽约的活力和多样性，我喜欢位于莱蒙湖海畔的日内瓦的亲近感，谁能不被巴黎的美食殿堂、教堂、建筑瑰宝、和谐的广场和高卢风味集市的多重魅力所诱惑呢？然而，如果我需要远离我的家乡普林斯顿或纽约，我现在首选柏林。

柏林人对他们的政治家有一种健康的怀疑态度，喜欢抱怨，但我经常建议他们先看看自己的福气。不管他们承认与否，他们的生活水平普遍较高，公共服务良好，文化产品丰富。柏林可能也有问题——所有大城市都有问题——但是对于领教过曼哈顿拥挤和过度扩张的交通网络的任何一个人，相比之下，柏林的公共交通好到"闪闪发光"。我特别喜欢德国的地铁，它的车厢干净、现代，很少超载，而且准时可靠。

第八章 90年代 新德国

事实上，宜居性和人们普遍友好是柏林生活的亮点，我觉得这非常令人印象深刻。柏林是德国主要城市中债务负担最大的城市之一，永远处于财政困境之中，但是无论有没有钱，柏林仍然把足够的资金投入基础设施及其运营中，以维持对人们日常生活舒适度的重视。街道清扫得很好，坑洞修得很及时，人们也普遍关注公园和绿地。大多数大城市都在与一些类似贫民窟的破旧地区做斗争，但是在柏林，我几乎没有见过这样的地方。周末，当星期天的轮滑者出动时，城里到处都是轮滑和自行车比赛（有时，我认为，比赛真是太多了），但是行人很好心地对封锁道路表示接受，体谅这些比赛者。市政建设部门的人因为其保守的品位和独裁的方式而备受批评，但他们在规划和发展社区方面做得比我所知道的大多数其他城市都要好。

当然，对于任何寻求文化刺激的人来说，柏林也有一系列令人惊叹的地方，在如何分配闲暇时间方面让人目不暇接。西蒙·拉特尔（Simon Rattle）的柏林爱乐乐团是世界上最好的管弦乐队之一。而在国家歌剧院，无与伦比的丹尼尔·巴伦博伊姆（Daniel Barenboim）可能正在指挥演奏瓦格纳或马勒的音乐，他也可能身兼两职，既表演钢琴独奏，又担任乐队指挥。而且，还有一个选择，那就是穿过御林广场，步行走到柏林音乐厅，在这里进行演奏的是另一个非常受人尊敬的管弦乐队。一个音乐爱好者还能有别的要求吗？我还没有走遍柏林所有的博物馆，但其中有一些我最钟爱的博物馆，包括举世闻名的佩加蒙博物馆，它是世界上最好的博物馆之一；还有新国家美术馆，我喜欢那里的特别展览。博格鲁恩博物雕塑园是柏林的一颗璀璨的明珠。

就我个人而言，我喜欢柏林剧团上演的一些德国经典剧目，在那里，我至少观看了三遍他们对音乐剧《三个便士的歌剧》（*Threepenny Opera*）的精彩演绎。偶尔，在一个空闲的下午，看看老柏林奥古斯特大街附近的艺术画廊或犹太博物馆附近的区域，以及选帝侯大街周边的一些小街，感觉也不错。就我的品味来说，很多地方过于新潮和前卫。但我承认，这些短途出行和在格雷斯巴赫别墅举办的拍卖会让我花费颇多，超出预算。

不幸的是，花得起这些钱的柏林人很少愿意自掏腰包，支持这些他们认为理所当然存在的文化机构。存在过度依赖公共基金的现象，我认为这是一个弱点。如果柏林的店主能够自由决定何时开店和闭店，那就太好了。如今，世界上大多数城市都是这样做的，柏林也应该效仿。不过，不管怎么说，今天的柏林比以往任何时候都要好。

恢复如常？

2006年7月8日，世界杯决赛前一天（法国队与意大利队次日将在柏林的奥林匹亚体育场举行决赛）。这是一个美丽的夏日，主办国德国正在兴高采烈地庆祝这一盛事。对许多公民来说，这是一次千载难逢的经历。

柏林到处是来自世界各地的游客，人们纷纷展示并热情挥舞德国国旗，汇成一片国旗的海洋，超过以往任何时候。我上一次在柏林看到这么多国旗还是在纳粹时期，当时使用纳粹标志被

第八章 90年代 新德国

视为一种公民义务。但是，在自我意识较强的战后德国，出于同样的原因，人们一直刻意避免这种爱国主义的表现。然而，突然之间——令人惊讶的是——此前德国人的那种克制似乎突然消失了。在众多游客中——身着本土服饰的加纳人、头戴墨西哥宽边帽的墨西哥人、准备拍照的日本人，以及手举星条旗的美国人——德国人的色彩占据主导地位。

一种全新的东西——不仅仅是足球狂热——显然出现了，就出现在国民情绪上，许多人都在对此做出评论。我脑子里闪过的问题是：这仅仅是一时的精神状态，还是德国人的自我形象发生了更持久变化的证明？

在那一天，并不是只有我一个人在思考这个问题。亨利·基辛格和南希·基辛格（Nancy Kissinger）专程赶来，我们以他们的名义邀请一些共同的德国朋友参加午宴，而他们对这个问题进行了长时间的讨论。这些人包括长期担任萨克森州州长的库特·比登科普夫（Kurt Biedenkopf）、德国外交部国务秘书西尔伯贝格（Silberberg）、戴姆勒高管克劳斯·曼戈尔德（Klans Mangold）、洪堡大学历史学家海因里希·温克勒（Heinrich Winkler）以及他们的妻子。基辛格是一位狂热的足球迷，芭芭拉恰到好处地用足球图案装饰了我们公寓的餐厅。

不出所料，我们这群美国人和德国人把下午的第一部分时间用来"解决"当前主要的政治问题。然而，过了不一会儿，我们也挤到电视机前，观看德国队击败葡萄牙队获得杯赛第三名的这场比赛。比赛结束以后，号角的声音响彻街道，电视上播放的场面激动人心：人们疯狂地挥舞着国旗，欢呼声不绝于耳。

精明的库特·比登科普夫俯下身来，说了一句令我印象深刻的话："直到最近，如此强烈的民族自豪感都令人难以想象。"言语之间，他流露出惊叹和满足。"在以前，年轻人会对此嗤之以鼻，成年的德国人则会感到尴尬。但是现在，新的一代正在崛起，德国人已经过了这个坎，没有人害怕。国旗和爱国主义再次流行起来。但是，这应该是人们相处的最好方式，不是去侵略别国，而是在体育领域，我们一道成为欧洲乃至全球的一部分。"

比登科普夫是对的。可以肯定的是，德国的足球热只是短暂的，但其展现的是长久以来一直存在的更基本的东西。我们亲眼见证的是战后德国几代人经历的变革过程所产生的结果。在统一后的时代，德国已经大为不同——完全不同于我年少时期的那个丑陋的纳粹国家，但是也不同于50年代那个饱受创伤、自我厌弃、困惑不解而且四分五裂的德国，不同于经济腾飞的60年代那个不懈努力却满腔愤怒的德国，不同于愤怒、叛逆、国内纷乱的70年代的那个德国。在20世纪的90年代，柏林墙一倒塌，德国就成为欧洲最大、最强的经济体。正如《纽约时报》的罗杰·科恩（Roger Cohen）所说的，我们看到了在世界杯期间比登科普夫所试图表达的一种完成感，德国人完成了"从否认到宣告，从麻木到觉醒，从监管到解放，从自我怀疑到自信"的转变。[20]

后来，我听到其他人说德国再次"恢复如常"，但这是种错误的说法。历史上，德国从未表现出现在的这种"正常"。这个国家的民族多样性日益增强，自我意识也越来越独立，但是仍忠实地秉承自由主义和法治的原则。70年代和80年代的技术革命开创了全球化的时代。所有的国家都深受其影响，但是可以说德国比大多数国家受到的影响更加深远——因为柏林墙的倒塌和人口结构的变化。

由于命运的安排,我在20世纪90年代成了这一过程的观察者,并参与了柏林从一个孤岛一般的城市向全国首都的转变过程。

从更深层的个人角度而言,这完成了一个循环。对此,我心存感激。它让我对未来充满希望,而我曾经置身其中,对此,我感到万分荣幸。

注释

序言

[1] 例如，温斯顿·丘吉尔深知个人的重要性。政治领导人之间的个人关系可以塑造历史。在第二次世界大战中，英国命运处于最低谷的时候，他的国家命悬一线，一切都依赖于从仍然中立的美国租借的重要物资。丘吉尔在与罗斯福的第一次面对面会谈中开始发表自己的观点时，他最关心的问题是"他会喜欢我吗"。请参阅 W. Averell Harriman, *Special Envoy to Churchill and Stalin 1941 - 1946*, Random House, New York, 1975, pg. 75。

[2] 1960—1990 年，我获得成为民主德国和联邦德国、以色列以及美国公民的资格。

[3] 根据美国宪法，从副总统到众议院议长、参议院临时议长、国务卿，再到财政部部长，都是紧急情况下的总统接替者。然而，这只是名义上的，因为我是出生在外国的公民，所以会顺延给下一位。

[4] E. J. Hobsbawm, *The Age of Empire 1875 - 1914*, Vintage Books, New York, 1987, pg. 3.

第一章 30年代 危难中的德国：身处纳粹恐怖下的柏林

[1] 那里的犹太明星还有其他人的日子都不那么好过。玛琳·黛德丽（Marlene Dietrich）是个明显的例外。她强烈反对纳粹，但她不是犹太人。

[2] 这家店奇迹般地在战时轰炸中幸存，今天是一家巧克力店。

[3] 时间是 1920 年。请参阅 Bodo Harenberg（ed.），*Die Chronik Berlins*，Chronik Verlag，Dortmund，1986，pg. 341。

[4] 不过，柏林墙倒塌后，在今天柏林的东部地区，一些有轨电车又恢复了。

[5] 另参见我在 *The Invisible Wall* 一书中关于 Eloesser 的章节（Counterpoint，Washington，1988，pgs. 236 - 285）。

[6] 如果想详细了解卡利斯基学校及其在纳粹柏林的短暂存续期所起的作用，请参阅 Busemann，Daxner，Fölling，*Insel der Geborgenheit*，Stuttgart，1992。

[7] Hugh Trevor-Roper，*Hitler's Politisches Testament*，Albrecht Kraus，Hamburg，1981，Introduction pg. 17.

[8] Ian Kershaw，*Hitler*，Volume I：*1889—1936*，The Penguin Press，London，1998，pg. xix.

[9] 同上，pg. xxi。

[10] 1938 年，他向德军参谋长弗兰茨·哈德尔（Franz Halder）将军充分阐明了这一点："你永远不会知道我脑子里在想什么。"他对他笑着说，"至于那些夸耀知晓我的思想的人，我对他们撒的谎更多。"

[11] 请参阅 Max Domarus，*Hitler：Reden und Proklamationen*，Süddeutscher Verlag，München，1965，pgs. 2236 - 2239。

[12] 请参阅 Trevor-Roper，*Hitler's Politisches Testament*，pg. 64。

[13] Adolf Hitler，*Monologe im Führerhauptquartier*，*1941—1944. Die*

注释

Aufzeichnungen Heinrich Heims. Werner Jochmann, (ed.), *Albrecht Knaus Verlag*, Hamburg, 1980, pg. 99.

[14] Traudl Junge, *Bis zur letzten Stunde*, Buch und Medien, München, 2002, pg. 121.

[15] 请参阅 Trevor-Roper, *Hitler's Politisches Testament*, pgs. 60 - 116。

[16] 同上, pg. 110。

[17] 请参阅 Henry Picker, *Hitler's Tischgespräche im Führerhauptquartier*, Ullstein, München, 2003。

[18] Hermann Rauschning, *The Voice of Destruction*, GP Putnam & Sons, New York, 1940, pg. 230.

[19] 请参阅 Picker, *Hitler's Tischgespräche im Führerhauptquartier*, pg. 707。

[20] 请参阅 Ian Kershaw, *Hitler 1936 - 1945*, W. W. Norton & Company, New York & London, 2000, pg. 181。

[21] 引述于 Michael Stürmer, *Das Jahrhundert der Deutschen*, Goldmann, München, 1999, pg. 148。

[22] 请参阅 Anthony Eden, *Facing the Dictators*, Houghton Mifflin, Boston, 1962, pg. 27。

[23] 请参阅 *New York Times*, February 26, 1933 Page SM7 and March 23, pg. 1933。

[24] *New York Times*, January 31, 1933, pgs. 3 & 16.

[25] George A. Gordon to State Department, from Munich, May 13, 1933, pg. 20.

[26] Leon Dominian, American Consul General, Stuttgart to State Department, March 31, 1933.

[27] U. S. Embassy Berlin to Honorable Cordell Hull, Washington. Draft. "The Jews in Nazi Germany," pg. 33, May 30, 1933.

[28] George S. Messersmith to William Phillips, U. S. Under Secretary of State, Washington, D. C. September 29, 1933.

[29] William E. Dodd, Letter to President Roosevelt, November 27, 1933.

[30] *New York Times*, January 31, 1933; *Time* Volume XXI, February 6, 1933; *Chicago Tribune*, February 4, 1933, pg. 12.

[31] *Chicago Tribune*, *New York Times*, April 2, 1933.

[32] 请参阅 *New York Times*, March 26, 1933, pg. 28。

[33] 请参阅 *New York Times*, June 11, 1933, pg. E1。

[34] Winston S. Churchill, *The Gathering Storm*, Houghton Mifflin, Boston, 1948, pg. 86.

[35] 同上，请参阅第七章和第八章。

[36] 请参阅 Paul Schmidt, *Statist auf diplomatischer Bühne*, 1923 - 1945, Athenäum Verlag, Bonn, 1950, pgs. 318 - 326。

[37] 请参阅 Martin Gilbert, *A History of the Twentieth Century*: Volume II, Avon, New York, 1998, pgs. 14 - 15。

[38] Churchill, *The Gathering Storm*, Chapter 6, pgs. 90 - 109.

[39] Eugen Weber, *The Hollow Years*, W. W. Norton & Company, New York, 1994, pg. 5.

[40] Hans-Heinrich Dieckhoff to the German Foreign Office, December 7, 1937, in *Akten zur deutschen auswärtigen Politik 1918 -1945*, Volume 1, Baden-Baden, 1950, pg. 534.

[41] 请参阅 *Die Juden in Deutschland*, Wolfgang Benz, ed. CH Beck Verlag, München, pgs. 740 - 754。

[42] Wolf-Arno Kropat, *Reichskristallnacht*, Kommission für die Geschichte der Juden in Hessen, Wiesbaden, 1997, pgs. 192 - 201.

[43] 同上，pgs. 185 - 192。

[44] 有大量文献详细介绍"水晶之夜"大屠杀事件及其背景。例如，请参阅 Peter Loewenberg 的 "The Kristallnacht as a Public Degradation Ritual," in Volume XXXII, *Leo Baeck Institute Yearbook*, 1987, pgs. 309 - 323. Anthony Read and David Fisher, *Kristallnacht*, Random House, New York, 1989。

[45] Buffum, "Confidential Report, Anti-Semitic Onslaught in Germany as seen from Leipzig," November 21, 1938. National Archives, Washington, D. C.

[46] Arthur D. Morse, *While Six Million Died*, Random House, New York, 1968, pg. 222.

[47] Anthony Read & David Fisher, *Kristallnacht*, pg. 68.

[48] *New York Times*, November 12, 1938, pg. 1.

[49] 同上, pg. 4。

[50] 这些引用内容与本书作者在另一本书中的内容相似。另一本书为 *The Invisible Wall*, pgs. 360 - 361。

[51] Avraham Barkai, *From Boycott to Annihilation*, Brandeis University Press, Hanover, New Hampshire, 1989, pgs. 152 - 153.

[52] *Newsweek*, November 28, 1938, pg. 13.

[53] Arthur Morse, *While Six Million Died*, pg. 231.

[54] Saul S. Friedman, *No Haven for the Oppressed*, Wayne State University Press, Detroit, 1973, pg. 56. 如果想得到关于失败的依云会议的更详细的描述，56~70 页提供了很好的总结。

[55] 同上, pg. 119。

[56] 请参阅 "Application for restitution by victims of National Socialism," Rose-Valerie Markt Norton. February 20, 1952。

第二章　40年代　战争岁月：上海

[1] *Die Chronik Berlins*, pg. 251.

［2］俾斯麦在1881年陪同皇帝参加典礼，他显然没有感到印象深刻，人们听到他颇有怀疑地说："所有这些铁路只会阻碍交通。"出处同上。

［3］详细内容请参阅 Hartwig Beseler and Niels Gutschow, *Kriegsschicksale: Deutscher Architektur*, Karl Wachholtz Verlag, Berlin, 1988。

［4］William L. Shirer, *20th Century Journey: The Nightmare Years 1930—1940*, Little, Brown and Company, Boston & Toronto, 1984, pg. 383.

［5］请参阅 Gilbert, *A History of the Twentieth Century: Volume II*, pgs. 242 - 243。

［6］William L. Shirer, *The Rise and Fall of the Third Reich*, Simon and Schuster, New York, 1960, pg. 454.

［7］Joachim C. Fest, *Hitler*, Harcourt Brace Jovanovich, New York, 1974, pg. 574.

［8］实际上，最初共有五个所谓的"通商口岸"，外国人在那里获得治外法权。除了上海，还有广州、厦门、福州和宁波。然而，只有在上海，这种偶然修订的制度才盛行了100年的时间。

［9］F. L. Hawks-Pott, *A Short History of Shanghai*, Kelly & Walsh, Shanghai, 1928, pg. 11.

［10］同上。

［11］引述于 Marcia R. Ristaino, *Port of Last Resort*, Stanford University Press, Stanford, California, 2001, pg. 7。

［12］Bernard Wasserstein, *The Secret Lives of Trebitsch Lincoln*, Yale University Press, New Haven, 1988, pg. 273.

［13］请参阅 Frederic Wakeman, *The Shanghai Badlands*, Cambridge University Press, Cambridge, 1996, pg. 140 footnotes。

［14］在他一生中的不同时期，特雷比奇以各种名字自称，包括：Keelan, Tandler, ITT Lincoln, Tribich Lincoln, Reverend Ignatius Timotheus Lincoln，以及其他各种各样的称谓。Bernard Wasserstein 的传记（见本章注释 12）对此给出了很好的描述。

［15］Reinhard Heydrich to Josef Meisinger，引述于 Astrid Freyeisen，*Shanghai und die Politik des dritten Reiches*，Königshausen & Neumann，Würburg，2000，pg. 468；也见 Wasserstein，pgs. 242-280。

［16］Carl Crow，*Four Hundred Million Customers*，H. Hamilton，London，1937.

［17］"买办"是中国人在所有外国企业之间来往的纽带，在中国以外的世界互动中必不可少。

［18］上海七八月份的月平均温度为97.2华氏度（36.3摄氏度），平均湿度为82%；冬天的平均最低温度为43华氏度，最低平均湿度为76%。

［19］到1940年8月，救济委员会成功说服当局不再给难民自由进入的权限，要求每一个新来的人出示持有至少400美元的证据——那时这是一笔巨资。这是一场巨大的悲剧，但当时没有人知道，那些无法逃离德国的人将为此付出生命。

［20］Ernest G. Heppner，*Shanghai Refuge*，University of Nebraska Press，Lincoln & London，1993，pg. 41.

［21］Vicki Baum，*Hotel Shanghai*，Kiepenheuer & Witsch GmbH，Köln，1997，pg. 34.

［22］在现在的上海，这个曾经优雅的俱乐部和旧时法租界的社会生活中心成了五星级花园酒店的一部分，后者是当今上海最好的酒店之一。

［23］洋泾浜英语是旧上海的一种普及的交流方式，现在几乎完全消失。这是外国人处于统治地位时，用来与仆人和商人交流的时代遗物。只有今天在上海偶尔遇到的老中国人，仍然兴高采烈地说这种话，作为他回忆往日时光的证据。

［24］Edgar Snow，引用于 Stella Dong，*Shanghai: The Rise and Fall of a Decadent City*，William Morrow，New York，2000。有关上海帮派文化的详细总结参见 pgs. 109 - 130。

[25] Josef von Sternberg，*Ich*，*Josef von Sternberg*，Belber，bei Hanover，1967，pgs. 95ff.

[26] 空旷的赛场对于普通中国人是完全禁止入内的，因此这显示出殖民地的不公正和外籍人士公然的种族主义。共产党接管上海后，这是最早发生变化的事情之一。今天，这片珍贵的房地产已经成为一个巨大的"人民公园"，里面有花园、餐馆和非凡的博物馆。

[27] 尽管随着时间的推移，已经有足够的证据证明是什么导致当局对我们采取这样的行动，但时至今日，仍然存在一些疑问。参见本章后文。

[28] 请参阅"Minutes of the Committee for the Assistance of European Jewish Refugees in Shanghai," March 3，1942，Jerome Agel Collection，Box 1，Folder 3，Yivo，New York。

[29] 每人每月不到 4 美元，算不上一笔很高的数目，但对于这个额度的救济来说，战前的上海是世界上消费水平最低的地方之一。

[30] 只有 16 人除外，包括 10 名惯犯，因犯罪而被判刑，没有暴力案件的记录。整个太平洋战争期间共有 65 人离婚，据报道有 20 位母亲"出售"他们的孩子以供领养。总的来说，对于一个人口有 18 000 人的贫困的社区来说，这是非常低的数字。请参阅 Felix Grünberger，"The Jewish Refugees in Shanghai," *Jewish Social Studies*，February 1948，pg. 340。

[31] 例如，David Kranzler，*Japanese*，*Nazis & Jews*，Yeshiva University dissertation，New York，1971；还有 Heppner（footnote 80 above）；James R. Ross，*Escape to Shanghai*，the Free Press，New York，1994；以及很多其他活动。

[32] 参见 *Shanghai Jewish Chronicle 1942 - 1945*，出版于虹口贫民区。

[33] 尤其是德国前律师弗里茨·魏德曼（Fritz Wiedemann）的证词。

其他细节请参阅：Kranzler，pgs. 477-504；Freyeisen，pgs. 441-475；Heppner，pgs. 104-108，以及 the American Jewish Joint Distribution Committee 和 HIAS 的其他文件。

[34] Freyeisen，pg. 443. the American Jewish Joint Distribution Committee 和 HIAS。

[35] 在到达远东之前，梅辛格在华沙以一个特别凶残的警察局长的身份而出名，他负责谋杀数千名犹太人和波兰人。为此，他被称为"华沙屠夫"，战后在波兰被绞死。

[36] 请参阅 Freyeisen，pg. 470。一些上海犹太人社区的领导人已经分别证实了这一说法。

[37] Kranzler，pg. 481.

[38] 60 年代初，当我任美国驻日内瓦的贸易谈判代表时，我被困于与加拿大人的艰难谈判中。有一天，当他们抱怨我是一名强硬的谈判者时，我忍不住告诉我的对手——加拿大贸易部长 Mitchell Sharp 这个故事。"你看，"我高兴地逗他，"如果当初你们让我进来，我现在可能坐在你身边了。"他的笑声有些空洞，但对我来说，这是种甜蜜的报复。

第三章 50 年代 战后美国：学徒时代

[1] Ben J. Wattenberg，*A World at Arms*，Series D，New York，1976，pg. 164.

[2] HR 0660，由艾森豪威尔总统于 1956 年 6 月 29 日签署。

[3] Eric Goldman，*The Crucial Decade：America 1945—1955*，Knopf，New York，1956，pg. 13.

[4] 在过去，美国非白人少数族群的常用说法是"黑人"，或者在南方，用"有色人种"的说法；而现在用"黑人"或"非洲裔美国人"的说法，这反映了少数族群成员的种族自豪感。本书使用后两个说法。

[5] 杜鲁门是苏格兰—爱尔兰—英格兰后裔；他的先祖去西部拓荒，从肯塔基州和弗吉尼亚州向西迁移到密苏里州。艾森豪威尔的祖先是来自宾夕法尼亚的荷兰移民，他们在内战后向西迁移。他的祖父雅各布，是"河流兄弟会"中的一位牧师，仍然用德语交谈并布道。但到了艾森豪威尔时代，这个家族早已远离德国渊源。

[6] Goldman, pg. 291.

[7] "The Cabinet: The Flavor of the New" in *Time*, January 24, 1969.

[8] 时代已经不同。伯克利现在每年向加州人收取 13 000 美元的学费。然而，它的国际声誉仍然没有受到影响。

[9] John Brooks, Harper & Row, *The Great Leap*, New York, 1966, pgs. 300 - 302.

[10] 以赛亚·齐默尔曼博士后来在华盛顿特区成为一名著名的心理学家，并声称对于他的民主党和共和党病人来说，理解外表和现实之间的区别被证明是一个非常有用的教训。

[11] 尽管总捐赠额排在哈佛、耶鲁和斯坦福之后，但是学生人数更多。

[12] 引用于 Robert Gambee, *Princeton*, W. W. Norton, New York, 1987, pgs. 15 - 17。

[13] Peter Fuchs (ed.), *Chronik zur Geschichte der Stadt Köln*, Volume 2, Greven, Köln, 1991, pg. 290.

[14] Franz-Josef Jakobi (ed.), *Geschichte der Stadt Münster*, Volume 3, Aschendorff Verlag, Münster, 1993, pgs. 1 - 3, 22, 103, 109, 115.

[15] *Bevölkerung und Wirtschaft* 1872 - 1972, 收录于 Statistisches Bundesamt Wiesbaden, W. Kohlhammer, Stuttgart/Mainz, 1972, pg. 95。

[16] Karl Hardach, *Wirtschaftsgeschichte Deutschlands im 20. Jahrhundert*, Vandenhoeck und Ruprecht, Göttingen, 1979, pg. 251.

[17] 同上, pg. 259。

[18] *Der Spiegel*, No. 29, July 15, 1953.

[19] *Chronik Berlin*, pg. 478.

[20] 请参阅 *Jahrbuch der öffentlichen Meinung*, pg. 173；另见 *Der Spiegel*, Heft 10, March 3, 1954。

[21] 这是第一艘如此命名的冠达邮轮，后来被更为华丽的"伊丽莎白女王二世"和"女王三世"所替代，后来甚至有更大的"玛丽女王"号。

[22] Maldwyn A. Jones, *The Limits of Liberty: American History 1607-1980*, Oxford University Press, New York, 1983, pg. 536.

[23] Stanley I. Kutler, "Eisenhower, the Judiciary, and Desegregation: Some Reflections," in Stephen E. Ambrose and Günter Bischof (ed.), *Eisenhower: A Centenary Assessment*, Louisiana State University Press, Baton Rouge, 1995, pgs. 87-89.

[24] Godfrey Hodgson, *America in Our Time*, Doubleday, New York, 1976, pg. 43.

第四章　60年代　华盛顿

[1] 西奥多·罗斯福于1901年上任时比他年轻几个月，但他是在时任总统遇刺后被任命的。三年后，他靠自己再次当选，时年45岁。

[2] Theodore Sorensen, *The Kennedy Legacy*, Macmillan, New York, 1969, pg. 254.

[3] 邓根在肯尼迪总统的任期内表现出色。在肯尼迪被暗杀后，约翰逊总统任命他为美国驻智利大使。在卡特时代，他是美州开发银行的美国执行董事，这是命运的一个捉弄，因为在那份工作中，我是他在财政部的上司。

[4] George Ball, *The Past Has Another Pattern: Memoirs*, Norton, New York, 1982, pg. 170.

[5] 同上，pg. 170。

[6] 卡特没有选择鲍尔至少有两个可能的原因。第一个原因是，亲以色列的犹太领导人让人们知道，他们认为鲍尔在以色列问题方面的能力不够。在这方面，他们真是大错特错，尽管他确实主张一项令他们感到不安的政策，即不再强调穿梭外交，而是在执行联合国第 242 号决议的基础上采取公正的政策来解决阿以冲突，他认为这样符合以色列和美国的国家利益。事后看来，在持续 25 年的中东流血冲突的影响下，鲍尔再次被认为是对的，没有犯错。第二个原因可能是更具决定性的原因。鲍尔本应是一位坚强而坚定的外交政策领袖，不太可能与卡特的国家安全顾问布热津斯基友好竞争，后者将使国务卿的任期变得很悲惨。当选总统卡特对自己的能力抱有坚定的信念，他是否能与一个像鲍尔这样强有力的国务卿相处甚欢，这一点值得商榷。布热津斯基不好相处，这一点毋庸置疑。

[7] Ball, pg. 366.

[8] 同上，pg. 164。

[9] 引言来自鲍尔未发表的演讲稿。

[10] "TRB," *The New Republic*, March 27, 1961.

[11] Henry Fairlie, *The Kennedy Promise: The Politics of Expectation*, Doubleday, Garden City, New York, 1973, pg. 13.

[12] 鲍尔偶尔会对官僚们本能地拒绝任何新的方法或想法的偏好发表评论，称之为"长颈鹿问题"，并喜欢讲述一个父亲带着他的小儿子去动物园的故事：在那里，他们遇到了一只形状奇怪的长颈动物。"看，那是长颈鹿。"父亲说。儿子天真地问："为什么？"请参阅 James A. Bill, *George Ball*, pg. 205。

[13] Martin Weil, *A Pretty Good Club: The Founding Fathers of the U. S. Foreign Service*, Norton, New York, 1978, pg. 3.

[14] G. F. Kennan, "The Needs of the Foreign Service," in Joseph McLean, *The Public Service and University Education*, Princeton University Press, Prince-

ton，1949，pg. 97. 凯南是美国最有能力和最杰出的外交官之一，是 20 世纪 30 年代外交事务的产物。我加入这个部门时，他仍然很活跃。

［15］Frederick Van Dyne，*Our Foreign Service*：*The "ABC" of American Diplomacy*. The Lawyer's Cooperative Publishing Co.，Rochester，New York，1909，pg. 77.

［16］James L. McCamy，The *Administration of American Foreign Affairs*，Knopf，New York，1950，pg. 187.

［17］Lamar Cecil，The *German Diplomatic Service*：*1871—1914*，Princeton University Press，Princeton，1976，pgs. 97 - 103.

［18］"鸡背肉和鸡脖子"是美国禽肉出口的重要产品，美国驻意大利大使就此事尽职地向华盛顿汇报，讲述了他在罗马与意大利政府高层斡旋的情况。大使是这样描述的：一位部长当时听取了他的阐述，但似乎对此并不感兴趣。而这位大使一向因风趣而出名，他发给国务院的电报被广泛传阅，令人捧腹。他在电报中备注了一个来自他本人的可能的解释，那就是，这位意大利部长大人名声在外，他更感兴趣的部位是"胸部和大腿"而不是"背部和脖子"。

［19］请参阅 Ball，pgs. 208 - 222。

［20］*Frankfurter Allgemeine Zeitung*，March 28，1963，pg. 1.

［21］迄今为止，美国对经济发展的兴趣仍然是一个关键问题，但原因不同。在 60 年代，除了商业和人道主义的考虑之外，主要的政治理由是与共产主义对抗。在冷战后的今天，一个紧迫的要求是消除恐怖分子的威胁。这里涉及许多因素，缺乏经济基础往往是一个因素，但并非总是其中的因素之一。例如，在苏丹、阿富汗和索马里，促进经济发展的政策应该是全面战略的一个重要组成部分，以改善这些"失败国家"的命运和治理，使它们不太可能成为恐怖主义的安全避难所，从而不会威胁到我们的安全。另请参阅 Stuart E. Eizenstat, et al.，"Rebuilding Weak States," *Foreign Affairs*，Vol.

84，No. 1，Jan/Feb 2005，pgs. 134－146。

[22] President Kennedy's statement at the White House，March 13，1961. 请参阅 the *Department of State Bulletin*，Vol. XLIV，No. 1136，April 3，1961，pgs. 471－478。

[23] E. S. Mason，"Primary Products and Economic Development"（Round Table #3），Committee for a National Trade Policy, Inc.，mimeo.，Washington, D. C.，January 1960.

[24] "A New Coffee Pact?"，*New York Times*，December 21，1961，pg. 39.

[25] "Air of Uncertainly Dominates U. N. Coffee Stabilization Talks，" Special to the *New York Times*，August 15，1962，pg. 39.

[26] *Wall Street Journal* editorial，May 1，1962.

[27] *New York Times*，May 3，1964，pg. 3.

[28] Richard B. Bilder，"The International Coffee Agreement：A Case History in Negotiations," in *Law and Contemporary Problems* 28（spring 1963），pgs. 328－391.

[29] 同上，pg. 5。

[30] "Commodity Agreements," *New York Times*，March 5，1963，pg. 6.

[31] *New York Times*，May 3，1964，pg. 3.

[32] 那时还没有世界贸易组织。

[33] *Washington Post*，May 23，1963，pg. A23；*New York Times*，May 26，1963，pg. 60.

[34] 如今，这些数字似乎不大。在世贸组织目前的"多哈回合"中，有142个成员国，还有32个拥有观察员地位的国家。这可能就是为什么贸易谈判现在可以持续十年而仍然失败的原因之一！

[35] 请参阅 *New York Times*，May 17，1963。

[36] *New York Times*, November 9, 1964.

[37] Ball, pgs. 199 – 200.

[38] *New York Times*, May 21, 1963, and May 11, 1966.

第五章 70年代（上） 转型中的世界

[1] U. S. Department of Commerce, *Statistical Abstract of the United States*, Washington, D. C., 2001, pg. 10.

[2] 同上，pg. 45。

[3] Speech to Jaycees, June 27, 1967.

[4] *Business Week*, February 3, 1968, pgs. 22 – 24.

[5] 1981年，石油最高价格折合现在的每桶87美元。

[6] 请参阅 Nicholas R. Lardy, "China: The Great New Economic Challenge," in C. F. Bergsten (ed.), *The United States and the World Economy*, Institute for International Economics, Washington, D. C., 2005, pg. 124。

[7] *Fortune Magazine*, February 1976.

[8] 请参阅 Daniel Goleman, "What Makes a Leader?", *Harvard Business Review*, Nov/Dec 1998, for a more detailed discussion of the concept of "emotional intelligence"。

[9] 这一危言耸听的观点的主要支持者是法国记者和政治家让-雅克·斯万-施瑞伯（Jean-Jacques Servan-Schreiber），他在1967年出版的 *Le Défi Américain*（*The American Challenge*）一书广受讨论，书中表达了许多欧洲人不为人知的担忧。

[10] *Fortune*, June 1975, pg. 153.

[11] *Detroit Free Press*, December 15, 1975, pg. 11A.

[12] *New York Times*, December 13, 1976, pg. D1.

[13] *Detroit Free Press*, December 15, 1975, pg. 11A.

[14] *The Manager*, September/October 1974, pg. 8.

[15] "Profit-Minded Chief at Bendix tried to set a Businessmen's Code," *The Wall Street Journal*, November 18, 1975, pg. 1.

[16] 时代已经改变。今天的广州拥有一些中国最好的酒店,其中白天鹅酒店是我的最爱之一,与破旧的东方酒店大不相同(在后者,我曾在晚上被老鼠在咖啡桌上撞倒苹果盘的声音吵醒过)。

[17] 查理·约斯特(Charles Yost)是一位退休的高级外交官,是美国前驻联合国大使,担任代表团的团长。已故的迈克·奥森堡(Michel Oksenberg)是卡特总统的中国问题顾问,密歇根大学和斯坦福大学的汉语研究教授,是代表团的重要成员和流利的汉语演讲者。扬·贝瑞斯(Jan Berris)是一位年轻的女性,对她来说,中国已经成为她毕生的热情所在,她仍然是国家委员会的高级官员,当时担任代表团能干的秘书长。

[18] 关于70年代初美中和睦关系的基本逻辑和进程,请参阅 The White House Years, Chapters XVIII - XIX, Little, Brown & Company, Boston, 1979, pgs. 690 - 787。

第六章　70年代(下)　卡特时代

[1] *Newsweek*, January 31, 1977, pg. 23.

[2] 请参阅 Jimmy Carter, *White House Diary*, Farrar, Straus and Giroux, New York, 2010, pg. 4。

[3] 卡特本人曾遗憾地提到他与国会"一周的蜜月",这有点夸张,但并不为过。(请参阅 *Keeping Faith*, Bantam Books, New York, 1982, pg. 65。)

[4] C-SPAN Survey of Presidential Leadership, March - December 1999.

[5] Amherst College 的发言, October 26, 1963。

[6] 请参阅本书有关内容。

[7] 关于21俱乐部事件的更详细的报告,请参阅 *New York Times*, Ju-

ly 23，1976，pg. A1。

[8] 或者说财政部部长在1976年时是这样，当时联邦烟酒火器与爆炸物管理局、特勤局和美国海关局仍隶属财政部。这些机构现在是国土安全部的一部分。

[9] *New York Times*，December 28，1976，pg. 1.

[10] Carter Administration Agenda，pg. 12.

[11] 同上，pg. 2。

[12] 请参阅 Joel Havemann，"The Cabinet Band-Trying to Follow Carter's Baton," *National Journal*，July 16，1977，pg. 1104。

[13] *U. S. News & World Report*，May 9，1977，pg. 26.

[14] *Fortune*，June 1977，pgs. 98ff.

[15] 引述于 Emmet John Hughes，"The Presidency vs. Jimmy Carter," *Fortune* 98，no. 11，December 4，1978，pg. 59。

[16] 另请参阅 *White House Diary*，pgs. 53 – 54。

[17] Alexander Cockburn and James Ridgeway，"Cracker Credit," *The Village Voice*，February 7，1977，pg. 24.

[18] "The Budget Chief's Balance Sheet," *Time Magazine*，May 23，1977.

[19] 我也有类似的义务在10月31日前卖掉我的奔德士股票，尽管这让我损失不少，但我还是按时完成了。

[20] 请参阅 Safire columns，*New York Times*，"Carter's Broken Lance," "Boiling the Lance," "The Lance Cover-Up"，July 21，25，and August 1。

[21] 尽管我们这次会面并没有发生什么不可告人的事，但至少情况是这样。

[22] *Time*，August 29，1977，pg. 9.

[23] 个人记录：兰斯事件，August 13，1977。

[24] 请参阅 *Wall Street Journal*，August 21，1977，pg. A12.

[25] 1978年夏天，一个联邦大陪审团起诉 Lance 33 项与他在法国银行的贷款行为有关的指控。在1980年的一次审判中，他因某些罪名被宣判无罪；在陪审团陷入僵局后，审判被宣布无效，政府放弃此案。1981年，Bert Lance 重新控制了 BNG。

[26] *Time*, September 12, 1977.

[27] *U. S. News & World Report* Editorial, September 12, 1977, pg. 88.

[28] Hugh Sidey, "Searching for that Special Formula for Leadership," *Time*, October 3, 1977, pg. 16.

[29] 我的记录显示，我关于这一问题的第一份正式备忘录于 1977 年 9 月 10 日发送给卡特，随后于 10 月 18 日、20 日和 12 月 14 日发送给卡特，最后一份备忘录发送于内阁经济政策小组激烈但没有结论的辩论之后。可能还有其他的备忘录。

[30] 我本人发给总统的备忘录，1978 年 3 月 21 日。

[31] 我本人与总统的个人谈话 1978 年 3 月 21 日。

[32] 请参阅 Richard J. Levine, "The Outlook," *Wall Street Journal*, November 6, 1977, pg. 7。

[33] 我本人与总统的个人谈话，1979 年 5 月 8 日。

[34] Jimmy Carter "To Mike, et al.", 1979 年 5 月 15 日。

[35] The White House: The Economic Policy Group and the Coordination of Economic Policy Marking, June 1, 1979 (appendix).

[36] 请参阅 Carter, *Keeping Faith*, pgs. 536 - 7。

[37] 请参阅 *New York Times*, July 5, 1979, pg. 1A; July 6, 1979, pg 1A; and July 8, 1979, pg. E1。

[38] Jimmy Carter, *Keeping Faith*, pgs. 115 - 6.

[39] *New York Times*, July 8, 1979, pg. A15; *Boston Globe* Editorial, July 8, 1979; *New York Times*, July 9, 1979, pg. A17.

［40］Jimmy Carter, "The Crisis of Confidence," Speech to the Nation, July 15, 1979.

［41］Jimmy Carter, *Keeping Faith*, pg. 121.

［42］Carter later confirmed this. 请参阅 *White House Diary*, pg. 346。

［43］*White House Diary*, pg. 24.

［44］同上, pg. 71。

［45］同上, pg. 198。

［46］同上, pg. 198。

［47］同上, pg. 60。

［48］同上, pg. 214。

［49］同上, pgs. 192 - 193。

［50］请参阅 Fritz Stern, *Five Germanys I Have Known*, Farrar, Straus and Giroux, New York, 2006, introduction pgs. 3 - 11。

第七章　80年代　全球化

［1］George W. Ball, "The Conduct of American Foreign Policy: Reflections on a Heavy Year" in *Foreign Affairs*, 59 (1981), Volume 3, pgs. 474 - 499.

［2］Martin Gilbert, *A History of the Twentieth Century: Volume Ⅲ*, William Morrow and Company, New York, 1999, pg. 556.

［3］1983年3月8日，于佛罗里达州奥兰多市。

［4］George W. Ball, "Reflections on a Heavy Year," *Foreign Affairs*, 1981, pgs. 474 - 499.

［5］F. A. Root Lectures, 另请参阅 a summary of the Root Lectures I had delivered at the Council on Foreign Relations, in *Foreign Affairs* 66, no. 3 (1987/8)。

［6］Jimmy Carter, *Keeping Faith*, pgs. 135 - 137.

[7] 本人代表总统，于1978年11月24日。

[8] 请参阅 Zbigniew Brzezinski, *Power and Principle*, Farrar, Straus and Giroux, New York, 1983, pgs. 370-371。

[9] 请参阅 Carter, *Keeping Faith*, pg. 472。

[10] 关于尼克松时代及之后的美国—伊朗政策历史以及伊朗国王倒台的原因和事件方面，有大量的文献，具有相当大的争议性。对此感兴趣的人，请特别参阅 Amin Saikal, *The Rise and Fall of the Shah*, Princeton University Press, Princeton, 1980; William H. Sullivan, *Mission to Iran*, W. W. Norton & Co., New York, 1981; Gary Sick, *All Fall Down*, Random House, New York, 1985; James A. Bill, *George Ball*, Yale University Press, New Haven, 1997, pgs. 90-92; "Kissinger's Critique," *The Economist*, February 3 & 10, 1979; and a Ball-Kissinger exchange "Who Lost Iran," *Washington Post*, pg. A21, February 26, 1979。

[11] Brzezinski, *Power and Principle*, pg. 42。

[12] 贝京批准了这项请求。第二天，一名军人护送我一路驶向黎巴嫩的希德斯，这一带被以色列军队占领，然后又沿着通往以色列的海岸公路前进，经过萨布拉和沙提拉的巴勒斯坦难民营。

[13] 为此，贝京和埃及总统萨达特于1978年获得诺贝尔和平奖。

[14] 许多与会者和其他人都写了很多关于戴维营谈判的文章。对此感兴趣的人，请参阅 Jimmy Carter, *Keeping Faith*, pgs. 317-407; Zbigniew Brzezinski, *Power and Principle*, pgs. 234-88; Ned Temko, *To Win or to Die*, William Morrow & Co. Inc., New York, 1987, pgs. 224-32; Amos Perlmutter, *The Life and Times of Menachem Begin*, Doubleday & Co., Garden City, New York, 1987, pgs. 333-60。

[15] Brzezinski, pg. 262.

[16] Brzezinski, pg. 263.

[17] 与基辛格的会晤，2007 年 12 月 3 日。

[18] 请参阅 W. Michael Blumenthal, "A Pluralistic World Economy and Technology Change," Root Lecture Series, Council on Foreign Relations, New York, November 30 - December 3, 1987。另有 *Foreign Affairs*, 1987/88, pgs. 530 - 550。

第八章　90 年代　新德国

[1] Fritz Stern, *Five Germanys I Have Known*, pg. 197.

[2] Blumenthal, *The Invisible Wall*. In German translation, *Die unsichtbare Mauer*, Carl Hanser Verlag, München, 1999.

[3] Dennis Stanton in the *Observer*, May 14, 1995. 类似报道也出现在瑞士和美国的几家报纸上。

[4] Lead in *Der Tagesspiegel*, September 11, 2001.

[5] *Tagesspiegel*, December 9, 1997, pg. 25.

[6] Klaus Harpprecht in *Die Zeit*, December 1997.

[7] Wolf Lepenies, *The Seduction of Culture in German History*, Princeton University Press, Princeton, 2006, pg. 207.

[8] 关于战后前 20 年德国犹太人境况的更详细描述，请参阅 Leo Katcher, *Post Mortem: The Jews in Germany Today*, Delacorte Press, New York, 1968。

[9] Katcher, pgs. 2 - 3.

[10] Ignatz Bubis, *Damit bin ich noch längst nicht fertig*, Campus Verlag, Frankfurt/New York, 1996, pg. 224.

[11] 有一次，媒体甚至表示他可以成为一位出色的德国总统！

[12] Nicole Dolif, "Die Rückkehr der Enkel," *Berliner Morgenpost*, September 7, 2008.

［13］根据联合国资料统计。

［14］请参阅 Horst Siebert，*Jenseits des sozialen Marktes：Eine notwendige Neuorientierung der deutschen Politik*，DVA，München，2005，pgs. 219 - 235。

［15］在 2006 年 4 月 3 日对德国社民党代表团的演讲中。

［16］与凯瑞姆·卡利斯坎（Kerem Caliskan）的会晤，见 *Spiegel* online，February 8，2008。

［17］Mehmet Daimagüler in *Die Zeit*，March 13，2008，pg. 6.

［18］详情请参阅 Statistisches Jahrbuch für die Bundesrepublik，2007，pgs. 48 ff。

［19］请参阅 *Tagesspiegel*，July 2，2008。

［20］Roger Cohen，*The Atlantic Times*，August 2006，pg. 3.

FROM EXILE TO WASHINGTON: A Memoir of Leadership in the Twentieth Century by W. Michael Blumenthal

Copyright © 2013 by W. Michael Blumenthal

Published by arrangement with Georges Borchardt, Inc.

through Bardon-Chinese Media Agency.

Simplified Chinese translation copyright © 2020 by China Renmin University Press.

ALL RIGHTS RESERVED.

图书在版编目（CIP）数据

我的20世纪：历史的危难关头和美好时光/(美) W. 迈克尔·布卢门撒尔著；刘蕾译. --北京：中国人民大学出版社，2021.1
书名原文：From Exile to Washington：A Memoir of Leadership in the Twentieth Century
ISBN 978-7-300-28596-2

Ⅰ.①我… Ⅱ.①W… ②刘… Ⅲ.①录—美国—现代 Ⅳ.①I712.55

中国版本图书馆CIP数据核字（2020）第181960号

我的20世纪：历史的危难关头和美好时光
[美] W. 迈克尔·布卢门撒尔（W. Michael Blumenthal） 著
刘蕾 译
Wo de 20 Shiji

出版发行	中国人民大学出版社		
社　　址	北京中关村大街31号	邮政编码	100080
电　　话	010-62511242（总编室）	010-62511770（质管部）	
	010-82501766（邮购部）	010-62514148（门市部）	
	010-62515195（发行公司）	010-62515275（盗版举报）	
网　　址	http://www.crup.com.cn		
经　　销	新华书店		
印　　刷	北京联兴盛业印刷股份有限公司		
规　　格	145 mm×210 mm　32开本	版　次	2021年1月第1版
印　　张	15.5 插页2	印　次	2021年1月第1次印刷
字　　数	319 000	定　价	79.00元

版权所有　侵权必究　印装差错　负责调换